Mord hält jung

Thomas Knauf

Mord hält jung

Ein Prenzlauer Berg Krimi

berlin.krimi.verlag
be.bra verlag

Die Personen und Handlungen dieses Romans sind frei erfunden. Ähnlichkeiten mit tatsächlichem Geschehen sind zufällig und nicht beabsichtigt.

Bibliografische Information der Deutschen Nationalbibliothek
Die Deutsche Nationalbibliothek verzeichnet diese Publikation in der Deutschen Nationalbibliografie; detaillierte bibliografische Daten sind im Internet über http://dnb.d-nb.de abrufbar.

KulturBrauerei Haus 2, Schönhauser Allee 37, 10435 Berlin
post@bebraverlag.de
Lektorat: Gabriele Dietz, Berlin
Umschlag: Ansichtssache, Berlin, unter Verwendung eines Fotos von Géraldine Boissière, Berlin
Satzbild: Friedrich, Berlin
Schrift: Stempel Garamond 10/12 pt
Druck und Bindung: Finidr, Cesk‎ý Tesín
ISBN 978-3-89809-532-7

www.bebraverlag.de

»Sie sind da und sind doch nicht da.«
Heraklit

»Wer verliert, gewinnt!«
Jean-Paul Sartre

Kurz & Klein

Wäre er als Preuße geboren, könnte er diese Ansammlung von Dörfern, Berlin genannt, aus Pflichtgefühl lieben. Als Sachse aber betrachtete er die Dinge je nach ihrem Gebrauchswert positiv oder negativ, in diesem Fall sowohl als auch: Wenn schon Provinz, dann Berlin.

Inzwischen war John Klein ein echter Spree-Athener geworden, wie Nante, der Eckensteher, und Harald Juhnke, der geniale Trinker, als Kriminalbeamter stand er jedoch dem Hauptmann von Köpenick und Franz Biberkopf näher. Wie sie hatte er eine Karriere nach unten gemacht und war als Ermittler bei der Vermisstenstelle gelandet. Vor die Wahl gestellt zwischen Entzugsklinik und Selbstständigkeit, entschied er sich für Letzteres, da Berlin mehr Kneipen besitzt als Privatdetektive. Im Prenzlauer Berg waren er und sein fünfzehn Jahre jüngerer Partner konkurrenzlos, seit andere Detekteien den lukrativeren Sicherheitsdienst vorzogen.

Zuerst hielten die Bewohner der Metzer Straße die Firma Kurz & Klein *für ein Abrissunternehmen oder eine Änderungsschneiderei. Dass sein westdeutscher Partner schwul war, er hingegen Ostalgiker und leicht homophob, störte ihre Teilhaberschaft nicht im Geringsten. Von gelegentlichen sprachlichen Missverständnissen abgesehen – 9 Uhr 45 war für Kurz Viertel vor zehn, für Klein dreiviertel zehn, eine Tasse Kaffee für ihn eine Tasse Kaffee und nicht Latte oder Café Olé –, waren der übergewichtige Melancholiker und das schmalbrüstige Nervenbündel ein ideales Paar. Jeder hatte sein eigenes Ressort. Kurz die Kredit- und Versicherungsbetrüger, Steuerhinterzieher und Urkundenfälscher, Klein die eher delikaten Fälle wie Ehebruch, Erpressung, Wiederbeschaffung entlaufener Hunde, Katzen und anderen*

Getiers. Alles in allem eine Tätigkeit mit niedrigem Stressfaktor und gleitender Arbeitszeit.

John Kleins Welt war wie sein Name, überschaubar und geläufig – die Gegend um den Kollwitzplatz von Ecke Schönhauser, wo das Leben nach Currywurst und Benzin schmeckt, bis Bötzow-Eck und Nikolai-Friedhof, wo der Hund begraben ist. Ein Bermuda-Dreieck gescheiterter Existenzen und provinzieller Selbstdarsteller, umweht vom Mythos falscher Legenden, seit am Wasserturm die Freibeuterflagge der Besitzständler wehte. Zu denen John Klein nicht gehörte; er wohnte seit zwanzig Jahren zur Miete im selben Haus, besaß zwei Anzüge von der Stange, ein Bankkonto ohne Dispo und einen Hund namens Seneca. Wie der andalusische Straßenköter ließ sein Herr sich ungern an die Leine legen oder herumkommandieren, was nicht nur die störte, die einiges auf dem Kerbholz hatten, sondern ihm auch beruflichen und privaten Ärger einbrachte.

Eile war für den Detektiv ein Fremdwort, Weile eine andere Form der Bewegung. John Klein fand, dass er als DDR-Polizist genug im Kreis gerannt war und als LKA-Ermittler oft genug in die falsche Richtung. Der Erfolg des Privatdetektivs fußt nicht auf Schnelligkeit, vielmehr auf Intuition und Überlegtheit. Der Rest ist Erfahrung und die Fähigkeit, jedes vorschnelle Urteil über Mensch und Dinge anzuzweifeln. Darin konnte John Klein nach dreißig Dienstjahren so leicht niemand etwas vormachen, nur er sich selbst. Denn ein Irrtum des Stoikers ist es, zu meinen: »Nichts kann mir passieren, was mir im Traum nicht längst passiert ist.«

1

Die Tage kamen und gingen. Noch vergaß sie nicht, welches Jahr war und dass ihr Geburtstag diesmal mit Jesus Auferstehung zusammenfiel. Ein Grund mehr für die überzeugte Atheistin, ihn zu vergessen. Alles, woran sie einmal geglaubt hatte, war sang- und klanglos untergegangen, aus und vorbei. Ein abgeschlossenes Kapitel für die Geschichtsbücher, in denen ihr Name nicht vorkam. Zwar hieß es bei Bertolt Brecht: »Wenn die Wunde nicht mehr schmerzt, schmerzt die Narbe«, doch Wehleidigkeit war noch nie ihre Sache gewesen. Sie hielt mehr aus als ihre Ehemänner, die so jämmerlich gestorben waren wie das Land, für das sie sich kaputt gemacht hatten. Doch wozu war sie noch am Leben, wenn jeder neue Tag wie ein Abziehbild des gestrigen war; wenn niemand mehr die alten Lieder sang, ausgenommen »Vorwärts und nicht vergessen …« – der blanke Hohn, wenn der Seniorenverein ihrer Partei es anstimmte. Darum hörte sie lieber das Lied vom Leiermann aus Schuberts Winterreise und machte sich jeden Tag schön für das Rendezvous mit dem, der irgendwann an ihre Tür klopfen würde. Sie würde ihn willkommen heißen und eine Partie Hölle mit ihm spielen, bevor er sie zur Braut nahm.

Seit Jahren wartete sie vergebens auf den Herrn, den sie einen Meister aus Deutschland nannten, obwohl Pünktlichkeit nicht seine Tugend war. Entweder kam er zu früh oder zu spät und nie, so man ihn rief. Selbst wenn er sich ankündigte, gab er sich oft launisch aus Respekt vor den Errungenschaften der Medizin oder er ließ sich grundlos entschuldigen. Ihm auf die Sprünge zu helfen, kam für sie nicht in Frage, denn weder fühlte sie sich enttäuscht noch einsam oder sterbenskrank, nur tödlich gelangweilt. Die tägliche

Wiederholung des Immerselben, Rituale statt Ereignisse, Wohlfühlatmosphäre ohne Gehirntraining – zum Verrücktwerden. Ihr Leben lang hatte sie gern im Kollektiv gearbeitet und gefeiert, jetzt wollte sie allein sein und konnte es nicht, weil sie es nie gelernt hatte. Ins Heim zu gehen war eine Entscheidung, die ihr aufgezwungen wurde. Deshalb hasste sie es, unter Leuten zu sein, die gern hier waren oder wie sie keine Wahl hatten.

Ein alter Mensch im Haus ist ein Segen. Zumindest war es so, als Jung und Alt noch unter einem Dach wohnten, aufeinander angewiesen waren und einander wenn schon nicht wirklich verstanden, so doch respektierten. Als das Wissen und die Erfahrung eines langen Lebens noch einen Wert an sich darstellte, der durch mündliche Weitergabe erfolgte und nicht durch Ratgeber, Fernsehen oder Internet, waren die Alten so etwas wie eine geschätzte Hausbibliothek und obendrein nützliche, weil unbezahlte Hilfe im Alltag. Ein Haus, in dem nur Alte leben, ist ein verfluchtes Haus. Man soll es tunlichst meiden, Fenster und Türen verbarrikadieren, um den Modergeruch des schleichenden Todes von sich fernzuhalten, es am besten niederbrennen.

Edith Jacobi wusste, wovon sie redete. Sie lebte in einem Altersheim in Mitte mit zweihundert mehr oder weniger munteren Greisen, die, anstatt auf ihren Zimmern zu bleiben, sich der Gnade sorgenfreien Daseins hinzugeben und das Alleinsein mit sich als höchst unterhaltsamen Film zu genießen, den ganzen Tag wie aufgezogene Roboter umhertrippelten, Pirouetten im Rollstuhl drehten oder auf den Fluren herumstanden wie bestellt und nicht abgeholt. Anstatt höflich schweigend der Sisyphusarbeit des Personals zuzusehen und nur zu reden, wenn man gefragt wird, nervten manche, längst nicht nur Frauen, mit endlosem Geschwätz, vorgetäuschten Beschwerden oder bloßer Anwesenheit, die ihnen umso unerträglicher erschien, je weniger sie sich damit abfinden konnten, alt und nutzlos zu sein. Diejenigen, die beizeiten gelernt hatten, sich selbst zu genügen und die Gemeinschaft der anderen nicht zum Teilhaber ihrer Langeweile zu machen, wurden als unsozial, eingebildet und den kollektiven Geist des Hauses vergiftende Einzelgänger gescholten, mitunter regelrecht gehasst und durch Gemeinheiten wie das Verweigern eines Sitzplatzes beim Essen, Stehlen ihrer Zeitung aus dem Postfach, grundlose Beschwerden bei der Heimleitung und ähnliche Kindereien gemobbt.

Sie ertrug die tägliche Zumutung, als unnütze Person unter Nutzlosen zu leben, mit preußischer Disziplin und Würde. Sie hielt sich aus dem Theater der Grausamkeit heraus, spielte die Rolle der stummen Kattrin im Krieg der Veteranen um ständige Aufmerksamkeit, falsches Mitleid, treue Gefolgschaft oder eine höhere Pflegestufe und zog sich zurück, sobald das Greisengemurmel zum Sirenengeheul anschwoll. An kulturellen Bespaßungen wie Diavorträgen über Ostpreußen, Sudetenland und Schlesien, UFA-Filmen aus Willi Schwabes Rumpelkammer, Volksmusik zum Mitschunkeln, Lesungen zum Einschlafen nahm sie nur anfangs und widerwillig teil, an Schnupperkursen für Kreuzfahrten, Seniorenmodenschauen und Tombolas für Jubilare nie. Da schaute sie lieber auf ihrem Zimmer den neuesten *Tatort* oder zum hundertsten Mal eine Doku über Galapagos-Schildkröten. Mit sich ist man nie allein, sagte sie sich, doch immer öfter kam ihr der Verdacht, dass Fernsehen nicht bildet, sondern dumm macht, weil Sehen und Hören ohne Mittun doch nur reine Beschäftigungstherapie ist. Eine andere, nicht weniger schlimme Form von Folter, die dem zur Untätigkeit Verdammten bewusst macht, dass er zum alten Eisen gehört, aber nicht rosten soll, um ihn als Zuzahler der Pflegekosten zu behalten. Um dieser letzten Bürgerpflicht zu entgehen, hatte Edith sich lange geweigert, ins Heim zu ziehen. Doch die Miete für ihre Zweiraumwohnung am Pankower Bürgerpark war zuletzt schneller gestiegen als ihre Rente und die Bank ihres Vertrauens hatte ihre gesamten Ersparnisse mit Aktien der Telekom verzockt.

Die promovierte Chemikerin wusste, der Mensch ist zu sechzig Prozent aus Wasser gemacht. Das Grundelement des Lebens besitzt ein Gedächtnis und die Kraft, Berge zu versetzen. Wenn das Wasser sich in den Beinen sammelt und im Herzen staut, wird es zum Elixier des Teufels. An ihn glaubte Edith Jacobi so wenig wie an Gott, seit ihre beiden Brüder noch in den letzten Tagen des Krieges den Heldentod starben, der Vater als vermisst galt und die Mutter den Verstand verlor. Damit nie wieder solch Unheil über Deutschland kommt, trat sie in die FDJ ein, studierte an der Arbeiter- und Bauernfakultät und baute die DDR-Chemieindustrie mit auf. Bis zuletzt forschte sie vergebens nach der Zauberformel für Wohlstand durch Chemie ohne Erdöl. Mit dem Ende der DDR begann für sie die Zeit des Nachdenkens über die Formel des Glücks. Sie fand sie als Großmutter zweier Enkel, auf die sie stolz war. Doch aus Kindern werden Erwachsene, die in die Welt hinausziehen und keine Zeit mehr für Oma haben. So blieb sie nach dem Tod ihres letzten Mannes für sich und kämpfte seitdem mit chemischen Keulen gegen Altersdepression. Ansonsten war sie mit ihren achtzig Jahren kerngesund. Sie hörte alles, was über sie getuschelt wurde, und sah mehr, als ihr lieb war. Ihr Verstand litt nicht, wie bei den meisten Heiminsassen, unter schleichender Amnesie, im Gegenteil. Sie konnte nichts vergessen, keine noch so kleine Niedertracht des Personals vom Vortag, kein böses Wort von Kollegen, das vor Jahrzehnten fiel, erst recht nicht die Schreckensbilder der Kindheit. Wie beneidete sie jene, die mit der Gnade der Vergesslichkeit gesegnet waren. Für Edith Jacobi war das Leben ein Film, dessen Szenen sie nach Belieben abspulen konnte, obwohl die Chemie der Erinnerung die Dinge in ständig neuem Licht erschienen ließ, monströser und geheimnisvoller, als sie tatsächlich gewesen waren. Die Gegenwart hatte für Edith nichts zu bieten als tägliche Wiederholung eingeübter Rituale, eine Endlosschleife an Banalitäten, deren größte Demütigung die allmorgendliche Frage des Pflegepersonals war: »Na, wie geht es uns heute?«

***

Kurz vor dem Aufwachen hatte John Klein einen seltsamen Traum. Er war in Paris und aß mit seinem Vater im *La Coupole*. »Lass uns gehen! Die Preise sind hier höher als die Kuppel im Invalidendom«, sagte John, als er die Speisekarte durchblätterte. »Du wolltest unbedingt mit mir nach Paris und wissen, wo es mir damals am besten gefallen hat«, erwiderte der Vater und bestellte zweimal Cordon Bleu, dazu eine Flasche Gigondas Jahrgang 2001. Worüber sie beim Essen sprachen, daran erinnerte sich John nicht. Vermutlich schwiegen sie, wie meistens, wenn sie einander gegenübersaßen. Als der Kellner die Rechnung brachte, sagte der Vater: »C'est pour moi, Monsieur«, schob seine Brille in die Stirn und wurde blass. Dann krempelte er seinen linken Ärmel hoch, um dem Kellner zu zeigen, dass dort keine Blutgruppe eintätowiert war. »Je n'étais pas chez le SS, j'étais soldat de la Wehrmacht«, stotterte der Vater und zog seine Kreditkarte aus der Brieftasche. Der Kellner änderte die Summe auf der Rechnung und zog die Karte durch das Lesegerät. John warf einen Blick auf den Beleg. Dort stand eine Abbuchung von glatten 500.000 Euro. Als sie das Lokal verließen, wollte John wissen, wieso er diese unverschämte Summe ohne zu murren beglichen und sich auch noch bedankt hatte. »Sei doch froh!«, meinte der Vater. »Wäre ich damals zur SS eingezogen worden, hätte ich eine Million für dieses miserable

Essen zahlen müssen. Wenigstens der Wein war so gut wie damals.«

Während er sich rasierte, sah John im Spiegel das Gesicht seines Vaters. Vor fünf Jahren war sein alter Herr gestorben, ohne ernstlich krank zu sein oder sich etwas anzutun, einfach so. In einem Abschiedsbrief schrieb er: »Ich gehe, bevor ich zum Pflegefall werde und dir auf der Tasche liege. Alle Rechnungen sind bezahlt, die Kosten der Beerdigung auch. Mach's gut, Junge! Und kauf dir vom restlichen Geld einen ordentlichen Anzug.«

Obwohl Vaters Ersparnisse für zwei Maßanzüge gereicht hätten, tat John ihm nicht den Gefallen, sondern zahlte damit seine Beitragsschulden beim Berufsverband der Privatdetektive. Was der Vater ihm sonst noch hinterließ, passte in eine Aktentasche: Sein Werkzeugkasten mit Hammer, Zollstock, Kombizange, Schraubenziehern und -schlüsseln; seine Glashütte-Armbanduhr; eine Zigarrenkiste der Marke »Sprachlos« voller Abzeichen, Anstecknadeln und Aktivistenorden aus dem VEB Chemische Werke BUNA; eine Leica Baujahr 1938 und vier Fotoalben vom Krieg. Darunter Vaters Eroberung Frankreichs mit poetischen Bildkommentaren wie »In Paris sind die Mädels so süß« oder »Wir leben wie Gott in Frankreich«. Weil er als Kind wieder und wieder die Fotos von lachenden und wachenden deutschen Soldaten anschaute, verstand John nie, warum sein alter Herr nicht über den Krieg sprach und nicht begeistert war, als der Sohn zum Wehrdienst in der Nationalen Volksarmee einrückte. Dass er danach zur Kripo ging, gefiel dem Vater ebenso wenig. Er war der Meinung, das sei kein ordentlicher Beruf. Recht hatte er. Wer täglich mit Schwerverbrechern zu tun hat, vergisst leicht den Unterschied zwischen Gut und Böse. Obwohl John ein harter Hund wurde, verlor er nicht das Gefühl für Recht und Unrecht und tadelte Kollegen, die aus Frust oder Größenwahn ihre vom Staat verliehene

Machtbefugnis ausnutzten. Das brachte ihm eine Menge Ärger ein, den er mit viel Schnaps hinunterspülte. So machte er eine Karriere nach unten ins Fundbüro, wo er die Karteileichen der Berliner Vermisstenstelle sortierte. Er hätte mit fünfundfünfzig in den Vorruhestand gehen sollen, statt sich selbstständig zu machen und weniger als die unterste Beamtenrente zu verdienen. Doch wie Hans Klein wollte er nicht enden: als fernsehsüchtiger Stubenhocker mit chronischer Altersdepression und Appetitlosigkeit. Solange der Mensch eine Aufgabe hat, die ihn nicht bloß ernährt, gibt er nicht auf. Sich mit Anstand zu langweilen hatte John nie gelernt. Deshalb betrachtete er auch Nichtstun als Tun, ging jeden Tag in sein Büro in der Metzer Straße und hoffte, dass jemand seine Dienste in Anspruch nehmen würde, für die er weit weniger als die Tarife der großen Detekteien verlangte.

Nachdem er glattrasiert und in Schale geworfen den morgendlichen Gang mit seinem Hund Seneca zum Kollwitz-Bäcker in der Sredzkistraße beendet, dort einen Becher Kaffee getrunken und eine Zigarette geraucht hatte, überkam ihn die Frühjahrsmüdigkeit. Für gewöhnlich war er erst am Nachmittag müde. Vielleicht lag es heute daran, dass er die Zeitung las, weil niemand ihm bei dem lausigen Wetter im Freien Gesellschaft leistete. Raucher sterben einsam, aber nicht an Grippe. Dagegen war John immun, seit er einen Hund hatte und täglich bei Wind und Wetter durch den Prenzlauer Berg flanierte. Doch diesen 8. März, der so unromantisch war wie eine Frauentagsfeier im Altersheim, konnte er vergessen. Wie in den Wochen zuvor würde ihn auch heute niemand anrufen und bitten, den entlaufenen Ehemann, die Ehefrau oder den Wellensittich wiederzubeschaffen. Trotzdem ging John Klein aus preußischem Pflichtbewusstsein oder purer Gewohnheit ins Büro und harrte der Dinge, die sich tun würden oder eben nicht. Hätte er geahnt, dass etwas auf ihn zukam, was sein sicheres Gefühl von Gut und Böse dermaßen in Frage stellte, er wäre noch am selben Tag in Rente gegangen.

***

Lotti Frohwein hatte Angst. Das dumpfe Gefühl, das durch ihren Körper rollte und den Puls immer schneller schlagen ließ, kannte sie seit der Kindheit. An ihrem vierten Geburtstag hatten die Eltern sie bei den Nachbarn abgegeben mit der Begründung, sie müssten dringend wegfahren und könnten sie leider nicht mitnehmen, weil sie zu klein sei für eine so anstrengende Reise. Bis zu ihrer Rückkehr in ein paar Wochen dürfe sie die Wohnung der Nachbarn nicht verlassen. Lotti war ein stilles Kind und stellte keine Fragen, wenn Erwachsene schwiegen. Die Nachbarn, die das Mädchen bei sich versteckten, brachten vor Angst kaum noch ein Wort heraus, flüsterten oder gestikulierten, sie solle sich mucksmäuschenstill verhalten, wenn sie bei Fliegeralarm in den Keller gingen. Nach zwei Jahren Stubenarrest hatte sie verlernt zu sprechen, redete nur noch mit den Händen.

Nach Kriegsende kam Lotti in ein Heim für taubstumme Kinder und erlernte die Gebärdensprache. Als sie ihre erste Monatsblutung bekam, rief das stumme Mädchen laut nach ihrer Mama. Dass die Eltern in Ravensbrück umgekommen waren und der Rest der Familie ins Ausland entkam, erfuhr es erst Jahre später durch ein behördliches Schreiben. Im Unterricht an einer Berliner Gehörlosenschule sprach Lotti nie darüber, sondern erklärte den Mitschülern, dass im Kommunismus die Angst für immer abgeschafft wird. Als man ihren Verlobten wegen antisowjetischer Hetze abholte und sie ihn nicht im Gefängnis besuchen durfte, trat sie aus der Partei aus. Damit war sie für die DDR-Volksbildung untragbar, aber als Spracherkennerin im Staatlichen Filmarchiv für die Restaurierung von Filmkopien ohne Ton von Nutzen. Das Kino wurde ihre große Liebe, obwohl auch im Film die Dinge nicht immer gut ausgehen, die Angst als überlebensgroßer Schatten durch dunkle Säle rast.

Lotti brauchte sich dem kollektiven Erlebnis von Furcht und Erlösung nicht auszusetzen. Bevor die Filme auf die Leinwand kamen, gingen sie durch ihre flinken Hände, brachten ihr als Synchronschnittmeisterin der DEFA Ehre und Anerkennung ein. Bis zur Rente setzte sie bei der Firma Geyer Bilder und Töne gerissener Filme neu zusammen, dann riss der Film ihres Lebens abrupt und ließ sich nicht mehr kleben. Seit fünf Jahren gehörte sie zum Inventar des Altersheims und wartete auf das Ende des Abspanns, wo eine Lochstanze im Bild dem Filmvorführer das Zeichen gibt, das Licht im Saal einzuschalten. Vor diesem Moment ängstigte Lotti sich wie damals, als man sie bei nächtlichen Bombenangriffen allein in der Wohnung ließ, damit sie nicht als *Judenbalg* erkannt wurde.

Weil der Kommunismus nicht gesiegt hatte, wurde die Angst nicht abgeschafft; sie nahm sogar zu, je besser es ihr ging, je länger sie lebte. Im Heim redeten sie nur von Krankheit und Tod, statt, wie es sich für Alte gehört, mit sich und der Welt zufrieden zu sein. Für Lotti lag das Geheimnis des Alters darin, sich nicht zu langweilen und anderen nicht auf die Nerven zu fallen. Schon lange interessierte sie die Realität nur durch die Brille des Kinos. Von früh bis spät konnte sie sich Filme auf DVD anschauen und wurde nicht müde, über jede nicht lippensynchrone Stelle, jeden Anschlussfehler genauestens Buch zu führen. Kein Mensch kann alle Filme, die je gedreht wurden, gesehen haben, doch Lotti versuchte, wenigstens so viele wie möglich anzuschauen. Mit etwas Glück und eiserner Disziplin blieben der Vierundsiebzigjährigen zehn oder fünfzehn Jahre, in denen sie täglich bis zu fünf Werke der Filmkunst erleben konnte.

Die Sorge des Pflegepersonals, dass sie sich die Augen und verdarb und ihr Verstand einrostete, wenn sie sich der Gemeinschaft entzog, empfand Lotti als ebenso lästig wie die ständige Aufforderung, am Gottesdienst teilzunehmen. Sie verachtete den himmlischen Herrn, dem der Tod ihrer Eltern und Millionen anderer Juden gleichgültig war. Lieber wollte sie noch lange im selben Haus mit ehemaligen Hitlerjungen und BDM-Mädels wohnen, als ihm im Jenseits zu begegnen. In letzter Zeit wuchs die Angst, der Allmächtige könne sie vorzeitig zu sich rufen. Häufiger als gewöhnlich kam der Bestatter ins Haus am Weinbergsweg, um eine neue Leiche abzuholen. In dieser Woche schon zum zweiten Mal. Alle Verstorbenen hatten krumme Finger vom Beten und waren, soweit sie es beurteilen konnte, nicht sterbenskrank gewesen. Es musste einen anderen Grund haben, dass sie plötzlich schlapp gemacht hatten, dachte Lotti und schlief nachts noch schlechter als sonst. Sie wusste aus der Presse, dass in deutschen Pflegeheimen etliche Alte aus unnatürlichen Gründen starben. Sofern sie nicht prominent oder vermögend waren, kümmerte sich die Polizei kaum um diese Fälle oder nur zögerlich. Sie könnte das nächste Opfer eines »weißen Engels« sein, der jammernde Greise von ihren Leiden erlösen will. Da sie nicht prominent war und obwohl sie nie klagte und niemandem zur Last fiel, bangte sie um ihr Leben. Wegen der Filme, die sie noch nicht gesehen hatte, und weil sie sich vor der Dunkelheit fürchtete.

2

Die Türklingel riss John aus seinem Mittagsnickerchen. Da kein Klient für heute angemeldet war, konnte es nur sein

Partner sein, der vorzeitig aus seinem Urlaub zurückgekommen war und mal wieder seinen Büroschlüssel versimst hatte. Deshalb ging John ohne Eile zur Tür, um zum Hörer der Sprechanlage zu greifen. Auf halbem Weg klingelte es erneut. John schwoll der Kamm.

»Verzieh dich! Ich habe Damenbesuch.«

»Hallo! Sind Sie nicht der Detektiv?«

»Äh, der bin ich«, räusperte sich Klein. »Wer ist denn da?«

»Mein Name ist Schöndorfer. Ich wohne im Vorderhaus und wollte Sie in einer privaten Angelegenheit sprechen. Wann kann ich denn heute …«

Bevor der Mann seine Frage beendet hatte, drückte John den Türöffner, zurrte den Knoten seiner zitronengelben Krawatte fest und strich sich die Schuppen vom dunkelbraunen Jackett. Auch wenn er keinen Damenbesuch hatte, wollte er nicht wie ein verpennter Bürohengst aussehen. Der erste Klient seit Wochen sollte nicht den Eindruck bekommen, dass auch die letzte Detektei im Prenzlauer Berg mangels Aufträgen kurz davor war, das Handtuch zu werfen.

Als John die Tür öffnete, kam ihm ein Mann Anfang vierzig entgegen. Er trug einen Northern-Face-Parka und eine Wollmütze mit der Aufschrift *Filmfestival München*. Ein Nachwuchstalent des deutschen Kinos, dachte John, machte den Weg mit einer artigen Verbeugung frei und ließ den Gast über den roten Teppich im Flur vorangehen.

»Das mit dem Damenbesuch war ein Scherz. Mein Partner verliert ständig seinen Schlüssel und denkt, ich hätte ihn eingesteckt.«

»Meine Frau auch.« Schöndorfer lächelte. »Letzte Woche mussten wir wieder das Türschloss austauschen lassen. Zum dritten Mal.«

»Seit wann wohnen Sie in unserem Haus?«

»Drei Jahre. Aber die meiste Zeit sind wir beruflich unterwegs oder in unserem Haus in Südfrankreich.«

»In der Nähe von Cannes?«, vermutete John.

»Im Ardèche. Die Côte d'Azur können wir uns noch nicht leisten.«

Der Detektiv bat den Gast mit einer saloppen Handbewegung, Platz zu nehmen, und sank auf den Stuhl hinterm Schreibtisch. Obwohl er vermutete, dass niemand ihr Gespräch stören würde, schaltete er sein Handy aus.

»Was führt Sie zu mir?«

Schöndorfer strich mit der Hand über die Schreibtischkante, als wolle er den Staub abwischen. »Schickes Teil. Aus dem Requisitenfundus des Studios Babelsberg?«

»Ein Erbstück meiner verstorbenen Frau.« Sofort bereute John die Bemerkung. Doch sein Gast verkniff es sich, zu kondolieren, nahm nicht mal die Mütze ab.

»Haben Sie Erfahrung mit pubertierenden Kindern?«

Was für eine idiotische Frage, dachte John. Sah er aus wie ein Angestellter vom Jugendamt? »Beruflich habe ich mit solchen Problemfällen öfter zu tun gehabt, privat Gott sei Dank nie.«

Schöndorfer sah sein Gegenüber an, als vergeude er hier nur seine Zeit.

»Heißt das, Sie mögen keine Kinder?«

John biss sich auf die Zunge, um die Chance auf einen Auftrag nicht durch unbedachte Äußerungen zu vermasseln. »Doch, schon. Sofern sie nicht auf die Waldorfschule gehen oder aus Neukölln kommen.«

»Mein Sohn geht auf die Kurt-Schwitters-Schule in der Greifswalder Straße. Er ist faul, aber nicht verhaltensgestört. Ein ganz normaler Junge ...«

»Nun hat er was nicht Normales angestellt«, fiel John dem Vater ins Wort.

»Nicht dass ich wüsste.« Schöndorfers Blick blieb an der Schachtel Gauloises auf dem Tisch haften. »Kann ich eine von Ihren Zigaretten haben? Hab meine im Schneideraum liegen gelassen.« John nickte, ließ sich aber nicht zum Mitqualmen verführen, weil er seit zwei Wochen nur noch morgens und abends eine zum Abgewöhnen rauchte.

»Neulich hat Jonas wegen einer Klausur die Schule geschwänzt. Aber das haben wir intensiv ausdiskutiert ... er und seine Mutter ... Ich bin total busy, drehe gerade einen Film fürs ZDF ... ein Superstoff über die Flucht von Hitlers Stellvertreter nach Schottland.«

»Wie interessant.«

Schöndorfer blies seinem Gegenüber den blauen Dunst ins Gesicht. »Absolut! An das Thema hat sich bisher niemand rangetraut. Rudolf Heß ist noch immer tabu.«

John rang sich einen Anflug von Bewunderung ab. »Wird auch Zeit. Wo er über zwanzig Jahre tot ist.«

»Genau! Wissen Sie, woran er gestorben ist?«

»Er soll sich mit einem Stromkabel erwürgt haben.«

Nun kam Schöndorfer in Fahrt. Er fuchtelte mit der brennenden Zigarette vor Johns Nase herum. »Ein dreiundneunzigjähriger Greis mit schwerer Gicht, der sich mit beiden Händen im Stehen erdrosselt ... Ich bitte Sie!«

»Er war ein zäher Bursche. Fuhr bei Wind und Wetter mit dem Fahrrad in die Reichskanzlei und ernährte sich makrobiotisch.«

»Chapeau! Sie wissen Bescheid über Rudi«, freute sich Schöndorfer. »Vierzig Jahre Einzelhaft machen den zähesten Hund kaputt. Man hat ihn ermordet. Es gab Zeugen, doch sie schweigen bis heute.«

Allen guten Vorsätzen zum Trotz steckte John sich eine Zigarette in den Mundwinkel, zündete sie aber nicht an. »Wen interessiert das heute noch, außer ein paar Neonazis?«

»Einspruch! Als Hitlers Stellvertreter ist Heß ein Thema der Zeitgeschichte. Das können wir nicht den Thüringer Dumpfbacken überlassen oder einem *Inglourious Basterd* aus Hollywood.«

»Dafür haben wir die Mainzelmännchen und Guido Knopp«, sagte John und zählte auf, was das ZDF jeden Abend über den Führer, seine Frauen, seine Hunde, Helfer und Krankheiten berichtete. »Alles, was wir nie zu fragen wagten und niemals wissen wollten.«

Schöndorfer bewies, dass er Humor hatte, und lachte herzlich. »Sie mögen kein Fernsehen. Ich auch nicht. Aber man muss ja Geld verdienen.«

»Wem sagen Sie das.«

»Egal. Mit *Flug ohne Rückkehr* hole ich Christoph Waltz aus Hollywood nach Deutschland zurück. Das bringt hundertpro einen Grimme-Preis.«

John steckte die Zigarette zurück in die Schachtel und fragte sich, was der *maître de mise en scène* von ihm wollte. Doch nicht etwa, dass er den vermeintlichen Mordfall Heß aufklärte?

Als hätte er Kleins Gedanken gelesen, drückte der Regisseur das Thema mit der Zigarette im Ascher aus und kam wieder auf seinen Sohn zu sprechen. »Würden Sie Jonas für drei Wochen zur Schule bringen und wieder abholen? Ich drehe in dieser Zeit in Schottland und fürchte, dass er erneut den Unterricht schwänzt. Ansonsten kommt er schon alleine klar.«

John hatte nicht die geringste Lust, Kindermädchen zu spielen. »Warum, wenn ich fragen darf, kann Ihre Frau das nicht machen?«

»Sie dreht ausgerechnet in der Zeit einen neuen Rosamunde Pilcher in Cornwall.«

»Ihre Frau führt auch Regie?«

»Nur zu Hause. Sie ist Schauspielerin. Sie kennen sie sicher: Sabrina Müller.«

John nickte, obwohl der Name ihm nichts sagte. Ihm fiel die Anekdote des Kritikers Alfred Kerr ein, der über Hitlers Lieblingsschauspielerin Renate Müller schrieb, den Namen Müller müsse man sich merken.

»Wenn Sie einverstanden sind, sollten wir über das Finanzielle reden.«

John überlegte. »Ich bringe also Ihren Sohn früh in die Schule und hole ihn wieder ab. Bekochen und ins Bett bringen muss ich ihn aber nicht.«

Schöndorfer schüttelte den Kopf und schaute auf seine Rolex.

»Fünfzig Euro pro Tag und Sie können beruhigt wegfahren.«

»Das ist ein fairer Preis«, freute sich Schöndorfer, und John ärgerte sich, nicht mehr verlangt zu haben.

»Ab wann sind Sie weg?«

»Morgen Abend. Ich gebe Ihnen meine Funknummer, falls es ein Problem gibt. Aber bitte nur nach Drehschluss anrufen, abends gegen neun. Nicht vergessen, in Schottland ist es eine Stunde später.«

»Wird nicht nötig sein«, winkte John ab. »Sie sollten mir jedoch einen Wohnungsschlüssel geben. Falls der Junge verschläft.«

»Gute Idee«, fand Schöndorfer und schlug dem Detektiv vor, sich am Nachmittag des nächsten Tages zu treffen, damit er Jonas schon mal kennenlernte.

Als er mit sich allein war, kämpfte der Detektiv mit der Nikotinsucht. Die Aussicht, mit einem kinderleichten Job tausend Euro zu verdienen, schien eine Belohnung wert. Tapfer widerstand er der Versuchung, leerte den Aschenbecher, bevor er früher als sonst sein Büro abschloss, um mit seinem Hund Gassi zu gehen. Der Wetterbericht hatte für den Nachmittag einen sprunghaften Temperaturanstieg mit stellenweise Nieselregen in Aussicht gestellt. Stattdessen fiel das Quecksilber auf null und ließ den Regen als Graupelschauer über Prenzlauer Berg niedergehen. John kam der Verdacht, dass der Oberbürgermeister mit dem Berliner Flugbetrieb auch das Flugwetter zur Chefsache erklärt hatte und damit die alte Parole »Der Hauptfeind des Sozialismus – die vier Jahreszeiten« wieder aktuell war. Noch mehr Kummer bereiteten dem Detektiv die Raucher, die bei dem Sauwetter vor den Restaurants am Kollwitzplatz standen und Nikotinringe in die Luft bliesen, als wollten sie den Pilger vom Entwöhnungspfad locken und zur Sünde verführen. Doch was er sich einmal vorgenommen hatte, führte er aus. Auch wenn er überzeugt war, dass Nichtrauchen einer puritanischen Ideologie folgte, die ungesunde Vergnügen als volksschädigend verteufelte. Aber er wollte weder als Suchtabhängiger dastehen, den man mit Tabaksteuern ausquetscht wie eine Zitrone, noch als jemand mit schwachem Charakter, dem geholfen werden muss, wie neulich ein grüner Politiker im Fernsehen meinte. Der Mann erinnerte ihn an Rudolf Heß, der dem Führer eingeredet hatte, nur ein strenger Vegetarier sei ein guter Arier. In Schöndorfers Film würden solche Sätze nicht vorkommen, vermutete John, auch nicht, dass Hitlers Stellvertreter ein Vordenker der Ökologie als Staatsdoktrin war. Schließlich ging es in den Doku-Dramen nicht um Wahrheiten als Schlüssel zur Erkenntnis, sondern um die Deutungshoheit von Geschichte durch mehr oder weniger gesicherte Fakten. Trotzdem würde John sich den Film ansehen, zu dessen Entstehung er einen, wenn auch bescheidenen, Beitrag leisten sollte.

Am Abend vor seiner unverhofften Vaterschaft fieberte der Detektiv der Aufgabe entgegen. Im *Metzer Eck*, wo der angehende Nichtraucher schon mal probesitzen durfte am Tisch der Ehemaligen, holte er kluge Ratschläge über Kinderbetreuung ein, verwechselte aber im Eifer der überwiegend weiblichen Ratgeber, wann es kreativ zu betreuen und wann nachhaltig zu erziehen galt. Ohne Glimmstengel schmeckte ihm das Berliner Pils noch weniger, weshalb er nur die Hälfte seines gewohnten Pensums trank und früher als sonst auf direktem Weg heimkehrte, vorm Zubettgehen noch die zweite Zigarette des Tages genoss und ohne Blasendruck bis zum Morgen durchschlief.

***

Der Tag begann mit einer Leiche. Als man ihre Nachbarin mit den Füßen zuerst aus dem Zimmer trug, stand Lotti Frohwein mit dem Rücken zur Wand im Flur. Sie sah mitgenommen aus. Obwohl sie letzte Nacht *Die Ferien des Monsieur Hulot* von Jacques Tati angeschaut hatte, danach glückselig eingeschlafen war und erst durch den Lärm im Haus geweckt wurde, sah sie jetzt aus wie die Person auf dem Bild *Der Schrei* von Edvard Munch. Nicht dass die Tote ihr nahegestanden hätte. Außer dem Namen wusste sie so gut wie nichts über die Frau, die seit einer misslungenen Hüftoperation im Rollstuhl saß und das Personal mit ständigem Gejammer auf Trapp hielt. Kein Wunder, dass sich die Betroffenheit der Pfleger in Grenzen hielt, als die Verstorbene über den Flur geschoben wurde. Allein Schwester Beata, die polnische Pflegerin, bekreuzigte sich und betete ein Vaterunser, damit der Herrgott die unglückliche Seele in seine Obhut nahm. Lotti fragte den Notarzt, der im Stationszimmer den Totenschein ausfüllte, woran ihre Nachbarin verstorben war. Sie erhielt keine Auskunft und wurde von der Oberschwester unfreundlich aufgefordert, ihr Frühstück einzunehmen.

Doch Lotti war der Appetit vergangen. Nicht wegen der Leiche, die verpackt wie eine Mumie in der Putzkammer stand, bis der Bestatter eintraf, sondern wegen des sich häufenden Erscheinens der Männer in Schwarz. Die Nachbarin war der fünfte Todesfall in zwei Monaten, fast halb so viel wie im ganzen Vorjahr, als die meisten im Krankenhaus starben und nicht, wie neuerdings, in ihrem eigenen Bett. Für

Lotti ein klarer Fall von mangelnder medizinischer Betreuung, unterlassener Hilfeleistung oder – kaum auszudenken – von bewusster Tötung. Man las ja immer wieder in der Presse von Altenpflegern, die aus Überlastung oder falschem Mitleid den Patienten das Leben verkürzen. Auch Habgier spielte eine Rolle, doch eher bei privater Pflege oder erzwungener Vormundschaft. Das betraf sie nicht, dennoch hatte sie vorsichtshalber das auf ihren Namen laufende Sparbuch sperren lassen, solange sie lebte. Wer nach ihrem Tod das Guthaben erbte, hatte sie in einer testamentarischen Verfügung bestimmt.

Was sie sonst noch besaß, war für niemanden von großem Wert: ihre Erinnerungen und eine DVD-Sammlung. Zwar konnte sie von der Opferrente als jüdische Vollwaise, monatlich zweihundertachtundfünfzig Euro, jedes Jahr eine Kreuzfahrt machen, aber wozu? In den eigenen vier Wänden kann man genauso gut durch Zeit und Raum reisen, sogar bequemer und sicherer, fand die ehemalige DEFA-Schnittmeisterin.

Das Heimpersonal hatte mit ihr wenig Mühe. Fast nie beklagte sie sich übers Essen oder das magere Kulturangebot und konnte ihr Zimmer selbst in Ordnung halten. Aber wie lange noch? Eine zunehmende Zerstreutheit ließ sie vor dem Wort Altersdemenz erschrecken und jedes Mal vor Wut ausrasten, wenn sie einen falschen Film in den Videoladen zurückbrachte. Bevor sie langsam den Verstand verlor, musste sie Gewissheit haben, dass nicht auch sie das Opfer einer geheimen Selektion wurde, die keinen Unterschied zwischen Ariern und Juden macht. Jemandem auf Verlangen das Sterben zu erleichtern, hielt Lotti für einen Gnadenakt und würde nicht zögern, darum zu bitten, sollte sie erblinden. Dann wäre sie dazu verdammt, den verhängnisvollen Film ihrer Kindheit wieder und wieder zu erleben, statt sich mit vergnüglichem Kino abzulenken. Sie ungefragt ins Jenseits zu befördern, fand sie empörend. Doch bei wem sollte sie sich beschweren, wem konnte sie vertrauen? Im Heim gab es niemanden, mit dem sie über persönliche Dinge redete. Die einen waren zu beschäftigt, die anderen zu vertrottelt oder eingebildet. Mit der Polizei wollte sie nichts zu tun haben. Als ihre Nichte Lea einen Polizisten geheiratet hatte, hielt sie sie für meschugge. Erst nach und nach war Lotti mit dem Kerl warmgeworden, hatte ihn aber nach Leas frühem Tod aus den Augen verloren. Vermutlich war er wegen seiner Sauferei längst vom Dienst suspendiert. Oder sogar übern Jordan.

***

»Hallo.«

»Hallo.«

Er saß auf dem oberen Treppenabsatz im Hausflur und hämmerte auf sein iPhone ein.

»Na, dann wollen wir mal«, sagte John und rang nach Luft, weil er die Stufen der vier Stockwerke zu schnell angegangen war.

»Wenn ich mit Simsen fertig bin.« Der Junge ließ sich Zeit, hatte offenbar viel mitzuteilen.

Der Detektiv fühlte seinen Puls, während er wartete. Nach einigen Minuten hatte sich der Sturm in seinen Adern gelegt und es reichte ihm. »SMS heißt Short Message Service. Zu Deutsch Kurznachricht.«

Der Junge ließ sich nicht stören und sah von oben auf ihn herab. »Heißen Sie Schlaumeier?«

»Mein Name ist Klein. Aber schlauer als du bin ich allemal.« John machte auf der Treppe kehrt.

Der Junge folgte mit schweren Schritten, als schleppe er Eisenkugeln an den Füßen. Dabei brachte er samt Schultasche höchstens fünfzig Kilo auf die Waage und trug luftgepolsterte Sportschuhe der Marke Nike Air Max mit der Signatur des Basketballstars Michael Jordan. Weil sein Handy piepte, blieb der Junge auf halber Treppe stehen, um die Nachricht zu lesen.

»Komm! Ich hab heute noch was anderes zu tun.«

»Ich kann auch alleine in die Schule gehen. Bin doch nicht behindert.«

John hielt dem Jungen die Haustür auf und beschleunigte sein Tempo. Auf der Metzer lieferten sie sich einen Wettkampf im Gehen, den der übergewichtige Detektiv knapp verlor. Als sie die Greifswalder Straße erreichten, sagte der Junge »Tschüs!« und rannte die letzten Meter bis zur Schule, um nicht mit seinem Begleiter gesehen zu werden. John folgte ihm mit Abstand, um sicher zu gehen, dass der Bengel wirklich zum Unterricht erschien, wartete nach dem Klingelzeichen noch eine Weile vorm Eingang der Schule und machte sich dann auf den Weg zum Kollwitz-Bäcker. Um die Zeit frühstückten hier nur Bauarbeiter einer Münchner Firma, die seit Monaten seine geliebte Sredzkistraße in eine Kraterlandschaft mit Artillerielärm verwandelten. John genoss die gewerkschaftliche Lärmpause und gönnte sich zum Kaffee die Morgenzigarette. Nach dem dritten Zug bimmelte sein Mobiltelefon in der Manteltasche.

»Ja, bitte!«

»Was heißt hier bitte. Haben Sie keinen Namen?«

»Klein! Falls Sie meine Dienste in Anspruch nehmen wollen, rufen Sie mich in einer Stunde im Büro an. Ich bin noch unterwegs.«

»Nun halt mal die Luft an, Junge. Hier ist Lotti. Lotti Frohwein.«

John fiel vor Schreck die Zigarette in den Kaffeebecher. »Ick fass et nich. Dachte, du bist nach Israel ausgewandert?«

»Deine Witze waren schon immer geschmacklos. Hat man dich endlich bei der Polizei rausgeschmissen?«

»Hab mich selbst entlassen. War zu gut für die.«

»Bist du wieder verheiratet?«

»Nur ein freier Mann ist ein glücklicher Mann. Außerdem, wo finde ich noch mal eine Frau wie Lea.«

»Da hast du ausnahmsweise mal recht.«

John hatte nicht die geringste Lust auf Vergangenheitsbewältigung und trauerte um die angefangene Zigarette im Kaffee, weil es die letzte in seiner Schachtel war.

»Gehst du manchmal auf den Friedhof?«

»Wie bitte?« Er fischte die Zigarette aus dem Becher. »Entschuldige, ich bin grade in einem Gespräch.« Er legte sie zum Trocknen auf den Tisch. »Kannst du mich später im Büro anrufen?«

»Ich habe keine Zeit, den ganzen Tag am Telefon zu verbringen. Kannst mich ja mal besuchen, im Heim für schwer erziehbare Rentiers am Weinbergsweg.«

»Mach ich, Lotti. Aber die nächsten Tage wird es nichts.«

»Versuch es trotzdem. Es geht um mein Leben.«

Als sie aufgelegt hatte, bereute John, dass er die alte Dame mit einer Notlüge abgewimmelt hatte. Andererseits neigte Lotti schon immer zu maßloser Übertreibung, nannte ihn den größten Versager aller Zeiten und ihre Nichte kriminell, weil sie einen Volkspolizisten geheiratet hatte. Wenn sie ihn jetzt anrief, dann gewiss nicht aus Langeweile. Dazu war Lotti zu stolz, nie würde sie um etwas bitten. Es sei denn, sie war in ernsten Schwierigkeiten. Warum wollte sie ausgerechnet seine Hilfe in Anspruch nehmen? In Berlin gab es zwei Dutzend Privatdetekteien, im Prenzlauer Berg nur noch *Kurz & Klein*, die beste von allen. Trotz der Nähe zwischen ihrem Altersheim und seinem Büro würde Lotti lieber die schlechtesten Detektive engagieren als ihn, war sich John sicher. Er fand keine logische Erklärung, hatte aber keine Zeit, der Sache auf den Grund zu gehen. Er war voll beschäftigt mit Jugendarbeit. Eine ganz neue Erfahrung.

3

Edith Jacobi schaute auf die Wanduhr und verließ ihr Zimmer. Statt Ziffern besaß die Uhr vier dicke und acht dünne Messingbarren, auf denen der lange und der kurze Zeiger die Zeit nur ungefähr anzeigten. Für Edith spielte das keine Rolle, seit sie nicht mehr auf die Minute pünktlich sein musste. Aber auch früher war die Uhr weniger Gebrauchsgegenstand als Wandschmuck gewesen, das Zifferblatt trug die rauchende Retorte mit der Schrift »Plaste & Elaste aus Schkopau« und war ein Geschenk der BUNA-Direktion für dreißig Jahre Betriebszugehörigkeit. Es war alles, was Edith von ihrem Berufsleben geblieben war. Von dem fünfzehnteiligen Kaffeeservice, das man ihr zum Orden »Banner der Arbeit« geschenkt hatte, überlebten nur Zuckerdose und Milchkännchen den Sozialismus, um schließlich samt Orden auf dem Müll der Geschichte zu landen. Mehr als ihr Geschirr ging zu Bruch, als BUNA von seinem größten Konkurrenten Dow Chemical übernommen wurde. Seitdem wollte sie nichts mehr um sich haben, was an ihre schönste Zeit erinnerte. Die Uhr mit den Intarsien des BUNA-Logos hatte das Glück, noch immer zu gehen, sobald man sie aufzog. So wusste Edith ungefähr, was die Stunde geschlagen hat. Jeden Dienstag und Samstag Punkt sieben traf sie sich im Kulturraum mit ihrer Kartenrunde. Seit dem plötzlichen Tod von Otto, mit dem sie eine kurze, intensive Affäre gehabt hatte, warteten nur noch Marianne und Willi auf sie.

»Was spielen wir heute, Esel oder Voller Hund?«, fragte Edith.

Marianne Horn, eine ehemalige Geschichtslehrerin aus Westfalen, zupfte an ihrer Spitzenbluse. »Warum nicht Meine Tante, deine Tante? Das kann man auch zu dritt spielen.«

»Dazu braucht man Jetons oder Spielmarken. Wie wär's mit Alte Jungfer?«

Willi hob seine buschigen Augenbrauen und sah Marianne mit unschuldiger Miene an. Sie würdigte ihn keines Blickes, nahm das französische Blatt zur Hand und mischte die Karten.

»Ich weiß nicht, wie das geht. Erklärst du's mir, Edith?«

»Nicht heute, Hörnchen. Wir spielen Voller Hund.«

»Einverstanden«, sagte Willi und schob seinen Rollstuhl näher an den Tisch. »Die erste Runde spielt Otto mit. Wer die höchste Karte vom Stapel zieht, legt für ihn.«

Edith schüttelte den Kopf. Ihr lockiges, schneeweißes Haar knisterte wie Stanniolpapier. »Dadurch wird er auch nicht wieder lebendig.«

»Hast bloß Angst, dass Otto gewinnt«, zischte Marianne.

»Wenn du für ihn legst, bestimmt nicht.«

Einige Karten flogen Marianne aus den Händen. »Was willst du damit sagen?«

»Dass du dich aufführst wie Ottos Witwe«, sagte Edith in scharfem Ton.

»Schluss jetzt!«, ging Willi dazwischen. »Ich spiele für Otto mit.«

Marianne teilte die Karten aus für drei Anwesende und einen Abwesenden. Willi hatte die Pik-Acht, legte sie auf den Tisch und darauf eine Herz-Dame. Marianne besaß die Karo-Dame, legte sie ab und darauf ein Kreuz-As. Edith konnte nicht mit einem As dienen, musste also die abgelegten Karten bis auf die Pik-Acht nehmen. Jetzt durfte Willi eine beliebige Karte abwerfen. Sie passte auf eine von Ottos Blatt.

Am Ende war Marianne diejenige, die nicht alle Karten losgeworden war, hatte also das Spiel verloren. Otto war der Gewinner, weil er als Erster ohne Karten ausschied. Edith wurde Zweite.

»Wir sollten uns nach einem neuen Mitspieler umsehen«, fand Willi, als er die Karten mischte. »Damit die Männerquote wieder stimmt.«

Edith hielt das für eine gute Idee, Marianne nicht. Sie befürchtete, dass auch der Neue nicht lange leben würde, wenn Edith ihn mit ihrem Charme umgarnte. Außerdem gab es kaum Männer im Heim, die noch imstande waren, eine Pik-Acht von einer Kreuz-Acht zu unterscheiden. Willi wusste, dass Marianne recht hatte. Doch lieber würde er Schach mit dem Teufel spielen als mit drei Frauen Karten, nicht etwa aus Angst vorm anderen Geschlecht, sondern aus Rücksicht auf seine Nerven. Der ehemalige Zirkusartist war ein sensibler Mann und reagierte panisch auf jede Missstimmung. Privater Ärger eines Kollegen hatte zu Willis Unfall geführt und seine Karriere vorzeitig beendet. Im Rollstuhl war er allerdings erst nach einer verpfuschten Bandscheibenoperation gelandet, im Pflegeheim, weil das Krankenhaus eine Entschädigung für die Dauerbehinderung verweigerte. Obwohl er von Natur aus ein fröhlicher Mensch war und sich mit seiner Behinderung abgefunden hatte, nagte der Hass auf die Halbgötter in Weiß noch immer an ihm.

»Ich glaube, es gibt jemanden, der Otto ersetzen kann.«

»Unmöglich«, meinte Edith. »Da müsste er einen Zwilling haben.«

»Alle Männer sind ersetzbar«, fand Marianne. »Auch wenn sie Otto heißen.«

»Wieso auch?«, wunderte sich Edith.

»Der sächsische Kaiser Otto der Erste war ein bedeutender Mann, stattlich, gebildet, voller Edelmut und Gerechtigkeitssinn. Im Gegensatz zu Otto von Bismarck, der keine Manieren hatte und …«

»Hieß die Frau von Otto eins nicht Edith?«, fragte Edith.

Marianne lächelte, obwohl sie es nicht schätzte, wenn man sie unterbrach. »Falsch, aber nicht ganz. Sie hieß Editha und war eine englische Königstochter von großer Anmut und Intelligenz.«

»Wie reizend. Und wenn sie nicht gestorben sind, dann leben sie noch heute.«

»Bitte, meine Damen!«, meldete sich Willi Zabel zu Wort. »Wir wollen nur Karten spielen, keine Häupter krönen. Außerdem heißt der Mann, den ich euch vorstellen möchte, nicht Otto, sondern Heinrich.«

»Wie der letzte sächsische Kaiser«, bemerkte Marianne beiläufig. »Durch seine Impotenz ging die Herrschaft der Ottonen für immer verloren.«

»Dafür schenkte er der Stadt Bamberg einen schönen Dom«, wusste Edith.

Willis Faust sauste auf den Tisch. »Schluss jetzt! Oder ihr könnt euch zwei neue Mitspieler suchen.«

Die Frauen nahmen die Drohung ernst und schwiegen. Marianne verteilte die Karten, Edith notierte die Punkte des letzten Spiels.

»Heinrich Piontek war früher Polizeikommissar, Abteilung organisiertes Verbrechen.«

»Glücksspiel und Prostitution, wie aufregend«, flüsterte Edith und wollte den Mann am liebsten gleich kennenlernen. Marianne entschied sich, den Kandidaten erst mal aus der Ferne zu begutachten. Sie wollte wissen, ob er gepflegt aussah.

»Sie meint, ob er reich und gebildet ist«, lästerte Edith und legte die Pik-Acht mit dem Herzbuben auf den Tisch. Willi bediente mit seinem Kreuzbuben und einer Karo-Sieben.

»Ich lade ihn für Samstag ein, dann werden wir ja sehen.«

Marianne hatte keine Sieben, musste die abgelegten Karten einstecken und begann das Spiel von vorn mit der Pik-Acht, dem toten Hund.

***

Am Morgen lieferte John seinen Schützling wieder pünktlich zum Unterricht ab. Unterwegs sprachen sie nicht miteinander, fluchten nur still vor sich hin wegen des eisigen Windes, der ihnen entgegenblies. Jeder gab dem anderen insgeheim die Schuld an dem frühen Gang. Bei dem Sauwetter hätte man besser beschließen sollen, im Bett zu bleiben. John tat es nicht, weil er einen Job erledigen musste, und Jonas nicht, da er zu gehorchen hatte. Obwohl er den komischen Typen weder leiden konnte noch ernst nahm.

Am Nachmittag wartete John vergebens vor der Schule auf seinen Schützling. Im Sekretariat sagte man ihm, dass Jonas nach der dritten Stunde wegen Bauchschmerzen nach Hause geschickt worden sei. John war nicht sonderlich besorgt, denn am Morgen war der Junge noch kerngesund gewesen. In der Schule gebe es mehrere Fälle von Magen-Darm-Grippe, erklärte die Sekretärin, da könne man kein Risiko eingehen. Falls es Jonas übermorgen nicht besser gehe, bitte die Krankschreibung nicht vergessen. Wieso erst übermorgen, wunderte sich der Detektiv. Ob er keine Zeitung lese, fragte die Sekretärin, für morgen sei ein Streik der Berliner Lehrer angekündigt.

Kopfschüttelnd verließ John das Büro. Dass jetzt auch die Lehrer streiken durften, erschütterte sein Vertrauen in das deutsche Schulsystem, nicht aber in seinen Zögling. Er hoffte, den Jungen zu Hause anzutreffen, wollte ihm Haferschleimsuppe kochen und mit ihm zum Arzt gehen.

Ein Irrtum zieht den nächsten nach sich. Jonas schien auf wundersame Weise von der Grippe genesen, hatte seine Schulsachen achtlos im Flur abgeworfen, sich in der Küche eine Pizza warm gemacht und zur Hälfte gegessen. Dass er gleich wieder losgezogen war, beunruhigte John nicht. Er sollte den Jungen ja nicht rund um die Uhr beaufsichtigen, nur dafür sorgen, dass er zur Schule ging. Doch schon am zweiten Tag hatte der Bengel ihn ausgetrickst. Kein Wunder, wenn die Lehrerin ihn wegen läppischer Bauchschmerzen nach Hause schickte. Zu seiner Zeit musste man noch unter Zeugen das Klo vollkotzen, um den Unterricht schwänzen zu dürfen.

Der Detektiv verzog sich in sein Büro, nahm eine Flasche Bier aus dem Kühlschrank und überflog die schriftliche Vereinbarung, die Jonas' Vater mit ihm getroffen hatte. Dort stand nichts davon, dass er sich Gedanken darüber machen musste, was der Junge nach der Schule trieb. Auch zu Bett bringen brauchte er ihn nicht, weil der Papa jeden Abend seinem Sohn per Skype gute Nacht wünschte. Trotzdem wurmte ihn die Sache, weil er sich verarscht fühlte. Von einem vierzehnjährigen Schlaumeier. Andererseits konnte er Jonas verstehen. Welcher Schüler geht noch gern zur Schule, wenn die Lehrer streiken? John war sicher, dass sie nicht für mehr Gedankenfreiheit auf die Straße gingen, sondern für mehr Unterrichtsfreiheit. Was kümmerte es ihn? Das Problem war nur, dass er die tausend Euro leicht verdientes Geld vergessen konnte, falls der Warnstreik sich zum wochenlangen Lehrboykott ausweitete. Auf ganztägige Beaufsichtigung hatte der Detektiv, selbst bei höherer Bezahlung, nicht die geringste Lust. Er war zu dünnhäutig für diese Aufgabe, hatte als Impfallergiker panische Angst vor Grippe und anderen ansteckenden Krankheiten. Deshalb genehmigte er sich auf der Stelle einen Wodka, den er für Notfälle im Kühlfach des Kühlschranks aufbewahrte. Mit einer Prise Pfeffer würde das hochprozentige Eiswasser den Virus neutralisieren, falls der Junge sein Bauchweh doch nicht erfunden hatte. Doppelt hält besser, sagte sich der Detektiv, nahm noch einen Klaren und fand die ansteckende Jahreszeit nur noch halb so belastend.

Für den Rest des Nachmittags nahm John frei und las im Café *Hilde* die Tageszeitungen, um sich über Lehrerstreik,

Grippewelle, den Führerschein für Hundehalter und andere Berliner Plagen zu informieren. Vom Fenster des Lokals aus hatte er die Metzer Straße 16 im Blick, wo sein Büro und die Wohnung der Schöndorfers lagen.

Bis Einbruch der Dunkelheit tauchte Jonas nicht auf, dafür rief Lotti Frohwein wieder an. Sie beklagte sich, dass John sich noch nicht gemeldet hatte, dass es unerhört sei, eine alte Dame warten zu lassen, besonders wenn ihr Leben in Gefahr war. John bedauerte das Versäumnis. Der Grund sei eine Magen-Darm-Grippe, deren Verlauf für Senioren tödlich sein könne. Lotti hielt das für eine Ausflucht, sagte, darin sei er schon immer begabt gewesen wie ein Wunderrabbi. Sobald er wieder keimfrei sei, solle er sie sofort besuchen, sonst hätte er sie am Ende noch auf dem Gewissen.

John sah ein, dass er nicht um eine Audienz bei Tante Lotti herumkam. Was sie sich in den Kopf gesetzt hatte, konnte durch nichts aufgehalten werden. Auch nicht durch die Spanische Grippe oder den Dritten Weltkrieg. Obwohl er bis auf eine leichte Winterdepression weder Krankheit noch Müdigkeit spürte, konnte er Lotti jetzt unmöglich besuchen. Dazu war er nicht betrunken genug. Und zu später Stunde schickte es sich für eine Dame im Altersheim nicht, Herrenbesuch zu empfangen. Dachte John jedenfalls, weil er um Ausflüchte nie verlegen war.

4

Am Donnerstag streikten in Berlin die Lehrer. Der Sturm hatte sich über Nacht gelegt, dafür regnete es in Strömen. Geschah den Paukern recht, dachte John, sollten sie in den Sommerferien streiken.

Für ihn hatte das Verb *streiken* keinerlei Bedeutung, seit er auf den Hund gekommen war. Und wenn die Welt unterging, morgens um acht drängelte Seneca, mit ihm Gassi zu gehen. Da heißt es immer, Border Collies seien intelligenter als Katzen, aber zu Hause aufs Klo gehen lernen sie nie. Also zog John seine schottische Regenjacke an, setzte den Stetson auf und drehte mit dem Hund eine Runde um den Wasserturm. Obwohl der Detektiv zu der verschwindenden Berliner Minderheit gehörte, die das Geschäft ihres Lieblings aufsammelte, bewahrte es ihn trotzdem nicht davor, von selbst ernannten Ordnungswächtern angeschnauzt zu werden, sobald Seneca sich hinhockte. Darum hielt er die Plastiktüte stets griffbereit und bedankte sich höflich für die selten freundliche Ermahnung.

Lange hatte er nach logischen Gründen gesucht, warum manche Neuberliner vom Prenzlauer Berg so übergriffig waren, obwohl sie die Ruppigkeit der Eingeborenen dauernd beklagten. Dann kam er darauf – sie hatten Brecht nie gelesen, hörten nur auf das Lied von der belebenden Wirkung des Geldes. Zu den späten Vergnügen des fleißigen Augsburger Fabrikantensohns zählten neben Schreiben und bequemen Schuhen der Hund und die Freundlichkeit. So gesehen war John Brechtianer, nur wollte er die Welt weder verbessern noch Vorschläge machen. Schon gar nicht diesen berühmt-berüchtigten Kiez, der in seiner Unzulänglichkeit menschlichen Strebens der ideale Ort für das Dasein eines Privatdetektivs war.

An diesem Tag kurz vor den Iden des März, die im römischen Kalender an die Ermordung Cäsars erinnern, sehnte John Klein zum ersten Mal, seit er den Polizeidienst quittiert hatte, eine Aufgabe herbei, die seinem Gespür für aussichtslose Fälle entsprach. Zu lange schon schlug er sich mit Kleinaufträgen herum, die jeder Sozialpädagoge, Eheberater oder Nachlassverwalter erledigen konnte. Der Tiefpunkt seiner detektivischen Existenz schien mit der Betreuung des Schulschwänzers erreicht. Lieber würde er ein Dutzend unerzogene Hunde beaufsichtigen als einen pubertierenden Jungen. Mit Vierbeinern kannte er sich aus, bei Klugscheißern in Nike-Schuhen fühlte er sich sogar unwohl, wenn sie außer Sichtweite waren. John befürchtete, dass der vermeintlich harmlose Job ihm noch schlaflose Nächte bereiten würde.

Um auf andere Gedanken zu kommen, machte er sich lustlos auf den Weg zu Lotti, nachdem er Seneca davon überzeugt hatte, dass er noch nicht reif fürs Altersheim sei und deshalb zu Hause bleiben müsse.

Das Seniorenheim am Weinbergsweg machte von außen einen passablen Eindruck – blaue Fassade, Balkone aus Naturholz, japanischer Garten mit Bambushecken und Goldfischteich. Drinnen sah es aus wie in einer oberfränkischen Pension – gekachelter Fußboden, Blümchentapeten, ein Kiosk mit grünen Butzenscheiben und Sperrholzverkleidung.

Im Eingangsbereich standen noch der Weihnachtsbaum vom Vorjahr, ein Vogelbauer mit Papageien und ein Laufgitter mit lebenden Kaninchen. Gut, dass ich Seneca nicht mitgenommen habe, dachte John, sonst gäbe es heute Hasengulasch zu Mittag. Der Mann an der Rezeption bat ihn, zu warten, und fragte telefonisch bei Lotti an, ob sie Besuch empfange.

»Sie möchte nicht, dass Sie aufs Zimmer kommen. Sie sollen unten warten und sich etwas gedulden.«

John unterdrückte ein Gähnen. »Kann man hier einen Kaffee bekommen?«

»Um die Ecke steht ein Automat. Aber der ist momentan defekt«, bedauerte der Rezeptionist, ohne von der Sportseite der *Bild* aufzuschauen.

Weil er Luft für ihn war, setzte sich John auf die Bank vor der Tür und rauchte seine Morgenzigarette. Ohne Kaffee schmeckte sie wie Auspuffgas. Vielleicht lag es daran, dass das Heim an einer stark befahrenen Straße stand und mit CO_2 förmlich eingenebelt wurde. Kein Wunder, dass die

Alten wie die Fliegen sterben, dachte John und atmete nur flach durch die Nase.

Nach einer halben Stunde erschien Lotti. Sie trug einen gesteppten Anorak, Tweedrock, feste Schuhe und sah blendend aus.

»Mein Gott, siehst du schlecht aus. Trinkst du etwa wieder?«

»Nur hin und wieder. Hab auch mit Rauchen aufgehört.«

»Dann bis du der perfekte Langweiler geworden«, sagte Lotti und zog ihn mit sich in den Garten.

»Wollen wir nicht drinnen reden?«, fragte John. Der Regen hatte aufgehört, aber die Nässe nagte an seinen Knochen.

Lotti hakte sich bei ihm unter und schaute hinauf zu den Balkonen. »Sie belauschen und beobachten uns ... Alles wollen die wissen ... wie Mielkes Milchmänner.«

»Sie. Wer ist sie?«

»Das Pflegepersonal. Die stecken alle unter einer Decke ...«

»Muss eine große Decke sein«, fiel ihr John ins Wort.

»Lass die dummen Bemerkungen! Das kann ich auf den Tod nicht leiden.«

»Entschuldige. Du glaubst also, hier hilft man den Alten beim Sterben etwas nach?«

»Ich glaube nicht, ich weiß es. Kann es bloß nicht beweisen.«

»Erzähl mir, was du weißt. Aber bitte Fakten, keine Mutmaßungen.«

Sie gingen bis zum Teich und betrachteten die Goldfische. Lotti wusste, dass es keinen Beweis für einen gewaltsamen Tod der Verstorbenen gab, doch ein Verdacht war schließlich auch ein Faktum und nicht selten der erste Stein im Puzzle, das zur Lösung eines scheinbar perfekten Verbrechens führt.

»Keiner war sterbenskrank oder hatte was Ansteckendes ... Sie wurden ermordet, basta!«

John rümpfte die Nase. »Aus welchem Grund? Altenpflege ist doch ein tolles Geschäft. Man bringt nicht die Kuh um, die man melken will.«

Lotti fand den Vergleich geschmacklos, zudem gehe er völlig an den Problemen der Altenpflege vorbei. Nicht nur Patienten behandele man mies, am meisten gespart werde beim Personal. Die Pfleger müssten unbezahlt Überstunden machen, verdienten viel zu wenig und bräuchten vier Hände, um ihre Aufgaben zu erledigen. Für die Fütterung eines voll Pflegebedürftigen blieben ihnen genau zwei Minuten Zeit, für Waschen, Kämmen und Anziehen fünf. »Seelische Betreuung oder Gespräche gleich null, sind sogar verboten, damit der Pflegeplan strikt eingehalten wird. Wer ihn nicht einhält oder sich beklagt, wird entlassen. Hier herrscht ein System aus Angst und Gleichgültigkeit. Die Pflegepatienten mucken nicht auf, sind zu schwach oder vergesslich. Viele leiden an Unterernährung und dämmern nur vor sich hin. Wer Lärm macht, kriegt Beruhigungsmittel oder wird am Bett festgeschnallt. Und muss 3.000 Euro im Monat zahlen, um sich foltern zu lassen.«

John sperrte den Mund auf wie die Goldfische im Teich. »Lotti, du übertreibst wie immer. Dir geht es doch blendend.«

»Bin auch kein Pflegefall.« Die alte Dame kniff ihn in den Arm. »Wenn es so weit ist, musst du mir den Gefallen tun und mich erschlagen.«

»Gehört nicht zu meinen Berufsaufgaben.« Lotti kniff noch fester zu. »Ich könnte nicht mal meinen Hund einschläfern lassen, wenn er alt und krank ist.«

»Weil du ein sentimentaler Schwächling bist. Warum habe ich dich bloß angerufen?«

»Schon vergessen?«

Lotti schüttelte energisch den Kopf. »Ich leide nicht an Demenz oder Langeweile. Im Gegenteil.«

»Wieso hast du dich eigentlich hier eingeliefert?«

»Um meine Ruhe zu haben. Das ewige Kindergeschrei im Haus ging mir auf die Nerven. Früher gab's so was nicht, da hatten wir staatliche Kindergärten. Heute darf man sich nicht mal mehr über den Lärm von Kindern beschweren. Deshalb wohne ich hier.«

»Und was machst du so den ganzen Tag?«

»Einen guten Eindruck. Sonst nichts Besonderes.«

»Es gibt doch genügend Beschäftigung. Häkeln, stricken, basteln …«

»Sehe ich aus wie eine heimwerkelnde Omi?«, empörte sich Lotti.

»Mit Lea hast du manchmal Doppelkopf gespielt, wenn ich mich erinnere.«

»Aber nicht aus Langeweile. Wir hatten uns etwas zu erzählen. Hier quasseln sie nur dummes Zeug beim Spielen. Deshalb habe ich mit den Karten aufgehört und schaue mir lieber Filme an.«

John verkniff sich die Bemerkung, dass sie sich vielleicht zu viele Horrorfilme oder Krankenhaus-Serien reinzog, und schlug vor, ins Haus zu gehen. Nach Lottis drastischer Schilderung der Zustände wollte er sich selbst ein Bild machen. Doch die alte Dame hielt ihn zurück.

»Da kannst du nicht rein. Die riechen sofort, dass du ein Bulle bist.«

Johns Geduldsfaden war kurz vorm Zerreißen. »Wie soll ich bitteschön herausfinden, ob an deiner Mordtheorie etwas dran ist?«

»Ganz einfach. Du musst die Leichen obduzieren lassen.«

»Nur die Staatsanwaltschaft kann eine Obduktion anordnen. Außerdem sind sie längst eingeäschert.«

»Die Letzte haben sie vorgestern abgeholt. Die kann man aufschneiden.«

John spürte den Knall, mit dem sein Geduldsfaden riss. »Du hörst mir nicht zu! Ich kann so etwas nicht veranlassen und du auch nicht.«

Lotti erinnerte sich der Worte des römischen Philosophen Terenz: »Wenn man nicht tun kann, was man will, muss man wollen, was man tun kann.«

John wusste, dass es zwecklos war, ihr zu widersprechen. Sie gingen zurück zum Haupteingang und verabschiedeten sich ohne Formalitäten. Als er sich umdrehte, stand Lotti immer noch auf der Terrasse.

»Ich will sehen, was ich tun kann. Aber wir müssen warten, bis wieder jemand … unerwartet stirbt.«

Lotti warf ihm einen Handkuss zu und verschwand in der Eingangshalle. Gerade rechtzeitig. Der Gong zum Mittagstisch erscholl.

***

Am Nachmittag ging John Klein mit seinem Hund auf den Friedhof. Seine Frau Lea lag dort, seit sie in einem gebrauchten Opel Vectra mit defekten Bremsen den Tod gefunden hatte. Obwohl er mittlerweile aufgehört hatte, sich Vorwürfe zu machen, dass er sie nicht bei der Probefahrt mit ihrem ersten eigenen Auto begleitet hatte, ging er noch immer mit gemischtem Gefühl an Leas Grab. Es lag gegenüber einer Familiengruft, in deren Stein die Worte eingemeißelt waren »Vaters Arbeit und Segen baut den Kindern Häuser – Hier bauten das letzte Haus ihm dankbare Söhne«. Weil sie weder Söhne noch Töchter hatten, seine und Leas Arbeit keinen Segen spendete, fiel die gemeinsame Grabstelle weit bescheidener aus. Die schmucklose Stele aus Jerusalem-Sandstein hob sich wohltuend ab von den Geschmacklosigkeiten des alten und neuen Friedhofmobiliars.

Schon einige Zeit hatte John nicht mehr zu Lea gesprochen, nur dagesessen, die Krähen beobachtet, eine Zigarette geraucht. Jetzt lutschte er belgische Lakritzbonbons, bis ihm schlecht wurde, erzählte seiner Frau, dass er schon die dritte Woche mit zwei Glimmstengeln pro Tag auskam ohne eine Spur von schlechter Laune. Nur Tante Lotti hatte heute seine Nerven strapaziert, hatte ihn einen Versager genannt und von einem Serienmörder im Altersheim gefaselt. Verrückt schien sie durchaus nicht zu sein, aber leicht paranoid vom ständigen Filmeschauen. »Jedenfalls lässt sie schön grüßen und freut sich auf dich«, richtete er dem Grabstein seiner Frau aus.

Weil er dringend pinkeln musste, rief er nach Seneca, der abgehetzt von der Jagd nach einem Fuchs aus dem verwilderten Teil des Friedhofs auftauchte. John hielt ihm eine Standpauke, weil der Hund nicht gegen Staupe geimpft war, die schon die Hälfte der Berliner Füchse hinweggerafft hatte. »Sich auf dem Friedhof den Tod zu holen ist genauso idiotisch, wie im Altersheim ermordet zu werden.« Seneca ließ den Zottelkopf hängen und demonstrierte Schuldbewusstsein, das er schon deshalb nicht haben konnte, weil er keinerlei Erziehung durch seinen Besitzer genoss.

Als John an der Ruine der Trauerhalle sein Wasser abschlug, schaute er durch den Maschendraht auf den Trainingsparcours der Skateboarder. Ein Dutzend Halbwüchsige übten mit manischer Verbissenheit gewagte Sprünge über Hindernisse. Einer stürzte unglücklich auf der Halfpipe und schlug hart mit dem Hinterkopf auf dem Beton auf. Als er laut »Fuck!« schrie, erkannte John die Stimme und wollte Jonas zu Hilfe eilen. Mit seinen knapp hundert Kilo Erdanziehung wagte er jedoch nicht mal den Versuch, über den zwei Meter hohen Zaun zu klettern.

»Bist du okay?«

Jonas sah sich um, während er benommen von der Betonröhre kletterte. »Äh, was machen Sie denn da?«

»Ich pisse. Lass mal fühlen, ob dein Schädel noch heil ist.«

Der Junge gehorchte, weil er unter Schock stand, kam näher und drehte seinen Hinterkopf zum Drahtzaun. Keine Platzwunde oder Beule. John befürchtete eine Gehirnerschütterung und wollte sofort mit ihm zum Arzt.

»Ich bin okay, Mann. Muss weiterüben für den Wettkampf in Bernau.«

»Was ist mit deinen Magenschmerzen?«

»Alles paletti. Hatte nur meine Tage.« Weil John nicht lachte, tat es der Junge und ging davon.

»Denk dran, dass wir morgen früh ein Date haben.«

Jonas schien es nicht gehört zu haben und eilte zum Ausgang des Spielplatzes. Dort kam ihm ein Mann in schwarzer Parka-Kutte und Wollmütze entgegen und begrüßte den Jungen mit sportivem Handklatschen. Der Detektiv ordnete den etwa Vierzigjährigen in seiner Typenkartei zwischen Sozialbetreuer und Drogendealer ein. Für Jonas schien er eine Art großer Bruder zu sein, er himmelte ihn an und buhlte mit coolem Gehabe um seine Gunst. Was für'n Angeberarschloch, dachte John, als Jonas mit dem Finger auf ihn zeigte und die anderen Skater in Gelächter ausbrachen. Er hätte gern mitgelacht, wusste aber nicht, worüber. Weil der Wind die Worte seines Schützlings von ihm wegtrieb, schlug der Detektiv sich rückwärts in die Büsche.

5

Samstagabend erschien Edith Jacobi wie immer zu spät zur Kartenrunde im Aufenthaltsraum. Schon von Weitem fiel ihr auf, dass Marianne sich mächtig in Schale geworfen hatte und beim Frisör gewesen war, um Eindruck auf den Neuen zu machen. Er saß neben dem Rollstuhlfahrer, überragte ihn um einiges und hatte mehr Haare auf dem Kopf als Willi Zabel. Als sie näher trat, spürte sie seinen stechenden Blick wie Stecknadeln auf der Haut.

»Habt ihr etwa ohne mich angefangen?«, fragte Edith, weil alle drei Spieler Karten in der Hand hielten.

»Würden wir uns nie erlauben«, beteuerte Willi und rückte den freien Stuhl vom Tisch ab, damit Edith in ihrem engen Kostüm Platz nehmen konnte. »Heinrich erklärt uns nur ein neues Spiel.«

»Wie heißt es denn?« Edith strich ihren Rock glatt und schaute Heinrich an. Doch der ließ Willi antworten.

»Tot ... Passt irgendwie zu uns, nicht wahr?«

»Kenn ich nicht«, sagte Edith. »Ich hoffe, es ist nicht lebensgefährlich.«

Marianne prustete vor Lachen. »Es ist doch nur ein Kartenspiel, kein Russisches Roulette.« Sie sammelte die Karten ein. Dabei berührte sie Heinrichs Finger und lief puterrot an.

»Im Zirkus Busch gab's einen Kunstschützen, der traf auf zwanzig Meter ein As mitten ins Herz.«

»Und wie oft hat er danebengeschossen?«, wollte Edith wissen.

»Nur einmal«, antwortete Willi. »Seine Partnerin betrog ihn nämlich mit einem Hochseilartisten.«

Beim Mischen flogen Marianne mehrere Karten aus der Hand. »Er hat sie doch nicht erschossen?«

»Sie nicht, aber den Nebenbuhler.«

»Wie romantisch. Finden Sie nicht auch, Herr Piontek?«

Der neue Mitspieler schien die Frage zu überhören. »Ich finde, wir sollten anfangen. Ich erkläre noch mal die Spielregeln für Frau Jacobi.«

»Das ist nett von Ihnen«, bedankte sich Edith und hörte dem Mann aufmerksam zu, der bisher tiefgründig geschwiegen hatte.

»Vor dem Spiel macht jeder seinen Einsatz … fünf oder mehr Chips. Wer anfängt, muss eine Karte im Stapel für tot erklären, dann geht es reihum mit Abheben. Derjenige, der die genannte Karte aufdeckt, muss eine andere für tot erklären und scheidet aus.«

»Weil er nämlich auch tot ist«, fiel ihm Marianne ins Wort.

»Zumindest für eine Runde.« Piontek räusperte sich und fuhr fort: »Alle Spieler, die nach der letzten Karte noch leben, teilen die Chips gerecht unter sich auf. Bleibt nur einer übrig, bekommt er den ganzen Gewinn.«

»Fangen wir an«, sagte Willi und klatschte in die Hände. Marianne mischte noch einmal und legte die Karten im Stapel verdeckt auf den Tisch.

»Um was wollen wir spielen? Ich meine, um welchen Einsatz?« Heinrich wartete auf eine Antwort, doch die anderen sahen ihn verständnislos an. Also packte er die Chips aus, die er in einem Karton mitgebracht hatte.

»Wie viel ist so ein Plastechip wert … ein, fünf, zehn Euro?«

»Wir spielen nicht um Geld«, bedauerte Marianne. »Das ist hier verboten.«

Der Stuhl des Ex-Polizisten schrammte über den Fußboden. »Tut mir leid, Herrschaften. Das ist für mich nur Zeitverschwendung.«

»Er hat recht«, fand Edith. »Was interessiert uns die Heimordnung? Wir sind aus dem Alter raus, wo man uns etwas verbieten kann.«

Marianne sah sich um, ob jemand mithörte. Obwohl sie wusste, dass von den Dutzend Greisen, die im Saal Mensch ärgere Dich nicht spielten oder Puzzle legten, die meisten schwerhörig waren und jene, die tatenlos vor sich hinstarrten, nur auf laute Stimmen oder deutliche Handzeichen reagierten. »Um Geld spielen finde ich äußerst unmoralisch.«

»Tugend ist die Moral der Geizigen. Sie kostet nichts.«

Marianne sah Edith schief an. »Vor allem, wenn man genug davon hat.«

»Mich kannst du wohl damit nicht meinen«, lachte Edith. »Ich bekomme keine Beamtenpension wie du.«

Marianne konnte ihr nicht das letzte Wort lassen, in keiner Sache. »Kriegst du als verdiente Chemikerin des Volkes keine I-Rente?«

»Was für Rente?«, mischte sich Heinrich Piontek ein.

»Intelligenzrente«, klärte ihn Marianne auf. »Gab's nur im Osten. Wir sind für so was zu blöd.«

Edith nickte. »Sie reicht gerade für meinen Frisör. Deiner taugt ja nichts.«

Willi schnalzte mit der Zunge und zog seine Brieftasche aus dem Jackett. »Wer nicht wagt, der nicht gewinnt. Ich setze fünf Euro auf einen Chip.«

Heinrich schob seinen Stuhl näher an den Tisch und nahm die Spielmarken aus dem Karton. »Ich schlage vor, wir fangen mit geringem Einsatz an ... zum Drangewöhnen. Jeder bekommt fünf Chips im Wert von einem Euro und setzt pro Spiel Minimum einen.«

Marianne fiel ihm erneut ins Wort. »Und wenn ich alle verloren habe?«

»Dann dürfen Sie neue kaufen. Oder Sie hören auf.«

»Nur Mut, Marianne! Glück in der Liebe, Glück im Spiel.« Willi tauschte einen Fünf-Euro-Schein gegen blaues Plastikgeld ein.

»Kann jemand wechseln?« Edith hielt einen Zwanziger hoch.

Heinrich nahm ihn ihr rasch aus der Hand, damit nicht jeder sah, was hier gespielt wurde.

»Wir rechnen hinterher ab. Welche Farbe darf ich Ihnen geben?«

»Rot.«

»Die Farbe der Liebe und des Verbrechens.« Heinrichs ausdrucksloser Blick provozierte Edith.

»Rot macht unerschrocken und rechnet mit Verlust.«

»Die Hoffnung stirbt zuletzt«, wusste Marianne und bat sich grüne Chips aus. »Sie bekommen die trügerische Farbe Gelb, Herr Piontek. Ich hoffe, Sie spielen nicht falsch.«

»Das dürfte mir schwer fallen. Sechs Augen gegen zwei.«

Erst jetzt bemerkte Edith, dass der neue Mitspieler sie unentwegt anstarrte. Eigentlich trug sie eine Brille beim Kartenspiel, fand das Kassengestell aber für diesen Abend unpassend. Nun würde sie die Eitelkeit womöglich teuer bezahlen müssen.

»Sie dürfen anfangen, verehrte Frau Horn.«

Marianne wählte nicht ohne Hintergedanken die schwarze Pik-Dame als tote Karte, die zu Ediths Kostüm passte. Dann hob sie die erste Karte vom Stapel und drehte sie um. Die Herz-Neun. Als Nächster war Willi an der Reihe. Er zog das Kreuz-As und ballte triumphierend beide Fäuste. Edith hatte ebenfalls Glück und erwischte den Karo-König, konnte ihn wegen ihrer Kurzsichtigkeit jedoch nur mit Mühe vom Herz-König unterscheiden. Heinrich verfehlte die Tot-Karte nur knapp, er zog den Pik-Buben. Edith lächelte. Der Mann geht aufs Ganze, dachte sie, und bleibt die Ruhe selbst. Nicht wie sein Vorgänger Otto, der beim Spielen nervös an den Fingernägeln kaute und deshalb fast immer verlor.

Beim nächsten Abheben verließ Marianne das Glück. Sie zog die Pik-Dame und schied aus, nachdem sie erneut eine tote Karte bestimmt hatte, diesmal die Herz-Dame. Insgeheim hoffte sie, dass Heinrich die Karte zog und ihr im Totsein Gesellschaft leistete. Aber Willi war der Pechvogel. Am Ende triumphierte Edith und bekam im ersten Spiel ihren Einsatz von vier Euro zurück, weil der übermütige Willi gleich zwei Chips riskiert hatte.

Nach zehn Spielen sah die Statistik anders aus. Edith verlor fünfzehn Euro, Willi zehn, Heinrich gewann zehn und Marianne war mit zwanzig Euro die Spielkönigin des Abends. Willi schlug vor, den Gewinn in eine Kasse zu tun und gemeinsam auf den Kopf zu klopfen. Man könnte zum Beispiel mal wieder in den Zirkus gehen. Oder ins Konzert, fügte Edith hinzu.

Heinrich war von der Idee nicht angetan. Kultur interessiere ihn nicht, sagte er, und dass sich jeder ein paar Piepen steuerfrei dazuverdienen sollte bei dem bisschen Rente, das er bekam. Marianne stimmte ihm zu. Von einer Gemeinschaftskasse hielt sie überhaupt nichts, hatte schlechte Erfahrungen gemacht auf Mallorca, wo sie eine Gemeinschaftswohnung besaß und von den Teilhabern betrogen wurde.

»Ein Mann im Rollstuhl ist als Bank so sicher wie Fort Knox«, sagte Willi. »Er kann nicht einfach verschwinden.«

Mit fremder Hilfe schon, fand Heinrich und zeigte volles Verständnis für Marianne. Geld verleite den Ehrlichsten zum Vertrauensbruch.

Edith wusste, dass Piontek recht hatte, hielt aber die ganze Diskussion für unangebracht bei der geringen Summe, um die sie spielten. Man könne es doch getreu der Devise »Vertrauen ist gut, Kontrolle ist besser« versuchen, lenkte Marianne ein. Edith klärte sie auf, dass Lenin ursprünglich das Gegenteil geschrieben hatte: Kontrolle ist gut, Vertrauen ist besser.

Sie gingen auseinander, ohne die Sache entschieden zu haben. Edith lag noch lange wach und dachte über Heinrich Piontek nach. Ohne viele Worte hatte er aus drei geselligen Alten, zwei davon mit DDR-Vergangenheit, verbissene, gewinnorientierte Glücksspieler gemacht, sie eingeschlossen. Die menschliche Natur war eben stärker als die Idee von Freiheit, Gleichheit, Brüderlichkeit. Heinrich Piontek, der Ex-Polizist aus Neukölln, war der Einäugige unter den Blinden. Ein Mann, für den Edith ihr Rendezvous mit dem Sensenmann noch ein Weilchen aufschieben würde.

***

Den Vormittag hatte Lotti Frohwein verschlafen. Um elf wurde sie von der Sozialbetreuerin geweckt und gebeten, einen Fragebogen auszufüllen, in dem sie ihre Wünsche zur Verbesserung der Altenpflege äußern oder, falls sie keine Einwände hätte, ihre Zufriedenheit ausdrücken sollte. Da sie überzeugt war, dass Fragebögen zu nichts gut sind außer zum Aushorchen der Befragten, legte sie das Formular zum Stapel mit Werbung für Senioren – Fitnessprogramme, Ratgeber für gesunde Ernährung, Modetipps für die reife Dame, Partnersuche für Fortgeschrittene, Kreuz- und Kaffeefahrten –, die täglich außer sonntags in ihrem Postfach landete. Heute war Montag und sie gönnte sich zum Beginn der Woche nach dem Mittagstisch zwei Filme von Ingmar Bergman – *Persona* und *Das Schweigen*. Danach konnte sie ihr Zimmer nicht mehr ertragen, musste hinaus, sich die Beine vertreten. Im Gehen fiel es ihr leichter, die Bilder und Töne im Kopf zu ordnen, deren filmische Analyse ihr in letzter Zeit Schwierigkeiten bereitete. Als erfahrene Schnittmeisterin hatte sie auch beim größten Regisseur aller Zeiten peinliche Anschlussfehler entdeckt, konnte sich aber nicht mehr an sie erinnern, obwohl sie die Filme zigmal gesehen hatte.

Weil nichts ihr mehr Angst machte als drohender Verlust ihres Gedächtnisses, geriet sie in Wut und lief wie eine Verfolgte durch den Park am Weinberg. Schon nach kurzer Zeit taten ihr die Beine weh, und das machte sie noch wütender. Sie setzte sich auf eine Bank und starrte auf den teilweise immer noch mit einer Eisdecke überzogenen Teich. Im Sommer ließen hier Kinder ihre Aufziehboote fahren, jetzt schwammen nur gebrauchte Kondome und Einwegspritzen auf dem Wasser. Lotti wusste, dass Mütter mit Kindern diesen Ort mieden, weil sich die Stricherszene in den Büschen am Teich herumtrieb, und deshalb, wegen der Abwesenheit von Kindergeschrei und Mütterthemen, kam sie oft hierher. Beides ertrug sie so wenig wie das endlose Greisengerede im Heim. Schamlos quälten die Alten einander mit ihren Wehwehchen, taten ihre Meinung zu allem und jedem kund. Früher fragten die Menschen höflich, ob man gewillt sei, ihnen zuzuhören, heute belästigten sie einen ungebeten mit ihren Befindlichkeiten und Binsenweisheiten. Lotti war zutiefst überzeugt, das Fernsehen mit seinen Talk- und Kochshows sei daran schuld, dass die Leute keinen Anstand mehr besaßen. Sogar in Filmhäusern quasselten sie ohne Pause, telefonierten und fanden es lustig, andere zu stören. Darum gab sie das Geld statt für Kinokarten lieber für DVDs aus und war dabei zur Stubenhockerin geworden.

Doch all dies beschäftigte sie im Augenblick weniger als ein Erlebnis, das sie beim Verlassen des Heims gehabt hatte. Sie wollte sich abmelden und klopfte an die Scheibe des Stationszimmers. Die beiden diensthabenden Pflegerinnen reagierten nicht, redeten ungeniert weiter, während sie die Medikamente für Pflegepatienten sortierten. Sie ahnten nicht, dass die Frau hinterm Fenster ihnen jedes Wort von den Lippen ablesen konnte, und ließen sie warten. Das Gespräch drehte sich um den Knochenkrebser aus Zimmer 13, der dauernd einnässte und deshalb Schluss machen wollte, aber nicht konnte. »Soll ich das Fenster nachts auflassen und die Bettdecke wegtun?«, fragte die jüngere Pflegerin die ältere. Zu viele seien schon gestorben in letzter Zeit, antwortete die, und es könne …

Mitten im Satz verstummte sie und starrte die Frau hinter der Scheibe an. Lotti reagierte mit arglosem Lächeln und ließ sich nichts anmerken. Die Pflegerin nahm die Abmeldung zum Stadtgang mit derselben falschen Freundlichkeit wie immer entgegen. Lotti wusste nicht, ob die Frau Verdacht geschöpft hatte. Von jetzt an musste sie auf der Hut sein und die Zeichen verstehen, mit denen das Personal sich verständigte – Blicke, Gesten, Begriffskürzel oder scheinbar harmlose Worte.

Weil ihr plötzlich kalt war, kehrte sie ins Haus zurück. Die Papageien im Käfig krächzten »Gutten Taag!«, als sie eintrat. Irgendwann würde sie den Viechern den Hals umdrehen, falls man sie nicht vorher ins Jenseits beförderte.

Im Zimmer roch es nach Bodenglanz und Desinfektionsmittel. Wütend griff Lotti zum Telefon, verlangte den Hausmeister zu sprechen und beschwerte sich, dass die Putzfrau in ihrer Abwesenheit im Zimmer gewesen war. Sie habe ein Recht auf Privatsphäre und wolle selbst entscheiden, wann man ihr zur Hand ging, noch könne sie ohne fremde Hilfe für Ordnung und Sauberkeit sorgen. Obwohl der Hausmeister sich eilig für das Versehen entschuldigte, legte Lotti erst auf, nachdem sie den Mann in Grund und Boden geredet hatte. Dabei wanderte ihr Blick über die Gegenstände im Raum. Alles schien an seinem Platz und unberührt von fremden Händen. Und doch fühlte sie sich als Opfer eines Einbruchs, empfand Ekel, als sie die Toilette benutzte, und ihr graute davor, zu Bett zu gehen.

Sie saß in der Falle, konnte nicht mehr klar denken. Waren es erste Anzeichen von Realitätsverlust oder das letzte Aufbegehren für Selbstbestimmung und gegen die Entmündigung im Alter? Lotti wusste es nicht. Darum tat sie das Vernünftigste, was man in tiefer Verunsicherung tun kann, und machte so weiter wie bisher. Nach dem Abendbrot legte sie *Bananas* von Woody Allen ein, nahm Stift und Papier zur Hand, um eventuelle Anschlussfehler zu notieren. Da der Film ihr zu albern erschien, brach sie nach der Hälfte ab und schaute dafür *Verbrechen und andere Kleinigkeiten* vom selben Regisseur. Die gelungene Mischung aus Tragik und

Komik war schon mehr nach ihrem Geschmack, wenn auch fast ohne Anschlussfehler. Nach dem Film gönnte Lotti sich eine Pause und schlief ein.

Als sie mitten in der Nacht erwachte, hörte sie klappernde Geräusche. Auf Zehenspitzen schlich sie zur Tür, öffnete sie einen Spalt weit und schob den Kopf hindurch. Auf dem Flur war es dunkel und totenstill. Aus einem Zimmer gegenüber kroch ein Lichtstreifen über die Türschwelle auf den Teppichboden. Nichts Ungewöhnliches, dachte Lotti, jemand hatte nach der Nachtschwester gerufen. Doch warum brannte im Flur kein Licht?

Obwohl sie sich sonst nicht um andere scherte, zog es Lotti wie von fremder Hand geführt zu der Tür. Ohne anzuklopfen trat sie ins Zimmer und stieß einen Schrei aus. Die Nachtschwester, die auf dem Bett hockte und mit beiden Händen das Kopfkissen aufs Gesicht des Schlafenden drückte, ließ von ihrem Vorhaben ab. »Der Patient hat alles vollgekotzt. Ich wische ihm nur das Gesicht ab.«

Lotti reichte ihr einen Lappen vom Servierwagen und blieb, bis die Pflegerin fertig war. Sie wollte sicher sein, dass der Mann diese Nacht überlebte.

***

Kurz vor halb acht stand John Klein vor der Tür der Schöndorfers. Weil sich nach dem dritten Klingeln nichts rührte, öffnete er die Wohnung mit dem ihm anvertrauten Schlüssel.

»Jonas, aufstehen! Der Lehrerstreik ist vorbei.« Der Weckruf blieb ohne Wirkung. »Nun komm schon. Wir beide sind zu alt für Versteckspiele.«

John riss die Tür mit der Aufschrift »Zutritt für Erwachsene verboten« auf. Das Zimmer roch nach einer Kifferkneipe am Morgen, das Bett war zerwühlt wie nach einer Orgie, aber kalt. John öffnete das Fenster, weil der Geruch von Cannabis ihm auf dem Magen schlug, und spuckte in den Hof.

»Verarsch mich nicht, Junge. Ich hänge an meinem Job.«

Fünfzehn Minuten später stand er vor der Schule und hielt Ausschau nach seinem Schützling. Kurz vorm Klingeln zum Unterricht kam er seelenruhig angelaufen und verzog keine Miene, als er seinen Aufpasser erkannte.

»Hallo! Hab bei 'nem Freund geschlafen. Ham' meine Eltern erlaubt.«

John schwoll an wie ein Kugelfisch. »Ist mir scheißegal! Ab jetzt will ich wissen, wo und mit wem du dich nachts rumtreibst. Alles klar?«

»Nee.« Jonas ließ ihn stehen und trug seine Schultasche in den Hof.

»Dann rufe ich deine Eltern an und erzähle ihnen, dass du zu Hause kiffst.«

»Okay. Aber holen Sie mich nicht mehr ab. Is' echt peinlich.«

»Mir nicht«, meinte John, sah aber ein, dass ein Vierzehnjähriger sich zum Gespött seiner Klasse macht, wenn man ihn noch von der Schule abholt.

»Also gut. Ich sitze ein paar Häuser weiter im Café. Aber vergiss mich nicht.«

Der Junge machte eine wegwerfende Handbewegung und verschwand im Gebäude. John machte sich auf den Weg zu Orhans Kollwitz-Bäckerei. Auf der Prenzlauer klingelte sein Telefon.

»Wo brennt's denn, Lotti? ... Is' ja'n Ding ... Bin in zwanzig Minuten da.« John verdrehte die Augen und übersah einen Radfahrer. »Gut, in fünfzehn.«

Der Radler fuhr ihn fast um und tobte: »Ab ins Altersheim, Opa!«

»Stell dir vor, da wollte ich gerade hin«, antwortete John fast heiter. Er hatte sich abgewöhnt, eine verbale Körperverletzung mit einer anderen zu parieren. Humor war die beste Waffe gegen die Ruppigkeit der Prenzlauer Berger, machte aber keinen Spaß, wenn niemand lachte. Schwer gekränkt, dass man ihn Opa nannte, überquerte der Detektiv die Prenzlauer Allee und bog in die Belforter Straße ein. Er fühlte sich alt.

Vorm BAT protestierten die Studenten der Schauspielschule Ernst Busch gegen den Berliner Senat, der seit zehn Jahren die Pläne für ein neues Theaterinstitut blockierte. Es rührte John, dass die jungen Menschen glaubten, mit fantasievollen Transparenten und markigen Sprüchen ihr Ziel zu erreichen in einer Stadt, in der Bürokraten als Bauherren regieren und Politiker wie Landesfürsten. In der DDR genügten ein paar Demos, um den Staat zu stürzen, weil öffentlicher Unmut verboten war. Jetzt war er garantiertes Grundrecht und nichts änderte sich.

Trotzdem setzte John seinen Namen auf die Liste der Busch-Sympathisanten und riet den Jungmimen, das Rathaus zu besetzen und solange Brechts *Coriolan* zu spielen, bis man das Geld für eine neue Schule genehmigte. Damit bekam er endlich seinen Lacher und konnte die Kränkung durch den Radfahrer vergessen.

***

Lotti erwartete ihn nicht vorm Gebäude, wie er vermutet hatte. Der Pförtner meinte, für gewöhnlich gehe Frau Frohwein morgens in den Park, doch habe sie anscheinend heute verschlafen. John wusste es besser und fragte nach der Zimmernummer.

Er klopfte erst leise, dann kräftig an die Tür, aber niemand öffnete. Erst als er sich telefonisch bemerkbar machte, entriegelte Lotti von innen und ließ ihn herein. Sie war noch im Nachthemd, hatte zerzauste Haare und dunkelblaue Ringe um die Augen.

»O Gott! Ich seh ja furchtbar aus«, seufzte sie, als John den Blick in den Flurspiegel freigab und seinen Mantel aufhängte.

»Du übertreibst. Mach uns einen Kaffee, dann blühen wir beide auf.«

»Ist schon fertig. Bedien dich, ich muss mich erst schön machen.«

Als Lotti im Bad verschwunden war, sah John sich im Zimmer um. Es war überhaupt nicht plüschig eingerichtet – keine Bilder vom Kunsthandel an den Wänden, keine Couchgarnitur mit Schrankwand voller Erinnerungsstücke, nur Bett, Tisch und Stuhl aus Kirschholz, ein Rollwagen mit Flachbildfernseher und Heimkino, dazu ein Wandregal voller DVDs und Bücher. Die praktische Einbauküche, bestehend aus Spüle, Geschirrfächern und Kühlschrank, war Heimstandard, ebenso der grüne Fußbodenbelag und die ockerfarbene Tapete. Lotti hatte aus dem Rentnerdomizil ein gemütliches Videostudio gemacht, in dem kein Platz für Besucher war.

»Darf ich rauchen?«

»Auf dem Balkon. Die haben hier Rauchmelder.«

John öffnete die Balkontür, blieb aber an dem Wandregal stehen und betrachtete mit der kalten Zigarette im Mund Lottis DVD-Sammlung. Sie verzeichnete Klassiker des Kinos und Filme, von denen er nicht mal die Titel kannte. Zwischen den Hüllen steckten Karteikarten mit Notizen, die sich Lotti zu den einzelnen Filmen gemacht hatte. Zu *Der letzte Tango in Paris* hatte sie notiert: »Ein grässlicher Film über die Sexfantasien eines impotenten alten Scheusals.«

»Lotti, sei nicht so ungerecht. Brando ist einsame Spitze im *Tango*.«

»Na hör mal«, die alte Dame kam gekämmt und geschminkt aus dem Bad, »Norman Mailer hasste ihn auch. Er schrieb, das sei ein Film übers Ficken, in dem nicht gefickt wird, nur so getan.« Sie nahm eine DVD vom Fernseher und reichte sie John. »Das ist ein echter Porno, aber sehr lustig.«

John las den Titel, *Shortbus*, der ihm nichts sagte. »Bist du nicht etwas zu alt für so was?«

»Ich interessiere mich rein beruflich dafür. Man muss sich ja beschäftigen in diesem senilen Wartesaal. Denkst du, ich habe Lust, den ganzen Tag über Krankheiten oder die gute alte Zeit zu reden? Mein Leben war und bleibt das Kino, solange ich noch alle Tassen im Schrank habe.«

»Sei so nett und gieß mir Kaffee ein. Mein Blutdruck rauscht sonst in den Keller.«

»Du solltest Sport treiben. Bist viel zu fett.«

»Weil ich mit dem Rauchen aufgehört habe … so gut wie.«

Lotti lachte, während sie ihm einen extrastarken Kaffee einschenkte. »Das hast du schon hundertmal versucht, als Lea noch lebte. Mit Milch und Zucker?«

»Schwarz mit Zucker … Diesmal schaff ich es.«

Lotti sah ihn mitleidig an und fragte, wieso ausgerechnet diesmal.

»Ich finde es einfach zum Kotzen, dass der Staat immer höhere Tabaksteuern verlangt und gleichzeitig die Raucher wie Aussätzige behandelt. Außerdem habe ich zufällig Nietzsches *Fröhliche Wissenschaft* wieder gelesen. Das ist besser als jeder Ratgeber zum Nichtrauchen.«

»Wieso?«

John kramte in seinem Gedächtnis nach Nietzsches Worten. »Zum Beispiel der Satz: *Wie viele Menschen verstehen denn zu beobachten! Und unter den wenigen, die es verstehen – wie viele beobachten sich selber! Jeder ist sich selbst der Fernste* … Ich bin mir nicht fern. Mein Beruf ist es, andere zu beobachten und mich ebenso. Das Bild eines labilen Menschen, der am Gängelband des Staates hängt, passt nicht zu mir. Ich möchte mir ähnlich sein. Und sehr alt werden.«

»Du weißt nicht, was du redest. Das Alter ist die Strafe für alle, die zu feige sind, rechtzeitig abzutreten. Langlebigkeit ist die Erfindung der Pflegedienste, um sich an uns dumm und dämlich zu verdienen.«

»Ist doch prima hier, wie im Hotel. Du musst nicht kochen, kannst tun und lassen, was du willst …«

Lotti goss ihm Kaffee nach und verschüttete die Hälfte auf der Untertasse. »Das dachte ich auch, als ich hier einzog. Aber dieses Hotel ist genauso verflucht wie das in Hitchcocks *Psycho*. Noch schlimmer.

John bewunderte Lottis Filmverstand, glaubte aber, dass sie die Realität mit dem Kino verwechselte.

»Letzte Nacht hat eine Pflegerin versucht, einen Patienten mit dem Kopfkissen zu ersticken. Ich konnte sie gerade noch davon abhalten. Nun weiß sie aber, dass ich weiß, was hier vorgeht.«

»Bist du sicher, dass du nicht geträumt hast?«

»Hab ich nicht«, wehrte sich Lotti und erzählte ausführlich, was sie erlebt hatte. John vermied es, Lotti anzusehen, während er aufmerksam zuhörte. An der Stelle, wo Lotti die Pflegerin überraschte, fiel er ihr plötzlich ins Wort. »Welche Farbe hatte das Kopfkissen?«

»Was spielt das für eine Rolle!«

»Blau, grün, rot, weiß … kariert, gestreift oder geblümt?«

Lotti konnte es beim besten Willen nicht sagen. Ebenso wenig, ob die Pflegerin dunkle oder helle Haare hatte, eine Brille trug oder keine.

Immer wenn John etwas nicht verstand, massierte er mit Daumen und Zeigefinger sein rechtes Ohrläppchen. Es leuchtete ihm nicht ein, dass der Schnittmeisterin diese wichtigen Details entgangen waren.

»Ich war furchtbar aufgewühlt«, erklärte Lotti. »Alles um mich herum war verschwommen, wie …«

»In einem Film.«

»Wieso Film?« Sie begriff, dass etwas nicht stimmte mit ihrer Erinnerung der letzten Nacht. Keine noch so kleine Kleinigkeit entging ihr, wenn sie einen Film anschaute – eine Berufskrankheit –, in diesem Film aber war sie nicht Schnittmeisterin, sondern Akteurin. Lotti war durcheinander.

John kam zu dem Schluss, dass der Tötungsversuch nicht wirklich stattgefunden hatte, sondern Lotti nur intensiv träumte, was sie seit dem Tod mehrerer Heiminsassen beschäftigte.

»Was rede ich überhaupt mit dir, du … du versoffener Bulle! Für dich ist doch alles, was nicht vierzig Promille enthält, zweifelhaft.«

John spürte einen stechenden Schmerz in den Schläfen. Er musste an die frische Luft und schob den Stuhl vom Tisch weg, um aufzustehen.

Lotti bereute ihre Worte und tätschelte John die Hand. »Bleib noch ein Weilchen. Ich habe sonst niemanden, mit dem ich darüber sprechen kann.«

»Gibt es hier keinen älteren Herrn, der gerne Filme schaut?«

»Otto war der einzige nette … Sie haben ihn auch umgebracht.«

John schaute verlegen in seine Tasse, als wolle er aus dem Kaffeesatz die Wahrheit lesen.

»Glaubst du, dass ich mir alles nur einbilde?«, fragte Lotti besorgt. »Dass ich auch schon meschugge bin?«

»Ich bin kein Gerontologe. Nietzsche sagt dazu, wenn dir die Last des Lebens zu schwer wird, musst du die Last deines Lebens vermehren.«

»Was für ein idiotischer Ratschlag!«

»Das ist kein Rat, nur die Feststellung eines bedingten Affekts. Deine scharfe Beobachtungsgabe wird dir im Alter zur Last, weil sie weder von Nutzen ist noch gewünscht wird. Deshalb verschanzt du dich in deinem Zimmer und siehst Tag und Nacht Filme.«

»Anders kann ich dieses Irrenhaus nicht ertragen ... Meinst du, davon wird man krank?«

John roch an seiner Zigarette. Er liebte den Duft des Tabaks. »Nicht davon, aber vom Alleinsein. Such dir einen anderen netten Herrn für gemeinsame Filmabende.«

»Alte Männer wollen nur Pornos sehen«, unterbrach ihn Lotti und strich die Tischdecke glatt. »Kannst du mir Gesellschaft leisten? Ab und zu.«

»Würde ich gerne«, sagte John. »Erinnere mich in sechs Jahren noch mal daran, wenn ich in Rente gehe.«

»Selber schuld«, lästerte Lotti. »Wärst du Beamter geblieben, könntest du dich längst zur Ruhe setzen.«

»Privatdetektiv ist ein ruhiger Job. Wenig Arbeit für wenig Geld, aber man wird geachtet. Wer mag denn schon Polizisten in dieser Stadt?«

John konnte nur mit Mühe ein Gähnen unterdrücken.

»Ich mach uns noch Kaffee. Kannst hier auch Mittagessen bekommen.«

Obwohl er immer interessiert war, wenn es ums Essen ging, fragte John mehr aus Höflichkeit, was heute auf dem Speiseplan stand.

Lotti suchte den Wochenplan auf ihrem Schreibtisch, fand aber ihre Brille nicht und reichte ihm den Zettel. Blutwurst mit Quetschkartoffeln, etwas, das er schon im Kindergarten nicht gemocht hatte.

»Danke, aber ich muss ins Büro. Mein Partner ist im Urlaub, aber seine Arbeit will erledigt werden.« John klemmte die Zigarette hinters Ohr und nahm seinen Mantel.

»Du kannst mich ja am Wochenende besuchen.«

John suchte nach einer Ausrede, fand aber keine. »Ruf mich an, wenn ... oder die 110, falls du mich nicht erreichst. Mach dich nicht verrückt. Im Altersheim sterben nun mal mehr Leute, als geboren werden.«

»Scher dich zum Teufel!«

»Musst du stets das letzte Wort haben?«, fragte John, als er auf den Flur trat.

Lotti warf ihm einen Handkuss zu und lächelte wie ein junges Mädchen. John fand die Abschiedsgeste in ihrer Herzlichkeit peinlich, aber auch rührend.

Trotz ihrer ewigen Nörgelei mochte er die Tante seiner Frau, nahm jedoch ihre Angst nicht ernst. Warum sollte er sich Gedanken über einen alten Menschen machen, der am liebsten vom Tod redete? Auch ein Privatdetektiv kann nicht vierundzwanzig Stunden am Tag Mitgefühl empfinden. Andererseits war Lotti seine letzte Verbindung zu Lea und hielt ihr Andenken wach, was ihm zunehmend Schwierigkeiten bereitete. Das Leben musste vorwärts gelebt werden, auch wenn man es nur zurückblickend versteht. Hätte er geahnt, dass das Bild des Handkusses länger in seiner Erinnerung bleiben würde, als ihm lieb war, wäre er auf der Stelle umgekehrt. So machte er sich auf den Weg ins Büro, drehte eine Runde mit Seneca um den Kollwitzplatz und wartete im Café auf seinen Schützling.

Jonas holte ihn dort nach der Schule ab und erzählte vom Geschichtsunterricht. In der DDR durften Jugendliche mit echten Pistolen und Schnellfeuergewehren schießen, hatte der Lehrer gesagt. John konnte schlecht widersprechen, weil es stimmte. Die vormilitärische Ausbildung war jedoch kein Kinderspiel, sie diente dem Zweck, die Jugend auf den Krieg vorzubereiten. Da hört der Spaß auf, wenn man lernt zu töten, bevor man aufgeklärt wird. Das hatten wir in der ersten Klasse, erklärte Jonas, mit Knarre in die Schule kommen, ist aber verboten. Ob er als Detektiv eine Pistole besitze, fragte der Junge.

John hatte genug von dem Thema. »Ich hab' einen Hund mit scharfen Zähnen«, sagte er. »Übrigens, wer war dieser Mann auf der Skaterbahn?«

Jonas nahm ein Tapa vom Teller. »Was für'n Mann?«

John haute ihm auf die Finger und zog den Teller näher zu sich. »Raus mit der Sprache! Und bitte so, dass es ein Erwachsener versteht.«

»Ach so. Wendelin, unser Trainer. Ein echt cooler Typ.«

»Hast du die Joints von ihm bekommen?«

Der Junge wurde rot. »Was für Joints?«

John verschlang eine Olive und zog sein Telefon aus der Tasche.

»Okay! Du rufst jetzt deinen Vater an und erklärst ihm, woher die Tüten in deinem Zimmer stammen.«

»Manno. Die sind von 'nem Kumpel. Wir haben Kill Off gespielt.«

John hatte zwei große Fragezeichen in den Pupillen.

»Is'n Computerspiel ... Aber ich hab nichts geraucht. Ehrlich.«

John sah ein, dass die Befragung zwecklos war. Außerdem, was ging es ihn an. Er hatte seine Pflicht für heute erfüllt und konnte in Ruhe den kinderfreien Abend genießen.

»Dann bis morgen. Und sei pünktlich ... Ich hasse Frühsport.«

Jonas nahm seine Schultasche und sprang vom Hocker. »Ist Ihr Hund echt gefährlich?«

John grinste. »Er kann Drogen schnüffeln.«

6

Die Temperaturen waren in der Nacht bis fünf Grad unter null gefallen, trotzdem saß John am Mittag wie gewöhnlich mit seinem Hund beim Kollwitz-Bäcker draußen und las Zeitung. Der Mann, der das Bahnfahren zum kostspieligen Missvergnügen gemacht hatte und die Berliner Airline zum teuersten Sparflieger Europas, sollte den neuen Flughafen Schönefeld retten. Dass er Tegel auch in Zukunft erhalten wollte, nahm John für den unbeliebten Manager ein. Sorgen bereitete dem Detektiv dagegen, dass die EU-Zentralisten die Schuldentilgung von Zyperns maroden Banken durch Beteiligung aller Kunden forderte und die Kanzlerin sofort versicherte, die Girokonten der Deutschen seien sicher wie das Amen in der Kirche.

Dass Politiker lügen, wenn sie den Mund aufmachen, war eine Binsenweisheit, dass Deutschland nicht bankrottgehen könne, eine etwas zu oft wiederholte Behauptung, um noch ruhig zu schlafen. Nicht dass er viel zu verlieren hatte, sein Konto war wie Moby Dick – mehr unter als über Wasser. Auf einer polnischen Bank lag noch etwas Geld aus einer Erbschaft seiner Frau, mit dem er die Arztrechnungen für Seneca beglich, und im Büro zwischen den fünf Bänden Strafrechtsordnung, die kein Einbrecher anfassen würde, verwahrte er das Barguthaben seiner Nichtraucherexistenz. Inzwischen reichte es, um eine Woche Urlaub auf Hiddensee zu machen. Doch John litt nicht an Überarbeitung, nur unter Frühjahrsmüdigkeit und einer leichten Gereiztheit vom Nikotinentzug und vom Zeitunglesen. Besonders ärgerte ihn die gefühlsbetonte, von Adjektiven wimmelnde Lyrik der Wetterpropheten. Nachdem sie mehrere milde Winter in Folge zum Beweis einer globalen Klimaerwärmung hochstilisiert hatten, waren sie ratlos, dass diesmal im März nach einem heiter bis wolkigen Hoch mit stellenweise frühlingshaften Temperaturen ein skandinavisches Tief Europa mit klirrender Kälte überzog. Bis Ostern könne das Wintermärchen anhalten und den Minusrekord seit Beginn der Wetteraufzeichnung brechen, hieß es.

Blödsinn, dachte John und faltete die Zeitung zusammen. Er erinnerte sich, dass vor drei Jahren der Schnee im Volkspark Friedrichshain so hoch lag, dass die Kinder auf Skiern und Snowboards Ostereier suchten, und er sich in einem März bei Glatteis den Fuß verstaucht hatte. Jede launische Wetterkapriole wurde mittlerweile zur Klimakatastrophe hochgerechnet, um die Verbraucher in die finanzielle Verantwortung für die Sünden der Industrie zu nehmen. Früher vertrauten die Menschen auf Bauernregeln und den lieben Gott, heute aufs Internet und heilige Worte wie Nachhaltigkeit, Biokurve, CO_2-Anstieg. Für John waren es nur dialektische Floskeln – potenziertes Wissen im Quadrat, das den Glauben an eine planbare Zukunft zur Bürgerpflicht macht.

Als wenn es nicht genug ungelöste Probleme in der Gegenwart gäbe. Von den ungesühnten Verbrechen der Vergangenheit ganz zu schweigen.

Eine vertraute Stimme riss John aus seinen Gedanken.

»Der Straßenfeger! Das Zentralorgan der Arbeitsscheuen und jener, die es werden wollen.« Ein Mann in grauer Kapuzenjacke mit blassem Gesicht hielt John die Obdachlosenzeitung unter die Nase.

»Mario … Wie oft soll ich dir sagen, dass ich kein Geld für Zeitungen ausgebe. Bei Orhan gibt's alle Neuigkeiten für umsonst.«

»Kriegst den Straßenfeger auch für umsonst, wenn du einsfünfzig für die Obdachlosenhilfe spendest.«

»Lass gut sein. Ich bin grad knapp bei Kasse.«

»Hast du wenigstens eine Zigarette«, ließ Mario nicht locker.

John reichte ihm die angefangene Schachtel Gauloises. »Nimm sie alle. Dann stirbst du vor mir.«

»Ehrlich?« Mario sah den Detektiv misstrauisch an.

»Kannst du nicht lesen? Auf der Packung steht RAUCHEN TÖTET.«

»Ham' sie dich jetzt auch so weit?«

»Wie weit?«

»Na, dass du alles glaubst. Ich fege ja auch keine Straße, obwohl ich den Straßenfeger verkaufe.«

»Du solltest flotte Sprüche verkaufen. Dann könntest du dir was Neues zum Anziehen leisten.«

»Wäre schlecht fürs Geschäft. Elend verkauft sich nun mal besser.«

John bewegte seinen Kopf hin und her wie den Zeiger eines Metronoms. »Wer etwas unter die Leute bringen will, ist umso erfolgreicher, je mehr er verblüfft.«

Mario sah ihn fragend an. John riet ihm, sich zu rasieren, als Bankberater zu verkleiden und zu erzählen, er sei bei Lehmann Brothers rausgeflogen.

»Nee, das geht nicht. Ich will authentisch sein und glaubwürdig.«

»Na bitte. Du redest wie ein Banker. Jetzt musst du nur noch wie einer aussehen.«

»Und wie sieht ein arbeitsloser Banker aus?«

John begriff, dass es sinnlos war, aus Mario einen erfolgreichen Verkäufer machen zu wollen. »Bleib lieber authentisch. Hier laufen schon genug Leute rum, die wie Banker aussehen, aber keinen Cent in der Tasche haben.«

»Haste recht. Ich bin sowieso zu bekannt, seit ich im Fernsehen war.«

»Im Fernsehen? In welcher Sendung?«

»Die RTL-Show *Straßenfeger sucht scharfen Feger* für saubere Beziehung und schmutzige Kinder.«

John bekam einen Lachkrampf, während das Telefon in seiner Manteltasche klingelte. Nach dem dritten Klingeln hielt er das Handy ans Ohr und sah dabei den Verkäufer an. »Du bist besser als Mario Barth.« Er stutzte. »Wieso Barth? Klein am Apparat. Nicht Mario, John Klein.«

Mario stand da wie ein Komiker, der auf einen Lacher wartet. Doch Johns Gesicht verdüsterte sich. »Ja, kenne ich … Nein, verwandt sind wir nicht.« Er winkte Mario zu, ihm eine Zigarette anzuzünden. »Wie schlimm ist es denn? … Verstehe. Bin in fünfzehn Minuten da.«

Mario reichte ihm die brennende Zigarette. »Ohne Handy ist viel besser. Die schlechten Nachrichten erreichen einen nicht so schnell.«

»Die guten auch nicht.« John nahm einen Zug und drückte den Glimmstengel im Aschenbecher aus. Seine Laune war im Eimer.

»Gute Nachrichten sind mein Geschäft. Ich schenk dir den neuen Straßenfeger, der bringt Glück.«

»Behalt deinen Hartz-IV-Comic. Wenn ich glücklich sein will, lese ich Tim & Struppi.«

***

Vorsichtshalber schloss er Seneca im Büro ein. Das Tier spürte die Abneigung seines Herrn gegen ehemalige Kollegen und knurrte jeden Uniformierten an. Dass die Berliner Polizei neuerdings Dunkelblau statt Grün trug, spielte keine Rolle, weil für Hunde alle Farben graublau sind. Der Feind wurde an seiner bedrohlichen Kopfbedeckung ausgemacht und der Aufgeregtheit gegenüber unangeleinten Vierbeinern. Es war damit zu rechnen, dass sie den harmlosen Border Collie als Kampfhund einstuften und auf der Stelle erschossen. John hatte solche Dinge nur gehört, für sein Unbehagen gegenüber Uniformierten gab es genügend andere Gründe. Auch wenn sie verjährt waren, reagierte er wie ein Pawlowscher Hund, bekam erhöhten Speichelfluss, sobald er eine Dienstmütze nur von Weitem sah.

Als er an der Wohnungstür der Schöndorfer/Müllers klingelte, hatte er die Kontrolle über seine negativen Affekte verstärkt. Er wollte sich den Tag nicht noch mehr versauen. Der Polizist, der ihm öffnete, trug keine Mütze. Das war schon mal von Vorteil. Dass es eine Polizistin war, sogar eine recht hübsche, erleichterte die Sache noch. Obschon eine Uniform auch sie zum wandelnden Strafgesetzbuch machte.

»Sie sind Herr Klein?«

»Seit neunundfünfzig Jahren.«

»Können Sie sich ausweisen?«

John reichte ihr seinen Berufsausweis. Die Beamtin interessierte vor allem, ob der Zulassungsstempel vom laufenden Jahr war. War er, also ließ sie den Detektiv mit einer dienstvorschriftsmäßigen Geste der rechten, ausgestreckten Hand in die Wohnung und folgte ihm in die Küche. Dort saß ein männlicher Kollege am Tisch, Mitte dreißig, kantiges Gesicht, Luchsaugen und abstehende Ohren. Ein Beamter wie geschaffen für den großen Lauschangriff. Vor ihm lag aufgeschlagen seine Dienstmappe, Kugelschreiber griffbereit. Die Beamtin reichte dem Kollegen Johns Ausweis, den der Beamte eingehend studierte und dann vor sich auf den Tisch legte.

»Nehmen Sie Platz!«

»Was ist mit Jonas passiert?«, fragte John, bevor er auf den Küchenstuhl sank.

»Später. Zuerst zu Ihnen ... Sie sind also Privatdetektiv.«

John spürte, wie die Speicheldrüsen in seinem Mund aktiv wurden. »Ich glaube, so steht es in meinem Ausweis.«

»Wir haben die Eltern kontaktiert. Sie sagen, dass Sie momentan für den Jungen verantwortlich sind.«

»Das ist nicht ganz korrekt«, unterbrach John das Verhör. »Ich bin nur beauftragt, ihn zur Schule zu bringen und wieder abzuholen. Was er sonst treibt, geht mich nichts an. Dafür werde ich nicht bezahlt.«

Der Beamte wechselte einen ausdruckslosen Blick mit seiner Kollegin, die hinter John in der Tür stand. Was ihn nervös machte.

»Das heißt, der Minderjährige ist die ganze Zeit ohne Aufsicht, während die Eltern verreist sind.«

»Nicht die ganze Zeit. Wie ich schon sagte, ich sorge dafür, dass er nicht die Schule schwänzt.«

»Das geht nicht«, meinte die Polizistin. »Jemand muss Tag und Nacht auf ihn aufpassen.«

John zuckte mit den Schultern. »Sagen Sie das den Eltern. Sie sind beim Film und werden schon wissen, was sie tun.«

»Anscheinend nicht«, meldete sich der Polizist zu Wort. »Jonas Schöndorfer ist bei uns aktenkundig wegen verschiedener Delikte … Ladendiebstahl, Einbruch, Schulverweigerung. Dreimal hat er bereits die Schule gewechselt.«

»Ich dachte zweimal«, seufzte John. »Da habe ich mir wohl einen Kuckuck ins Nest gesetzt.«

»Wussten Sie, dass er auch mit Drogen handelt?«

»Wirklich? Dem zieh ich die Ohren lang.«

»Das lassen Sie schön bleiben. Darum kümmern wir uns.«

John drehte sich zu der Beamtin um, weil sie besser aussah als ihr Kollege und er es nicht mochte, wenn man ihm auf den Hinterkopf starrte, wo das Knie unübersehbar durchschimmerte. »Dann kann ich wohl gehen. Mein Hund ist nämlich nicht gern alleine.«

»Bleiben Sie sitzen!«, knurrte der Beamte und griff zum Kugelschreiber. »Erst wenn wir hier fertig sind, können Sie gehen.«

»Ach ja. Sie wollten mir sagen, was mit dem Jungen passiert ist.«

»Er wurde zusammengeschlagen und beraubt. Er kann vorläufig nicht in die Schule gehen.«

»Schöne Bescherung. Dann bin ich meinen Job los.«

»Haben Sie keine anderen Sorgen?«, fragte die Polizistin unfreundlich.

»Seit ich den Dienst in Ihrer Behörde quittiert habe, werde ich fürs Nichtstun nicht bezahlt.«

»Wir auch nicht, Herr Kollege … Darf man fragen, in welcher Abteilung Sie bei uns waren?«

»Delikte am Menschen. Vor Ihnen sitzt ein ehemaliger Hauptkommissar der Mordbereitschaft 6.«

»Dann haben Sie Erfahrung im Umgang mit Problemjugendlichen.« John glaubte unterschwellige Bewunderung aus den Worten des Streifenpolizisten herauszuhören, hätte aber gern darauf verzichtet. Er ahnte, was auf ihn zukam.

»Ich habe mit dem Vater gesprochen. Er möchte, dass Sie den Jungen ab jetzt rund um die Uhr betreuen.«

»Moment mal!«, protestierte der Detektiv. »Darüber würde ich schon gern selbst mit ihm reden. Ist schließlich ein Fulltimejob.«

»Er hat uns eine Erklärung per E-Mail geschickt. Lesen Sie, dann können wir das Gespräch beenden.«

Der Beamte zog das Schriftstück aus seiner Mappe und reichte es John. Darin stand, dass John Klein, wohnhaft soundso, als Erziehungsberechtigter auf Zeit die Verantwortung für Jonas Schöndorfer übernimmt und gesetzlich für ihn haftet. Die Wohnung steht ihm zur Verfügung, alle mit der Betreuung des Jungen entstehenden Ausgaben werden erstattet, nicht jedoch Kosten außerhalb der Betreuung, die der Betreuer für private Zwecke verursacht.

»Und wenn ich nicht unterschreibe?«

»Dann muss Jonas ins Jugendheim«, sagte die Polizistin. »Wollen Sie das? Er will es auf gar keinen Fall.«

John platzte beinahe der Kragen. »Ist mir scheißegal. Ich bin Privatdetektiv und nicht das Jugendamt ... Was bildet sich der Bengel ein?«

»Fragen Sie ihn. Er ist in seinem Zimmer«, sagte der Polizist und kaute an seinem Kugelschreiber. »Wenn's geht, nicht so laut. Sein Trommelfell ist nämlich geplatzt.«

John rührte sich nicht vom Fleck, las den Text erneut und diesmal gründlich, um seine Unschlüssigkeit zu verbergen.

Die Polizistin wusste, wie sie ihn rumkriegte, weil Frauen einfach die besseren Psychologen sind. »Er spricht nur positiv von Ihnen. Er findet, dass Sie ein cooler Typ sind. Außerdem kommt was rum bei dem Job. Die Eltern müssen Kohle haben, so wie die Wohnung aussieht.«

»Geld macht nicht glücklich. Es verdirbt nur die Kinder.« John zog seinen Spalding-Kugelschreiber aus der Jackentasche und setzte seinen Namen unter die Erklärung. Er wirkte zerknirscht wie ein Verurteilter, der sein Todesurteil unterschreibt.

Als die Beamten sich verabschiedeten, saß John wie angewurzelt in der Küche und betrachtete die eingerahmten Filmplakate an der Wand. Eines trug den Titel *Rabenvater*, das andere *Der singende Detektiv*. John konnte nicht über die seltsame Botschaft lachen. Er war verstimmt und brachte keinen klaren Gedanken zustande. Hätte er die Zigaretten nicht verschenkt, könnte er seinen Frust in Rauch auflösen. So kaute er an seinem Spalding-Kugelschreiber, ein Geschenk der New Yorker *detectives* vom 77. Revier, auch *Fort Apache* genannt.

In der Bronx hatte er gesehen, was aus Jugendlichen wird, die keine Perspektive haben: Schwerverbrecher. Jonas Schöndorfer war weder schwarz noch arm, wuchs in sogenannten geordneten Verhältnissen auf und hatte es nicht nötig, Läden und Leute auszurauben. Jeder normale Junge klaut mal Schnaps und Zigaretten im Supermarkt oder Geld von den Eltern, um seine Kumpels zu beeindrucken. Der Diebstahl von Handys oder Nike-Turnschuhen war eher eine Spezialität von Jugendlichen aus dem Wedding oder Neukölln.

Dass ein Vierzehnjähriger aus dem Prenzlauer Berg mit Drogen handelte, war für John ein Novum, wenn auch nicht verwunderlich. Hinter den gutbürgerlichen Fassaden grassierte die Angst, zu scheitern. Viele Medienleute warfen Amphetamine, Steroide und andere Psychopillen ein, um auf Sendung zu bleiben. Selbst wenn es bei den Schöndorfers keine Haschischkekse zum Frühstück gab, sondern Müsli und Bionade, dann vielleicht bei den Eltern von Jonas' Freunden. Die neoliberalen Eliten waren mehr oder weniger gedopt wie die Rennpferde in Hoppegarten und ließen ihre jungen Fohlen im Montessori-Kindergarten auf Höchstleistung trimmen. Wer nicht mithalten konnte oder sich dem Druck widersetzte, galt als verhaltensgestört, wurde mit Ritalin gefüttert und, wenn das nichts half, ans Jugendamt vermittelt.

Obwohl er als Hundefreund Kinder so wenig ausstehen konnte wie Katzen, hatte John ein gewisses Verständnis für den Jungen, der im Nebenzimmer lag und seine Wunden leckte. Ihm blieb nichts anderes übrig, als sich um Jonas zu kümmern.

Der Detektiv war überzeugt, dass es ihn einige Nerven kosten und sein erfolgreiches Nichtraucherprogramm um Wochen zurückwerfen würde. Andererseits reizte ihn die Vorstellung, der Wal zu sein, in dessen Bauch Jonas Zuflucht vor seinen Verfolgern fand. Er wollte das kleine Arschloch vor den uniformierten Armleuchtern, seinen ehemaligen Kollegen, retten.

Fast hätte er gesagt: »Du siehst schlimm aus«, als er das Zimmer des Jungen betrat. Die Burschen aus dem Wedding hatten Jonas übel zugerichtet – ein Veilchen auf dem linken Auge, Nase geschwollen, womöglich gebrochen, Oberlippe aufgeschlagen. John sorgte sich mehr um die unsichtbaren Wunden.

»Wie geht's, wie steht's mit Amor und Psyche?«

Jonas lag auf seinem Bett und surfte mit dem Smartphone im Internet. »Was?«

»Du bist doch nicht auf beiden Ohren taub«, reagierte John unwirsch, um sein Mitgefühl zu verbergen.

»Nee. Aber mir brummt's im Kopf wie … in der Formel-Eins-Rennbox.«

»Welches Team? Ferrari?«

»Redbull.« Jetzt taute der Junge auf. »Basti Vettel ist der Größte. Besser als Schumacher.«

John hockte sich zu ihm aufs Bett. »Groß ist man erst, wenn man mit Anstand verlieren kann. Das nächste Mal haust du ab, wenn dein Gegner in der Überzahl ist.«

»Wenn sie mich aber festhalten und mit 'nem Messer bedrohen?«

»Dann trittst du dem Anführer in die Eier und rennst weg, so schnell du kannst.«

»Hab in Sport eine Drei minus«, sagte Jonas kleinlaut.

»Ich denke, du bist ein As auf dem Skateboard?«

»Ist ja auch kein Schulsport … Skaten ist Freiheit, Leben, eine Filusofie. Aber das verstehen Sie nicht.«

John widersprach nicht. Was Jugendliche umtrieb, verstand er tatsächlich kaum, wollte es auch nicht. Seine Philosophie war: Jede Jugendsünde ist verzeihlich. Es kommt darauf an, sie zu überleben.

7

Auf dem Weg ins Pflegeheim kaufte John im Café mit dem seltsamen Namen *Lass uns Freunde bleiben* in der Choriner Straße selbst gebackenen Zitronenkuchen. Er hatte die feste Absicht, Tante Lotti damit zum Schweigen zu bringen. Beim Anblick des süßsauren Gebäcks lief ihm das Wasser im Mund zusammen.

In der Hoffnung auf ein kurzes Kaffeekränzchen betrat John das Altersheim am Weinbergsweg. Keiner der Bewohner war bei der Kälte im Garten oder auf der Raucherterrasse. Auch in der Lobby herrschte bis auf das Gezwitscher der Papageien sonntägliche Stille, nur im Saal saßen vereinzelt ein paar Greise mit hängenden Köpfen und leerem Blick.

Der Mann hinter der Rezeption telefonierte. John wollte ihn nicht unterbrechen und widmete sich derweil den Zwergpapageien. »Na, ihr zwei Hübschen! Könnt ihr sprechen?« Die beiden Exoten schauten durch die Gitterstäbe des Käfigs und schienen ihm nicht zu trauen. »Ich bringe euch was bei ... Die Rose der Rose. Die Schachtel der Schachtel.« Obwohl sie die Köpfe hin und her bewegten und die Schnäbel an der Stange wetzten, brachten sie keinen Ton heraus.

»Kann ich Ihnen weiterhelfen?«

»Die verstehen anscheinend kein Deutsch.« John trat an die Rezeption und sagte, er wolle Charlotte Frohwein einen Besuch abstatten. Sie erwarte ihn.

Der Mann sah ihn mit einer Mischung aus Argwohn und Bedauern an.

»Frau Frohwein ist nicht da.«

»Ist sie etwa spazieren gegangen bei der Saukälte?«

»Sie sind ein Verwandter von Frau Frohwein?«, druckste der Pförtner.

»Nur entfernt. Ist das wichtig?«

»Na ja, nein. Warten Sie bitte.« Er wählte eine Nummer, wandte sich von dem Besucher ab und flüsterte Unverständliches ins Telefon. John bekam langsam Appetit auf den Zitronenkuchen.

»Die Leiterin unserer Einrichtung würde gern mit Ihnen sprechen. Sie ist heute ausnahmsweise am Sonntag im Haus ... Um die Ecke, das erste Zimmer.«

»Ist etwas passiert mit ... Frau Frohwein?«, wollte John wissen, ohne sich vom Fleck zu rühren. »Kommen Sie. Spucken Sie's aus.«

»Tut mir leid, ich kann Ihnen nichts sagen.« Der Mann deutete in den Gang zum Büro der Heimleiterin.

John nahm seine Tüte und suchte die Tür mit der entsprechenden Aufschrift. Er ahnte, dass er seinen Zitronenkuchen würde allein essen müssen. Was er nicht ahnte, war, dass der Rentner, der wie angewurzelt auf dem Gang stand, ihn beobachtete. Sein Blick wirkte seltsam starr.

Die Frau hinterm Schreibtisch war Mitte vierzig, ziemlich füllig, hatte gefärbte Haare, war stark geschminkt und bis oben hin zugeknöpft.

»Nehmen Sie Platz. Mein Name ist Gutzeit.«

»Du liebe Zeit … Ich meine, schöner Name. Ich heiße John Klein und bin mit Frau Frohwein verabredet. Nicht direkt verabredet. Es sollte eine Überraschung sein.«

»Sind Sie ein naher Verwandter?«

»Hat mich der Pförtner schon gefragt. Nicht nah, aber eng. Lotti … Frau Frohwein ist meine Tante.«

»Haben Sie Ihre Tante schon öfter besucht?«

»Nur zweimal, zuletzt vor zwei Tagen. Wieso?«

Die Heimleiterin kratzte mit den rot lackierten Fingernägeln ihrer rechten Hand einen Fussel von ihrem schwarzen Kostüm. »Was für einen Eindruck machte sie? Hat sie Ihnen von seelischen Problemen oder Krankheiten erzählt?«

»Lotti?« Ihm fiel auf, dass Frau Gutzeit in vollendeter Vergangenheit redete. »Sie ist kerngesund und hat keine Probleme, solange genügend Filme vorrätig sind.«

Die Frau hinterm Schreibtisch fand noch einen Fussel auf ihrem Kostüm und entfernte ihn. »Die braucht sie nicht mehr.«

Man konnte fast hören, wie bei John der Groschen fiel. »Sie ist tot, nicht wahr?«

Ellen Gutzeit nickte verschämt.

»Wann ist sie gestorben und woran?« John hörte seine Stimme wie aus einem Schalltrichter.

»Man hat sie heute früh im Park gegenüber gefunden. Erfroren … Sie ging ja oft nachts spazieren, obwohl es eigentlich nicht erlaubt ist. Aber wegen des Brandschutzes können wir das Haus nicht abschließen.«

»War die Kripo schon da?«, wollte John wissen.

»Die Polizei. Sie geht von einem tragischen Unfall aus. Es heißt, da ist nichts zu ermitteln.«

»Ich würde gern das Zimmer der Verstorbenen sehen.«

»Das geht nicht. Die Polizei hat es versiegelt.«

»Also doch!«, platzte John heraus. »An der Sache ist was faul.«

Die Frau sah ihn erschrocken an. »Wie kommen Sie darauf?«

»Ich kann einfach nicht glauben, dass Lotti so verdammt leichtsinnig war. Und lebensmüde schon gar nicht.«

»Sie meinen, Ihre Tante hätte sich umgebracht?«, reagierte Ellen Gutzeit entsetzt. »So was kommt bei uns nicht vor. Unsere Senioren fühlen sich sehr wohl hier.«

John zupfte sich am Ohr, überlegte, wie er es ausdrücken sollte. »Ich habe Lotti vor kurzem zum ersten Mal besucht. Sie schien alles andere als zufrieden. Sie fürchtete sogar um ihr Leben.« Die Heimleiterin schwieg. Mit ihrer dicken Schminke sah sie aus wie eine Schaufensterpuppe. »Stimmt es, dass in letzter Zeit mehrere Senioren ohne ernsthafte Krankheit verstarben?«

»Drei Patienten auf der Pflegestation sind an einem Grippevirus gestorben, leider«, sagte die Frau und lief rot an. »Sind Sie etwa Journalist, dass Sie solche Fragen stellen?«

John hatte die Frage erwartet. »Nein, keine Sorge. Ich bin in der Versicherungsbranche.«

»Weshalb sollte ich besorgt sein? Ihre Tante war keine Pflegepatientin, sondern freiwillig hier.«

»Und nicht dumm. Ich frage mich, warum sie bei der Kälte nachts in den Park gegangen ist?«, rätselte John.

»Da fragen Sie mich zu viel. Ich kann mich nicht um jeden Bewohner persönlich kümmern.«

»Verstehe. Aber meine Tante war nicht wie jeder … Sie war sehr speziell.«

Die Heimleiterin schaute auf die Uhr. »Das stimmt. Sie nahm am Heimleben nicht teil, verließ ihr Zimmer nur zum Essen und Spazierengehen.«

»Eine Frage noch. Wo genau hat man Lotti, ich meine, Frau Frohwein, gefunden?«

»Soviel ich weiß auf einer Parkbank in der Nähe des Teiches.«

»Ist auch egal«, seufzte John und erhob sich. »Ich kann's nicht fassen, dass sie tot ist. Was mache ich jetzt mit dem Zitronenkuchen? Mir ist der Appetit vergangen.«

»Kann ich verstehen«, sagte die Frau.

»Am besten, ich lasse ihn hier. Ist nicht aus der Tiefkühltruhe.«

»Kein Problem. Vielleicht hat einer von unseren Senioren Appetit drauf.«

»Dann danke ich Ihnen für das Gespräch.«

»Moment noch«, sagte Ellen Gutzeit. »Ich bräuchte Ihre Adresse und Telefonnummer.«

»Wozu?«

»In unseren Akten steht, dass Frau Frohwein keine Familienangehörigen hat. Aber Sie sind mit ihr verwandt und haben eventuell Erbanspruch.«

»Darauf bin ich nicht scharf.« John reichte der Frau eine private Visitenkarte. »Geben Sie mir Bescheid, wenn das Zimmer nicht mehr versiegelt ist. Ich habe am Freitag meine Lesebrille liegen gelassen.«

»Ich rufe Sie an«, versicherte die Gutzeit und gab ihm die fleischige Hand.

In der Tür drehte er sich noch mal um. »Eine letzte Frage. Was passiert mit den Ersparnissen, die Lotti eventuell besaß?«

»So es keinen Erbanspruch gibt, fällt das Barguthaben der Verstorbenen an unsere Stiftung. Abzüglich der Beerdigungskosten und Renovierung des Zimmers.«

»Eine prima Lösung. Besser, als wenn der Fiskus es kassiert.«

Als der Besucher gegangen war, öffnete Ellen Gutzeit den Bürotresor und suchte die Unterlagen von Lotti Frohwein. Darunter war ein Sparbuch. Mit großen Augen sah Ellen Gutzeit auf die Zahlen, die dort schwarz auf weiß standen.

***

Fünf Minuten später stand John vorm Eingang des Altersheims und sah zum Himmel. Weil es angefangen hatte zu schneien, drei Tage vorm kalendarischen Frühlingsanfang, fragte er sich, ob Lottis Seele auf dem Weg nach oben erfrieren würde. Es wäre besser für ihn, denn er fürchtete, sie könnte ihn ebenso heimsuchen wie Lea, seine Frau, weil er beide nicht hatte beschützen können. Dass Lea bei einem Autounfall sterben würde, konnte niemand vorhersehen. Lotti schien ihr eigenes Ende zumindest geahnt zu haben. Er hatte es nicht ernst genommen, für Gerede gehalten, das sich am Thema Tod abarbeitet. Lotti war weder krank noch lebensmüde gewesen. Dass sie nachts auf einer Parkbank versehentlich eingeschlafen und erfroren war, konnte er nicht glauben. Unfall, Selbstmord, es machte keinen Sinn, auch wenn die Suche nach der Logik des Todes so sinnlos war wie die Frage nach dem Sinn des Lebens überhaupt. Anders als in Russland, wo diesen Winter schon Hunderte Obdachlose erfroren waren, konnte man Lottis Kältetod nicht als soziales Problem abtun, höchstens als Tragödie des Leichtsinns oder eines Vorsatzes. Die Frage war nur, wessen Vorsatz.

»Wohl besoffen?«, fuhr ein Passant den Detektiv an, der ins Selbstgespräch vertieft durch den anderen hindurchgehen wollte. John nahm es nicht zur Kenntnis und stapfte stur weiter durch den Schnee. Als er die Leuchtschrift *Spät-*

kauf las, warf er seine guten Vorsätze über Bord. Er kaufte eine Schachtel Gauloises ohne Filter und ging in den Weinbergspark, um nicht von jemandem gesehen zu werden, dem er erzählt hatte, er habe sich das Rauchen abgewöhnt.

Am Ufer des zugefrorenen Teichs paffte er die erste Zigarette des Tages. Sie schmeckte wunderbar, trotz der traurigen Umstände. Er hoffte, dass Lotti, die seine Nikotinsucht als Charakterschwäche angesehen hatte, es ihm gnädig nachsah. Was hatte es ihr genützt, gesund zu leben? Ihr plötzlicher Tod erschien ihm als ein einziger Irrtum. So wie in dem Film *Das Spiel ist aus*, wo ein Mann und eine Frau, nachdem sie sich im Jenseits ineinander verliebt haben, für einen Tag ins irdische Leben zurückkehren dürfen und die Chance, doch noch miteinander glücklich zu werden, gründlich vermasseln. John wünschte Lotti eine zweite Chance, zweifelte aber, ob sie im Jenseits jemanden finden würde, der es mit ihr aushielt. Sie war eine ziemliche Schreckschraube, aber was wusste er sonst noch von ihr? Dass sie als Kind vor den Nazis versteckt wurde, nach dem Krieg kein Wort sprach, in einem Taubstummenheim aufwuchs und später Synchronschnittmeisterin der DEFA wurde. Ihr Problem war, dass sie Filme mehr schätzte als die Realität und im Alter immer rechthaberischer wurde. Kein Wunder, wenn niemand mit ihr klar kam, sie sich keine Freunde machte. Womöglich aber einen Feind, der sie, weshalb auch immer, lieber tot als lebendig sah. Könnte er nur Zuschauer der letzten Szene ihres Lebensfilms sein.

Johns Füße bewegten sich ohne Befehl auf die Parkbänke am Teich zu. Der Schnee hatte alle drei in ein weißes Übertuch gehüllt und die Spuren der Nacht verwischt. Trotzdem fand John die Bank, auf der Lottis Leiche entdeckt worden war. In einem der Papierkörbe aus Metall lag ein Stück gelb-schwarzes Plastikband, mit der die Polizei Tatorte absperrt.

John hob den Einsatz des Blechkübels heraus und schüttete den Inhalt auf den Boden. Sofort kamen ein halbes Dutzend Krähen aus allen Richtungen herbeigeflogen und beobachteten aus sicherer Entfernung den wohltätigen Franziskus. Außer einem gefrorenen Pizzarest war jedoch nichts Essbares in dem Müll, auch nichts Verwertbares für einen Detektiv. Das Gelände um die Bank abzusuchen, schien zwecklos, da der Schnee alle Spuren verwischt und die Polizei routinemäßig den Leichenfundort durchkämmt hatte. Als er die Suche abbrechen wollte, trat sein linker Schuh auf etwas Rundes. Er ging in die Hocke, um seinen Rücken zu schonen, und griff ins Gras. Nachdem er den Schnee von dem Gegenstand weggepustet hatte, entpuppte er sich als schwarze Kugel aus Hartplaste, Durchmesser circa fünf Zentimeter, an einer Seite abgeplattet mit Loch und Innengewinde. Ein sogenannter Kugelkopf oder -knopf, entschied John, nur wofür? Weder die Parkbank noch der Müllkübel hatten abschraubbare Teile. Der Parkservice setzte Geräte wie Kehrmaschine, Rasenmäher, Schneefräse ein, die vielleicht solche Schraubknöpfe besaßen, nur fuhren sie nachts wohl kaum herum. Er wollte die Kugel wegwerfen, besann sich dann, steckte sie wegen ihrer glatten Oberfläche als Handschmeichler ein und verließ den Ort, bevor er wie Lotti kurz vor Frühlingsanfang erfror.

Er nahm die Straßenbahn Richtung Pankow, stieg bei der nächsten Station aus und überquerte den Teutoburger Platz. Tränen liefen ihm übers Gesicht. Er war nicht sicher, ob es Tränen der Trauer oder Kälte waren. Für Sentimentalitäten blieb ihm so wenig Zeit wie für ein Bier im *Metzer Eck*. Er wollte ein paar Sachen aus seiner Wohnung in der Diedenhofer Straße holen und vorübergehend zu einem Jungen ziehen, der in der Pubertät steckte und nicht wusste, dass man daran sterben kann. Um Lottis Tod musste er sich nun auch noch kümmern. Das war er ihr schuldig, auch wenn sie ihn wie ihren nicht standesgemäßen Schwiegersohn behandelt hatte. Da sie weder prominent noch vermögend war, würde die Polizei den Fall schnell zu den Akten legen. John war sicher, dass man den Notarzt an Ort und Stelle gedrängt hatte, natürliche Mortalität auf den Totenschein zu schreiben, um sich Zeit und Mühe zu sparen. Aus Personalmangel und Faulheit sahen die Ermittler schon mal über Details hinweg, zumal sie sich bei Leichenfunden auf öffentlichen Plätzen oft als rein zufällig erwiesen.

Beim Tod alter Menschen erhob sich die Frage, wie der Mensch gelebt hat, meist über den Sachverhalt, wie er gestorben ist. Deshalb werden Alte nur obduziert, wenn der Verdacht auf ein Verbrechen die Kosten der Untersuchung rechtfertigt. Und so blieb einer von zwei absichtlich herbeigeführten Toden eines alten Menschen unentdeckt, wusste John als ehemaliger Kommissar für Delikte am Menschen.

Damit Lotti nicht ungesühntes Opfer eines Verbrechens wurde, rief er Lorenz Straub, Chef der Berliner Gerichtsmedizin, an. Weil Straub nicht ans Telefon ging, hinterließ John eine Nachricht auf der Mailbox. Spätestens morgen würde der Pathologe zurückrufen, war sich John sicher. Schon mehrfach hatten sie einander inoffiziell zugearbeitet und Spaß daran gehabt, die preußischen Beamten aus der Keithstraße dumm dastehen zu lassen. Diesmal würde ein gemeinsames Essen im *Paparazzi*, ihrem Lieblingsitaliener, nicht ausreichen, um das Problem zu lösen. John musste seinen Freund dazu bringen, eine Leiche ohne amtliche Verfügung aus dem Bestattungsinstitut zu holen und heimlich zu obduzieren. Damit riskierten beide wenn nicht Kopf, dann den Kragen, an dem ihre Berufszulassung hing. Zum Glück hatte er gerade keine Zeit für die Lösung des Problems. Eine andere unlösbare Aufgabe wartete auf ihn – die Erziehung eines Halbwüchsigen.

Nachdem er seinen Pyjama, Rasierapparat, Zahnbürste, Hundefutter und ein paar Bücher zum Einschlafen eingepackt hatte, machte sich John auf den Weg von seiner Wohnung in die Metzer Straße. Bevor er bei den Schöndorfers einzog, holte er Seneca aus dem Büro, ließ ihn auf dem Grünstreifen vor *Myer's Hotel* sein Geschäft verrichten und kickte den Kackhaufen mit dem Fuß ins Gebüsch, weil er die Hundetüten vergessen hatte. In dem Moment hielt ein Auto des Ordnungsamts am Tatort. Der Beamte stellte ihn vor die Wahl, eine Ordnungsstrafe von fünfunddreißig Euro zu zahlen oder den Dreck einzusammeln. John nahm eine Handvoll Schnee, pappte ihn um Senecas Kacke und warf den Klumpen aus kurzer Entfernung ins Maul eines Mülleimers. Obwohl er in seiner Jugend ein guter Schlagballwerfer gewesen war, verfehlte er das Ziel knapp. Es war wirklich nicht sein Tag.

***

»Hallihallo, dein Bodyguard ist da!«, rief er im Flur. Keine Reaktion. Also war der Bengel schon wieder abgehauen. Doch John hatte sich zu früh gefreut, Jonas lag im Wohnzimmer auf der Couch und schaute die Sportschau. Seneca lief voran, sprang auf die Couch und rollte sich zusammen.

Jonas schien es nicht zu stören. Erst, als sein Aufpasser ins Zimmer trat, war er genervt und spielte den Schwerkranken.

»Hallo, Sportsfreund. Wie geht's uns denn so?«

»Weiß ich doch nicht, wie es Ihnen geht.«

John ließ sich in den Sessel fallen und roch an seinen Händen.

»Falls du's wissen willst, beschissen. Hatte einen echt harten Tag.«

»Hä, am Sonntag? Da passiert sowieso nichts«, murmelte Jonas und zappte durchs Fernsehprogramm.

»Stimmt nicht. An einem Sonntag brach der Erste Weltkrieg aus. Und Lennon wurde am Sonntag, dem 8. Dezember 1980, erschossen.«

Der Junge fand die Beweisführung uninteressant und gähnte ungeniert.

»Du kennst John Lennon nicht? *A working class hero is something to be … Don't let me down … I'm a loser and I'm not what I appear to be …* Noch nie gehört?«

»Gregor, mein bester Kumpel, geht auf die John-Lennon-Schule.«

»Und Gregor hört keine Musik von John Lennon?«

»Findet er scheiße. Ich auch. Wir hören Rammstein oder Die Toten Hosen.«

»Das passt zu dir. Aber mit Lennon-Texten wärst du besser in Englisch.«

Jonas musterte den Detektiv, dessen aufgeblähtes Jackett im Sitzen den Verdacht erweckte, dass auch Männer schwanger werden können.

»Hast du schon was gegessen?«

»Hab keinen Hunger.«

»Ich schon. Ist noch was im Kühlschrank?«

»Pizza mit Tomate und Pilzen. Echt bio.«

»Na, da stehe ich drauf«, sagte John und schraubte sich aus dem Sessel. »Willst du nicht doch mitessen?«

»Wenn ich nachher *Fightclub* gucken darf. Ist mein Lieblingsfilm.«

»Okay. Aber vorher üben wir noch ein paar Englischvokabeln.«

Während er die Pizza im Ofen warm machte, klingelte sein Telefon.

»Guten Abend, Professor! Sind Sie in Berlin? … In Stockholm. Bekommen Sie etwa den Nobelpreis? … Skifahren können Sie hier auch … Es schleicht sich so hin. Ich habe auf Kindermädchen umgesattelt und gebe nebenbei Nachhilfestunden ... Das ist wahr, lehren ist unmöglich, man kann nur lernen ... Lieber Freund, ich brauche Ihre Hilfe ... übermorgen ... Aber die Sache ist eilig. Es geht um Folgendes ...«

John erklärte dem Gerichtsmediziner, warum er wollte, dass Tante Lotti obduziert wurde. Straub hatte eine Lösung für das Problem. Weil mehrere Berliner Pathologien wegen Geldmangel schließen mussten, übernahm die Gerichtsmedizin einen Teil der üblichen Stichproben von Verstorbenen mit altersbedingt natürlicher Todesursache. Obwohl sie ihr Kontingent für dieses Quartal bereits erfüllt hätten, werde er zusehen, dass die Tante bei ihm unters Messer käme. Ein Essen im *Paparazzi* würde es John allerdings kosten, doch das war ihm die Sache wert.

Nachdem sie die Bio-Pizza gegessen hatten, steckten sie ihre Köpfe ins Englischlehrbuch. Es war noch wie neu, kaum benutzt. Jonas schlug die Seite auf, die im Unterricht gerade dran war, und John machte sich mit der Lektion vertraut. Es ging um unregelmäßige Verben.

»Dann lies mal diesen Abschnitt laut vor.«

Jonas spitzte die wunden Lippen, was ihm ziemliche Qualen bereitete.

»Germany is a state with a rather young democracy in opposeit to Great Britain, where the parliamentary system arise ... Hier soll ich die richtige Vergangenheitsform von *arise* einsetzen.«

»Dann tu es.«

»*Arised*, oder?«

»Ist kein regelmäßiges Verb.«

»Ah, ich weiß. *Arisen.*« Jonas trug das Wort in die freie Zeile ein. Doch John strich es durch.

»Die einfache Vergangenheit von *arise* ist *arose*.

»Äh, eine Rose?«

»Klein und ein Wort. Schreib es hin und lies weiter!«

»... where the parliamentary system arose four hundred years earlier. Until nineteen forty-five the cauntry was under the dictatorship of the Nazis who draw ... Das weiß ich. Es muss *drew* heißen.«

John nickte, schien aber trotzdem nicht zufrieden.

»... who drew the mankind into the Second World War and ...«

»Stopp mal! Sprache ist wie Eiskunstlauf. Erst kommt die Pflicht, Grammatik, dann die Kür, was die richtige Aussprache ist. Es heißt *opposite*, nicht *opposeit*. Und *country*, nicht *cauntry*. Man sagt auch nicht Haupelmaun zum Hampelmann und nicht Weinbrandverschneit für Weinbrandverschnitt.«

»Ist das eine neue Frisur?« Jonas grinste.

»Verschnitten meint, dass der Branntwein aus verschiedenen Sorten ... ach, Quatsch! Brauchst du noch nicht zu wissen.« John drehte an seiner Armbanduhr. »Wann fängt der Film an?«

»In zwanzig Minuten.«

»Dann verschieben wir Englisch auf morgen. Ich bin erledigt für heute.«

»Ich auch«, stöhnte Jonas. »Wir gucken zusammen. Der Film ist cool.«

»Ich lese lieber ein cooles Buch. Beim Fernsehen schlafe ich immer ein.«

»Bitte! Zu zweit macht es mehr Spaß. Außerdem darf ich nicht allein sein, hat die Polizei gesagt.«

John war verblüfft über die raffinierte, wenn auch kindische Argumentation des Jungen. »Schaut dein Vater nie Filme mit dir?«

»Nur seine eigenen doofen.«

»Und deine Mutter?«

»Die will nicht, dass ich ihre Filme sehe. Ist ihr propeinlich.«

John verstand nicht sofort, weshalb. Erst als Jonas ihn erinnerte, dass er noch nicht sechzehn war, fiel der Groschen. Ein Foto der Mutter auf dem Biedermeiersekretär, auf dem sie wie Ursula Andress in *James Bond jagt Dr. No* im Bikini mit Messer und einer Muschel aus dem Wasser stieg, weckte seine Neugier.

»Wo hat deine Mutter denn mitgespielt?

Jonas musste nachdenken. »In *Heißkalte Liebe*, *Wir können auch ohne Mann*, *Mädchen ohne Mitgift*. Am besten fand ich *Die Ärztin von Stalingrad*.«

»Klingt interessant«, sagte John. »Hast Mamis nicht jugendfreie Filme also heimlich geschaut.«

Jonas lief rot an, was den violetten Hämatomen eine zusätzliche dramatische Note verlieh. »Nur wegen Benni, meinem Kumpel. Er findet meine Mutter geil ... weil seine hässlich wie sonst was ist.«

»Was heißt hässlich auf Englisch?«

»Ugly?« Er sprach das Wort aus, wie man es schreibt.

»Agli. U wird auf Englisch meistens wie A gesprochen. Die U-Bahn heißt in London *underground*, in New York *subway*. Frag mich nicht, warum.«

»*Fightclub* fängt an. Nee, *Fightclab*.«

»Na bitte. Es geht doch.« John lächelte stolz wie ein Lehrer, der im Diktat lauter Einsen vergeben konnte. »Weck mich, falls ich einschlafe.«

Schon nach einer Viertelstunde war es so weit. Der Junge ließ ihn schlafen, stieß ihn erst an, als er anfing zu schnarchen. Danach döste John mit halb geöffneten Augen, bis der Film zu Ende war. Das Wenige, was er von der Handlung mitbekam, reichte aus, um seinen sensiblen Magen in Aufruhr zu versetzen. Seneca indes zeigte sich unbeeindruckt von der Gewaltorgie, er lag wie ein Stofftier zu Füßen des Jungen, dessen Gesicht vor Erregung glühte. Ein Foto von den dreien hätte den Eindruck vermitteln können, dass trotz der schmerzlichen Ereignisse dieses Sonntags die Welt im Prenzlauer Berg in Ordnung war.

8

Am Montagmorgen war die Welt noch immer in Ordnung, weil sie ausschlafen konnten. Gegen neun rief John in der Schule an und meldete Jonas krank. Dann ging er unter die Dusche und spülte die Blessuren der Nacht ab. Auch wenn er nur im Traum mit den Dämonen der Vergangenheit gekämpft hatte, tat ihm vom Hals bis zum Hintern alles weh. Schuld war die nicht für Schwergewichte gemachte IKEA-Couch, auf der er schlief. Der unbequeme grüne Kasten vom Typ »Gotland« hätte eher den Namen Guantanamo verdient, fand John.

»Ich muss mit dem Hund raus und meinen Schlafsack holen«, rief er durch die Tür des Kinderzimmers und nahm seinen Mantel vor der Garderobe.

»Wann kommen Sie zurück?«, tönte es kleinlaut von drinnen.

»Du wirst es ja wohl ein paar Stunden ohne mich aushalten.«

»Ich habe Angst.«

Der Satz ging John auf die Nerven. Er stieß die Tür auf. »Wovor denn? Du musst ja nicht in die Schule.«

Jonas zwängte den Kopf unter der Bettdecke hervor. Die Schwellungen in seinem Gesicht schimmerten wie Veilchen in der Morgensonne. »Wegen gestern.«

»Dann darfst du dir keine Filme für Erwachsene ansehen.«

»*Fightclub* ist ab sechzehn.«

»Fightclab! Wie oft soll ich's dir noch sagen.«

»Die Jungs aus dem Wedding … die wissen, wo ich wohne, und haben gesagt, sie kommen vorbei, um …« Seneca sprang aufs Bett und leckte Jonas die Nase.

»Was um? Spuck's schon aus. Sonst macht der Hund in dein Zimmer.«

»Na ja ... wegen Geld. Ich hatte nichts dabei.«

John fasste es nicht. Der Raubüberfall war in Wahrheit ein Geldeintreiben von Drogendealern. »Wie viel schuldest du ihnen?«

»Achtzig Euro.«

John schaute den Jungen mit finsterer Miene an.

»Fünfundachtzig.«

»Bist du sicher?«

Jonas nickte und schob den Hund von sich weg. John öffnete seine Brieftasche und warf das Geld in Scheinen aufs Bett.

»Mach auf keinen Fall die Tür auf, wenn's klingelt. Du schiebst die Kohle drunter durch und rufst sofort die Polizei an, falls sie ... Oder besser, du rufst mich an.« John gab dem Jungen seine Visitenkarte und verließ die Wohnung. Schon war die Welt nicht mehr in Ordnung.

Es hatte aufgehört zu schneien, doch die Luft war um einiges kälter als der kristallisierte Regen. Es fühlte sich an, als ob Stecknadeln herumflogen. Der Urin des Hundes gefror augenblicklich am Baum, in den jemand die sinnige Frage geritzt hatte *Bin ich hier oder war ich hier?* Für John stellte sich die Frage, ob er vorm Haus Wache halten oder, wie jeden Morgen, zum Kollwitz-Bäcker gehen sollte. Das *Hilde* gegenüber hatte montags zu, also holte er sich ein »Schälchen Heeßes«, wie man in Halle sagt, im Imbiss an der Ecke Metzer/Straßburger Straße. Der Kaffee war noch billiger als bei Orhan, machte aber genauso wenig munter. Um seinem Blutdruck auf die Sprünge zu helfen, trank John einen Ouzo zum Frühstück. Damit konnte er zwar Griechenland nicht retten, doch seine Dioskuren auf Trab bringen. Mit ihnen identifizierte John sich seit der Zeit als Kriminalkommissar, denn die unzertrennlichen Zwillingssöhne des Zeus durften nach dem Tod des einen je einen Tag im Olymp und in der Unterwelt beisammen sein. Ein Teil von John war nach Leas Tod gestorben, der andere wurde ein Anhänger des Dionysos. Wenn er noch einen Ouzo trank, würde er sogar seinen *Enthusiasmos* wiedergewinnen.

Das Klingeln des Handys riss ihn aus seinen Gedanken. Die Leiterin des Altersheims teilte ihm mit, er könne jetzt ins Zimmer seiner verstorbenen Tante. John bedankte sich und sagte, er würde vorbeikommen, sobald er es einrichten könne.

Vielleicht hatte Lotti eine Nachricht hinterlassen, einen Beweis, dass ihr Leben in Gefahr war, oder einen Abschiedsbrief. Doch das herauszufinden hatte es keine Eile, solange Lorenz Straub die Tote nicht obduziert hatte. Der Junge ging vor. Seine Angst musste er im Gegensatz zu Lottis ernst nehmen, weil sie realer war. Andererseits, was konnte man einem vierzehnjährigen Kiffer glauben, der sogar die Polizei anlog?

Nachdem er eine halbe Stunde in der Saukälte die Metzer Straße auf und ab gegangen war und keine Dealer aus dem Wedding auftauchten, siegte die Neugier des Detektivs über die Aufsichtspflicht des Kindermädchens. Er ging ins Büro, nahm ein Köfferchen aus dem Kühlschrank, ließ Seneca auf seinen Platz unter dem Schreibtisch und machte sich auf den Weg ins Altersheim.

***

»Tach! Ich möchte zu Frau Gutzeit.«

Der Pförtner musterte ihn mit großen Pupillen durch seine extrastarke Brille, schien ihn aber nicht wiederzuerkennen. »Haben Sie einen Termin?«

»Frau Gutzeit hat mich angerufen und sagte, ich könne vorbeikommen.«

»Kann nicht sein«, sagte der Mann und blätterte im *Berliner Kurier*. »Die Chefin ist heute gar nicht im Haus.« Im Nu hatte er den Besucher vergessen.

John trommelte mit den Fingern auf den Tresen. »Steht was von der erfrorenen Rentnerin drin?«

Der Mann schaute interessiert auf. »Nein, wieso?«

»Sie wohnte bei Ihnen. Charlotte Frohwein. Meine Tante.«

Endlich schlug der Empfangsclown das Käseblatt zu und nahm Haltung an. »Warum haben Sie das nicht gleich gesagt?«

Er öffnete das Schubfach unterm Tresen und nahm einen Schlüssel heraus. John streckte die Hand aus, griff aber ins Leere, weil der Portier den Schlüssel nicht übergab. Stattdessen reichte er ihm das Dienstbuch und verlangte, dass er sich namentlich eintrug.

»Sie dürfen sich gern im Zimmer umsehen, aber nichts mitnehmen, bis die Erbangelegenheiten geklärt sind.«

»Alles klar.« John entriss ihm den Schlüssel und wollte gehen.

»Moment! Was haben Sie in dem Koffer?«

John holte tief Luft. »Muss ich Ihnen das sagen?«

»Sie müssen nicht. Aber dann bitte hier einschließen.«

Widerwillig öffnete der Detektiv den Schnappverschluss des Metallkoffers und hielt ihn hoch. Darin lag ein Fotoapparat mit Zubehör. »Ich wollte nur ein paar Fotos machen für den Fall, dass was wegkommt von meinem Erbe.«

»Bei uns ist noch nie etwas weggekommen. Wir sind eine kirchliche Einrichtung mit untadeligem Ruf.«

»Da bin ich ja beruhigt«, freute sich John. »Ein paar Fotos zur Erinnerung gestatten Sie mir doch? Meine Tante hätte sicher nichts dagegen.«

Der Pförtner sah ein, dass er gegen Johns Dickschädeligkeit nicht ankam. »Bitte sehr. Aber vergessen Sie nicht, den Schlüssel wieder abzugeben.«

Als er schon vorm Fahrstuhl stand, fiel John noch etwas ein.

»Hat das Haus mehrere Eingänge?«

»Nein, nur diesen. Und zwei Notausgänge.«

»Die sich von außen nicht öffnen lassen.« John spürte, wie bei dem Pförtner die Jalousien heruntergingen. »Nichts für ungut. Ich werde mich beeilen.«

Als Erstes öffnete er das Fenster und ließ frische Luft herein. Ein Geruch von süßem Parfüm stand im Raum und John war allergisch gegen Rosenduft. Bei seinem ersten und letzten Besuch hatte Lotti es offenbar nicht benutzt. Ansonsten war alles, wie er es in Erinnerung hatte, obwohl die Polizei und wer weiß, wer sonst noch, das Zimmer durchsucht hatte. Lottis Bett war gemacht, das Geschirr in der Spüle weggeräumt und alles blitzblank geputzt. John nahm seine Pentax aus dem Koffer. Unter der Schaumstoffeinlage befanden sich seine forensischen Utensilien: Lupe, Pinzette, Plastiktüten, Wattestäbchen mit Glasampullen, LCD-Taschenlampe mit ultraviolettem Licht, Graphit und Pinsel für Fingerabdrücke, Gummihandschuhe. Es schien jedoch zwecklos, den Kriminaltechniker zu spielen, alle verwertbaren Spuren waren längst von der Putzfrau beseitigt worden. Auch das Bad glänzte wie neu. Im Badschränkchen fand er Tabletten und Tropfen gegen Kopfschmerzen, Magen- und Darmbeschwerden, Rückenleiden, Fußweh. Keine Schlafmittel oder Psychopharmaka, die bekam man auf Zuteilung vom Pflegepersonal.

Als nächstes durchsuchte er Lottis Schreibtisch. Außer einem unbenutzten BVG-Fahrschein, ein paar Cent-Stücken und ihrem Ausweis für den Videoladen um die Ecke fand er nichts Brauchbares. Die Fächer des Schreibtischs waren von der Polizei inspiziert worden, Ausweispapiere und Bankbelege fehlten, die Rentenbescheinigung ebenso. Das hieß jedoch nicht, dass die Polizei ein mögliches Verbrechen untersuchte, wusste John. Die Papiere der Toten wurden an einen Notar für die Beerdigungs- und Erbschaftsformalitäten weitergereicht, damit die Beamten sich nicht weiter um Lottis Fall kümmern mussten. Da sie keine Kinder hatte, konnte das Finanzamt eventuelle Steuerschulden nicht eintreiben. Somit würde der Staat sein Interesse an ihr rasch verlieren.

Lottis DVD-Sammlung beinhaltete nicht nur die Filme, die sie synchronisiert hatte, sondern auch internationale Klassiker und Unbekanntes aus dem Füllhorn der zehnten Muse. John war kein großer Kinokenner, zählte aber das Medium der bewegten Bilder wie Literatur und Musik zur Allgemeinbildung. Nur das Theater verabscheute er, weil es auch zu DDR-Zeiten weniger um die Stücke ging als um die Probleme derer, die sie inszenierten. Als er noch im Parkett saß, fragte er sich jedes Mal, was die da oben ihm erzählen wollten, das er nicht schon wusste und zumeist besser. Im Kino stellt sich die Frage nicht. Dort will man nicht wissen, aber das, was man zu kennen glaubt, auf überwältigende Weise neu erleben und erfühlen. Der zweifelhafte Beruf eines Privatdetektivs war, nüchtern bedacht, mehr Theater als Kino: immer dasselbe Stück in anderer Besetzung, bisweilen in einer Rolle, die er nicht beherrschte. Wie sein jüngstes Engagement in der Aufführung »Der Junge und sein Schutzengel«. Die Aufgabe machte ihm zu schaffen, und er befürchtete, Lottis Tod nicht aufklären zu können. Ein Fall, der keine Routine war, mehr Kino als Theater, wie in alten Zeiten. Auch wenn er sich nicht nach ihnen zurücksehnte.

John machte Fotos von jedem Detail des Zimmers und stellte Lottis Notizbuch mit den Eintragungen der Film-Anschlussfehler sicher. Man könnte auch sagen, er ignorierte das Verbot des Pförtners und klaute es. Die Polizei hatte das Notizbuch übersehen, obwohl es aufgeschlagen auf dem

Tisch vorm Fernseher lag, also würde es auch sonst niemand vermissen.

Nach einer Stunde verließ er das Zimmer, suchte jedoch, bevor er den Schlüssel beim Pförtner abgab, die beiden Notausgänge. Sie befanden sich auf der Rückseite des Gebäudes und führten in den Garten. Die Wege dorthin waren mit Terrazzoplatten ausgelegt, am Haus befand sich eine Rabatte mit Kieselsteinen. Mit einem Kiesel ließ sich die selbst schließende Feuertür blockieren, denn sie besaß keine Alarmanlage. Ein Heiminsasse konnte so unbemerkt aus dem Haus und wieder hinein gelangen. John nahm nicht den kürzeren Weg durch den Garten zum Haupteingang, er fühlte sich beobachtet. Er überreichte dem Portier den Schlüssel und verließ das Heim auf demselben Weg, den er gekommen war. Als er um das abgezäunte Grundstück herumgangen war, schoss er mit dem 200er Objektiv durch die Hecke zum Nachbarhaus mehrere Fotos der rückwärtigen Fensterfront des Altersheims. Ein ziemlich sinnloses Motiv. Alte Menschen hingen nun mal den halben Tag am Fenster, damit ihnen ja nichts entging. Auch der Detektiv wollte nicht, dass ihm etwas entging. Doch Lottis Mörder würde er so nicht ausfindig machen können.

***

Als er die Wohnung der Schöndorfers betrat, befand er sich wieder in dem Stück »Der Junge und sein Schutzengel«, das er ungeprobt aufführen musste. Er ging durch alle Räume und stellte fest, dass sein Mitspieler sich wieder vom Acker gemacht hatte. Auf ihn war Verlass, er macht immer das Gegenteil von dem, was verabredet war. Am meisten ärgerte den Detektiv, dass er sich um den Bengel sorgte und ihn nicht erreichen konnte, da sein iPhone geklaut worden war. Die altmodische Art, eine Nachricht auf einem Zettel zu hinterlassen, hatten ihm die Eltern scheinbar nie beigebracht.

Also *Warten auf Godot* und Bier trinken. Im Kühlschrank fand er nur Bionade und Cola Light. Obwohl er Becketts absurdes Stück über zwei Landstreicher, die auf einen dritten warten, sehr komisch fand, konnte er es ohne Alkohol nicht durchstehen. Im Gegensatz zu den meisten Regisseuren und Kritikern hatte er nämlich das Stück wie ein Kriminalkommissar gelesen, also genau, und begriffen, dass es nicht von der Vergeblichkeit des Wartens handelt, sondern der vergeblichen Mühe, gut zu sein. Wladimir und Estragon, zwei Opfer der Verhältnisse, träumen davon, Täter zu sein. Als sie erkennen, dass sie nicht besser sind als die anderen, wollen sie sich aufhängen. Irgendwie kam ihm Jonas vor wie eine von Becketts Figuren. Er wollte ein guter Junge sein, erkannte aber, dass gut sein heißt, noch besser zu sein, und dass nur der Beste von allen geschätzt wird. Früh musste ihm klar geworden sein, dass Leistungsdruck nicht zählt, wenn man Mist baut. Er brauchte nicht mal großen Mist zu bauen, nur mittelmäßig schlecht zu sein, um Aufmerksamkeit zu bekommen. Unter Jugendlichen galt grenzenloser Übermut mit hirnverbrannter Todesverachtung als bewundernswert; deshalb durften sie auch mit achtzehn Bürger in Uniform sein und sich in Afghanistan abknallen lassen. John war geteilter Ansicht, ob ein Minderjähriger das Recht hat, Blödsinn zu machen. Solange sein Gehirn noch im Wachstum ist, war er nur bedingt strafmündig. Der relativ leichte Zugang zu Drogen machte Jugendkriminalität zu einem Problem, das juristisch nicht zu lösen war. Und steter Konsum von Cannabis führte nun mal dazu, dass aus begabten Kindern erwachsene Idioten werden. Obwohl Jonas nicht sein Sohn war, nur ein Gelegenheitsjob, fiel es ihm schwer, die berufliche Distanz zu wahren. Auch in einem bekennenden Kinderhasser steckt eben ein Rest väterlichen Gefühls.

So stark, dass er sich vor Sorge um den Jungen in die Hose gemacht hätte, war es aber auch wieder nicht. Seinen Hund liebte er mehr als seinen Job. Deshalb verließ er die Wohnung der Schöndorfers und wartete die Rückkehr des Ausreißers im Büro ab, wo Seneca ihn stürmisch begrüßte.

Als er routinemäßig seine Mails checkte, fand er eine Nachricht von Sabrina Müller. Sie machte sich Sorgen, da seit Tagen keine Nachricht von ihrem Sohn kam und er auch telefonisch nicht zu erreichen war, weshalb sie fragte, ob alles in Ordnung sei mit ihrem Liebling. John antwortete: »Alles bestens. Jonas geht jeden Tag zur Schule, lernt fleißig und macht Fortschritte in Englisch. Ein wirklich netter Junge. P.S. Sein Handy ist unauffindbar, ich werde ihm eins von mir geben.« Bevor er die Mail abschickte, fragte sich John, ob er nicht etwas zu dick aufgetragen hatte. Aber warum sollte er die Eltern beunruhigen und schuld daran sein, dass die Qualität des öffentlich-rechtlichen Fernsehens noch weiter sank? Mitten in diesen Überlegungen klingelte sein Handy. Der Anrufer war im Stimmbruch, zog die Worte überlang und kicherte blödsinnig.

»Du hast wieder gekifft! … Ach so, hilft gegen Schmerzen … Bist ein echter Klugscheißer …Wo steckst du? … Daraus wird nichts. Sag deinem Kumpel, du musst sofort nach Hause, weil deine Eltern anrufen … Ist aber so. Deine Mutter macht sich Sorgen … Erzähl ich dir später. Halt! Beinahe hätt' ich's vergessen. Waren die Dealer da wegen dem Geld? … Gott sei Dank!«

Nachdem John die Fotos vom Altersheim auf seinen Computer geladen hatte, betrachtete er sie, bis ihm die Augen weh taten. Hinter den Fenstern des Gebäudes konnte er insgesamt sieben Personen ausmachen, fünf Senioren und zwei Pflegerinnen. Durch die Bildvergrößerung waren ihre Gesichter gut zu erkennen. Doch was nützte das? Weil kein Bier mehr im Kühlschrank war, schloss der Detektiv sein

Büro und drehte mit Seneca eine Runde um den Kollwitzplatz.

Der Platz ohne amtlichen Namen lag eingefroren wie in einem Tiefkühlfach und wartete darauf, aufgetaut zu werden. Obwohl er vom Winter langsam genug hatte, kam John die Kälte gerade recht. Er brauchte einen kühlen Kopf, denn zwei Probleme gleichzeitig brachten ihn schnell aus dem Gleichgewicht. Andererseits liebte er schwierige Herausforderungen, an denen man scheitern konnte. Es war nicht die tagtägliche Routine, der Dienst nach Vorschrift, das mechanische Funktionieren seiner Arbeitskraft, bei denen er sich beweisen wollte. Wenn es nicht drüber und drunter ging, tat er lieber gar nichts, gab sich den Freuden des Eskapismus hin und versuchte, seinem Hund ähnlich zu werden. Seneca kannte weder negative Gefühle noch schlechte Laune, war leicht zufriedenzustellen und hatte trotzdem einen eigenen Willen. Inwieweit er, obwohl er intensiv träumte, über sein Hundeleben nachdachte, konnte John nicht sagen, auch glaubte er nicht, dass Vierbeiner irgendwelche Geheimnisse hatten, weil sie nicht redeten. Für den Detektiv war sein ständiger Begleiter ein Geschenk wie Freitag für Robinson. Er konnte sich überlegen fühlen, lernte aber auch Dinge von dem kleinen Wilden, die auf keiner Eliteschule gelehrt werden. Zum Beispiel, wie man an den Baum pisst, ohne sich die Schuhe nass zu machen, oder in der Kälte herumzulaufen, ohne zu frieren. Wozu brauchte er da Kinder? Sie raubten einem den Schlaf, kosteten viel Geld und kümmerten sich nicht um einen, wenn man alt und krank war. Lotti hatte keine Kinder gewollt, weil sie der Meinung war, auf Männer sei kein Verlass. Lea wollte Kinder, konnte aber keine bekommen. Für eine In-Vitro-Behandlung fehlte ihnen das Geld, sonst hätte er jetzt womöglich Zwillinge am Hals, wüsste aber wenigstens, wie man mit Pubertierenden umgeht.

Bedingungslose Empathie statt Erziehung, mit der er seinen Hund behandelte, würde bei dem Jungen nur dazu führen, dass er es als Schwäche auslegte. Jonas brauchte jemanden, der ihm sagte, wo es lang ging. Seine Eltern waren mit ihren Karrieren beschäftigt und beruhigten ihr Gewissen, indem sie dem Spross jeden Wunsch erfüllten. Ein Tauschgeschäft, bei dem alle Parteien verlieren. Der Detektiv sah sich weder als Sozialarbeiter noch als Familienpsychologe. Das Finanzamt zwang ihn als Selbstständigen, Aufwand und Nutzen im Gleichgewicht zu halten und alle berufsbedingten Ausgaben als Nebenkosten abzurechnen. Um persönliche Verluste und emotionale Folgeschäden seiner Klienten kümmerte sich die Berufsversicherung. Doch wer zahlte für sein Seelenheil?

Zur Beruhigung seiner strapazierten Nerven nahm John aus dem Spätkauf eine Flasche Chianti und eine Packung American Cookies mit und erwartete in der Wohnung der Schöndorfers die Rückkehr des verlorenen Sohnes. Er kam, als er den Wein fast ausgetrunken hatte und sein Bedarf an Glückskeksen gestillt war. Die Freude hielt sich jedoch in Grenzen, weil der Junge nach Schnaps und Marihuana roch. Seine Pupillen kreisten wie verirrte Satelliten, die Beine trugen ihn nur noch bis zur Türschwelle, dann knickten sie ein und Jonas landete unsanft auf dem Teppich. John half ihm hoch, drückte ihn aufs Sofa und schob ihm seinen Schlafsack unter den Kopf. Jonas strampelte mit den Füßen und lallte wirres Zeug.

»Schön liegen bleiben und tief durchatmen! Ich hole dir die Cola aus dem Kühlschrank.«

»Cola Light.«

»Okay! Aber kotz mir nicht meinen Daunenschlafsack voll.«

Kaum hatte John es ausgesprochen, entleerte Jonas seinen Magen über das gute Stück. Seneca kroch unterm Tisch hervor und schnupperte.

»Hau ab, blödes Vieh! Die Sauerei soll er schön selbst wegmachen.«

Nachdem John Handtücher und einen Eimer aus dem Bad gebracht hatte, ließ er sich in den Sessel fallen und sah dabei zu, wie Jonas die Kotze aufwischte. Der Rest des billigen Chianti schmeckte ihm noch weniger als vorher. Um den beißenden Geruch von Magensäure aus der Nase zu bekommen, zündete er sich eine Zigarette an.

Jonas sah vom Sofa auf. »Bei uns ist Rauchverbot.«

»Schlaf ein und geh mir nicht auf den Geist!«

»Könnten Sie wenigstens das Fenster aufmachen? Meine Eltern denken sonst, ich hätte Partys gefeiert.«

»Was denken deine Eltern erst, wenn sie erfahren, dass du kiffst und Hochprozentigen säufst?«

»Die kiffen ja selbst, wenn sie Sex haben.«

John fiel fast das Glas aus der Hand. »Heißt das, du hattest vorhin Sex?«

»Na ja, nicht richtig. Mein Kumpel und ich haben heiße Bräute im Netz angeklickt.«

»Wie traurig, dass es in meiner Pubertät kein Internet gab«, seufzte John.

»Echt nicht? Ich dachte ...« Jonas rülpste, beugte sich über den Eimer und entsorgte den wässrigen Rest aus seinem Magen.

»Ich denke, du schläfst jetzt besser.«

»Und Sie?«

»Ich hau mich ins Bett deiner Eltern und träume von Sex.«

»Sie sind echt widerlich! Außerdem lügen Sie.«

»Niemals.«

»Der 8. Dezember 1980, der Tag, an dem John Lennon erschossen wurde, war kein Sonntag, sondern ein Montag. Und der Erste Weltkrieg fing an einem Mittwoch an.«

»Sicher?«, fragte John und schnippste die Zigarette aus dem Fenster. »Das Internet kann sich auch mal irren.«

»Aber nicht WeWeWe Punkt Kalender de.«

Jonas erhob sich schwankend vom Sofa und wankte in sein Zimmer.

John stand da wie ein dummer Junge. Er hatte den Vierzehnjährigen erneut unterschätzt. Er schwänzte die Schule, nahm Drogen und hatte eine große Klappe, aber ein Schwachkopf war er nicht. Wer sich von Älteren keinen Bären aufbinden ließ, aus dem konnte noch was werden. John wusste, das Drama von Pubertierenden, die mit ihren Problemen allein gelassen werden, lag weniger in der Unfähigkeit zu klarem Denken als in fehlender emotionaler Intelligenz.

Zum Glück ritzte Jonas Schöndorfer sich weder mit Rasierklingen, noch verunstaltete er sein Gesicht mit Metallklammern und trug pechschwarze Grufti-Klamotten. Eigentlich war er ein ganz normaler Junge, der ein Mann sein wollte, bevor ihm ein Bart wuchs. Doch sein Betreuer machte sich keine Illusionen. Kinder waren Monster mit Engelsaugen. Sie besaßen keine Kontrolle über ihre Gefühle, konnten abgrundtief lieben und hassen. Kinder hatten die Macht, ihre Betreuer ins Gefängnis zu bringen. Kinder waren auch fähig, zu töten.

John trank in Ruhe die Flasche aus und sah noch eine Weile fern. Im ZDF lief eine Dokumentation über Hitlers willige Vollstrecker, in der ARD *Lolita* von Stanley Kubrick, auf RTL eine Castingshow mit Minderjährigen, bei n-tv *Der Führer und das deutsche Jungvolk*, im Sportkanal die Europameisterschaft im Kunstturnen der Frauen. Kaum eine Athletin war älter als sechzehn. John fragte sich, was schlimmer war – Kindesmissbrauch im Verborgenen oder als Quotenbringer im Fernsehen. Dann ging er zu Bett und nahm sich vor, von Lotti zu träumen, die all das hinter sich hatte.

9

Am nächsten Morgen nahm er seinen Schützling mit ins Büro, damit er ihn im Auge behalten konnte. Jonas fand es spannend, ein Detektivbüro von innen zu sehen. Nach zehn Minuten war ihm langweilig, weil nichts Aufregendes passierte und es nicht annähernd aussah wie im Film. Als John ihn aufforderte, sich mit dem Englischlehrbuch ins Nebenzimmer zu verziehen, um Vokabeln zu lernen, plagten den Jungen wieder heftige Bauchschmerzen.

»Dann gehen wir zum Arzt«, sagte John und fuhr den Computer herunter. Der Junge blätterte in einem Katalog für Überwachungstechnik, der auf dem Schreibtisch lag, und schien ihn nicht gehört zu haben.

»Los, zieh dich an.«

»Was, jetzt gleich? Ich weiß nicht, wo meine Krankenkassenkarte ist.«

»Dann such sie. Ich geh derweil mit dem Hund vor die Tür.«

»Ich glaube, die wurde mir auch geklaut.«

John stöhnte. Jedes Jonas-Problem beinhaltete ein anderes, wie eine russische Matrjoschka-Puppe. »Dann sofort ins Bett. Ich besorge Zwieback und Pfefferminztee.«

»Schon gut. Ich geh nach nebenan und mach Englisch.«

John strahlte. »Ich helf dir auch. Muss nur ein paar Telefonate erledigen.«

Das erste führte er mit dem Finanzamt. Es dauerte keine fünf Minuten, weil er nur wissen wollte, bis wann die Steuererklärung abgegeben werden musste. Das zweite ging auf die Malediven, fiel aber ins Wasser, weil sein Partner Peter Kurz nicht abnahm. Vor dem dritten stand der Junge in der Tür und fragte, was *insolvable* heißt.

»Da steckt das Verb *to solve* – lösen drin. Die Vorsilbe *in* bedeutet, dass etwas nicht zu lösen ist, in dem Fall unlösbar.«

»Alles klar. Haben Sie eine Knarre?«

»Wozu?« John wählte eine Nummer und hielt das Telefon ans Ohr.

»Na, für alle Fälle«, hakte Jonas nach.

»Ja, guten Tag. Mein Name ist John Klein. Ist Frau Gutzeit zu sprechen? ... Nicht im Haus ... Nein, nicht nötig. Ich melde mich wieder.« Als John den Hörer auflegte, hatte er die Frage des Jungen absichtlich vergessen. Doch der ließ sich nicht abwimmeln.

»Haben Sie nun eine Knarre oder nicht?«

»Du meinst, eine Pistole.«

»Was sonst? *A death-toy, heartbreaker, cool killer, flat iron* ... bumbum!«

»Beeindruckend. Ich fürchte nur, mit Gangster-Englisch allein kommst du nicht durch die Klausur.«

Jonas verzog sich nach nebenan, ließ aber die Tür angelehnt. John legte die Füße auf den Schreibtisch und nahm sich Lottis Notizbuch vor.

»Sie sind gar kein Detektiv wie aus dem Fernsehen«, drang es durch die angelehnte Tür.

»Stimmt. Fernsehen ist nur etwas für Leute, die mit dem wahren Leben nicht klarkommen und gerne Superman sein wollen. Alles Kinderkacke.«

»Meine Eltern machen keine Kacke. Sie haben zwei Grimme-Preise, den Bambi und die Goldene Henne.«

»Da könnt ihr bald eine Tierhandlung aufmachen.« John wartete vergebens auf eine Reaktion. Also flüchtete er sich ins Praktische und fragte: »Was heißt Tierhandlung auf Englisch?«

»*Pet shop*. Weiß doch jedes Kind.«

»Sehr gut. In einer halben Stunde ist *lunchtime*. Ich lade dich ein.«

»Hab keinen Hunger. Kann ich hierbleiben und auf Seneca aufpassen?«

Der Detektiv schüttelte den Kopf. Im Regal standen mehrere Meter Akten mit nicht jugendfreien Details über Ehebruch, Arbeitsbummelei, Unterschlagung, Ladendiebstahl und andere Bagatelldelikte. Seine Makarow-Dienstpistole mit vollem Magazin, die er in den Wendewirren als gestohlen gemeldet hatte und später polizeilich registrieren ließ, lag zwar sicher verschlossen in einer Stahlkassette im Schreibtisch und den Schlüssel trug er stets bei sich. Trotzdem war ihm unwohl dabei, den Bengel allein zu lassen. Zu unnachgiebig durfte er aber auch nicht sein.

»Also gut. Wenn du nicht stundenlang telefonierst.«

»Mach ich nicht«, tönte Jonas krächzende Stimme aus dem Nebenzimmer.

***

»Was für ein Zufall, Sie hier zu treffen.«

Edith Jacobi hob den Kopf aus dem Wasser und ruderte mit den Armen, um nicht unterzugehen. Sie schob die Schwimmbrille über den Rand der Badekappe und schaute sich um. Am Beckenrand hielt sich ein alter Mann mit silbergrauem Haar fest.

»An Zufälle glaubt nur, wer dem Schicksal nicht vertraut.« Sie schwamm mit kräftigen Zügen an den Beckenrand und schlang ihre Arme elegant um die Einfriedung. Die Haut von ihren Schultern bis zu den Handwurzeln war faltig und ledern. Ihre Arme sahen aus wie die Gliedmaßen eines Leguans, doch darunter hatte sich kein Gramm Fett angesammelt. Die Endsiebzigerin war das, was man schlank und drahtig nennt. Heinrich Pionteks Oberkörper war voller Altersflecken, doch auch er achtete peinlichst darauf, keine überflüssigen Pfunde anzusetzen.

»Ich hab Sie beobachtet. Sie sind eine ausgezeichnete Schwimmerin.«

»Irgendwas muss man doch tun, um nicht so schnell zum Pflegefall zu werden. Sehen Sie sich die Leute im Heim an. Sie jammern und stöhnen den ganzen Tag, als wären sie schon behindert auf die Welt gekommen.«

»Sie gehören nicht zu denen, die sich unterkriegen lassen.«

»Ich finde Menschen ohne Selbstachtung und Disziplin abscheulich. Sie benehmen sich wie kleine Kinder, nach der Devise, schadet meiner Mutter gar nichts, dass ich mir die Hände erfroren habe, hätte sie mir doch Handschuhe angezogen. Ist doch unerhört. Solche Leute haben die DDR zugrunde gerichtet. Weil sie für alles den Staat verantwortlich machten.«

Heinrich Piontek fand, dass Edith Jacobi noch entzückender aussah, wenn sie wütend wurde.

»Die Sorte gab's nicht nur im Osten. Westberlin war mal das Paradies der Wehrdienstverweigerer und Sozialschmarotzer. Sie hassten den Staat, der sie ernährte, und beschimpften die Polizei als Faschisten. Mein Vater wurde als aufrechter Sozialdemokrat im KZ halb tot geschlagen. Ganz tot war er erst, als ihn die Russen nach fünfundvierzig in Buchenwald interniert haben.«

»Schrecklich«, seufzte Edith. »Wir wussten nicht, dass diese schlimmen Dinge geschahen. Wir waren jung und wollten ein neues Deutschland aufbauen. Da war keine Zeit, zurückzuschauen.«

»Was soll's. Jetzt sind wir gesamtdeutsche Rentner und können noch viel Spaß miteinander haben, oder?«

Edith lächelte. Für einen ehemaligen Polizisten, der dem Klassenfeind gedient hatte, schien dieser Heinrich erstaunlich umgänglich. Außerdem war er für sein Alter recht ansehnlich und nicht schüchtern.

»Wieso haben Sie sich in einem Altersheim im Osten eingemietet?«, wollte sie wissen.

»Meine Familie kommt von hier«, erwiderte Piontek. »Sind erst einundsechzig rüber, kurz vorm Mauerbau.«

»Schwimmen Sie noch ein paar Bahnen mit mir«, schlug Edith vor.

»Sie sind mir zu schnell. Außerdem habe ich Hunger.«

»Dann bis später, mein Lieber.« Edith schob ihre Brille vors Gesicht und stieß sich vom Beckenrand ab. Heinrich Piontek sah fasziniert zu, wie ihre drahtigen, mit animalischen Falten verzierten Arme durchs Wasser kraulten, wie ihr schmaler Mund sich öffnete wie das Maul eines Hechtes, der am Haken eines Anglers hängt.

***

Nachdem John bei der sizilianischen Familie Zurlini in der Prenzlauer Allee für fünf Euro eine Penne Arrabiata verspeist hatte, gönnte er sich zum Peroni-Bier die erste Zigarette des Tages.

Obwohl draußen Fassadenarbeiter auf einem ziemlich instabil wirkenden Baugerüst herumturnten, wollte er an keinem anderen Ort der Welt sein. Die Prenzlauer Allee war vielleicht nicht so spektakulär wie Pariser Boulevards, dafür nicht annähernd so teuer. Mehr als in anderen Metropolen lag es ganz im Auge des Betrachters, Berlin schön zu finden. Erst mit vierzig hatte John auch Vergleiche in Westeuropa ziehen können und zuerst London und Lissabon, dann Paris und schließlich Lyon zu Favoriten seines persönlichen Schönheitswettbewerbs erklärt. Mit fast sechzig merkte er, dass das Gewohnte und Vertraute im täglichen Gebrauch eine ästhetische Verwandlung zeigt, die selbst das Hässliche erträglich macht. Obwohl sich in dieser von Krieg und Beamtenwillkür gebeutelten Stadt die Dinge selten zum Besseren wandelten, die neue Schöner-Wohnen-Architektur zum Teil fantasieloser war als alles, was in der DDR erbaut wurde, zehrte der Prenzlauer Berg wenigstens verbal immer noch von seiner proletarischen Verderbtheit, und das gefiel ihm.

Umso mehr ärgerte ihn die ewige Sanierung von Gehwegen und Straßen rund um den Kollwitzplatz, die keine erkennbare Verbesserung zur Folge hatten, nur die Vernichtung von Parkplätzen, Kleingewerbe und Kneipen zugunsten von Starbucks- und Vodafon-Filialen. Wo sonst in dieser Biosphäre bürgerlicher Einstimmigkeit traf man noch schräge Typen, die mit sich und der Welt im Unreinen waren und das öffentlich kundtaten. Wie die beiden Penner, die neulich auf Orhans Fensterbank saßen. Fragte der eine den anderen: »Keule, was machen wir heute?« Antwortete der andere: »Na, Amok laufen.« So weit war John noch nicht. Obwohl ihm die Beaufsichtigung des Jungen zu schaffen machte und Lottis Tod sein Wohlbefinden stark strapazierte. Solange jedoch der Kollwitz-Bäcker mit seiner schiefen Markise, den kippligen Gartenstühlen und fleckigen Sitzkissen nicht aufgab, war für John die Welt am Prenzlauer Berg noch in Ordnung.

Bevor er ins Büro zurückkehrte, rief er Lorenz Straub an, um ihn an die Obduktion von Lottis Leiche zu erinnern. Es war dem Pathologen tatsächlich gelungen, die als natürlicher Abgang ins Beerdigungsinstitut verbrachte Tote in die Gerichtsmedizin überstellen zu lassen, aber wegen eines Missgeschicks konnte er sich noch nicht mit ihr beschäftigen. Beim Skifahren in Schweden hatte er sich die Bänder des linken Fußes gerissen und ging jetzt am Stock. John bedauerte seinen Freund und meinte, das Unglück fange damit an, dass die Leute nicht zu Hause bleiben könnten. Sport sei völlig ungesund. Beim letzten Berlin-Marathon war wieder ein Teilnehmer mit kaum vierundzwanzig Jahren gestorben. Straub nannte ihn einen hoffnungslosen Hypochonder. John stimmte zu, er hatte seine Gründe. Irgendwo hatte er gelesen, dass Menschen, die sich vor Krankheit und frühem Tod fürchten, länger leben. Weil Straub schon wegen seines täglichen Umgangs mit ihm den Tod nicht ernst nahm, riet ihm John, sich lieber einen Hund anzuschaffen, als Extremsport zu treiben, das sei gut für den Kreislauf und die Seele. Der Holländer gestand, es ziehe ihn nun mal in die Berge, weil es sie in seiner Heimat nicht gab. Darauf fiel John nichts Besseres ein als ein Schulaufsatz des sechzehnjährigen Bertolt Brecht. Seine Sicht zum Thema »Was zieht Menschen ins Gebirge?« hatte er in einem Satz formuliert: »Die Seilbahn.«

Vergnügt beendeten sie das Gespräch, doch John verging das Lachen, als er an den Jungen in seinem Büro dachte. »Den hat mir der Teufel für alle meine Sünden geschickt.«

»El diablo bestraft keine Sünden«, sagte Signora Zurlini, als sie die Rechnung brachte. »Er verführt die Menschen, dass sie nicht ins Paradiso kommen.«

»Was soll ich dort?«, fragte der Gast. »Besser als bei Ihnen kann das Essen im Paradies nicht schmecken.«

John gab der Signora ein üppiges Trinkgeld und machte sich auf den Weg in die Metzer Straße.

***

Wie immer kam Edith Jacobi zu spät zur Kartenrunde. Aber diesmal war sie nicht diejenige, auf die alle warten mussten. Heinrich Piontek fehlte noch.

»Was ist mit euch los?«, fragte Edith. »Ihr zieht ein Gesicht wie bei einer Beerdigung.«

Willi sah Marianne an und fand, dass sie nicht anders aussah als sonst. »Ich habe keine Kontrolle über meine Visage«, sagte er. »Kann ja nicht immer wie ein Honigkuchenpferd strahlen.«

»Weil Heinrich nicht da ist. Ich dachte, auf die Polizei sei Verlass. Was sagst du dazu, Edith?«

Die Angesprochene spürte förmlich, dass die Frage mit Nägeln gespickt war. Weil Marianne mal wieder vor Neid und Eifersucht platzte.

»Hörnchen, lass gut sein. Ich mag diesen falschen Unterton nicht.«

»War ja nur eine Frage«, wehrte sich Marianne. »Deine Meinung ist uns wichtig, nicht wahr, Willi?«

Zabel rutschte in seinem Rollstuhl hin und her. »Weil wir nicht akademisch gebildet sind … und kein so enges Verhältnis zur Polizei haben?«

»Das verspricht ein besonders netter Abend zu werden«, sagte Edith spöttisch. »Was wollen wir trinken?«

»Prosecco«, entschieden Marianne und Willi einstimmig.

Heinrich erschien am Tisch und bestellte ein Radler. Edith entschied sich für ein Glas Campari mit Eiswürfeln.

»Sie sind spät dran«, bemerkte Marianne mit strenger Miene.

»Waren wir nicht schon beim Du, werte Frau Horn?« Piontek gab jedem der Kartenfreunde die Hand und entschuldigte sich, dass es beim Röntgen so lange gedauert hatte.

»Hoffentlich nichts Ernstes?«, fragte Edith besorgt.

»Im Alter ist alles ernst, behaupten die Quacksalber. Aber jetzt wollen wir Spaß haben.« Heinrich klatschte in die Hände. »Was spielen wir heute?«

»Dasselbe wie letztes Mal«, entschied Willi. »Diesmal werde ich euch bis aufs Hemd ausziehen.«

Marianne fand die Androhung proletenhaft und stieß Willi mit dem Ellbogen in die Seite. Edith warf Heinrich ein ironisches Lächeln zu, während sie die Karten mischte. Doch er hatte ein undurchdringliches Pokerface aufgesetzt und zählte in Gedanken schon den Gewinn des Abends.

»Wie hoch soll der Einsatz sein?« Weil keiner einen Betrag nennen wollte, schlug Heinrich diesmal zwei statt einen Euro pro Chip und maximal fünf Chips pro Spiel vor. Alle waren einverstanden. Willi zückte seine Geldbörse, doch Heinrich sagte, bezahlt würde später, schon wegen der neugierigen Blicke der anderen Heimbewohner. Außerdem war im Kulturraum, wie überall im Haus, eine Videokamera installiert.

»Hauptsache, unterm Tisch ist kein Mikrofon versteckt«, sagte Willi.

Heinrich Piontek griff unter die Tischkante und tastete sie ab. »Hat jemand ein Handy dabei?« Die drei schüttelten die Köpfe. »Wenn sie eingeschaltet sind, kann man, ohne anzuklingeln, im Umkreis von dreihundert Metern mithören.«

»Wer interessiert sich denn noch für uns«, spottete Edith.

»Haben Sie ... hast du eine Ahnung. Sonntag war die Polizei im Haus und hat überall rumgeschnüffelt.«

»Das war wegen Lotti ... Lotti Frohwein«, stotterte Marianne. »Schlimm, zu erfrieren. Aber man geht auch nicht nachts in den Park, bei der Kälte.«

Willi zeigte mehr Mitgefühl. »Eine so gescheite Frau. Vielleicht wollte sie einfach Schluss machen. Ich meine, wir haben doch alle mal die Faxen dicke ... Nicht wahr, Marianne?«

»Mir reicht's jeden Tag«, antwortete sie, ohne ihn anzusehen. »Deshalb bringt man sich nicht gleich um.«

Willi schnalzte mit der Zunge und mischte die Karten neu. »Nee, deshalb nich'. Uns geht's doch prima.« Sein Optimismus wirkte angestrengt, darum ruderte er zurück. »Jedenfalls den Umständen entsprechend.«

»Ich kannte sie kaum«, sagte Edith, »obwohl sie ja mal bei uns mitgespielt hat.«

Heinrich ließ teilnahmslos die Chips durch seine Finger gleiten. »Wollen wir anfangen?«

»Ja, lieber Tot spielen, als über Tote reden. Ich fange an.« Willi rückte seinen Rollstuhl näher an den Tisch, erklärte das

Pik-As zur Tot-Karte und deckte eine vom Stapel auf. Es war der Kreuz-Bube.

Am Ende des ersten Spiels waren Edith und Willi tot, Marianne und Heinrich teilten sich den Gewinn. Nach dem zweiten waren alle tot bis auf Edith, im dritten Spiel blieb Marianne übrig, im vierten Marianne und Heinrich. Sie hatten inzwischen reichlich getrunken und wurden lauter, obwohl der Saal sich gefüllt hatte mit schwerhörigen Senioren.

Während Heinrich die Karten mischte und verteilte, schien er über etwas nachzudenken. »Wo ihr jetzt echte Totianer geworden seid, erkläre ich euch den eigentlichen Sinn des Spiels.«

»Ich dachte, es geht darum, wer am längsten überlebt und das meiste Geld kassiert«, wunderte sich Willi.

»Geld ist nur Papier. Es beruhigt die Nerven, ist nur immer zu knapp.« Er machte eine Handbewegung, um die Köpfe der Mitspieler näher zu sich heranzuholen. »Die Tot-Karte steht für eine Person, der man den Tod wünscht … Jeder von euch wurde schon einmal betrogen, gedemütigt, verraten und verarscht. Ohne dass man sich wehren konnte, Recht vor Gericht bekam oder sonst wie Genugtuung. Was bleibt, ist das dumpfe Gefühl der Ohnmacht. Ein Scheißgefühl.«

Die beiden Frauen und der Mann im Rollstuhl verstanden nicht, worauf Piontek hinaus wollte.

»Jeder von euch hat auch schon den Wunsch gehegt, dass diese Person leidet oder sogar tot ist.«

»Mehr als eine«, fiel ihm Willi ins Wort. »Ich wünsche einer ganzen Kleinstadt die Platze an den Hals, die, in der sie uns das Zelt angezündet haben.«

»Ich der Kanzlerin, die unser schönes Land in den Abgrund führt«, schäumte Marianne.

Edith reagierte empört. »Du hasst sie doch nur, weil sie eine von uns ist.«

»Es geht nicht um Politik oder irgendwelche Stammtischparolen«, sagte Heinrich mit gedämpfter Stimme und vergewisserte sich, dass kein Pfleger in der Nähe war. »Es geht um persönliche Rache. Mit dem Spiel kann man ohne strafrechtliche Konsequenz jemandem den Tod wünschen. Das ist wie Voodoo. Wenn man daran glaubt, wird es womöglich wahr.«

»Wenn das so einfach wäre, würde man das Spiel verbieten«, meinte Willi.

Edith wirkte nachdenklich. »Die Macht der unausgesprochenen Gedanken soll man nie unterschätzen. Denken ist kinetische Energie und kann Gegenstände bewegen oder verbiegen. Das ist erwiesen.«

»Sie meint diesen Uri Geller«, lachte Marianne. »Ich habe mich mal auf einer Lehererkonferenz über ihn echauffiert und danach Ärger bekommen.«

»Weil er Jude ist«, vermutete Edith.

»Weil er ein Betrüger ist.«

Heinrich pochte mit den Fingern auf den Tisch. »Wir wollen uns nicht streiten. Marianne hat recht, mit Parapsychologie wird viel Schindluder getrieben. Aber Edith hat auch recht. Schon in der Bibel steht, dass Blicke töten können. Warum nicht auch Gedanken und Worte?«

Willi hatte ein mulmiges Gefühl. »Wenn es stimmt, was ich bezweifle, dann wäre das ja Mord.«

»Die Gedanken sind frei, wer kann sie erahnen«, zitierte Edith den Dichter Hoffmann von Fallersleben.

»Juristisch nicht mal Totschlag«, wusste Heinrich und führte als Beweis den Fall eines Mannes an, der seine Frau im Schlaf erwürgt hatte. »Ärzte konnten nachweisen, dass der Mann unter somnambulen Angstattacken litt.«

»Sag ich doch, Ehebetten sind lebensgefährlich«, wusste Marianne. »Darum wollte ich nie heiraten.«

»Die meisten Menschen sterben allein in ihrem Bett. Das ist doch traurig«, wagte Willi seiner Freundin zu widersprechen.

»Genug der Vorrede. Edith fängt an.« Heinrich lehnte sich zurück und wartete, welche Rommékarte sie für tot erklären würde. Es war die Karo-Sieben.

»Und nun nenn eine Person, die du am liebsten tot sehen möchtest. Eine Person, die noch am Leben ist.«

Edith überlegte. Die Auswahl an Menschen, mit denen sie noch eine Rechnung offen hatte, war groß. Spontan fiel ihr aber nur ein Name ein, den sie vor ihrem Ableben gern auf einem Grabstein lesen wollte.

»Hans von Wilke.« Als sie den Namen ausgesprochen hatte, stellte sie sich vor, dass der Genannte auf der Stelle tot umfiel. Willi und Marianne warteten gespannt darauf, etwas über Ediths Todfeind zu erfahren, doch die schwieg und nahm die oberste Karte vom Stapel. Es war der Herz-Bube.

»Willst du uns nicht sagen, wer dieser von Wilke ist?«, fragte Heinrich.

»Muss ich das?«

»Musst du nicht. Nur wenn du magst.«

»Wenn ich gewinne, sag ich es euch. Vielleicht.«

Edith gewann das Spiel nicht, weil sie ihre eigene Tot-Karte zog. Als Nächste war Marianne dran, einen persönlichen Feind zu nennen. Noch bevor sie den Namen ausgesprochen hatte, lief sie vor Wut rot an.

»Meiner heißt Otmar Brenner. Mein Bankberater. Er hat mich um meine Ersparnisse gebracht, dieser Verbrecher. Ich könnte ihn …«

»Mach's kurz, Marianne«, sagte Edith.

»Dieser Kerl hat mich überredet, Schiffsanteile zu kaufen. Mehr brauche ich wohl nicht zu sagen.«

Die anderen nickten, jeder wusste Bescheid. Aber Marianne gewann die Runde, sie blieb als Letzte übrig.

Im neuen Spiel wählte Willi den Karo-König und widmete sie einem gewissen Professor Künzel. Künzel hatte durch sein ärztliches Gutachten verhindert, dass die Krankenversicherung Willi wegen des Berufsunfalls als Vollinvaliden anerkannte.

Auch diesmal hatte Willi Pech. Er zog gleich zu Beginn den Karo-Buben und schied aus. Jetzt war Heinrich an der Reihe. Seine Tot-Karte war die Kreuz-Sechs. Ohne jede Gefühlsregung nannte er einen ehemaligen Kollegen als seinen liebsten Feind. Er hatte seinen Enkel wegen Drogenbesitzes verhaftet und ohne richterlichen Beschluss in U-Haft gesteckt. Dort hatte sich der Junge erhängt.

Das Spiel ging weiter.

10

Gegen neun Uhr morgens erwachte John aus einem tiefen, traumlosen Schlaf. Ihm war, als hätte er die Wohnungstür ins Schloss fallen gehört. Er schälte sich aus seinem Schlafsack und rief nach Seneca. Der Hund kam nicht wie sonst mit wedelndem Schwanz angelaufen, er kam gar nicht. John schlurfte in dicken Socken, die er immer zum Schlafen anzog, wenn ihm kalt war, durch die Wohnung und fand auch den Jungen nicht. Dass der verdammte Köter mit dem verdammten Bengel gegangen war, machte ihn wütend. Falls Jonas seinen Hund gegen eine Tüte Marihuana eintauschte, würde er ihn umbringen. Vorher brauchte er jedoch einen starken Espresso. Während er den Automaten füllte, tanzte sein Handy surrend über den Tisch. In der SMS stand: »Um 12 in der GM. Muss Ihnen etwas zeigen. L.S.«

John antwortete, dass er vorbeikomme. In dem Moment trottete Seneca in die Küche. Im Maul hielt er eine Zeitung wie einen Knochen.

John war stinksauer. »Seit wann klaust du Zeitungen?« Er zog dem Hund die *FAZ* aus der Schnauze. Auf der Titelseite war ein Aufkleber mit den Namen Schöndorfer/Müller.

»Tolle Zirkusnummer«, sagte er, als Jonas in der Tür erschien.

»Hab ich ihm beigebracht.« Der Junge lachte. »Seneca versteht echt alles, was man ihm sagt.«

»Im Gegensatz zu dir. In Zukunft fragst du, ob du mit ihm rausgehen darfst.«

»Es schneit nicht mehr. Dafür ist es glatt wie 'ne rasierte Muschi.«

John unterdrückte aus pädagogischen Gründen ein Lachen. »Sehr witzig! Und was soll ich mit der *FAZ*? Ich lese nur die Mottenpost.«

»Mein Vater sagt, die ist für Spießer und Loser.«

»Sehe ich so aus?«

Jonas musterte den Detektiv, der im Bademantel und mit Wollsocken am Küchentisch saß. Wie das Double von Olli Dittrich in »Dittsche, das wirklich wahre Leben«. Um nicht antworten zu müssen, deckte der Junge den Tisch.

»Was machen wir denn heute so?«

»Einen guten Eindruck.« John nahm ein Croissant und tunkte es in den Kaffee. »Du kannst auf den Hund aufpassen. Ich muss nachher weg.«

»Wohin denn?«

John biss in das Croissant und bekleckerte den Tisch. »Um diese Zeit gebe ich noch keine Interviews. Außerdem redet man nicht mit vollem Mund.«

»Ach nee! Sie quatschen wie ein Wasserfall.« Jonas holte einen Lappen aus der Spüle und wischte die Kaffeeflecken vom Edelholztisch.

»Mother's little helper«, kommentierte John. Keine Antwort. »Ist ein Song von den Stones«, lenkte er ein.

»Kein Bock auf Englisch.« Obwohl die Kaffeeflecken längst aufgesogen waren, hörte der Junge nicht auf zu wischen.

»Du kratzt noch die Wachsschicht von der Tischplatte.«

Jonas lief rot an. »Sie kotzen mich an! Meine Mutter kriegt die Krise, wenn's in der Wohnung wie bei Messis aussieht.«

»Ich weiß. Ich hatte auch eine Mutter. Komm, setz dich und iss was.«

Eine Weile saßen sie sich schweigend gegenüber. Seneca lag zu Füßen des Jungen und schlief.

Verräter, dachte John, wusste aber, dass sein Hund unbestechlich war. Er sah die verspielte Kindlichkeit des Jungen, nicht seine zerstörerische Seite. Von Hunden lernen, heißt positiv denken lernen.

»Also, zum Tagesablauf«, beendete John das unproduktive Schweigen. »Ich muss nach Moabit und kann den Hund nicht mitnehmen.«

»Wegen den Türken«, ahnte Jonas. »Die hassen Hunde, die essen sie sogar.«

»Du übertreibst. In China essen sie Hunde. Außerdem heißt es wegen der Türken.« John trank seinen Kaffee aus und achtete peinlich darauf, nicht zu kleckern. »Ich muss zur Gerichtsmedizin. Da kann Seneca nicht rein ... wegen der Knochen von den Toten.«

Jonas strahlte wie eine Hundertwattbirne. »Da komme ich mit.«

»Kinder dürfen da auch nicht rein.

»Ist ja blöd! Wäre echt cool, mal 'ne richtige Leiche zu sehen. Im Fernsehen ist ja immer alles nur Fake. Total unecht.«

»Die Wirklichkeit ist halb so gruselig. Es riecht nur unangenehm.«

»Haben Sie schon mal jemand getötet, ich meine, aus Notwehr?«

John hatte die Frage erwartet, zögerte aber trotzdem, zu antworten.

»Ich? Nein. Aber ich hab schon Tote gesehen.«

»Müssen Sie jemand identifizieren in der Patriologie?«

»Pathologie. Meine Tante aus dem Altersheim.«

»Hä! Hat jemand sie die Treppe runtergeschubst?«

Die Neugier des Jungen machte ihn nervös. John stand vom Tisch auf und räumte seinen Teller in die Spülmaschine.

»Warum müssen Sie sie dann idi...ide... na, wie heißt das?«

»Hab nichts von identifzieren gesagt. Muss nur ihre Sachen abholen.«

»Ach so. Ist ja langweilig.«

»Finde ich nicht. Die persönlichen Dinge eines Verstorbenen erzählen oft mehr als das, was man so gehört hat. Ich kannte die Frau kaum und würde gern mehr über ihr Leben erfahren.«

»Ist doch Zeitverschwendung«, meinte Jonas. »Hauptsache, sie hat Kohle auf dem Konto.«

John beneidete den Vierzehnjährigen um seinen praktischen Sinn, der ihm mit Ende fünfzig immer noch fehlte. »Ich fürchte, es reicht nicht mal für eine ordentliche Beerdigung. Übrigens, von welchem Geld hast du eigentlich die Croissants bezahlt?«

»Vom Flaschenpfand«, grinste Jonas.

»Was, so viel Bier habe ich getrunken?«

»Nee. Am Wasserspeicher liegen haufenweise leere Pullen rum.«

John war erleichtert. Insgeheim hatte er den stillen Verdacht, dass der Bengel ihm mit den türkischen Drogendealern einen Bären aufgebunden hatte.

»Flaschen sammeln ist was für Loser. Wir wollen's doch halbwegs gut haben.« Jonas saß wie angeklebt da und starrte Löcher in die Tischplatte. »Deine Eltern haben dir doch Haushaltsgeld dagelassen?«

»Ist auch geklaut.«

»Du bist noch dümmer, als ich dachte«, wetterte John. »Man trägt nicht sein ganzes Geld mit sich herum. So was tun nur Angeber.«

»Na und! Bin ich eben ein Angeber. Das Geld ist jedenfalls weg.«

John sah ein, dass es zwecklos war, das Kind dafür zu tadeln, dass es in den Brunnen gefallen war. »Ab jetzt bin ich deine Bank und habe vierundzwanzig Stunden geöffnet. Aber die Quittungen nicht vergessen, wenn du das nächste Mal einkaufst.«

»Klaro.« Der Junge verzog sich in sein Zimmer, schaltete den Computer an und startete ein Ballerspiel. Mit seiner Spielfigur, einem Navy-Seal, erledigte er zwei von drei arabisch aussehenden Gegnern, den dritten ließ er noch eine Weile leben. Es war ein Fettsack in gestreiftem Kaftan, der ihn irgendwie an John Klein erinnerte.

***

Die Gerichtsmedizin befand sich auf dem Gelände des alten Krankenhauses in Moabit, das nun ein Altersheim war. Als John das Vestibül betrat, schoben zwei junge Männer Palettenwagen mit Schokoriegeln, Keksen, Tiefkühltorten und anderen Süßigkeiten zu den Pflegestationen. Offenbar litt niemand hier an Altersdiabetes, meinte John und erntete ein hämisches Grinsen von den Lieferanten.

Im Flur der Pathologie hielt der Detektiv sich mit scherzhaften Bemerkungen zurück. Niemand hier erwartete von ihm, dass er sein flaues Gefühl im Magen mit markigen Sprüchen überspielte. Zaghaft schob er seinen Kopf durch die Eisentür und rief, da sich gerade niemand an den Toten zu schaffen machte, nach Professor Straub. Doch nur ein klägliches Krächzen irrte durch den kühlen, mit Edelstahl und Keramikkacheln dekorierten Seziersaal. John spürte eine gefühlsbedingte Absenkung des Blutdrucks, die ihn beim Anblick von Toten befiel. Dabei lagen die Leichen alle im Tiefkühlfach.

»Kommen Sie, kommen Sie! Ich bin im Labor.«

»Ich hatte befürchtet, hier sieht es aus wie nach einem Flugzeugabsturz«, sagte John. »Alles voller Leichen.«

Straub saß über ein Mikroskop gebeugt am Labortisch und begutachtete eine Gewebeprobe.

»In Berlin stürzen selten Flugzeuge ab, nur Flughäfen. Einen Moment. Ich bin gleich so weit.«

Johns Blick fiel auf die blaue Manschette an Straubs linkem Fuß. »Wie geht's Ihren Bändern?«

Der Pathologe stieß sich das Auge am Mikroskop. »Chott verdamme!« Er rieb sich das Auge, zuckte die Schultern und drehte sich zu seinem Gast um. »Was zusammengehört, wächst auch wieder zusammen.«

»Ich hoffe, schneller als Ost- und Westdeutschland ... Also, was hat Ihnen meine Tante erzählt?«

»Alles und nichts.« Straub griff nach seinem Notizblock und blätterte die Seiten um. »Keine äußeren Einwirkungen von Gewalt, innere Verletzungen negativ. Ob der Tod durch Unterkühlung eintrat oder das Herz vorher aufhörte zu schlagen, ist der springende Punkt.«

»Kann man das nicht feststellen?«

»Bei Erfrierung ist das wie mit der Frage, was zuerst da war – die Henne oder das Ei. Aber das Herz Ihrer Tante war kerngesund. Man hätte es noch gut spenden können.«

»Und was schließen Sie daraus?«

Straub langte in seine Jackentasche und zog eine Packung Lucky Strikes heraus. »Nehmen Sie eine.«

John lehnte dankend ab, er sei Nichtraucher geworden, sagte er stolz. Der Pathologe sah ihn mitleidig an und meinte »Het chaat vorbej.« Was so viel heißt wie: Das geht vorbei.

»Was ich daraus schließe ... Kommt darauf an. War Ihre Tante lebensmüde?«

»Im Gegenteil! Sie hatte panische Angst, umgebracht zu werden.«

Straub blies Rauchringe in die Luft. »Gratuliere!«

»Gratulieren wozu?«

»Ihr untrügliches Bauchgefühl. Ich kann ein verdecktes Tötungsdelikt nicht ausschließen.« Der Detektiv konnte sich nicht freuen. In diesem Fall hätte er gern unrecht gehabt.

»Im Magen fanden sich Spuren von Clorprothixen, ein Neuroleptikum, das zur Behandlung von akuten und chronischen Angstzuständen verabreicht wird. Außerdem eine ziemliche Menge Diazepam. Beides wird nur unter ärztlicher Aufsicht verabreicht, weil es abhängig macht.«

John kannte das letztere Mittel, in der DDR hieß es Faustan. Seine Frau hatte es genommen, wenn sie gestritten hatten, und das kam öfters vor. »Kann man an einer Überdosis Diazepam sterben?«

Straub nickte. »Wie bei Valium liegt der *point of no return*, je nach Körpergewicht, zwischen fünfzig und hundert Tabletten. Diese Menge könnte man nicht unbemerkt in den Kaffee schütten, nur absichtlich einnehmen.«

»Wie hoch ist die Menge im Fall meiner Tante?«

Straub zuckte mit den Schultern. »Beruhigungsmittel lösen sich schnell auf. Womöglich hat Ihre Tante über einen längeren Zeitraum das Zeug in zu hoher Dosis geschluckt und ihr Kreislauf hat schlapp gemacht.«

John sog genüsslich den Tabakqualm von Straubs Zigarette durch die Nase ein. »Süchtig war Lotti nach Filmen, aber Pillen ...«

»Sie glauben nicht, wie viele Frauen tablettenabhängig sind.«

»Männer nicht?«

»Die werfen sich eher Muntermacher und Potenzmittel ein ... Ubi penis, ibi patria.«

Die beiden Männer saßen sich eine Weile schweigend gegenüber. John war unzufrieden, er hatte auf ein eindeutiges Ergebnis gehofft.

»Lotti und Selbstmord … das ist wie ein Film ohne Handlung. Das macht keinen Sinn.«

Der Holländer hob die buschigen Augenbrauen. »Pornofilme von Pim de la Parra und Wim Verstappen hatten so gut wie keine Handlung und waren äußerst populär in meiner Jugend.«

»Wegen Cox Habbema«, sagte John versonnen. »Die hat uns FDJ-Pimpfen feuchte Träume beschert, als sie ein DEFA-Star wurde.«

Straub erhob sich und griff nach seiner Krücke. »Was mag aus ihr geworden sein? Ich träume noch manchmal von ihr.«

»Sie macht Theater bei mir um die Ecke. Ist auch nicht mehr die Jüngste.«

»Egal. Da gehen wir hin!« Straub dachte nach. »Jemand könnte mit K.O.-Tropfen nachgeholfen haben.«

»Sie wissen doch, die kann man nicht nachweisen«, winkte John ab.

»Dabei ist der Zeitfaktor entscheidend, wenn …«

»Kann ich doch eine Zigarette haben?«, fiel John dem Pathologen ins Wort.

»Nehmen Sie, nehmen Sie! Glauben Sie nicht den Gesundheitspolizisten. An Lungenkrebs sterben mehr Nichtraucher als Raucher. Und von dreihundert Risikofaktoren für Herzinfarkt ist der blaue Dunst einer.«

»Mag sein. Aber mir wird das Vergnügen langsam zu teuer.«

»Tja, gegen Vater Staat sind freischaffende Drogendealer kleine Fische.«

Als er an der Zigarette gezogen hatte, schöpfte John wieder Hoffnung. »Wieso der Zeitfaktor?«

»Weil Ihre Tante erst seit vier Tagen tot ist. Bis dahin lassen sich K.O.-Tropfen im Magen nachweisen. Chlorphenylmethylamino-cyclohexan, auch Ketamin genannt. Es handelt sich um ein Narkosemittel mit starken halluzinogenen

Nebenwirkungen. In der Technoszene kursiert es als ›Special K‹, ›Kate‹, oder einfach nur ›K‹.«

John bezweifelte, dass Lotti ins *Berghain* oder in den *Tresor* tanzen ging. Andererseits, bei ihr war nichts unmöglich. »Soll das heißen, sie wurde das Opfer einer Vergewaltigung mit K.O.-Tropfen? Eine Vierundsiebzigjährige?«

»Ach, auch das hatten wir schon. Aber in dem Fall trifft es nicht zu.«

»Also ein heimtückischer Mord. Oder dreifache Selbsttötung – Tabletten, Narkosemittel, Erfrieren.« Es war Lotti durchaus zuzutrauen. Sie war in allem äußerst gewissenhaft gewesen.

»Kommen Sie!« Straub war schon wieder nebenan. »Sie wollen sicher Abschied nehmen von Ihrer Tante.«

John war ganz und gar nicht scharf darauf, hielt es aber für pietätvoll und ging hinüber in den Kühlraum. Auf der Edelstahloberfläche des Gefrierschranks spiegelten sich die bizarren Umrisse der beiden Männer. Sie sahen aus wie der hinkende Teufel und Faust in der Kerkerszene. Doch als Lotti auf einem Rollwagen aus der Wand fuhr, hatte sie kaum Ähnlichkeit mit Gretchen. Ihr Gesicht schien um Jahre gealtert, weil sämtliche Feuchtigkeit ihrer Haut beim Erfrieren kristallisiert war.

John berührte ihre Wange mit dem Rücken der Hand und zog sie erschrocken zurück. Die mortale Kälte kam ihm wie ein Stromschlag vor.

»Es ist noch genug Elektrizität in ihr, um eine Fahrradlampe kurz zum Leuchten zu bringen«, meinte Straub.

»Das heißt, Ihre Seele ist noch immer im Körper?«

»Wer weiß das schon … Es sind wohl eher die letzten Zuckungen des neuronalen Systems. Als Studenten haben wir die Gliedmaßen von Toten mit Stromstößen in Bewegung gebracht … aus Gaudi.«

»Ein perverser Beruf.«

Der Pathologe schob den Rollwagen zurück in den Schrank. Dabei entglitt ihm seine Krücke. John fing sie im Fallen auf und klemmte sie Straub unter den Ellbogen. Der stützte sich mit spöttischer Miene darauf.

»Jeder Beruf hat seine grausamen Seiten. Sie verfolgen einen mitunter übers Arbeitsleben hinaus und können zwanghaft werden.«

»Wem sagen Sie das«, murmelte John und dachte an Lottis Seele, die womöglich in dem Gefrierschrank bibberte. Plötzlich verstand er den Sinn von Straubs Bemerkung.

»Sie meinen, Lotti ist das Opfer eines Berufsgeschädigten? Eines Irren, der aus Zwang tötet?«

Straub hob die Krücke und richtete sie auf Klein. »Sie sind der Sherlock Holmes. Ich bin nur so eine Art Doktor Watson.« Im Labor klingelte das Telefon. Der Holländer hüpfte wie Rumpelstilzchen durch den Seziersaal.

»Finden Sie raus, wer im Altersheim mal mit Anästhesie, Arzneimitteln oder Veterinärmedizin zu tun hatte. Ketamin wird nämlich auch in Tierkliniken verwendet.«

»Kein Problem«, sagte John gequält. »Sind nur zweihundert Bewohner plus Pflegepersonal. Plus einer unbekannten Zahl von Besuchern, die dort ein und aus gehen.«

Straub nahm das Telefon vom Tisch und steckte den Kopf durch die Labortür.

»Nicht vergessen! Cox Habbema, der feuchte Traum unserer Jugend.«

»Ich besorge Karten.« John wartete nicht ab, bis der Pathologe sein Telefonat beendet hatte, und verließ das Totenreich.

***

Mit dem Bild von Lottis starrem Gesicht im Gedächtnis stieg er an der Turmstraße in die U9, fuhr bis Osloer Straße und nahm die U8 bis Rosenthaler Platz. Auf der Fahrt durch den ehemaligen roten Wedding, in dem heute die rote Fahne mit dem Halbmond wehte, hatte er reichlich Zeit, sich einen Plan zurechtzulegen. Er konnte die Sache unmöglich allein klären, er brauchte jemanden im Altersheim, der ihm behilflich war. Jemand, dem er vertrauen konnte. Offiziell durfte er in keinem Tötungsdelikt ermitteln, auch wenn es sozusagen in der Familie lag. Mit seinen alten Kollegen aus der Keithstraße wollte er nicht um alles in der Welt zu tun haben. Wie sagte Straub: Jeder Beruf hat seine grausamen Seiten. Sie verfolgten John Klein bis heute, obwohl er sich vorgenommen hatte, bis zur Rente *clean* zu sein, alles, was ihm als Beamter angetan worden war und was er anderen angetan hatte, vergessen zu haben. Darum war er Privatdetektiv geworden, ein Beruf mit nicht geringem Chill-Faktor und mit nur einer grausamen Seite: dem Finanzamt. Im Moment fühlte John sich jedoch im Stress. Wegen des Jungen.

Jeder Beruf deformiert den Menschen, doch der Beruf des Polizisten ist eine einzige Deformation, dachte John, als er aus der U-Bahn stieg und das kalte Tageslicht ihn in die Realität zurückversetzte. An einem Zeitungskiosk am Rosenthaler Platz kaufte er eine Packung Gauloises auf Vorrat für die nächsten zehn Tage. Er wollte seine tägliche Ration von zwei unbedingt beibehalten, auch wenn Straub ihn mit Statistiken zu beruhigen suchte. Sucht war Sucht und er hasste jede Form von Abhängigkeit, je älter er wurde. Jonas Schöndorfers Kifferei weckte in ihm ungute Erinnerungen an die kurze Zeit, als er zur Drogenfahndung strafversetzt war. Vor allem der Junge, der sich in der U-Zelle erhängte, nachdem John ihn festgenommen hatte.

Als er aus dem Laden kam und das Wechselgeld in seiner Brieftasche verstaute, riss ein Bursche auf einem Skateboard sie ihm aus der Hand und entschwand zwischen wartenden Autos hindurch über den Damm Richtung Torstraße. Weil es John die Sprache verschlug, hielt niemand den Dieb auf. Wie ein geprügelter Hund schlich er den Weinbergsweg hinauf. Er hatte Mühe, auf dem vereisten Bürgersteig nicht auszurutschen, während er in Gedanken Inventur in seiner Brieftasche machte. Dreißig Euro und ein paar Zerquetschte waren zu verschmerzen; mit der EC-Karte konnte der Dieb nicht mal einen Großeinkauf machen, weil kaum noch Geld auf dem Konto war; die neue Krankenversicherungskarte mit seinem Foto war völlig nutzlos, da kein Taschendieb weit und breit so kerngesund und selbstzufrieden aussah wie John Klein; sein Berufsausweis war ebenfalls nutzlos, mit ihm ließ sich so viel Gewinn machen wie mit einer ADAC-Karte beim Tanken. Schlimmer war der Verlust seines fünfzig Euro teuren Presseausweises, den er durch gelegentliche Artikel in der Zeitschrift *Privat Eye* besaß. Mit ihm konnte der Detektiv nicht nur kostenlos in jedes Museum und verbilligt ins Theater, er nutzte ihn auch für Ermittlungen *under cover*. Er musste sich schleunigst einen neuen besorgen.

***

Ellen Gutzeit schien sich zu freuen, als er mit hochgeschlagenem Kragen und hängenden Schultern in ihr Büro trat. Das wunderte ihn, doch mit Misstrauen konnte er schlecht um ihre Gunst werben. Deshalb freute er sich noch ein bisschen mehr als sie über das Wiedersehen.

»Verzeihen Sie, dass ich unangemeldet erscheine. Habe mehrmals angerufen.«

Frau Gutzeit bot ihm mit charmanter Geste den freien Stuhl an. »Sie kommen außerhalb der Sprechzeit. Aber bei der Kälte kann ich Sie ja nicht wieder wegschicken ... Wollen Sie Kaffee?«

»Gern. Aber bitte stark.«

»Oder lieber etwas, das die Seele wärmt?« Sie nahm eine Flasche Rakia plus zwei Gläser aus dem Schreibtisch und strahlte wie eine griechische Weingöttin.

»Sehr gern.« Johns Verwunderung schlug um in Verwirrung. Er versuchte die kyrillischen Buchstaben auf dem Flaschenetikett zu entziffern, musste aber passen, weil er das Wort *Smokinowa* nicht kannte.

»Das ist rhodopischer Feigenschnaps ... der beste Rakia vom Balkan.«

Während sie eingoss, erklärte Ellen Gutzeit, dass es bulgarische Sitte sei, auf die Verstorbenen zu trinken.

»Ich stamme aus den Rhodopen, aus einem Ort namens Orechovo, zu Deutsch Nussendorf. Ich heiße eigentlich Elena Grigorowa. Gutzeit ist der Name meines Mannes.«

Johns Frühjahrsdepression verflog bei so viel weiblicher Offenherzigkeit. Sie stießen auf Lotti Frohweins Hinscheiden an und bedauerten beide, sie nicht besser gekannt zu haben.

»Eigentlich lerne ich sie erst jetzt kennen«, sagte John. »Ich wusste zwar, dass sie beruflich mit Film zu tun hatte, aber nicht, dass sie eine so umfangreiche Filmbibliothek besaß.«

»Sie hat sie gehütet wie ihre Kinder und niemanden teilhaben lassen an ihren Schätzen. Obwohl ich sie mehrmals bat, Filmabende zu veranstalten.«

»Lotti war sehr eigen. Aber wenn Sie mich fragen, nicht lebensmüde.«

»Was wollen Sie damit andeuten?« Ellen sah ihn mit großen Augen an.

John wusste noch immer nicht, ob er der Frau trauen konnte. Doch was blieb ihm übrig, als sie einzuweihen in seine Ermittlungen. Wenn man Insiderwissen über eine Bank haben will, fragt man auch nicht den Pförtner, sondern jemanden aus der Chefetage.

»Ich habe die Leiche obduzieren lassen. Jemand hat ihr das Betäubungsmittel Ketamin verabreicht, damit sie auf der Bank im Park erfriert.«

Die Heimleiterin schien nicht überrascht und füllte erneut die Gläser.

»Sie hätten mir doch gleich sagen können, dass Sie von der Kripo sind.«

»War. Bin längst im Ruhestand.« John hob sein Glas und kippte den Inhalt in den Rachen. »Ich hoffe, Sie unterstützen mich trotzdem bei der Aufklärung des Falles. Inoffiziell, versteht sich.«

Ellen hatte Verständnis für sein Interesse, sich Klarheit über den Tod einer Verwandten zu verschaffen, fürchtete aber, Ärger mit der Kirchenleitung zu bekommen, wenn sie aus purer Gefälligkeit vertrauliche Hausinterna preisgab. Zumal die Sache bei der Polizei als natürlicher Todesfall abgeschlossen war.

»Meinen Sie, jemand aus unserem Heim …?«

»Davon würde ich mal ausgehen«, sagte John leicht angeheitert vom hochprozentigen Feigenschnaps. Die Bulgarin gefiel ihm immer besser, trotz ihrer kräftigen Arme und der altjüngferlichen Rüschenbluse. Aber sie war ja verheiratet. »Arbeitet Ihr Mann auch im Pflegedienst?«

»Mein Mann ist Diplomat. Derzeit in Aserbaidschan, mit seiner neuen Frau. Ich bin wieder zu haben.«

John lief an wie ein Feuermelder. Doch Ellen Gutzeit betonte, sie habe kein Interesse mehr an Männern. Nur an Rakia, dachte John. War sie wegen der vielen Todesfälle im Heim zur Alkoholikerin geworden?

»Ich hätte gern eine Aufstellung aller Bewohner mit ihren früheren Berufen. Und die Personalakten des Pflegepersonals.«

»Das eine ist sicher kein Problem, das andere verstößt gegen den Datenschutz. Für unsere Mitarbeiter lege ich beide Hände ins Feuer. Sie sind chronisch überlastet, doch hochmotiviert.«

»Und die gehäuften Todesfälle der letzten Zeit? Meine Tante hat es mir erzählt und war sehr beunruhigt.«

»Ich auch, ehrlich«, versicherte die Heimleiterin. »Die Hygiene hat das ganze Haus auf den Kopf gestellt, aber keine Salmonellen oder andere dreckige Biester gefunden. Es handelt sich wohl um eine Zufälligkeit … auf Bulgarisch sagt man: *Kratschmata e w teb* – wer zuletzt trinkt, muss zuerst bezahlen. Was so viel bedeutet wie …«

»Den Letzten beißen die Hunde«, mutmaßte der Tierfreund.

Ellen Gutzeit nickte artig. »So ist das im Altersheim. Wer hier wohnt, hat nur noch eine neue Adresse … den Friedhof.«

»*Na dolgich let schisni!*«, platzte er heraus, als er den kümmerlichen Rest seines Glases leerte und es der Bulgarin noch einmal hinhielt.

»Ein langes Leben ist nicht erstrebenswert. Nicht im Westen.«

»Ein gewaltsamer Tod auch nicht.«

»Die rhodopischen Bauern werden hundert Jahre, ohne ärztliche Versorgung und fast ohne Rente. Sie müssen für sich selbst sorgen, bis sie umfallen.« Die Gutzeit lächelte und goss sich nach. »So bleiben sie jung. Auch dank des *Smokinowa*.«

»Lotti war kein Pflegefall und noch nicht bereit zu sterben. Darum muss ich herausfinden, weshalb. Sonst wandert sie wie der Dibbuk herum und ich kann nicht schlafen.«

»Sie glauben doch nicht etwa an Geister?« Ellen Gutzeit wollte auch John noch einmal einschenken, doch der winkte ab.

»Ich glaube gar nichts, halte aber alles für möglich.«

»Dann sind Sie ein kommunistischer Gnostiker.«

»Eher ein gottloser Cartesianer«, ruderte John zurück. »Ich glaube an Ursache und Wirkung, die Untrennbarkeit von Schuld und Sühne, die Demokratie als geringeres Übel.«

Ellen prostete ihm beeindruckt zu. »Nastrave! Als Bundespräsident würden Sie die Herzen aller Deutschen erreichen.«

»Prost! Ich meine nur …« John rang nach Luft. »Genossin *Smokinowa* hat wirklich Feuer unterm Hintern … eine echte Alternative zum Rauchen.«

»Jeden Tag ein Gläschen davon und Sie werden hundert«, versicherte die Frau.

John glaubte ihr aufs Wort. In seinen Augen wurde Ellen Gutzeit jede Minute jünger und schöner. Doch darüber durfte er Lotti nicht vergessen. Er hatte verschwiegen, dass er nur in zweiter Hinsicht Cartesianer war und in erster Stoiker. Weshalb sein Hund Seneca hieß.

»Wer meine Tante auf dem Gewissen hat, soll nicht so davonkommen. Ich bitte Sie, mir zu helfen.«

Die Heimleiterin sah ihn durchdringend an, als wolle sie prüfen, ob er noch bei klarem Verstand war. Obwohl John die Wirkung des Rakia deutlich spürte, hatte er seine Befehlszentrale im Griff, solange er nicht aufstand. Aber ewig konnte er nicht hier sitzen bleiben.

»Ich würde gern das Zimmer noch mal sehen.«

Ellen fuhr aus ihren Gedanken hoch. »Lassen Sie sich den Schlüssel vom Pförtner geben. Oder warten Sie.« Sie erhob sich und ging ohne zu schwanken zum Wandsafe, stellte die Zahlenkombination ein und nahm den Schlüssel heraus. »Sie können ihn in meinen Briefkasten werfen, falls ich nachher schon weg sein sollte.«

Jetzt kam der Moment, wo John sich auf seine Beine verlassen musste. Er schob den Stuhl nach hinten und stützte sich an ihm ab. Stehen ging, aber das Geradeauslaufen kostete ihn einige Mühe.

»Danke für den Seelentröster. Denken Sie an die Liste?«

»Sie können sie übermorgen abholen.«

Sie brachte ihn zur Tür und gab ihm die Hand, erstaunlich zart und zerbrechlich für eine bulgarische Bauerstochter, und kälter als seine. Eine Eisfee, die sein calvinistisches Blut erhitzte, dachte John und war froh, als die Tür hinter ihm zu ging. Ab jetzt konnte er Schlängellinien laufen, ohne sich zu blamieren. Die Rentner, die mit ihren Rollwagen zum Sport schlurften, hielten ihn für einen leichten Pflegefall.

Er brauchte drei Versuche, um den Zimmerschlüssel im Schloss zu versenken. Als er sich auf Lottis Bett fallen ließ, bemerkte er sofort, dass ihr Zimmer durchsucht worden war. Vor allem das Regal mit der Filmsammlung. Alle DVD-Boxen standen, nach fortlaufenden Zahlen geordnet, in Reih und Glied, einige waren offenbar herausgenommen und hastig wieder eingestellt worden. John nahm einen Stapel DVDs vom Fernsehtisch, suchte und sortierte. Eine Nummer fehlte, die 110. Das ärgerte ihn, denn ihm war klar, dass er beim ersten Lokaltermin etwas übersehen hatte. Was es war, würde sich hoffentlich mit Lottis Notizbuch klären lassen, das in seinem Büro lag.

Da der *Smokinowa* zwar in die Beine ging, auf seine grauen Zellen aber keine belebende Wirkung hatte, öffnete er die Balkontür, um eine Zigarette zu rauchen. Sie war nicht verschlossen, nur angelehnt. Er beugte sich über die Brüstung und schaute hinunter in den Hof. Der Balkon vor Lottis Zimmer lief durchgehend über die gesamte Etage. Jeder, der im zweiten Stock nach hinten wohnte, konnte also mühelos in ihr Zimmer gelangen. Dass einer der alten und gebrechlichen Heimbewohner von unten oder oben an den Balkonen in den zweiten Stock geklettert war, schien John zweifelhaft. Blieben die Putzfrau und Ellen Gutzeit.

Eine Rechnung mit zu vielen Unbekannten. Erst, wenn er herausfand, welche DVD verschwunden war, konnte er den

Dieb ausfindig machen. Dass er mit Lottis Mörder identisch war, schien ihm zu schön, um wahr zu sein. Nach seiner Erfahrung waren die Dinge meist umgedreht – zu wahr, um schön zu sein.

Bevor er das Zimmer verließ, nahm er noch den Ordner mit persönlichen Unterlagen der Toten an sich und alle Medikamente aus dem Badschrank. Ein genauerer Blick auf die Verpackungen bestätigte Lorenz Straubs Vermutung, dass Lotti Diazepam gebunkert hatte. Da die fünf Packungen bis auf eine ungeöffnet waren, war er sicher, dass sie nicht an einer Überdosis gestorben war, sich also nicht selbst ins Jenseits befördert hatte.

***

Zu seinem Erstaunen war der Junge zu Hause, als er in die Wohnung kam. Er saß an seiner Playstation und war dabei, die Welt vor der Zerstörung durch außerirdische Kampfroboter zu retten, derweil Seneca zu seinen Füßen döste.

»Hat ja lange gedauert«, sagte der Junge und schoss einen Cyborg von der Größe eines Hochhauses ab. »Ich hab einen Mordshunger.«

»Dann leg 'ne Feuerpause ein und mach was zu essen.« John trat auf den roten Schalter des Netzsteckers, woraufhin das Computerbild in sich zusammenfiel.

»Scheiße! Jetzt kann ich wieder von vorn anfangen.« Jonas strampelte wie ein Irrer mit den Füßen und trat den Hund. Der sprang jaulend auf und verkroch sich im Flur. John rutschte die Hand aus.

»Meinen Hund trittst du nicht. Auch nicht aus Versehen. Verstanden?«

Jonas sprang wie von der Tarantel gestochen vom Stuhl, griff zum Telefon und tippte eine vierzehnstellige Nummer ein.

»Ruf ruhig deine Eltern an und beschwer dich. Dann wanderst du ab ins Jugendheim.«

Während er auf das Rufsignal in Schottland wartete, trampelte der Junge auf der Stelle, als müsse er dringend.

»Hallo, Papa? ... Ist aber wichtig ... Na ja, weil ...«

John ging aus dem Zimmer, um nicht mit anzuhören, wie er seinen Job verlor. Wegen körperlicher Züchtigung. Ihm war ohnehin schlecht vom *Smokinowa*. Er machte sich in der Küche einen extrastarken Kaffee und etwas weniger starke Vorwürfe.

Einige Minuten später stand der Junge in der Tür. Er hatte sich offenbar beruhigt. John ebenso. Er entschuldigte sich für die Ohrfeige.

»Ist okay ... Ich will nicht in dieses blöde Heim.«

»Ich auch nicht. Ich meine, dass du ins Heim kommst. Jetzt, wo Seneca sich an dich gewöhnt hat. Hast du ihm zu fressen gegeben?«

»Logo!« Jonas grinste. »Aber er wollte mir nichts abgeben.«

John fing an, den Jungen gern zu haben. Ein Pubertierender mit Humor war wie ein lachender Verurteilter auf der Folterbank – kein hoffnungsloser Fall.

»Heute müssen wir Hundefutter essen. Man hat mir meine Brieftasche mit der EC-Karte geklaut. Geh gleich morgen früh zur Bank.«

»Ich hab noch zehn Euro. Reicht für zwei Pizza, Cola und Bier.«

John verzog das Gesicht. »Lass mal. Ich trinke lieber Kamillentee.«

»Sie sehen auch blass aus. Wegen der Leiche?«

John nickte, obwohl seine akute Abneigung gegen Alkoholisches nicht aus dem Leichenschauhaus herrührte, sondern vom bulgarischen Leichentrunk. Inzwischen fand er auch Ellen Gutzeit nicht mehr so reizend, sondern hegte gar den Verdacht, dass sie ihn betrunken machen wollte, um ihn auszuquetschen. Fast bereute er, sie zur Komplizin seiner Ermittlungen gemacht zu haben.

»Ich zieh dann mal los«, riss Jonas ihn aus seinen Gedanken. »Kann Seneca mitkommen?«

»Aber nicht zu irgendwelchen Kumpels … nur einkaufen.«

»Na klar«, tönte es aus dem Flur. Es klang nicht nach Zustimmung, eher nach: »Mach ich aber.« John war zu müde, um nachzuhaken. Er musste dringend ein Nickerchen machen.

Als er zwei Stunden später aufwachte, war der Junge noch nicht zurück. John trat ans Fenster und sah hinunter auf die Metzer Straße. Kein Hund, kein Halbwüchsiger weit und breit, nur die Sirene der Feuerwehr, deren Gesang von der Prenzlauer Allee herüberwehte. Obwohl der unheilvolle Wechselton ebenso zur Sinfonie der Großstadt gehörte wie die trügerische Stille, machte ihn das Geräusch auf einmal nervös und er bereute, dass er den Jungen samt Hund zum Einkaufen geschickt hatte. Der Bengel fuhr mit ihm Achterbahn, etwas, das der Detektiv schlecht vertrug. Nur seine heftigen Kopfschmerzen verhinderten, dass er sich auf die Suche machte. Er wollte eine von Lottis bunten Beruhigungspillen nehmen, ließ es aber wegen der Suchtgefahr und übte sich in der Geduld des Stoikers.

Eine Viertelstunde später sprang Seneca aufs Sofa und leckte seinem Herrn das Gesicht. John hörte, dass der Junge sich in der Küche zu schaffen machte, stand auf und stellte ihn zur Rede. Jonas schien ziemlich aufgelöst.

»Als ich aus dem Netto kam, war Seneca weg. Ich bin dann hierher gerannt, aber er war nicht vor der Tür.«

»Logisch. Ist ja nicht sein Zuhause«, sagte John grimmig.

»Woher soll ich wissen, wo er … Sie wohnen?«

»Der Hund hat eine Kapsel mit Adresse und Telefonnummer am Halsband.«

Jonas lief dunkelrot an. »Ja super! Hund weg, Halsband weg.«

»Wo hast du ihn gefunden?«

»Am Wasserturm. Vor dem megahässlichen Haus in der Diedenhofer.«

»Nummer elf. Da wohnen wir.« John ärgerte sich über die Beschreibung seines Hauses, erbaut in den frühen DDR-Jahren, das nicht schön war, aber selten im neubiedermeierlichen Kiez. Eine Seltenheit wie er und sein andalusischer Hund.

»Dämlicher Köter. Haut einfach ab.«

»Kleine Hunde sind wie kleine Jungs. Die kann man schlecht an die Leine legen.« Damit ließ John es bewenden, um den Jungen nicht noch mehr zu ärgern. »Was gibt's denn für Pizza?«

»Mit Thunfisch. Was anderes war nicht da ... Ess ich sowieso nicht.«

»Dann freut sich der Hund.«

Als sie später am Tisch saßen und John sich die Pizza reinzwang, kratzte Jonas den Fisch vom Teigboden und verfütterte ihn an Seneca.

»Hat die Leiche doll gestunken?«

»Kein bisschen«, sagte John mit vollem Mund. »Aber wer weiß, wie lange der Tuna schon tot ist.«

»Haben Sie nichts bei sich zu Hause im Tiefkühlfach?«

»Ich esse meist außerhalb«, gestand der Detektiv. »Im Büro müssen noch ein paar Eier sein. Und eine Portion Schinken. Soll ich die holen?«

»Nee, lassen Sie mal. Ist bestimmt nicht aus dem Bioladen.«

John verdrehte die Augen. »In der Not frisst der Teufel Fliegen. Bevor wir verhungern, mach ich uns doch lieber ein zünftiges *bacon und egg*.«

»*Ham and egg*. Bacon ist Speck«, korrigierte ihn der Junge.

»Richtig! Wollte nur dein Englisch testen.«

»Sie sind genau wie mein Vater. Der hat auch für alles eine Ausrede«, rutschte es Jonas heraus.

John zuckte zusammen. Obwohl es nicht als Lob gemeint war, fühlte er sich geschmeichelt.

»Aber mein Vater ist Regisseur. Das ist besser als Detektiv. Ich werde auch Regisseur.«

»Klar. Will doch heute jedes Kind werden. Aber wer erledigt in Zukunft die Reparaturen der Kanalisation oder Telefonleitungen?«

»Na, die Sklaven des Kapitalismus«, strahlte Jonas, »Neger und Araber.«

»Vielleicht. Araber haben schon vor viertausend Jahren Abwasserkanäle gebaut und in der Hauptstadt von Nigeria ist das Telefonnetz moderner als in Berlin.«

»Dafür sind Filme aus Afrika scheiße. Und arabische oberscheiße.«

John hatte keine Ahnung, ob das stimmte. Lotti hätte es gewusst. Lotti hätte dem kleinen Rassisten Unterricht in Weltfilmkunst geben, wenn sie hier gewesen wäre. War sie aber nicht, und so wechselten sie ohne Diskussion über politische Korrektheit das Thema, sprachen den Rest des Abends von Musik, Mode und Mädchen – Dinge, die im Leben wirklich zählen.

11

Kurz nach acht wollte er los ins Büro. Der Junge bestand darauf, in die Schule zu gehen, um nicht zu viel Stoff zu verpassen, vor allem in Englisch, wo er auf vier stand. John hielt es für besser, dass Jonas noch ein paar Tage seine Blessuren auskurierte. Als notorischer Skeptiker hatte er den starken Verdacht, dass der kleine Angeber in Wahrheit nur mit seinem verbeulten Gesicht Eindruck bei den Mädchen schinden wollte. Wunden vorzeigen galt als männlich, erinnerte sich der Detektiv an seine Schulzeit, und ein Junge, der keine Narben davontrug, hatte nichts erlebt. Aber damals war damals. Die neuen Eltern vom Prenzlauer Berg packten ihre Kinder in Watte und schickten sie zum Traumatologen, wenn sie nur Nasenbluten hatten. Übertriebene Angst, sagte ihm sein gesunder Menschenverstand, ließ Kinder verweichlichen, zu Allergikern und Feiglingen werden, oder zu Verbrechern.

»April, April!«, lachte Jonas, denn heute war der erste Vierte. Für John kein Grund zum Feiern, erst recht nicht zum Faulenzen. Der Junge sollte für die Schule lernen, im Nebenzimmer und möglichst leise. Ohne zu murren fügte sich sein Schützling.

John fand, dass trotz einiger Rückschläge sein bewusst autoritäres, wenn auch inkonsequentes Erziehungskonzept Früchte trug. Deshalb konnte er sich intensiver, wenn auch kaum entspannt der unbezahlten Tätigkeit der Klärung von Lottis Todesumständen widmen. Nach Professor Straubs Analyse schien Selbstmord oder Herzversagen nicht ausgeschlossen, Mord ebenso wenig. John tippte auf die letzte Option, weil ihr Zimmer durchwühlt und die DVD gestohlen worden war. Die vier großen W des Kriminalisten – Wann, Wer, Wie und Warum – reduzierten sich für ihn zuerst darauf, herauszufinden, um was für einen Film es sich handelte und ob der Streifen eventuell einen Hinweis auf den Täter gab. In einem blauen A3-Heft der Marke Hermes hatte Lotti akribisch Buch geführt über alle Filme, die sie angeschaut hatte, deren Anschlussfehler, asynchrone Dialogstellen, dramaturgische Ungereimtheiten notiert und sie nummeriert nach dem Zahlenschlüssel der DVDs im Regal. Den Film mit der Nummer 110 fand John weder beim ersten Durchblättern, noch nach dem zweiten und dritten. Bis ihm auffiel, dass eine Heftseite fehlte. Fein säuberlich war sie mit einer Rasierklinge oder einem spitzen Gegenstand herausgetrennt worden. Da Lotti ihre Notizen mit Tinte statt Kugelschreiber gemacht hatte, gab es keine Druckschatten auf der nächsten Seite.

Obwohl das blaue Heft für Filminteressierte eine Fundgrube cineastischer Schluderei war, hatte John weder Zeit noch Lust, sich alle ihre Notizen genauer anzuschauen. Er brauchte die Nummer 110, fand jedoch in den Notizen auch an anderer Stelle keinen Hinweis auf den Titel des verschwundenen Films. Nummer 1 bis 67 waren Produktionen der DEFA, an denen Lotti beteiligt gewesen war. Dass die Schludereien der DDR-Regisseure am Anfang ihrer Mängelliste standen, ließ den Schluss zu, dass sie sich maßlos geärgert haben musste. Dass einer ihrer zahlreichen DEFA-Spielfilme mit ihrem Tod zu tun hatte, glaubte John nicht. Sie waren entweder DDR-Klassiker oder vergessen. Die Dokumentarfilme, bei denen Lotti Frohwein im Abspann stand, waren alle nach der Wiedervereinigung gedreht worden. Sie behandelten historische Themen wie die Juden in Preußen, Peenemünde und die V2, Alt-Reese und die Euthanasie, Markus Wolf, Chef der DDR-Spionage. Nach diesen Filmen würde er im DVD-Regal suchen und sie ansehen, da es zu ihnen keine Anmerkungen im blauen Buch gab. Wenn einer dieser Filme fehlte, hatte er mit ihrem Tod zu tun, wenn nicht, brach sein Ermittlungsansatz wie ein Kartenhaus zusammen.

Ab der Nummer 68 ging es weiter ohne für ihn erkennbares System wie alphabetische Titelfolge, Entstehungsjahr, Land oder Genre der Weltfilmkunst. Demnach konnte die Nummer 110 – außer DEFA-Filmerbe – alles sein, was flimmerte und auf DVD erhältlich war. Über die Bedeutsamkeit des Films X sagte das noch nichts, obwohl John den Eindruck hatte, dass Lotti sich nur mit bekannten oder bedeutenden Werken des Kinos abgegeben hatte. Auch einige Dokumentarfilme, in denen die Schnittmeisterin kleine Unstimmigkeiten am Synchronton oder im Kommentar monierte. Besonders krasse Manipulationen fand sie in dem italienischen Pseudodokumentarfilm *Mondo Cane*, zu Deutsch »Hundewelt«, der 1962 in Cannes einen Skandal auslöste, weil in ihm der deutsche Söldner »Kongo Müller« vor laufender Kamera einen wehrlosen Afrikaner erschießt. Lotti hatte Folgendes über das umstrittene Werk notiert: »Ein barbarischer Umgang mit Film, um zu zeigen, dass die Welt mit ihren Sitten und Gebräuchen barbarisch ist. Der zynische Umgang mit Bild und Ton kann die Wirklichkeit nur zynisch abbilden. Fast alle Szenen sind mit unsichtbarer Hand inszeniert und in wilder Montage mit Musik und Kommentar zu einem willkürlichen Kaleidoskop zusammengesetzt. Ekelhaft, unanständig, vor allem deshalb, weil der Film dieses Gualtiero Jacopetti zum Vorbild für die RTL2-Serien *Die dümmsten Verbrecher, Frauen, Autofahrer etc.* wurde.«

John küsste Lottis wütende Worte, obwohl er *Mondo Cane* nie gesehen hatte; nur den Titelsong *More* kannte er, der, von Frank Sinatra gesungen, zu den hundert besten Songs des 20. Jahrhunderts gezählt wurde. Die Welt schien noch barbarischer, seit Lotti Frohwein nicht mehr über ihre Darstellung im Film schreiben konnte. *Mondo Cane* war unter der Nummer 101 gelistet. John stutzte. In 101 steckte der Zahlendreher 110, die DVD, wegen der Lotti sterben musste. Gab es etwa einen kabbalistischen Zusammenhang? Zahlensymbolik interessierte ihn, seit er den Golem vom Prenzlauer Berg zur Strecke gebracht hatte. Lotti, obwohl nicht religiös, hatte beruflich mit Zahlen zu tun – mit nummerierten Bild- und Tonklappen, Markierungen am Rand der Filmstreifen, fortlaufenden Ziffern im Vorspann der Synchron-Takes.

Auf einer Website über Zahlensymbolik fand John die Numerologie des hebräischen Alphabets. Sie besaß eine schwer nachzuvollziehende Logik, weil die Reihenfolge der zweiundzwanzig Buchstaben nicht identisch war mit den exponentiell ansteigenden Zahlen, die von 1 bis 400 reichten. Der erste Buchstabe Aleph (A) hatte den Wert 1, der letzte Zade (Z) 90, die 400 war das Taw (T). Da es im Hebräischen keinen singulären Buchstabenwert 110 gab, versuchte er es mit zwei Buchstaben und kam auf sechs beziehungsweise zwölf Kombinationen, die miteinander addiert 110 ergaben: Jod/Qoph, Kaph/Zade, Lamed/Peh, Men/Nun, Nun/Samech, Ajin/Mem und jeweils paarweise auch umgedreht. Als er die Kürzel ins Deutsche übertrug, sprang ihm sofort ins Auge, was Kaph (K) und Zade (Z) oder Zade (Z) und Kaph (K) verband – die Begriffe KZ und ZK. John wusste, dass Lotti für das Zentralkomitee der Sozialistischen Einheitspartei wenig übrig gehabt hatte, er erinnerte sich, dass sie es Komitee zur Nichtlösung zentraler Aufgaben genannt hatte. Mit dem Kürzel KZ verband sie viel, ihre Eltern waren im KZ Ravensbrück ermordet worden. War es Zufall, dass die DVD mit der Nummer 110 die hebräische Buchstabenfolge KZ ergab, oder hatte sie die Zahl bewusst gewählt für einen Film über den Holocaust?

John lud die Fotos auf scinen Computer und vergrößerte sie, um die Titel der Filme auf den Rücken zu lesen. Nicht alle waren beschriftet, doch Nummer 110 gehörte glücklicherweise zu denen mit Titelangabe: *Milena Jesenská – Letzte Adresse: KZ Ravensbrück*. Auf den Fotos stand die DVD 110 im Regal, war also erst verschwunden, nachdem er das Zimmer erneut inspiziert hatte. Jemand musste seine Anwesenheit bemerkt und befürchtet haben, er würde sich näher mit der Filmsammlung beschäftigen.

Er trat ans Fenster und schaute zum Himmel. Eine aschgraue Wolkendecke hing tief über der Stadt und ließ ein Gemisch aus Regen und Schnee auf die von Natur aus schlecht gelaunten Berliner rieseln. Ob er wollte oder nicht, er musste nach draußen, Geld ziehen am Bankautomaten. Er suchte die EC-Karte für das Firmenkonto, weil er die für sein Girokonto nach dem Diebstahl der Brieftasche hatte sperren lassen. Sein Partner würde ihm den Marsch blasen, da das Firmenkonto nur für Überweisungen gedacht war. Doch Peter war weit weg, blies hübschen, braun gebrannten Maledivern Zucker in den Hintern.

Auf dem Weg zur Bank fragte er sich, ob Lotti außer DVDs, Damengarderobe und Hellerau-Möbeln auch Bargeld hinterlassen hatte. Die Heimleiterin hatte nichts von einem Konto oder Sparbuch erwähnt, auch nicht, wer die Beerdigung und eine Grabstelle bezahlte. John rief Ellen Gutzeit an und brachte das Thema zur Sprache. Die Bulgarin gab sich überrascht, dass er die Vermögensfrage nicht längst angeschnitten hatte. Über die genaue Höhe des Vermögens dürfe sie keine Angaben machen, solange der Nachlassverwalter das Testament nicht eröffnete. Fall es eines gab. Das könne Wochen oder Monate dauern. Ansonsten stehe sie für weitere Auskünfte gern zur Verfügung. Ein leichtes Zittern in der Stimme der Bulgarin bei dem Wort *Höhe* ließ John auf einen unerwarteten Geldsegen hoffen. Doch woher sollte Lotti Vermögen haben? Ihr Arbeitsleben war *made in GDR*, da konnte sie kaum etwas auf die hohe Kante gelegt haben. Lotto spielte sie seines Wissens nicht und wen konnte ein jüdisches Waisenkind armer Leute schon beerben?

Johns pekuniäre Neugier erlosch augenblicklich, als er das Minusguthaben auf dem Firmenkonto sah. Der Überziehungskredit deckte die monatlichen Festkosten für den März, reichte aber gerade so, dass er, sein Hund und der Junge nicht zu hungern brauchten.

***

Pünktlich zum Unterrichtsschluss am Donnerstag wartete der Detektiv in einem Café gegenüber der Schule. Der Junge kam wie immer zu spät, aber er kam. Er warf seine Schultasche auf den Stuhl und verlangte eine Cola. Er war geladen wie ein Revolver. John nippte entspannt an seinen Glas Rioja und fragte entwaffnend: »Na, freust du dich? Eine Eins in der Englischhausarbeit?«

»Vielen Dank auch, Sie Sprachgenie! Eine Drei minus hab ich gekriegt.«

John glaubte, sich verhört zu haben. »Kann nicht sein. Du hast alles richtig gemacht. Ich meine, ich.«

»Eben nicht!« Jonas steckte den Strohhalm in die Colaflasche und blies Luft hinein, bis das Zuckerwasser oben heraussprudelte.

»Zeig her! Wollen doch mal sehen, was die Lehrerin dir angestrichen hat.«

Jonas holte die Hausarbeit aus der Tasche und schob sie über den bekleckerten Tisch. Außer braunen Cola-Flecken, der Note und dem Namenskürzel der Lehrerin fand John – nichts. Keine Korrekturen.

»Das gibt's doch nicht. Hat sie irgendwas dazu gesagt?«

Der Junge schüttelte den Kopf. »Ist mir scheißegal.«

Jetzt war John geladen. »Mir nicht! Ich opfere meine kostbare Freizeit, mache deine Hausaufgaben und dafür gibt's eine Drei!«

»Minus. Ist besser als vier.«

»Haste auch wieder recht.« John stieß sein Glas an die Flasche. »Das nächste Mal machen wir ein paar schlaue Fehler. Wenn sie die übersieht, knöpfe ich mir diese Mrs. Tippletown vor.«

»Können Sie gleich machen«, sagte Jonas. »Da drüben läuft sie.«

Er gab dem Jungen Geld zum Bezahlen und eilte aus der Bar. Wie ein schnaufendes Nashorn galoppierte er über die

Straße und stellte sich der Frau in den Weg, als sie in ihr Auto steigen wollte.

»Tschuldigung! Ich möchte Sie kurz sprechen. Wegen Jonas Schöndorfer.«

Die Lehrerin sah ihn an. Da sie ihn nicht kannte, kam ihr nur ein Gedanke. »Sie sind sicher von der Polizei. Hat er wieder was ausgefressen?«

John versuchte, entspannt zu bleiben. »Nicht dass ich wüsste. Ich gebe Jonas Nachhilfe in Englisch.«

»Sie also haben die Hausarbeit geschrieben«, lächelte die Frau eisig. »Dann erkläre ich sie für ungültig.«

»Falsch! Habe ihm nur dabei geholfen, keine Fehler zu machen. Dafür hat er eine Drei gekriegt.«

»Drei minus.«

»Es liegt doch auch in Ihrem Interesse, dass Jonas sich verbessert. Oder irre ich mich?«

»Passen Sie auf«, sagte die Lehrerin und stieß aus Versehen an Johns Bauch. »Jonas ist nicht dumm, nur faul. Er vergisst dauernd seine Hausaufgaben und steht deshalb in Englisch auf vier.«

»Plus oder minus?«

Da sie keinen Humor hatte, überhörte sie die Frage. »Plötzlich kommt er mit einer Einser-Hausarbeit. Da war mir klar, dass ihm geholfen worden ist. Das ist Betrug, und darum hat er eine Drei minus bekommen. Eigentlich hätte ich ihm ein Ungenügend geben müssen.«

»Wie großzügig!«, unterbrach John. »Wenn nicht durch Nachhilfe, wie soll Jonas sich dann verbessern?«

»Durch Fleiß und Ehrgeiz. Jonas hat keinerlei Motivation, zu lernen.«

»Hätte ich auch nicht ohne Erfolgserlebnis. Der Junge steckt in der Pubertät und braucht Anerkennung und Vertrauen. Positives Feedback, wie es in der Pädagogik heißt. Schon mal davon gehört?«

Die Frau bekam ein leichtes Zucken um den Mund. »Bitte werden Sie nicht unsachlich. Wir geben uns alle Mühe, aber wer nicht lernen will, verdient nun mal kein positives Feedback.«

»Ich denke, gerade dann. Strebern kann man die kalte Schulter zeigen.«

»Sie haben eine merkwürdige Auffassung von Schule. Aber darüber muss ich nicht mit Ihnen reden. Sie sind nicht der Vater von Jonas Schöndorfer.«

»Nein. Aber ich werde dafür bezahlt, dass der Junge nicht sitzen bleibt«, konterte John in scharfem Ton. »Es ist mein persönlicher Ehrgeiz, Erfolge zu liefern. Und die Hausarbeit ist eine Erfolgsstory.«

»Darüber entscheide nun mal ich«, sagte die Frau, schloss die Tür ihres Golf *Bon Jovi* auf und stieg ein. »Jonas ist nicht nur in Englisch eine Null, sondern in allen Fächern. Wir wären froh, ihn loszuwerden.«

»Das glaube ich Ihnen sogar«, erwiderte John und hielt die Tür fest. »Mögen Sie eigentlich Jungs?«

Sie startete den Motor und würgte ihn ab, weil die Handbremse angezogen war. »Was soll die Frage?!«

»Nur so. Ich vermute, Sie mögen sie nicht, und deshalb haben Sie ihm eine Drei gegeben.«

»Minus! Darf ich jetzt bitte losfahren?«

»Sie dürfen. Wenn Sie können. Kinder und Autos sind nämlich Gefühlssache.« Er schlug die Fahrertür zu. Die Lehrerin schoss mit Vollgas aus der Parklücke.

Aus Angst, überfahren zu werden, wartete John, bis sie um die Ecke gebogen war, und ging dann über den Fahrdamm. Jonas stand mit seiner Schultasche wie angenagelt vor dem Café. Ihm war anzusehen, wie beeindruckt er war, dass sein Beschützer sich die Englischlehrerin vorgeknöpft hatte. John fand sich auch toll, obwohl er fürchtete, der Junge würde es nun noch schwerer in der Schule haben.

Deshalb lud er Jonas ins Kino ein, um auf andere Gedanken zu kommen. Die Frage, welchen Film sie gemeinsam anschauen sollten, erwies sich jedoch als schwierig. John wollte weder für *Scary Movie 5* noch *Iron Man 3* Geld ausgeben, Jonas sich nicht in *Oh Boy* oder *Das Leben ist nichts für Feiglinge* den Hintern platt sitzen. Schließlich einigten sie sich auf den *Weißen Hai*, der im Fernsehen lief.

Weil beide den Film in- und auswendig kannten, erledigten sie nebenbei die Hausaufgaben in Mathe und Deutsch. Für John ein dreifach haarsträubendes Abenteuer, da er von Quadratwurzeln so viel oder wenig wusste wie von der Rechtschreibreform. Als nach gut zwei Stunden der Hai zur Strecke gebracht war, hatten sie die Deutschaufgabe erledigt. Die qualvolle Ziehung der Quadratwurzeln überließen sie Dr. Google.

»Und was ist, wenn du von der Schule fliegst?«, fragte John vorsichtig.

Jonas zuckte die Schultern und rührte in seinem Chicken Masala, das sie sich hatten liefern lassen.

»Wäre die dritte«, rechnete John aus. »Irgendwann ist Schluss, dann kommst du auf die Hilfsschule für Idioten ... oder musst eine Lehre als Koch machen.«

»Na und! So einen Fraß wie das hier mache ich mit links.«

Obwohl der Junge recht hatte, das indische Huhn schmeckte wie räudiger Hund in Currysoße, wollte John die Negativoption nicht gelten lassen.

»Wen willst du eigentlich bestrafen, indem du dich dämlich stellst? Deine Mutter, deinen Vater? Weil sie zu wenig Zeit für dich haben?«

»Haben sie gar nicht«, empörte sich der Junge. »Meistens sitzen sie zu Hause rum und jammern, dass andere ihnen die Filme wegnehmen. Ich werde auch mal Regisseur oder vielleicht Schauspieler. Da braucht man nicht so viel zu malochen.«

»Dann streng dich schon mal an. Ohne Abi kannste heute nicht mal Beleuchter beim Film werden.«

»Dann werd ich eben Detektiv. Oder muss man dafür Abitur haben?«

John rang nach einer originellen Antwort, doch das scharfe Curry und der Gedanke an toten Hund schnürte ihm die Kehle zu. »Abi...turr ist das Mi...mindeste. Clean muss man sein und helle im Kopp.«

»Geh ich eben auf die Hemingway-Schule. Hab ich mir schon angesehen. Ist echt cool.«

John löschte den Kehlbrand mit einem Bier. »Wieso?«

»Die haben so einen Slogan: *Do it your way, do it like Hemingway.«*

»Tolles Motto. Hemingway war ein Säufer und hat sich mit der Flinte das Hirn weggepustet.«

»Aber er hat den Nobelpreis gekriegt.«

»Dann kannst du ja sitzen bleiben und zur Hemingway wechseln.«

»Nee, will ich doch nicht.«

»Und weshalb nicht?«

»In den Klassen sind neun von zehn Schülern Wedding-Türken.«

John nickte zustimmend. »Da hast du keine Chance. Dann bleibt dir nur, besser zu sein als die Mädchen oder dich als Mädchen zu verkleiden.«

»Häh! Ich bin doch nicht schwul.« Jonas zog ein Gesicht, als hätte er auf ein Pfefferkorn gebissen.

»Das weiß man erst mit fünfzig.«

Jonas musterte den Detektiv von oben bis unten, konnte aber nichts Schwules an ihm erkennen, außer seiner blau-weiß-roten Krawatte mit dem Spruch *Un homme à part.*

»Was soll das denn heißen?«

John lockerte die Krawatte, band sie ab und steckte sie zusammengeknüllt in seine Jackettasche. »Vergiss es. Mädchen haben Probleme, von denen du nicht mal träumst. Bleib ein Junge und halte dich an den Indianerspruch ›Du hast keine Chance, darum nutze sie‹.«

»Sie können auch nur Sprüche machen. Wie mein Vater«, schäumte der Junge und trat mit dem Fuß ans Tischbein. »Ich will nicht mehr in die Schule. Schule ist Kindesmisshandlung.«

»Das Leben ist eine einzige Misshandlung. Aber man kann sich wehren, ohne andere zu quälen oder sich.« Schon wieder so ein Spruch, dachte John, fügte aber hinzu: »Indem man sich aus allem raushält und sein Ding macht.«

»Tue ich ja ... mein Ding machen.«

»Erst wenn du erwachsen bist. Jetzt musst du sehen, wie du mit dem Arsch an die Wand kommst, und dich von Losern fernhalten. Die ziehen dich nur mit runter, haben nichts zu bieten als dämliche Sprüche.«

»Wie Sie.«

»Ich kann dir helfen. Aber ein bisschen anstrengen musst du dich schon.«

»Okay.« Jonas dachte nach. »Ich hab eine super Idee!«

»Da bin ich aber gespannt.«

»Sie sagen der Klassenlehrerin, dass ich andersrum bin, dann behandelt sie mich wie die Mädchen.«

»Wie kommst du denn darauf?«, fragte John amüsiert.

»Weil wir in Sexualkunde gelernt haben, dass Schwulsein nicht diskremeniert werden darf.«

»Diskriminiert, wie Krimi. Du bist doch nicht schwul, oder?«

»Ich? Niemals! Aber wenn die Lehrer denken, dass ich's bin, dann würden sie mich mehr achten.«

John war beeindruckt. »Schlag dir das aus dem Kopf«, sagte er trotzdem. »Ich gehe nicht in deine Schule und posaune herum, du seist eine Schwuchtel.«

Jonas war sauer. »Sie haben versprochen, dass Sie mir helfen.«

»Nicht mit Lügen. Sonst heißt's noch, ich hätte dich verführt.«

»Wozu denn?«

»Vergiss es! Pack deine Schulsachen und dann ab ins Bett.«

»Sprücheklopfer!« Jonas trollte sich aus der Küche und ließ wütend die Tür ins Schloss fallen.

John hatte das Gefühl, dass er den Jungen überforderte. Andererseits war er kein kleines Kind mehr und wollte ernst genommen werden. Zum Teufel mit der Erziehung! Keine Kinder, keine Probleme.

***

Die Leute auf der Schwedter Straße drehten sich nach ihm um, als er in die Choriner einbog. Das passierte ihm nur, wenn er mit seinem Hund unterwegs war. Der schwarzweiße Border Collie mit braunen Pfoten zog die Aufmerksamkeit auf sich, weil er mehr Farbe zeigte als die meisten Berliner Zweibeiner, die im Winter Trauer trugen, und weil er trotz Schnee und Kälte stolz durch den Prenzlauer Berg lief wie die Wiener Schickeria in Kitzbühel. Eine vom Klimakterium gereizte Frau schnauzte den kleinen Spanier an, er solle ihr nicht zu nahe kommen.

John ignorierte es, erinnerte sich jedoch eines Gedichtes von Pierre Albert-Birot: *Ich habe einen Blick geworfen / Doch die Frau war so hässlich / Dass er sogleich zur Erde gefallen ist / Ein Hund kommt vorbei / Und nimmt ihn mit.*

Er fragte sich, ob ein Hintergedanke dabei mitschwang, dass Ellen Gutzeit ihn statt in ihr Büro ins Café *Lass uns Freunde bleiben* gebeten hatte. Hier wären sie ungestört. Das musste ein Scherz gewesen sein, denn das Lokal war am Mittag so voll mit jungen Menschen wie das Arbeitsamt. Seine Verabredung konnte er in dem Gewusel leicht ausmachen, nicht, weil sie doppelt so alt war wie die anderen, sondern weil sie Caipirinha statt Cappuccino trank.

»Wer arbeitet eigentlich noch in unserem Kiez?«, fragte der Detektiv und zwängte sich zu der Bulgarin auf die Fensterbank.

»Sie gehen den ganzen Tag mit dem Hund spazieren, habe ich gehört.«

»Muss eine Verwechslung sein«, grinste John »Hab ein Allerweltsgesicht.«

»Aber ihr Sobatschka ist unverwechselbar. Wie heißt er denn?«

»Seneca, wie der Philosoph des Glücks.«

»Es scheint, dass er Ihnen tatsächlich Glück bringt.«

John wusste nicht, ob damit seine äußere Zufriedenheit gemeint war oder die glückliche Wahl seiner Informantin. Drum schwieg er lieber.

»Es sieht so aus, als hätten Sie im Lotto gewonnen.«

»So viel Glück bringt nicht mal mein Hund. Weil ich nie Lotto spiele.«

»Vielleicht erbt auch jemand anderes das Vermögen Ihrer Tante«, ruderte Ellen Gutzeit zurück. »Auf ihrem Sparbuch sind mehr als nur Zinsen.«

»Wie viel?« Sofort bereute John die Frage.

Die Heimleiterin hielt ihm das rote Büchlein unter die Nase. Da er weitsichtig war und seine Lesebrille nicht dabei hatte, sah er nur verschwommene Zahlen. Als er das Sparbuch von sich weghielt, traute er seinen Augen nicht.

»Hundertzehntausend Euro! Das kann nicht sein. Lotti hat doch früher schon gejammert, dass sie kein Geld hat und sich vor Altersarmut fürchtet.«

Ellen Gutzeit lachte. »Das tun alle Deutschen. Jammern auf hohem Niveau.«

»Aber woher so viel Geld bei höchstens achthundert Euro Rente?«

»Achthundertzehn plus Waisenrente.« Ellen schaute in Lottis Unterlagen. »Sie hatte keine Pflegestufe, also keine Pflegevergütung, Einzelzimmer mit Internetanschluss und Bezahlfernsehen. Macht sechzehnhundertvierzig im Monat. Dafür hat die Rente gerade so gereicht.«

»Vielleicht hat sie ja im Lotto gewonnen.«

Die Bulgarin wiegte den Kopf. Erst jetzt bemerkte er, dass sie nicht die hochgeschlossene Bluse trug, sondern eine, die tiefe Einblicke bot. Doch nicht ihre Offenherzigkeit löste bei ihm nervöses Lidzucken aus, sondern der Verdacht, dass Ellen Gutzeit ihn anbaggern wollte. Mit welchen Absichten?

»Ein Lottogewinn wird, soviel ich weiß, in voller Höhe und in einer Summe ausgezahlt. Im Sparbuch sind seit 1998 siebenundzwanzig Einzahlungen von jeweils fünftausend Euro registriert.«

»Viertausendneunhundertneunundneunzig«, korrigierte John, der immer noch in das Sparbuch sah. »Bis zu dieser Summe überprüft die Bank nicht den Zahlungsverkehr wegen Geldwäsche. Die letzten zwei Buchungen sind vom Januar und Februar. Im März kam kein Geld. Dafür kam der Tod.«

Ellen Gutzeit sah ihn mit einer Mischung aus Entsetzen und Misstrauen an.

»Sie glauben doch nicht etwa, dass ich meine Tante ...«

»Sie sagen, Sie hätten keine Ahnung von dem Sparbuch gehabt.«

»Allerdings. Dass ich in ihrem Testament als Erbe erscheine, ist ziemlich unwahrscheinlich ... Kommt denn hier keine Bedienung?«

»Sie müssen am Tresen bestellen«, sagte die Gutzeit abwesend.

»Mir würde Lotti höchstens Schulden hinterlassen. Ich sagte Ihnen ja, wir standen uns nicht sehr nah.« John erhob sich. »Noch mal dasselbe?« Die Bulgarin machte eine abwehrende Geste.

Als er mit einer Tasse Kaffee zurückkam, deren Inhalt teilweise in der Untertasse schwamm, telefonierte sie. Seneca lag quer auf der Türschwelle und bewegte sich auch nicht weg, wenn jemand ins Café oder hinaus wollte.

Ellen klappte ihr glitzerndes Handy zu. »Ich muss zurück ins Büro.«

»Was wird mit dem Sparbuch?«

»Wir bewahren es auf, bis ein Testament aufgetaucht ist.« Sie sog am Strohhalm, um den letzten Tropfen Rum aus ihrem Glas zu schlürfen. »Wenn es keins gibt, entscheidet der Nachlassverwalter, wer das Vermögen erbt ... Sollten Sie der Glückliche sein, dann kaufen Sie sich eine neue Krawatte. Diese ist, gelinde gesagt, geschmacklos.«

»Finden Sie?« John nahm den Binder ab und steckte ihn in die Tasche seines Tweed-Sakkos. Der Schlips war mit einem silbernen Muster bedruckt, das wie die Sicherheitsstreifen auf Geldscheinen aussah.

»Ja! Man könnte denken, Sie sind nur hinterm Geld her.«

»Bin ich«, versicherte der Detektiv. »Aber das Geld hat flinkere Beine als ich und hängt mich immer ab.«

»Ohne die dumme Krawatte kommt es sicher von allein zu Ihnen. Ich drücke schon mal die Daumen.«

»Das ist sehr selbstlos von Ihnen.«

Die Bulgarin lächelte aufdringlich, zahlte und verließ das Lokal. John trank in Ruhe seinen Kaffee. Obwohl der Gedanke an baldigen Reichtum etwas Kuscheliges hatte, konzentrierte er sich lieber auf die Fakten. Auf Lottis Sparbuch waren in fünfzehn Jahren hundertzehntausend Euro eingezahlt worden, im Durchschnitt rund siebentausenddreihundert pro Jahr. Konnte eine Rentnerin so viel nebenbei verdienen? Für die Verwertung ihrer Filme bekam sie, soweit er wusste, keinen Cent, da sie weder Autorin noch Regisseurin war. Es könnten Aktiendividenden sein, doch dann wären die Summen über die Jahre nicht unverändert hoch, schon gar nicht seit der Bankenkrise, wo Kleinanleger um ihr Geld geprellt wurden und sogar draufzahlen mussten.

Ein Sparguthaben von einhundertzehntausend Euro und die verschwundene DVD mit der Nummer 110. Bloßer Zufall? Um das Sparbuch konnte es dem Einbrecher nicht gegangen sein, es lag im Safe im Büro der Heimleiterin. Der Wert der DVD betrug höchstens dreißig Euro. Dafür beging man keinen Mord, es sei denn, ihr Inhalt war dem Dieb ein Vielfaches wert. Wollte er sie der Besitzerin abkaufen, nur der Preis, den sie verlangte, war zu hoch? Dann müsste es sich um einen Film handeln, den man nicht bei Amazon bestellen konnte. John stutzte. Ellen Gutzeit hatte erwähnt, dass Lotti für einen Internetanschluss zahlte, doch wo war der Computer? Weder vor noch nach ihrem Tod hatte er in ihrem Zimmer einen PC gesehen. Dass ihm das nicht gleich aufgefallen war, beunruhigte ihn. Sollte er sich schon mal für einen Platz im Altersheim anmelden? Besser hielt er sich an das Einmaleins des Detektivs und rechnete in Gedanken durch, was er als bekannt voraussetzen konnte. Nur ein Bewohner oder Mitarbeiter des Altersheims konnte unbemerkt über den Balkon in Lottis Zimmer gelangen. Sie musste ihren Mörder gekannt haben und er den Inhalt der DVD.

12

Seit einer Stunde lag sie wach, die Hände über Kreuz auf ihren flachen Brüsten, und kaute auf ihren wunden Lippen. Sie hatte einen schalen Geschmack im Mund. Der Geschlechtsakt war ihr stets äffisch vorgekommen, der Höhepunkt als chemische Reaktion von Hormonen. Sie nahm Hormone in hohen Dosen, seit sie dreißig war und noch immer im Körper eines Knaben steckte. Frauliche Formen bekam sie trotzdem nicht, nur einen gesteigerten Geschlechtstrieb und eine Haut, die lange nicht alterte. Jetzt sah sie aus wie eine Galapagos-Echse mit hübschem Gesicht.

Der Mann neben ihr schlief, als hätte er die ganze Nacht Kohlen geschippt. Zu allem Übel schnarchte er auch noch wie ihr letzter Gatte, ein Abteilungsleiter im Ministerium für Energiewirtschaft, der sich 1988 erschoss, weil die sowjetischen Freunde von der DDR plötzlich Dollar für Öl und Gas verlangten. Obwohl sie Gorbatschow für einen Verräter am Kommunismus hielt, hatte sie ihm im Stillen bei der Beerdigung ihres Mannes gedankt. Am liebsten wäre ihr, wenn der Klassenfeind in ihrem Bett nicht wieder aufwachte. Er roch nach billigem Eau de Cologne und säuerlichem Achselschweiß. Die Zeit, als das Wünschen noch geholfen hatte, war vorbei.

Heinrich Piontek drehte sich um und bekam bei ihrem Anblick diesen blöden Männerblick. »Du bist schon wach.«

»Ich schlafe mit offenen Augen wie ein Krokodil. Sehe ja auch so aus.«

»Sei nicht so negativ. Du siehst aus wie die Venus von Milo.«

»So alt bin ich nun auch nicht.«

Heinrich rekelte sich, beugte sich über sie und küsste ihre Ohren. Das mochte sie so wenig wie das Betatschen ihrer Brüste. Beim Sex behielt sie ihr Unterhemd an.

»Wie war es?«, fragte Heinrich.

»Für dich oder mich?«

»Für mich wie Ostern, Weihnachten und meine Beförderung zum Kriminaloberrat an einem Tag.«

»Schön für dich.« Edith schob seine Hände weg.

»Diese blauen Pillen sind ihr Geld wert.«

»Man kann dran sterben, wenn man ein schwaches Herz hat.«

»Mein zweiter Name ist Heinrich Löwenherz«, lachte der Ex-Kommissar. »Was für'n chemisches Zeug ist Viagra eigentlich?«

Edith hob die Schultern. »Der Laborname ist Sildenafil-Citrat, $C_{22}H_{30}N_6O_4S$, ein Enzymhemmer der Phosphodiesterase Typ 5.«

»Scheißegal. Sagt mir sowieso nichts, hört aber aufs Kommando.« Heinrich wälzte sich auf Edith, doch sie wehrte sich.

»Hör auf! Wir sind nicht mehr zwanzig. Außerdem habe ich Hunger.«

Sie sprang wie eine Feder aus dem Bett und huschte ins Bad. Während Heinrich die Dusche fließen hörte, schaute er vom Bett aus Fernsehen. Eine Sendung über Pflegenotstand in deutschen Altersheimen. Danach half auch kein Viagra mehr.

***

Nachdem er beim Kollwitz-Bäcker in der Sredzkistraße seinen gewohnten Kaffee getrunken hatte, der halb so stark nach Kaffeebohne schmeckte, aber billiger war als bei Butter-Lindner gegenüber, las er die Lokalzeitungen. Das Hauptthema war, dass Berliner Schulkinder fünfundsiebzig Tage im Jahr Ferien machen, ihre Eltern nur dreißig, und der Senat überlegte, wie er das Problem für alleinstehende Berufstätige lösen sollte. John musste lachen. In dieser Stadt arbeitete man dauernd alte Hüte auf, ohne dass sie dadurch tragbarer wurden. Die tolle Idee eines Senatsbeamten bestand darin, die Schulferien drastisch zu kürzen, ohne mehr neue Lehrer einzustellen. Dass die Pädagogen seit Wochen wegen Überlastung und geringem Lohn streikten, hatte der Mann offenbar ausgeblendet. Klar, dass die Stadt an der Bildung sparen musste, sie vergrub das Geld lieber in gepflegten Fußwegen, die nach der Ausbesserung genauso krumm und schief aussahen wie vorher.

Ein Knall schreckte den Detektiv aus seinen Gedanken. Ein Lkw war bei dem Versuch, an der nach einjähriger Bauarbeit nur noch halb so breiten Kreuzung in die Kollwitzstraße einzubiegen, mit einem der gusseisernen Poller zum Schutz vor Fußwegparkern kollidiert.

Der Fahrer, ein Pole, stieg vom Hochsitz und fluchte. »Cholera jasna!«

John wusste, dass der Mann den Schaden hätte vermeiden können, wäre er von der Schönhauser Allee auf die Danziger Straße abgebogen. Nach der Sanierung der ehemaligen Dimitroffstraße vor Jahren hatte man leider vergessen, das Umleitungsschild zu entfernen, und schickte die Transiteure weiter durch die enge Sredzkistraße zum Berliner Ring.

John war froh, kein Auto mehr zu besitzen, aber auch per pedes riskierte er jeden Tag, sich die Knochen zu brechen in den Baulöchern des Prenzlauer Berges. Hund müsste man sein, die wurden nicht so alt und eingeschläfert, wenn sie Probleme mit den Gelenken bekamen. Auf Tierquälerei stand sogar Gefängnis, für Menschenquälerei bekam der Bezirksamtsrat für Stadtentwicklung den Nachhaltigkeitspreis seiner Ökopartei.

Weil John ein Herz für Polen hatte, sie brauten das bessere Bier, verteidigte er den Lkw-Fahrer als Opfer von Irreführung der Behörden.

Es half nichts, der Pole musste für den Poller blechen, weil die Berliner Polizei stets nach der Devise urteilte, nicht die Verkehrsverhältnisse sind schuld, sondern der Verkehrsteilnehmer. Er war im Begriff, eine Straftat zu begehen, sobald er sich ans Steuer setzte.

Obwohl John sich hütete, die Beamten zu beleidigen, wurde er ermahnt, seinen Hund anzuleinen. Da er keine Leine mit sich führte, entging er einer Anzeige dadurch, dass er sich als Detektiv zu erkennen gab und seinen Begleiter als Drogenspürhund im Einsatz deklarierte. Die Legende drohte aufzufliegen, da Seneca mit Vorliebe an blaue Autos pinkelte. Doch die Ordnungshüter merkten es erst, als John mit seinem Philosophen über alle Berge war. Um nicht doch noch zur Kasse gebeten zu werden, nahmen sie die Abkürzung über den Spielplatz zwischen Belforter und Metzer Straße, der selbst für angeleinte Hunde eine No-Go-Area war. Als sie unweit von *Myer's Hotel* wieder auf neutralem Gebiet waren, jaulten von fern Polizeisirenen. John war zu alt für das Spiel Räuber und Gendarm und lief gemächlich über die Straße. Wer rennt, macht sich verdächtig, wenn er keinen Jogginganzug trägt.

Im Büro nahm er sich Lottis persönliche Filmografie vor, die sich in einer Mappe mit der Aufschrift »Arbeit« befand.

2000 war Lotti in Rente gegangen, drei Jahre hatte sie im Heim gelebt. Über diese Zeit führte sie kein Tagebuch, nur Notizen über die Fehler der Filme, die sie täglich anschaute. Doch kein Mensch kann pausenlos vor der Mattscheibe hocken, er muss sich ab und zu unter Leute mischen. Die Frage war, mit wem Lotti im Heim engere oder gar engste Beziehungen gepflegt hatte. Dass Alte auch Sex haben, wird in der von Jugendwahn und Schönheit besessenen Gesellschaft gern verschwiegen. Vielleicht war die Vierundsiebzigjährige durch eine Beziehungstat gestorben? Die Frau, deren Berufsleben vor ihm lag, war ein Rätsel, das sich durch Spekulationen nicht lösen ließ. Er musste in den Bereich ihres Daseins eindringen, der mit ihrem Tod unweigerlich verloren schien.

Im Anhang der Mappe waren fein säuberlich abgeheftet Zeitungsausschnitte mit Kritiken von Filmen, für die Lotti den Synchronton geschnitten hatte. Dazwischen fand der Detektiv die Traueranzeige des Paares, das Lotti als Kind vor den Nazis versteckt hatten. Die Bielers waren 1972 kurz hintereinander gestorben, hatten keine eigenen Kinder, adoptierten aber nach dem Krieg einen Jungen und ein Mädchen aus dem Waisenhaus. Diese Kinder waren jetzt 61 und 65 Jahre alt. Laut Taschenkalender 2012, den er ebenfalls in den Unterlagen fand, vergaß Lotti nie die Geburtstage von Jenny und Hubert Bieler. Aus Dankbarkeit, dass ihre Eltern Lotti vor den Nazis versteckten, nahm John an, denn sie bezahlte auch deren Grabstelle. Also würden die Adoptivkinder ihr ganzes Vermögen erben, nicht er. Eine Vermutung, die John mit dem Gleichmut eines Lottospielers nahm, der immer die falschen Zahlen tippt.

Er war todmüde, wie immer, wenn sein Hirn aus viel Information wenig Erkenntnis herausfiltern musste. Das Wenige passte auf ein Blatt Papier und las sich wie folgt:

1. *Die verschwundene DVD – einer von Lottis Dokumentarfilmen? Fünf ausgewiesene Themen minus ein fehlendes Thema = gesuchter Titel X (im Regal nachsehen).*

2a. Mordmotiv – Film X. Wer tötet wegen Film, der vergangene Dinge zeigt, die m.o.w. bekannt sind? Großes Fragezeichen.

2b. Motiv – Gier (110.000 Euro). Verdächtige: Heimleiterin, Pflegepersonal, Heiminsasse, mit dem Lotti vertraut war. Jenny und Hubert Bieler. Ihre Namen schrieb John der Vollständigkeit halber hin. Weshalb sollten sie einen Mord begehen, wenn sie Lottis Vermögen ohnehin erbten? Trotzdem: *großes Fragezeichen.*

2c. Motiv – Eifersucht/Rache: Lotti & Liebe in cholerischen Zeiten? Kleines Fragezeichen.

3. Vorsicht vor E. G. Trinkt viel, redet viel, zeigt zu viel Kurven! Großes Ausrufezeichen. (Dranbleiben und Cox Habbema nicht vergessen.)

P.S.: Woher die 110.000 Euro auf Lottis Konto! Kleines Ausrufezeichen.

John schaute auf die Uhr und schloss eilig sein Büro. Auf der Metzer Straße rutschte er auf dem tauenden Eis aus und ruderte mit den Armen, um sich nicht auf den Hintern zu setzen. Das fehlte noch, dass er mit nasser Hose vor der Schule erschien, wo die Anwohner ihn sowieso schon für einen Päderasten halten mochten wegen seiner täglichen Verabredung mit einem hübschen Bengel.

Auf der Prenzlauer Allee klingelte sein Handy. Jonas fragte, ob er nach der Schule zum Chillen auf die Skaterbahn könne, er habe heute keine Schularbeiten auf. Zum Abendbrot sei er zurück.

John fiel kein Grund ein, es zu verbieten. Er war zufrieden, dass der Junge um Erlaubnis fragte, bevor er ohnehin tat, was er wollte. Deshalb trank er einen Pastis bei *Biene*. Er nahm seinen Lotti-Tippschein zur Hand, kreuzte die Zahlen 1 und 3 an, bevor er gegenüber der Kneipe im Habbema-Theater zwei Karten für »Ein Gespräch im Hause Stein über den abwesenden Herrn von Goethe« von Peter Hacks für Samstag kaufte.

In dem Zwei-Personen-Stück trat die Holländerin als Frau von Stein mit ihrem Mann, dem Freiherr von Stein, als Puppe auf. Eine Nacktszene mit seiner platonischen Jugendliebe war kaum zu erwarten, doch Lorenz Straub zuliebe musste John sich das Bildungserlebnis zumuten.

***

In südlichen Ländern wird spät zu Abend gegessen, im Prenzlauer Berg zwischen heute-Nachrichten und Tagesschau. John hatte Tiefkühl-Lasagne in der Mikrowelle zubereitet und sie allein gegessen. Sie lag so schwer im Magen, dass er sie unter Zuhilfenahme von drei Tyskie-Bieren auf dem Sofa verdauen musste.

Im Fernsehen kamen freitagabends nur Schrottfilme und Talkshows. Er wählte *Riverboat* auf MDR und schlief dabei ein, obwohl es um Sex im Alter ging. Gegen zehn weckte ihn das Bellen seines Hundes, der im Flur den Jungen begrüßte. Als Jonas ins Zimmer trat, sah der Detektiv sofort, dass er *stoned* war.

»Schön, dass du schon da bist«, sagte John und quälte sich aus der weichen IKEA-Gruft. »Essen ist im Kühlschrank. Musste dir warm machen.«

»Ist doch nur Dreck von toten Tieren«, lallte Jonas.

»Nein, alles bio. Schätze, du hast eh keinen Hunger … Cannabis vertreibt den Appetit.«

»Hab nichts geraucht. Nur Alko-Pop getrunken«, nuschelte der Junge.

»Verarschen kann ich mich selber, und besser als du.«

Jonas wehrte sich. »Stimmt aber, hundertpro! Wir hatten Grund zum Feiern … wegen dem Geld, das wir verdient haben für ein Skater-Video. Hundert Euritos.« Er zog zwei Fünfzigerscheine aus der Tasche und wedelte damit herum, als sei ihm zu heiß.

»Prima. Dann kannst du gleich deine Schulden bezahlen.«

Jetzt wurde der Junge kleinlaut. »Was, die vollen achtzig?«

»Gib fünfzig. Der Rest ist fürs Hundesitting.«

Jonas torkelte ins Zimmer. Sein stechender Blick ging links und rechts an den großen Ohren des Detektivs vorbei, als er ihm das Geld hinstreckte.

»Schluckst du irgendwelche Pillen?«

»Nur Vitamine und Ritalin.«

»So ein Scheiß«, entfuhr es John. »Seit wann stellen sie dich damit ruhig?«

»Weiß nicht … schon immer.« Jonas vollführte kichernd einen Quickstep, als kitzle ein unsichtbarer Geist ihn an den Fußsohlen. »Morgen muss ich zum Wettkampf nach Beer… nau. Diesmal gewinnen wir gegen die Bernau Skaters. It's for sure.«

»That's for sure«, korrigierte John mechanisch. »Ich dachte, wir wollten ins Naturkundemuseum?«

»Rennt doch nicht weg. Mist! Meine Festplatte hat einen Sprung in der Schüssel.«

John unterdrückte ein Lachen.

»Dann schick dich ins Bett. Ich dreh noch 'ne Runde mit dem Hund.«

Als er zwanzig Minuten später zurück war, schlief Jonas tief. Seine Wolfskin-Kapuzenjacke hing an der Flurgarderobe. John steckte seine Finger in die Innentaschen, wollte sie schon zurückziehen, weil er es peinlich fand, als er ein Plastiktütchen mit weißblauen Splittern herausfischte, die wie Milchglasstücke aussahen. Kein Cannabis und auch kein Kokain, war der Detektiv sich sicher. Um was es sich handelte, könnte er in der Drogenberatung im Krankenhaus Friedrichshain erfahren. Oder er musste den Jungen fragen. Dann wüsste Jonas, dass sein Aufpasser Taschenkontrollen machte, und das wäre pädagogisch unklug. Jetzt wo sie beinahe so was wie Freunde wurden. Doch bei Drogen hörte die Freundschaft auf.

Weil er nicht einschlafen konnte, schaute John einen Spätfilm auf 3sat. Darin versucht ein Vater, seinen Sohn vom Heroin herunterzubekommen. Weil es aussichtslos scheint, sie nicht miteinander reden können, spritzt der Vater sich selbst den Stoff und geht daran zugrunde. Der Sohn nicht, er wird ein nützliches Mitglied der Gesellschaft. Ein sehenswerter Film, aber ein Scheißende, fand John und schlief danach erst recht nicht ein.

***

Am Samstagmorgen versäumte er es, Jonas Erfolg beim Wettkampf zu wünschen. Als die Wohnungstür zuschlug, torkelte John ans Fenster und sah den Jungen in einen grünen Jaguar einsteigen. Am Steuer saß der Typ mit dem Pferdeschwanz vom Skaterpark. John konnte Männer mit Zopf noch nie leiden, dieser aber sah exakt aus wie die Darsteller, die als Zuhälter und Drogendealer für RTL-Serien gecastet werden. Vermutlich gab dieser Trainer sich als netter Kerl und sie folgten ihm wie dem Rattenfänger von Hameln. Sobald sie vom Wettkampf zurück waren, würde er sich den Mann vorknöpfen.

Nach dem Frühstück wollte John wieder zu Bett gehen, doch Seneca machte ihm ohne viel Worte klar, dass das Glück nicht im faul auf der Haut Liegen zu finden ist, sondern im sich Bewegen und Bäume Anpinkeln. So machten sich Herr und Hund auf den Weg ins Altersheim. Der Wetterbericht versprach eine leichte Erwärmung, doch davon war am Prenzlauer Berg nichts zu spüren, wo die soziale Kälte die meteorologische gefühlt überlagerte.

Der Pförtner des Heims grüßte ihn wie einen alten Bekannten und händigte anstandslos den Schlüssel zu Lottis Zimmer aus. John schaute auf seinem Merkzettel nach, was er unter *2b – Mordmotiv Gier* – geschrieben hatte.

»Ach, sagen Sie, das Pflegepersonal … Wer von ihnen war für Lotti Frohwein zuständig?«

Der Mann hinterm Empfang überlegte. »Frau Frohwein war, soweit ich weiß, kein Pflegefall. Wurde demnach nicht intensiv betreut.«

»Ja richtig«, sagte John. »Aber sie hatte vielleicht ein Vertrauensverhältnis zu einer Angestellten? Beim Küchenpersonal, mit der Putzfrau oder einem der Heiminsassen?«

Der Mittfünfziger schmunzelte. »Das entzieht sich meiner Kenntnis. Bei uns herrscht Diskretion, was die privaten Aktivitäten unserer Bewohner anbelangt.« Das Wort Aktivitäten betonte er auf eine Weise, als ob es private Dinge einschloss, die mit der Moral der christlichen Einrichtung unvereinbar schienen. »Eine gewisse Vertrautheit haben unsere Bewohner mit dem Pastor. Und den Psychologen natürlich.«

»Wissen Sie zufällig, zu wem meine Tante ging?«

»Meinen Sie den Pfarrer oder den Psychologen? Am Ende verlangen sie alle nach dem Pastor. Womit ich nichts gegen unsere Psychologen sagen will ... Ihre Tante war nicht katholisch?«

»Jüdisch. Mit der Religion hatte sie es nicht so. Mit Freud schon eher.«

»Also, sie war mal bei Dr. Wimmer. Die Frau ist aber nur mittwochs da.«

Ein passender Name für eine Psychologin, fand John und ließ sich auch den Namen des Pastors geben, der Gott sei Dank nicht Fromm hieß.

»Wollen Sie auch den Namen der Putzfrau?«, fragte der Pförtner. »Besser, ich schreib's auf, er ist schwer auszusprechen.«

Er notierte in Blockschrift den Namen Gümüslük. John fand ihn weder schwer zu lesen noch auszusprechen. Zufällig wusste er, dass der Name so viel wie Silberberg bedeutet. Er klang wie gemütliches Glück. Etwas, wovon eine Putzfrau nur träumen kann.

»Eine Frage noch. Hat meine Tante außer mir Besuch von Verwandten empfangen?«

Der Pförtner erinnerte sich, dass die Verstorbene manchmal Besuch erhielt von einem Mann um die sechzig. Zuletzt vor etwa zwei Wochen. Hatte sich einmal mit Namen vorgestellt, aber mit welchem, wusste der Pförtner nicht mehr, weil er darüber nicht Buch führte.

»Bieler?«

»Möglich. Aber ich würde ihn wiedererkennen«, versicherte der Mann. »Er sah aus wie dieser Schönling von den Grünen, der immer so gepflegt redet.«

»Trittin«, vermutete der Detektiv.

»Richtig. Der wohnt bei mir in Pankow um die Ecke.«

»Der Verwandte meiner Tante?«, fragte John vorsichtshalber.

»Der Grüne, der uns sechzig Prozent Steuern aufbrummen will.«

John schüttelte den Kopf. »Man könnte denken, Rot-Grün will unbedingt die Wahl verlieren. Sie tun jedenfalls alles dafür.«

»Das hoffe ich«, sagte der Pförtner und kreuzte Zeige- und Mittelfinger der rechten Hand. »Ich bin ein großer Fan unserer Kanzlerin.«

»Ich auch, aber nicht wegen ihrer Politik«, betonte John. »Ich schätze ihr Talent, alles Unangenehme und Unabänderliche an sich abprallen zu lassen. Das würde ich auch gern können.«

Der Pförtner schlug sein Buch zu und kam jetzt richtig in Fahrt. »Sie ist eben klug und zweifelt nicht an sich, wie die meisten Frauen. Wissen Sie, früher dachte ich, Frauen und Politik, das geht nicht.«

»Es geht seit mehr als zweitausend Jahren. Nur nicht in der Kirche und im Kreditwesen.« John machte zwei Schritte rückwärts, um dem Gespräch zu entkommen. »Ich bringe den Schlüssel nachher zurück.«

»Falls ich nicht da bin, werfen sie ihn einfach in den Kasten dort.«

»Ist der auch sicher?«, fragte John, als er den Briefkasten aus Pappe sah. »Ich möchte nicht, dass Dinge aus dem Zimmer verschwinden.«

Der Pförtner lächelte wie ein Kellner. »Bei uns kommt nichts weg. Nur mit den Füßen nach vorn.«

Das Zimmer war pedantisch aufgeräumt und roch nach Reinigungsmittel. Somit hatte die Putzfrau schon wieder sauber gemacht, obwohl sie wusste, dass die Bewohnerin ausgezogen war. Er rief vom Zimmertelefon den Hausservice an, wollte ein Wörtchen mit Frau Gemütlich reden, doch die putze nur wochentags, hieß es. John bat den Hausmeister, dafür zu sorgen, dass niemand das Zimmer betrat, solange es nicht geräumt war. Ob noch mehr Dinge fehlten, konnte der Detektiv trotz seines fotografischen Gedächtnisses nicht feststellen. Den aufgedruckten Zahlen nach standen jetzt alle DVDs im Regal, bis auf die Nummer 110: *Milena Jesenská – Letzte Adresse: KZ Ravensbrück*. Hatte sich ein Kafka-Leser den Film ausgeliehen? John glaubte es nicht, weil Lotti äußerst akribisch gewesen war und ihr Filmarchiv wie einen Schatz gehütet hatte. An diesem Film hing sie vermutlich besonders, weil Ravensbrück zur letzten Adresse ihrer Eltern geworden war. Wer das Werk produziert und wer Regie geführt hatte, stand nicht im Verzeichnis, nur die Jahreszahl 1995. Vielleicht gab es den Film bei »Negativeland« auf der Danziger Straße? Wenn nicht, womöglich bei Amazon.

Bevor er das Zimmer sich selbst überließ, prüfte er die Verriegelung der Balkontür und ging danach auf die Toilette. Beim Urinieren bemerkte er, dass der Spiegelschrank offen stand. Er war bis zum Rand mit Medikamenten gefüllt. Diazepam, Dolormin, Magentropfen, Abführmittel, Fußsalbe – in Mengen, die ein Mensch in einem Jahr nicht verbraucht. Bei seiner letzten Visite hatte John den Schrank leer geräumt, damit Lorenz Straub den Medikamentenverbrauch der Toten einschätzen konnte. Unerhört, dass jemand vom Heimpersonal den Vorrat aufgefüllt hatte – vermutlich um bei Lottis Pflegeversicherung noch mal kräftig abzukassieren. Er nahm das Zeug aus dem Schrank, packte es in eine Tüte und stellte sie vors Zimmer der abwesenden Stationsschwestern, dazu ein Zettel mit dem Vermerk »Tote brauchen kein Schlafmittel«.

Als er im Erdgeschoss aus dem Fahrstuhl stieg, war er froh, dass der Pförtner nicht hinterm Empfang saß. Geladen wie er war, wollte John kein Gespräch mehr mit ihm führen. Auch nicht mit Ellen Gutzeit, die wie Frau Gümüslük am Wochenende frei hatte.

Auf der Terrasse vorm Heim musste er eine Zigarette rauchen, um seinen Ärger über den Betrug mit der postmortalen Medikation herunterzuschlucken.

»Ham' Sie mal Feuer?«

»Natürlich«, sagte John und hielt die Flamme unter die Zigarette. Den Mann im Rollstuhl hatte er in seinem Brass völlig übersehen.

»Jemand besucht in unserem Luxushotel?«

John nickte und nahm einen tiefen Zug. »Meine Tante. Sie ist vor kurzem verstorben. Aber nicht in ihrem Bett, sondern im Park gegenüber.«

»Doch nicht die Frohwein?«, entfuhr es Willi Zabel.

John nickte. »Kannten Sie die Verstorbene?«

»Nur so vom Sehen. Wir haben ein paarmal Karten zusammen gespielt.«

»Kommt man sich dabei nicht etwas näher?«, wunderte sich John.

»Wenn man will.« Die Asche von Willis Zigarette fiel in seinen Schoß, ohne dass er es merkte. »Ihre Tante war eine gebildete Frau, wie man so sagt. Mit jemandem vom Zirkus gab sie sich nicht ab.«

»Mich verachtete sie auch, obwohl ich nie beim Zirkus war«, sagte John und fragte den Rollstuhlfahrer, bei welchem Zirkus er Artist gewesen war.

»Berolina, VEB Staatszirkus der DDR. Unsere Motorradnummer in der Stahlkugel war Weltspitze.«

Wie alles in der DDR, dachte John, behielt es aber für sich. Er fragte auch nicht, ob der Rollstuhl die Folge eines Betriebsunfalls war. »Gab meine gebildete Tante sich mit sonst jemandem ab?«

Willi schien zu überlegen. »Wenn Sie so fragen, würde ich das verneinen. Mit Edith ging sie manchmal bummeln … Edith Jacobi. Eine gebildete Dame und schön dazu.«

»Im Park gegenüber?«

Willi verstand, worauf der Fremde hinaus wollte. »Genau. Wo Ihre Tante erfroren ist. Man geht ja auch nicht nachts in den Park. Viel zu gefährlich.«

»Ist Frau Jacobi zu Hause? Ich würde sie gern kennenlernen.«

»Das wollen alle«, sagte Willi sarkastisch. »Nee, ist nicht da. Hat übers Wochenende Quartier genommen in der Therme von Bad Saarow mit ihrem Verehrer. Der Neue in unserer Kartenrunde.«

»Wie ist sein Name?«, fragte John beiläufig.

»Heinrich Piontek.«

Der Detektiv war perplex. So perplex, dass er nur den Kopf schütteln konnte über die Zufälle des Lebens, die in diesem Altersheim ihr Wiedersehen feierten. Auch wenn er mit dem Rauchen aufhören wollte, er musste sich noch eine Zigarette anzünden.

»Hat meine Tante mit dem pensionierten Inspektor Karten gespielt?«, fragte John vorsichtig nach.

»Nein, Heinrich ist ja erst kurz hier, und seit Otto gestorben ist, machte Frau Frohwein nicht mehr mit. Otto starb ganz plötzlich im Januar.«

»Kommt es öfter vor, dass Bewohner plötzlich sterben?«

Erst jetzt fiel Willi ein, dass der Fremde sich ihm nicht vorgestellt hatte. »Warum fragen Sie das? Sind Sie etwa auch Inspektor?«

»Das nicht, ich bin nur von Natur aus neugierig. Entschuldigung, dass ich mich nicht vorgestellt habe. Mein Name ist Kurz. Versicherungsbranche.«

Der Mann im Rollstuhl hob die Arme, als stünde der Leibhaftige vor ihm. »Hauen Sie ab! Mit solchen Leuten spreche ich nicht.«

»Das versteh ich«, sagte John. »Ich will nur über meine Tante reden. Glauben Sie, dass sie sich umgebracht hat?«

»Wieso fragen Sie mich das?«, stammelte Willi Zabel. »Ich bin … war mal Artist, aber kein Hellseher.«

»Sie sagen, Sie kannten meine Tante. Wäre sie fähig dazu gewesen?«

»Woher sollen wir das wissen«, mischte sich eine weibliche Stimme ein. John drehte sich um. Hinter ihm stand eine Seniorin und sah ihn abschätzig an.

»Marianne! Da bist du ja endlich«, rief Willi erleichtert. »Der Herr ist ein Verwandter von Frau Frohwein.«

Die Frau wedelte mit den Händen, weil sie Zigarettenqualm hasste, und packte die Griffe des Rollstuhls.

»Du weißt schon, die Frau aus Zimmer elf, die im Park erfroren ist.«

»Ein gnädiger Tod«, sagte Marianne mit hartem Gesichtsausdruck. »Man schläft einfach ein, spürt keinen Schmerz ... Hab ich gelesen.«

»Wer kann das schon wissen.« John drückte die aufgerauchte Zigarette aus, um sich ihr vorzustellen. Doch die Frau schien nicht interessiert und schob den Mann im Rollstuhl eilig die Schräge hinunter in den Garten. Verrückt, dachte John, bei diesem Sauwetter spazieren zu gehen, in ihrem Alter. Alte Menschen sind viel temperaturempfindlicher als junge. Also war er alt, erschrak der Endfünfziger, weil er trotz seines teuren Kaschmirmantels fror wie ein Hund ohne Fell.

13

»Bin aufgeregt wie ein Junge beim ersten Rendezvous«, sagte Lorenz Straub, als sie ihre Plätze in dem Kellertheater einnahmen. John ließ sich die Nervosität nicht anmerken, obwohl er dasselbe empfand.

»Fällt Ihnen was auf?«, flüsterte er, als er sich umsah. Straub fand nichts Ungewöhnliches an den fünfzig Zuschauern, die in den Raum passten.

»Keiner ist jünger als sechzig. Macht zusammen dreitausend Jahre Lebenszeit ... so alt wie das antike Theater. Ist das nicht deprimierend?«

Straub lachte. Sein tiefer Bass zog die Blicke des Publikums auf sich. »Na und. Unsere Jugendliebe ist Jahrgang vierundvierzig und sieht bestimmt noch toll aus. Im Gegensatz zu uns.«

»Das werden wir gleich sehen«, sagte John und lehnte sich bequem im Sessel zurück. Als das Licht ausging, schaltete er noch schnell sein Handy aus, damit Jonas ihn nicht mitten im Stück störte, falls er aus Bernau anrief. Er versuchte, den Jungen zu vergessen, lieber an seine Jugend und das Plakat über seinem Bett mit Cox Habbema aus dem DEFA-Film *Wie heiratet man einen König?* zu denken. Die Sorge um den Sohn, dessen Vater er nicht war, war stärker. Erst als das Licht anging und die Holländerin als Frau von Stein auf der Bühne saß, wurde er wieder zu dem Jungen aus Halle, der nichts von der Liebe und anderen Verbrechen wusste. Straub seufzte. »Chott verdamme! Sie ist noch schöner geworden.«

Zwei Stunden später traten sie ins Freie und rieben sich die Hände, die ihnen vom Beifallklatschen brannten, als wären sie in Säure gebadet worden.

»Zu schade, dass der Autor des Stücks keine Nacktszene geschrieben hat«, bedauerte John.

»Goethe muss impotent gewesen sein, dass er diese Frau nicht begehrte«, empörte sich der Holländer.

»Wer weiß, wie sie in Wahrheit aussah. Ich lade Sie zum Essen ein. Kunst ist eine dolle Sache, macht aber hungrig auf elementare Genüsse.«

Sie beschlossen, diesmal nicht im *Paparazzi* zu speisen, sondern im *Aromi i Sapori* an der Belforter Straße. Obwohl John quasi um die Ecke wohnte, war er nie dort gewesen, weil das Lokal öfter seinen Besitzer wechselte als er seine Krawatten. Das stellte sich als Fehler heraus, denn sie aßen nach Mailänder Art zu spartanischen Preisen. Straub fragte John, wie es mit der Ermittlung im Fall seiner toten Tante voranging. Der Detektiv schilderte in allen Einzelheiten, was er herausbekommen hatte und warum er noch keinen Schritt weiter war. Der Vierzehnjährige kostete ihn Zeit und Nerven, die Ereignisse im Altersheim machten ihm wenig Hoffnung auf einen geruhsamen Lebensabend, er sehnte sich nach einem Alltag ohne Aufregung und Überraschung zurück. Straub zweifelte, ob das ernst gemeint war, denn sein Gegenüber sah zufrieden aus wie lange nicht. John gestand, dass er zum ersten Mal in seinem Leben fast so etwas wie Vatergefühle hatte, die jedoch einhergingen mit der Angst vor der Angst, dem Jungen könnte was passieren. Allen Eltern gehe es so, meinte der Pathologe, weil die Furcht um das Leben ihrer Kinder berechtigt sei.

Nach dem zweiten Glas Barolo verstummten sie mitten im Gespräch, als Cox Habbema das Restaurant betrat. Die beiden Männer bekamen rote Ohren und hofften, dass ihr Jugendidol am Nachbartisch Platz nehmen würde. Doch die leuchtende Freude wich blassem Neid, weil die Holländerin an der Bar von einem jungen Mann erwartet wurde, der ihr Sohn sein konnte, sich aber wie ihr Liebhaber aufführte. Die beiden älteren Herren prosteten sich zu und fanden, dass auch ihr Jugendtraum im Räderwerk der Zeit einige Kratzer abbekommen hatte, die sie angesichts von Bühnenlicht und Schminke übersehen hatten, und trösteten sich mit der theatralischen Erkenntnis, dass eine Frau mit jüngerem Liebhaber den idealen Stoff für Tragödien bot, Männer mit jüngeren Frauen das Komödiengenre befeuerten. Nach dem dritten Glas Barolo beschlossen sie, ihre Jugendschwärmerei zu begraben und stattdessen nach vorn zu schauen.

»Auferstanden aus Ruinen und der Zukunft zugewandt«, zitierte Straub die DDR-Hymne.

»Vorwärts mit Angst«, sagte John und wählte die Nummer seines Zweithandys, doch der Anruf blieb ungehört.

***

Nach dem fünften Versuch gab er es auf, Jonas erreichen zu wollen, und ging zu Bett. Das gute Essen, der schwere Wein und das schlechte Fernsehprogramm vertrieben die Sorge, der Junge könnte wieder etwas anstellen. Bisher war er immer nach Hause gekommen, wenn auch selten pünktlich. Deshalb dachte John an Cox Habbema, aber weil sie gerade eine private Tragödie durchmachte, wie er hoffte, dachte er an Lotti, die alles hinter sich hatte. Darüber schlief er ein, schnarchte so laut, dass Seneca sich in die Küche verzog.

Irgendwann bimmelte ein Telefon. Er dachte, es gehöre zum Stück, in dem er als Freiherr von Stein und Cox Habbema als Frau von Stein eine Nacktszene spielten. Dann ahnte er, dass es nur ein Traum war, und erwachte. Das Klingeln hörte nicht auf, bis er im Dunkeln sein Handy ertastete. Er wollte es entnervt ausschalten, dann wurde ihm klar, wer der Anrufer war.

Zwanzig Minuten später, als er im Audi A4 der Schöndorfers Richtung Bernau fuhr, ziemlich unsicher, da er noch Restalkohol im Blut hatte und weder das fremde Auto noch sich um einen Baum wickeln wollte, verstand er, dass der Anruf von Jonas kein dummer Scherz oder pure Bequemlichkeit war. Der Junge schien völlig aufgelöst, redete wirres Zeug, nur kein Wort davon, was er mitten in der Nacht an einem Baumarkt bei Bernau zu suchen hatte.

Während er das Ziel im Navi eingab, fragte der Detektiv sich, welche Gründe es geben konnte, die einen Vierzehnjährigen an diesen Ort lockten. Mondschein, Mädchen, Marihuana, das alles gab's auch am Prenzlauer Berg. Aber der Junge war in Bernau, völlig zugedröhnt, und schien sich vor Angst in die Hosen zu machen, als er anrief.

Hinterm Berliner Autobahnring, auf der einsamen Landstraße nach Bernau, gab John Vollgas und bekam den Autofahrertunnelblick, der jeden Gedanken an Schlimmes ausblendete. Fast wäre er am Baumarkt vorbeigerauscht, weil er etwas abseits der Straße lag und der Parkplatz mit grünen Energiesparlampen beleuchtet war. Ein idealer Ort für Marihuana, dachte John, weil das Kraut bei Grünlicht besonders gut wuchs. Grüne Mädchen zog es sicher nicht hierher. Auf dem Parkplatz vorm Baumarkt waren verteilt wie Spielfiguren auf einem Schachbrett ein Dutzend Pkws abgestellt, aber kein Jaguar weit und breit. Der Detektiv hielt an, wählte erneut die Nummer seines Zweithandys und fragte den Jungen, wo er stecke. Am Liefereingang hinterm Baumarkt, lautete die Antwort. Was für ein Segen, dass es Mobiltelefone gab, die man wie Funkgeräte benutzen konnte. Auch wenn der Anruf in die Stratosphäre ging, um mitzuteilen, dass der Empfänger nur einen Steinwurf vom Absender entfernt war.

Als John um die Halle bog, die wie eine gigantische Brotbüchse aussah, entdeckte er, was da nicht hingehörte – den grünen Jaguar. Das Licht war ausgeschaltet, die Beifahrertür stand offen, der Junge saß weder im Auto noch stand er davor. John wählte erneut seine Handynummer, es kam die Ansage »Ihr gewünschter Gesprächspartner ist zurzeit nicht erreichbar. Bitte versuchen Sie es später noch einmal.« Verflucht, sagte der Detektiv und rief mit gedämpfter Stimme Jonas' Namen.

Aus dem Gebüsch kroch wie ein böser Schatten der Vierzehnjährige ins Scheinwerferlicht.

»Da bist du ja. Alles okay?«

Der Junge nickte, kam aber nicht näher und blieb wie angefroren stehen.

»Das Scheißhandy hat keinen Saft mehr.«

John stieg aus dem Wagen und ging auf Jonas zu. Er zog seinen gelben Kaschmirmantel aus, um dem Jungen sein bestes Stück überzuhängen. Dabei rutschte er auf einer gefrorenen Wurzel aus, saute sich beim Hinfallen seine zweitbeste Hose ein und zerrte sich sein anfälliges Kreuz.

»Scheiße! Wegen dir kann ich jetzt wieder zur Physiotherapie.«

»Tschuldigung«, jammerte Jonas und half dem Zwei-Zentner-Mann auf die Beine. Der schluckte seinen Ärger sofort hinunter, weil der Junge sich noch nie entschuldigt hatte für den Mist, den er verzapfte.

»Schon gut ... Wo ist er?«

Jonas zeigte mit dem Finger in Richtung des Jaguar und zitterte trotz des Wintermantels wie ein gerade aus dem Wasser Geretteter.

John ging zu dem Wagen hinüber und steckte seinen Kopf durch die Beifahrertür. Als er die Innenbeleuchtung anschaltete, sah er die unschöne Bescherung. Der Trainer saß am Steuer, den Kopf nach hinten gelehnt. Seine Augen schauten zur Decke der Fahrzeugzelle, an seinem Hals, dem rechten Arm bis hinunter zur Hand klebte geronnenes Blut. Der Detektiv brauchte nicht erst den Puls zu fühlen, um festzustellen, dass der Mann tot war. Rechts am Hals klaffte eine Wunde, es sah aus, als wäre die Halsschlagader verletzt worden und das Opfer verblutet. Da es weder Abwehr- noch Kampfspuren gab, suchte John das Innere des Wagens nach einem Einschussloch und der dazugehörigen Waffe ab. Das Loch fand er oberhalb der Frontscheibe im Dachrahmen, die Waffe zwischen Mittelkonsole und Rücksitz. Es war eine Pistole Modell Makarow IZ-70, Nachbau der deutschen Walter PP, eine Dienstwaffe der DDR-Polizei, wie er an der gestanzten Nummer im Lauf erkannte. Er hielt die Waffe gegen das Deckenlicht. Die Nummer war identisch mit der Makarow IZ-70, die er in einer Stahlkassette im Schreibtisch aufbewahrte. John konnte es nicht glauben: Der Junge hatte sie aus dem Büro gestohlen, ohne dass er es bemerkt hatte. Er wollte ihn zur Rede stellen, aber für Diskussionen war jetzt keine Zeit. Er nahm die Pistole, drückte den Sicherungshebel hoch und zog das Magazin heraus. Von acht

9 mm-Patronen fehlte eine. Nach einigem Suchen entdeckte er die leere Hülse unterm Beifahrersitz. Dabei fiel ihm auf, dass auf dem Leder des Rücksitzes ein Fleck war. Er wischte mit dem Finger darüber und leckte ihn ab. Es schmeckte nach Harnsäure.

»Können wir endlich hier weg?«, drängelte Jonas aus sicherer Entfernung.

John hörte nicht hin, weil er zu tun hatte. Jeden Moment konnte der Wachschutz des Baumarkes um die Ecke biegen, und er wollte sich nicht das Drama ausmalen, das dann losging. Da er seinen Forensik-Koffer nicht bei sich hatte, rieb er mit einem Papiertaschentuch über den Urinfleck. Danach machte er mit dem Handy Fotos von der Leiche, rückte näher heran, um die Stelle am Hals, wo die Kugel eingedrungen war, abzulichten. Sie hatte die Schlagader zerfetzt. Ein unglücklicher Treffer, der weniger auf eine gezielte Tötungsabsicht hindeutete, als auf ein Versehen beim Rumfuchteln mit der Pistole. Was spielte es für eine Rolle, dachte John. Der Junge würde in U-Haft kommen und so lange dort sitzen, bis ein Staatsanwalt Haftverschonung beantragte. Das musste John verhindern. Um jeden Preis. Er steckte die Pistole samt leerer Hülse in die Hosentasche, lief zu dem Audi, drehte die Heizung auf und rief Jonas.

»Wieso fahren wir nicht? Ich bin so müde«, jammerte der Junge.

»Ich auch! Leg dich ins Auto, da ist es warm.«

»Ich habe Hunger. Ich will nach Hause.«

»Halt die Klappe! Im meinem Mantel ist ein Mars-Riegel.«

Er setzte sich auf die Laderampe des Baumarktes und rauchte eine Zigarette. Was er vorhatte, musste gut überlegt sein, und Nikotin half, die grauen Zellen zu aktivieren, wenn sie sich einer Problemlösung verweigerten. Als er die Zigarette aufgeraucht hatte, lief er zurück zum Jaguar, um die Lösung in die Tat umzusetzen.

Als Erstes hievte er den Toten auf den Beifahrersitz und setzte sich ans Steuer. Dann startete er den Motor, ohne das Licht einzuschalten, und fuhr den Wagen rückwärts auf den Parkplatz bis zu einer Stelle am Rand der Betonpiste, nahe eines Gebüschs, wo die Leiche im Auto nicht gleich bei Öffnung des Baumarktes entdeckt würde. Früher oder später schon, doch bis dahin hatte der Detektiv Zeit, weitere Vorkehrungen zu treffen.

Er schaltete den Motor ab, schob den toten Trainer auf den Fahrersitz zurück und sprang aus dem Wagen. Bevor er in den Audi stieg, ging er noch einmal den Tatort ab, um sicher zu sein, dass auch ja nichts liegen geblieben war. Unweit der Stelle, wo der Jaguar gestanden hatte, fand er mehrere aufgerauchte Joints und ein leeres Feuerzeug. Auch seine Zigarettenkippen sammelte er ein.

Als er den Audi auf den Parkplatz lenkte, sah er den Jungen an, der apathisch auf dem Beifahrersitz saß.

»Wo ist dein Skateboard?«

Jonas zuckte die Schultern, als ginge ihn das alles weniger als nichts an.

»Wo dein verdammtes Skateboard ist, will ich wissen«, brüllte John.

»Im Auto ... im Kofferraum.«

»Ich glaub's nicht«, stöhnte John.

»Na und. Wir haben den Wettkampf sowieso verloren.«

Für weitere Fragen war keine Zeit. Von der Landstraße her näherte sich ein Pkw. John hielt in einer Parknische an, schaltete den Motor aus und befahl Jonas, auf Tauchstation zu gehen. Nachdem die beiden Wachschützer um die Ecke des Gebäudes gebogen waren, rollte John so geräuschlos wie möglich vom Platz und behielt dabei den Rückspiegel im Blick. Niemand folgte ihnen, auch nicht auf der Landstraße Richtung Berlin. Dort trat er aufs Gaspedal, fuhr aber nicht schneller als erlaubt, um nicht geblitzt zu werden. Bis nach

Hause mussten sie unsichtbar bleiben, wenn sein Plan aufgehen sollte. Dieser Plan hieß Zeit gewinnen. Wenigstens ein, zwei Tage.

Bis zur Metzer Straße sprachen sie kein Wort. John hielt Blickkontakt mit der Nadel des Tachos, die bei 50 km/h verweilte, Jonas schlief mit offenen Augen. Einmal fiel sein Kopf zur Seite und John spürte, dass der Junge ihn ansah. Nur keine Schlangenlinien fahren und eine nächtliche Polizeistreife aufmerksam machen. Und die Karten der beiden Handys vernichten, notierte er in seinem Kurzzeitgedächtnis, als er die Berliner Allee erreichte. Und die Schuhe verbrennen, weil putzen nicht vorm Abgleich der Fußabdrücke schützt. Aber erst, wenn er ausgeschlafen hatte.

Gut, dass der Junge, obwohl katholisch, nicht zur Beichte ging. Die Frage war nur, wie lange ein Vierzehnjähriger mit der Schuld leben konnte, das fünfte Gebot Gottes verletzt zu haben. John blieb keine Wahl. Er musste Jonas Schöndorfers Beichtvater sein und ihm die Absolution erteilen. Oder die Schuld auf sich nehmen und die Konsequenzen tragen. Etwas, das er vor Jahren hätte tun sollen, für einen anderen Jungen. Dann wäre Philip Piontek heute vielleicht noch am Leben.

***

Nachdem er vier Stunden wie ein Toter geschlafen hatte, stand er um acht unter der Dusche, um den kalten Schweiß von seiner Haut abzuseifen. Sie war übersät mit Leberflecken und geplatzten Adern, aber straff wie Babyhaut durch ein üppiges Fettpolster. Nach dem Bad sah er aus wie ein gekochter Frosch mit verschrumpelter Hornhaut an Händen und Füßen. Während er sich abtrocknete und seine odoralen Problemzonen mit dem Talcum Felce Azzura bestäubte, fühlte er sich noch dünnhäutiger als sonst. Zwei Tote in einer Woche, selbst für einen erfahrenen Mordermittler war das zu viel. Für einen freischaffenden Detektiv, der lieber im Café saß und Kapitalverbrechen am liebsten in der Zeitung las, sowieso.

Nach morgendlichem Kaffee beim Kollwitz-Bäcker hatte er heute kein Bedürfnis, doch der Hund musste Gassi gehen. Er weckte den Jungen nicht und schlich aus der Wohnung. Auf der Metzer Straße führte der Winter die letzte Schlacht mit den Armeen des Frühlings. Sie schossen aus allen Löchern, ließen die Luft erzittern, pflanzten unter lautem Gezwitscher ihre Fahnen in den nassen Asphalt. Seneca roch an blauem Männertreu, der selbstverliebt aus der Erde kroch, und lief wie besoffen über den Mittelstreifen. Vier Beine müsste man haben und zehn Kilo wiegen, dachte John, dann könnte er gelassen dem Weltuntergang entgegengehen. Vorher wollte er noch eine Zigarette rauchen, doch die Packung war leer. Ein Unglück kommt selten allein! Wenigstens hatte er die rote Gauloises-Schachtel nicht am Baumarkt weggeworfen. Trotzdem war er nicht sicher, dass er alle Spuren, die zu ihm führen würden, beseitigt hatte. Die des Jungen konnte er so wenig verwischen, wie er den Tod des Trainers ungeschehen machen konnte. In ein paar Tagen würde die Kripo vor der Tür stehen und Fragen stellen. Da der kleine Ganove bereits aktenkundig war wegen kleinerer Delikte, könnten sie ihn gleich mitnehmen und durch die Mangel drehen. Bis dahin musste John wissen, was wie und warum passiert war, und den Jungen genauestens instruieren, um seine U-Haft zu verhindern. Vorher aber sollte Jonas nach dem Albtraum der letzten Nacht ausschlafen.

Der Detektiv verzog sich in sein dunkles, aber geheiztes Büro im Quergebäude. Dort nahm er die Pistole, die er als Dienstwaffe der Deutschen Volkspolizei nie im Einsatz, nur auf dem Schießstand benutzt hatte, auseinander, badete die siebzehn Einzelteile in heißem Wasser und rieb sie nach dem

Trocknen mit Nähmaschinenöl ein. Ihm war klar, dass die Forensiker das Geschoss im Jaguar finden und seiner Makarow IZ zuordnen würden. Die Lauffläche jeder Waffe war einzigartig wie der Fingerabdruck eines Menschen, außerdem war sie registriert mit Typ und Seriennummer. Er könnte sie als gestohlen melden, doch schlafende Hunde soll man nicht wecken. Gestohlene Waffen kamen in eine spezielle Datei des BKA und blieben dort, bis sie einem Delikt zugeordnet werden konnten.

John schob eine neue Patrone in das Magazin und schloss die Makarow ein, diesmal im Wandsafe. Hätte er es vorher getan, könnte er jetzt in Ruhe bei Orhan Kaffee trinken. So kochte er sich in der Küche einen Espresso und versuchte, sich ohne Zigarette zu entspannen. Eine Yoga-Übung, die er noch lernen musste.

Wie viele Jahre standen auf Verschleierung eines Tötungsdeliktes? John wusste es nicht. Um das Strafmaß hatte er sich als Kommissar nie geschert, um seine Zweifel an einer auf mildernde Umstände fußenden Gerechtigkeit, die Täter mehr schützt als Opfer, zu verdrängen. Viele Kollegen hatte es fertiggemacht, dass Schwerverbrecher wegen juristischer Formfehler freikamen oder schneller wieder draußen waren als es dauerte, sie zu verknacken. Eines wusste John, ein Vierzehnjähriger würde nicht wegen Totschlags oder gar Mordes ins Gefängnis kommen. Jonas war noch nicht strafmündig. Aber in U-Haft konnten sie ihn bis zu achtundvierzig Stunden lang nehmen.

Philip Piontek hielt es keine vierundzwanzig Stunden aus, bis er sich in seiner Zelle erhängte. Lange hatte John die Angelegenheit verdrängt, fühlte sich nicht verantwortlich, gab den Zellenwärtern die Schuld. Er hatte den Jugendlichen nur wegen Drogenhandels observiert, dann festgenommen und an die Justiz überstellt. Dummerweise an einem heißen Wochenende, als der zuständige Staatsanwalt mit dem Segelboot übern Wannsee schipperte und prompt sein Funktelefon zu Hause vergessen hatte.

Auch wenn derzeit kein Segelwetter war, durfte er nicht zulassen, dass eine Verkettung unglücklicher Umstände Jonas zum Verhängnis wurde. Plötzlich kam dem Detektiv der Gedanke, dass Jonas mit einem oder mehreren seiner Skaterfreunde im Auto des Trainers gesessen haben könnte. Aber wo waren sie, als er ihn am Baumarkt abholte, und warum hatten sie Jonas allein zurückgelassen? John schob den Gedanken beiseite, während er die Tatortfotos von seinem Handy auf den Computer lud. Danach schnippste er die Speicherkarte aus dem Gerät. Sie musste verschwinden wegen der nächtlichen Anrufe, die ihn nach Bernau geführt hatten. Ebenso die Karte des Handys, das Jonas benutzte. Zwar blieben die Daten offiziell nur ein halbes Jahr im Funknetz gespeichert, konnten aber von den Behörden unbegrenzt ausgewertet werden bei staatsgefährdenden Verbrechen wie Terrorismus, Geldwäsche, Korruption. Bei Mord, der nie verjährte, sowieso.

Die Mobiltelefone ohne Vertrag behielt er aus Kostengründen, zwei neue Karten eines Billiganbieters würden ihn zwanzig Euro kosten. Weitaus schmerzlicher war der Abschied von seinen sündhaft teuren Trippen-Stiefeln. Alles Putzen und Wienern nützte nichts, wenn die Forensiker die Sohlenprofile am Tatort sicherstellten. Er musste die Schuhe schleunigst verbrennen, aber wo? Die alten Berliner Kachelöfen im Büro waren vom Vermieter abgerissen und für achttausend Dollar pro Stück in die USA verkauft worden, der Küchenherd war elektrisch. Ein Lagerfeuer auf der Wiese am Wasserturm ging auch nicht, einer der ständig besorgten Anwohner würde sofort die 112 anrufen. Und bis zum 1. Mai, wo jedes Jahr die Müllcontainer am Mauerpark brennen, konnte er nicht warten. Nie hätte er gedacht, dass es so schwierig sein kann, etwas für immer verschwinden zu lassen. Er musste wieder anfangen, wie ein Kapitalverbrecher zu denken, nachdem er die letzten sieben Jahre nur Kleinkriminelle, entlaufene Hunde und läufige Ehemänner und -frauen gejagt hatte. Oder eine Annonce in die Zeitung setzen: Suche Wohnung mit Ofenheizung. Alles Quatsch! Ein scharfes Küchenmesser würde es auch tun. Damit konnte er die handgenähten Stiefel in kleine Stücke zerlegen und sie anschließend auf mehrere Müllcontainer im Kiez verteilen. Auf keinen Fall jedoch seinen gelben Kaschmirmantel, in dem er noch immer hoffte, wie Marlon Brando in *Der letzte Tango von Paris* auszusehen.

Die Glocken der Immanuelkirche läuteten. Zwölf Uhr mittags, Zeit den Jungen zu wecken und mit dem schwierigsten Teil des Falles »Trainer« zu beginnen. Als Kripo-Verhörexperte war er stets vorurteilsfrei und persönlich unbeteiligt gewesen. Diesmal würde er keines von beiden sein. Zu allem Übel hatte er vergessen, seine morgendliche Citalopram-Pille einzunehmen, die ihn über die deprimierende Winterzeit brachte. Doch die Sache duldete keinen Aufschub. Morgen musste der Junge zur Schule und so tun, als hätte er ein Wochenende ohne besondere Vorkommnisse hinter sich. Im Lügen war er zweifellos Klassenbester, im Töten jedoch blutiger Anfänger. Wie John, der in seiner kriminalistischen Karriere viel Blut gesehen hatte – nur klebte an seinen Händen bisher nicht die Spur eines kriminellen Deliktes. Dass es zwischen Jäger und Gejagtem ein unsichtbares Band gab, das stark genug war, den einen auf die Seite des anderen zu ziehen, wusste John. Doch nicht, wie leicht es war, eine Straftat aus Verantwortung für den Täter zu begehen. Die heiße Suppe dieser unprofessionellen Gefühlsverirrung musste der Detektiv jetzt auslöffeln, ohne sich das Maul zu verbrennen. *Wenn du nicht irrst, kommst du nicht zu Verstand,* zitierte Cox Habbema als Frau von Stein ihren Geliebten Goethe. Im Gefängnis von Reding schrieb Oscar

Wilde: *Jeder bezeichnet seine Irrtümer als Erfahrung.* Weder das eine noch das andere konnte John Klein sich leisten, wenn er Seneca nicht verlieren wollte. Ein Hund kennt keine Moral, er will nur fressen, schlafen und Spaß haben.

***

Die Pizza auf dem Tisch war noch nicht ganz kalt, als Jonas frisch gebadet und geföhnt in der Küche erschien und sich auf seinen Stuhl fallen ließ. Noch bevor er ein Stück vom Ofenblech nehmen konnte, fing er sich eine saftige Ohrfeige von seinem Gegenüber ein. Der Junge erschrak, doch er wusste, er hatte mehr als eine Backpfeife verdient. Deshalb flossen keine Tränen, obwohl es weh tat.

»Ich wolle das nicht. Ehrlich, ich habe es nicht ...«

»Dazu kommen wir noch. Das war für die geklaute Pistole«, sagte John und kaute zitternd an seiner Pizza. »Was hast du mit der Kassette gemacht?«

Jonas pickte mit der Gabel die Oliven aus dem Teig. »Weggeworfen.«

John hatte Lust, ihm eine zweite Ohrfeige zu verpassen, ließ es aber.

»Das war ein Erbstück meines Vaters. Darin bewahrte er die Briefe an meine Mutter auf, die er aus der Kriegsgefangenschaft schrieb.«

»Tut mir leid. Briefe waren aber nicht drin, nur die Pistole.«

»Eben. Sonst säßen wir jetzt wohl kaum in diesem Schlamassel«, sagte John.

Der Junge sah ihn erstaunt an. »Wieso wir? Ich stecke mächtig im Schlamassel.«

»Wenn ich *wir* sage, meine ich *wir*. Es ist meine Schuld, dass die Makarow nicht sicher weggeschlossen war ... Woher wusstest du eigentlich, dass sie in der Kassette lag?«

Jonas schwieg, doch John hob wieder die Hand.

»Dachte, da ist Geld drin.«

Der Detektiv lachte. »Wenn ich Geld hätte, würde ich mich nicht um dich kümmern müssen …«

»Danke! Ohne Sie wäre ich am Baumarkt vor Angst gestorben.«

»Was ich getan habe, steht hier nicht zur Debatte.« John nahm seinen Spalding-Kugelschreiber zur Hand und schlug ein schwarzes Heft auf. *A brief account or jotting to aid the memory* war auf dem Umschlag eingestanzt. »Du erzählst jetzt, was letzte Nacht wie und warum passiert ist … der Reihe nach.«

»Von wo an? Mit dem Wettkampf und so?«

John nickte, obwohl ihn die Details des Skateboard-Wettkampfes nicht oder nur am Rande interessierten.

»Wir haben verloren gegen die Bernau Boarders. Unser Trainer war mächtig sauer, weil ich meine Performance vergeigt habe. Gregor und Leon haben ihre auch vermasselt … Auf die war der Trainer nicht sauer.« Jonas sah aus wie eine gekränkte Leberwurst. »Trotzdem hat er uns zum Essen eingeladen im Bahnhofs-Restaurant. Na ja, und dann wollte ich mit der S-Bahn nach Berlin zurückfahren. Der Trainer hat aber gesagt, dass ich mit ihm fahren soll. Er war ziemlich betrunken, die älteren Jungs auch. Ich nicht, bin ja noch nicht sechzehn … Na ja, dann fuhr er hinter Bernau auf den Parkplatz. Erst hab ich gedacht, er muss mal nötig … War aber nicht, er drehte einen Monster-Joint für uns. Ich wollte aber nicht …«

»Stopp!« unterbrach John. »Also war noch jemand im Auto?«

Jonas kaute auf den Lippen und schüttelte den Kopf. »Wieso? Der Joint war für uns beide … Ich habe gesagt, ich bin müde und will nach Hause. Der Trainer hat nur gelacht und mir die Tüte in den Mund gesteckt.« Jonas bekam einen

Hustenanfall und trank aus der Cola-Flasche, bis es vorbei war. »Ich wollte das nicht. Aber er hat gesagt, er hat mich gern, mehr als Gregor, Leon und die anderen. Deshalb war er auch so sauer auf mich, weil ich sein kleiner Prinz bin und er mich zähmen muss, weil er der schlaue Fuchs ist ... Verstehe ich nicht.«

»Andersrum. Der kleine Prinz zähmt den Fuchs«, erklärte John und forderte den Jungen auf, weiterzuerzählen.

»Dann hat er gesagt, ich soll mich nicht so anstellen. Ist doch nichts dabei, wenn Männer sich anfassen. Jesus und seine Jünger haben sich geküsst, aber Judas war eifersüchtig auf die anderen und hat Jesus verraten.«

John verdrehte die Augen. Diese Bibelinterpretation, so wenig abwegig sie auch sein mochte, hatte er schon zu oft von bösen Onkels gehört. Doch er durfte den Jungen nicht unterbrechen. Am Anfang war das Wort, erst dann folgte die Tat und zuletzt das Nachdenken darüber.

»Na ja, und dann hat er sich die Hose aufgeknöpft und gesagt, ich soll seinen Penis streicheln. Ich wollte das nicht, hab Angst gekriegt ... Da wurde er richtig sauer und hat meinen Kopf nach unten gedrückt, dass ich keine Luft mehr gekriegt habe ... Ja, und dann hab ich die Pistole genommen und gesagt, er soll mich nach Hause bringen.«

»Genommen, woher?«

»Weiß nicht mehr!«, brüllte der Junge. »Ist doch nicht wichtig.«

»Doch, ist wichtig. Hattest du sie in der Hosentasche, in der Jacke oder wo?«

»Ja, in meiner Jackentasche ... Jedenfalls hat der Trainer nur gelacht und gesagt, ich soll das Spielzeug wegtun. Die ist echt, hab ich ihn angeschrien, doch er hörte nicht auf zu lachen und wollte meine Hose aufknöpfen ... Dann hat sich ein Schuss gelöst. Wieso, weiß ich nicht. Weil auf einmal alles voller Blut war und der Trainer nur noch geröchelt hat, bin ich aus dem Auto ... Dann war er still. Da habe ich Sie angerufen. Ich wollte ihn nicht erschießen ... Es war ein Unfall, ein blöder Unfall!« Jonas' Hände zitterten, als er sich ein paar Tränen von den Wangen wischte. »Komme ich dafür ins Gefängnis?«

John raufte sich die Haare, dass sie knisterten. »Nur wenn es so war, wie du behauptest.«

»Ist die Wahrheit!«, schwor der Junge. »Wenn ich ihn absichtlich umbringen wollte, warum habe ich Sie gleich angerufen? Ich hätte auch zu Fuß nach Bernau gehen können und mit der S-Bahn zurückfahren.«

John war erstaunt über die logische Verteidigung des Jungen. Als hätte er sie auswendig gelernt. »Hast du noch jemand anderen angerufen?«

»Zuerst wollte ich meine Eltern ... Aber die sind ja nicht da und die Handykarte war fast leer.«

»Okay. Wieso hast du die Waffe mit zum Wettkampf mitgenommen?«

»Ich wollte sie den Kumpels zeigen. Danach hätte ich sie wieder ins Büro zurück ... Konnte ja nicht wissen, dass der Trainer mich ...«

»Hat er dich zum ersten Mal betatscht?«

Jonas nickte. »Ein Junge hat mal so komische Andeutungen gemacht. Der Trainer hat ihn rausgeworfen, weil er auf der Halfpipe ein Versager war.«

»Was hast du in der Zeit getan, als ich unterwegs nach Bernau war?«

Jonas überlegte, dann fiel es ihm ein. »Hab gefroren und mich gegruselt. Darum bin ich ins Auto zurück, aber nicht vorn beim Fahrer. Hab mich auf den Rücksitz gesetzt und gewartet.«

»Hattest du keine Angst mit dem Toten im Auto?«

»Doch. Würden Sie lieber erfrieren als im warmen Auto sitzen?«

Zwei zu null für Jonas. So viel Abgebrühtheit hatte John ihm nicht zugetraut.

»Hast dich vor Angst eingepisst.«

»Hä, wieso?«

»Der Rücksitz war nass, als ich kam.«

»Na und. Ist doch menschlich oder nicht?«

»Ja. Aber seltsam, dass du es nicht bemerkt hast.«

»Hab ich! Ist mir nur peinlich.«

»Warum? Andere würden kotzen, wenn sie mit einer Leiche im Auto sitzen.«

»Mir war schlecht, aber kotzen musste ich nicht«, reagierte Jonas gereizt.

»Also, ich hätte gekotzt ... Bin eben nicht so ein harter Junge wie du.«

»Sie lügen! Sie haben das Auto weggefahren, statt die Polizei zu rufen. Echt krass. Dafür können Sie in den Knast kommen.«

»Stimmt. Dafür erwarte ich, dass du ab jetzt tust, was ich sage.«

»Kann ich gehen? Ich habe Ihnen doch alles erzählt.«

»Wohin?«

Jonas zögerte, zu antworten. »Zu meinem Kumpel.«

»Gregor oder Leon?«

»Nee, Kevin. Geht mit mir in eine Klasse.«

John stellte sich dümmer als er war. »Ist er in Bernau dabei gewesen?«

»Ja! Er ist der Beste in unserer Mannschaft.«

»Aber der Trainer wollte nicht, dass er mit dir zurück nach Berlin fährt.«

»Weil er mit mir allein sein wollte ... Kann ich gehen?«

»Noch nicht.« John beugte sich über den Tisch und packte den Jungen bei den Händen. »Wie hast du die Pistole gehalten, mit rechts oder links?«

»Mit beiden Händen. Das Ding ist sauschwer.«

»Hast du die Pistole entsichert, bevor du abgedrückt hast?«

»Weiß ich nicht. Es ging alles so schnell.«

»Wie sichert und entsichert man eine Makarow?«

Jonas ließ sich nicht verunsichern. »An der Seite ist so ein Hebel, den man nach oben und unten schiebt.«

»Und wann ist die Pistole gesichert?«

»Wenn der Hebel oben ist … nee, unten.«

John holte tief Luft und ließ den Jungen los. Er hätte an Ort und Stelle seine Hände untersuchen sollen, doch wie, ohne Plastelinum und anschließende Laboranalyse. Nach dem Duschen ließen sich keine Schmauchspuren mehr nachweisen. Aber an der Kleidung des Jungen. »Wo sind die Sachen, die du in Bernau anhattest? Ich muss sie wegwerfen, damit die Polizei sie nicht findet.«

Jonas sah ihn entgeistert an. »In der Waschmaschine. Wo sind eigentlich meine Nike-Schuhe?«

»Vergiss sie. Deine Eltern kaufen dir ein Paar neue.«

»Haben hundertdreißig Euritos gekostet.«

»Meine Trippen-Schuhe mehr als das Doppelte.« John seufzte, als hätte er nahe Verwandte verloren, schlug das Notizbuch zu und steckte es ein.

»Du tust ab jetzt, was ich dir sage. Aber alles ist für die Katz, wenn du irgendjemandem nur ein Wort erzählst. Du bist nicht mit dem Trainer nach Berlin zurückgefahren, sondern mit der S-Bahn.«

»Aber ich habe keine Fahrkarte … falls die Polizei danach fragt.«

Der Junge war wirklich ausgeschlafen. Zu sehr für sein Alter, fand John.

»Ich kümmere mich drum. Wenn sie alle, die mit beim Wettkampf waren, befragen, sagst du nur, was ich dir vorher eingetrichtert habe.

»Okay. Kann ich jetzt gehen?«

»Du bleibst hier und rührst dich nicht vom Fleck.«

»Kann ich dann das Handy wiederhaben? Ich muss Kevin anrufen.«

»Muss erst eine neue Telefonkarte kaufen. Gespräche im Funknetz werden gespeichert, der Standort des Besitzers kann leicht ermittelt werden.«

»Weiß ich. Das zeigen sie in jedem *Tatort.*«

»Was letzte Nacht passiert ist, ist leider kein Sonntagabendkrimi. Oder zum Glück. In Wirklichkeit wird der Täter nicht immer gefasst. Trotzdem dürfen wir keinen Fehler machen.«

»Danke, dass Sie mir geholfen haben.« Jonas erhob sich vom Tisch und verzog sich in sein Zimmer.

Den Detektiv schauderte bei dem Gedanken an die Ereignisse der Nacht. Schlimmer wog der Verdacht, dass Jonas nicht die Wahrheit gesagt hatte. So wie er den Tod des Trainers schilderte, konnte es nicht gewesen sein. War der Junge tatsächlich Opfer eines pädophilen Drogendealers oder ein eiskalter Mörder? John wusste nicht, was er glauben sollte. Die juristische Formel »Im Zweifel für den Angeklagten« hatte ihn noch nie überzeugt. Jetzt war er Mittäter und Ermittler zugleich in einem Tötungsdelikt. Man könnte es Rationalisierung am Arbeitsprozess nennen, wenn es nicht so absurd gewesen wäre.

Als Erstes musste er eine S-Bahn-Fahrkarte mit Aufdruck Bernau, Samstag 22 Uhr, aus einem Mülleimer fischen, bevor sie geleert wurden. Er würde am Bahnhof Pankow anfangen und alle Stationen bis Greifswalder Straße abklappern. Weil er sich die schäbigsten Klamotten anziehen wollte, die im Schrank hingen, machte er sich zuerst auf den Weg in seine Wohnung.

Seit Tagen hatte er denselben Schlips zum selben Anzug getragen. Für einen Mann in seinem Alter ein Skandal. Den Kaschmirmantel konnte er nicht wechseln, er besaß nur diesen. Die Trippen-Schuhe schon, davon standen etliche Paare in seinem Regal, allerdings nicht so viele wie in Imelda Markos' Schuhsammlung.

***

Genau zwei Stunden brauchte er, um eine passende Fahrkarte zu finden. Sie trug den Entwertungsstempel 2217 Sa 06 AL Bernau und war am Bahnhof Prenzlauer Allee weggeworfen worden. Wie viele Mülleimer er als Penner verkleidet durchwühlt hatte, konnte er nicht sagen. Einige Leute sahen ihn schief an, vier Jugendliche mit Migrationshintergrund nannten ihn so, wie er aussah, und zwei S-Bahn-Fahrgäste schenkten ihm ein noch gültiges Ticket. Also war es um den Prenzlauer Berg hinsichtlich sozialer Kälte nicht so schlecht bestellt. Ob das frühlingshafte Wetter dran schuld war oder die Sonntagslaune der Berliner, war ihm Wurst. Er hatte, was er brauchte, ein Alibi für den Jungen, wenn die Polizei ihn zum Tod seines Trainers vernahm. Eine Woche oder mehr konnte es dauern, bis die Kripo Bernau den Fall ans hauptstädtische LKA abgab, wusste John aus Erfahrung. Die Klärung der Zuständigkeit zwischen Brandenburg und Berlin stand vor der Aufklärung.

Während er die alten Klamotten in den Schrank hängte und sich für einen Sonntagsspaziergang mit Hund umzog, musste er an Lotti denken. In ihrem Fall war er nicht viel weiter gekommen als bis Ravensbrück. Dass der Film über das KZ in ihrer DVD-Sammlung fehlte, konnte kaum Zufall sein. Aber hatte das notwendigerweise mit Lottis Tod zu tun? Er musste den Film sehen, dann würde sich zeigen, ob er auf dem Holzweg war. Deshalb ging er geradewegs zur Danziger Straße, ohne einen Kaffee bei Orhan zu trinken, und betrat den Videoladen »Negativeland«. Ein Name wie ein schlechtes Omen, doch ein Laden mit großer Auswahl an Filmklassikern, echten Raritäten, mehr oder weniger bedeutenden Werken und solchen, die besser nie gedreht worden wären. Die Auswahl an DEFA-Filmen war im Vergleich zu dem Regal mit der Aufschrift »Lust & Laster« recht bescheiden, deutsche Dokumentarfilme gehörten zur Rubrik »TV-Serien und Spezielles«. Ein Regal mit Holocaust-Thematik gab es auch, nur stand dort kein Film über Ravensbrück.

»Verzeihen Sie«, schrie der Detektiv, um das Geballer aus dem Fernseher zu übertönen. Hinterm Schalter tauchte eine untersetzte Gestalt mit Basedow-Augen und strähnigem Haar auf. Er sah aus wie Peter Lorre in *M* von Fritz Lang, Johns absoluter Lieblingsfilm wegen der Figur des Berliner Kommissars Lehmann, von dem er sich manches abgeguckt hatte.

»Nichts gefunden für einen romantischen Filmabend zu zweit?«, fragte der Mann mit piepsiger Stimme.

»Wieso zu zweit?«

»Ist das nicht Ihr Hund da draußen?«

»Kenn ich nicht«, sagte John, ohne sich umzuschauen. »Und für Romantik bin ich zu alt.«

Der Mann sah ihn verdaddert an. »Tschuldigung. Sollte ein Scherz sein.«

»Sehe ich aus, als hätte ich Aufmunterung nötig?«, knurrte John.

»Sie vielleicht nicht, aber ich. Sonntags ist nichts los. Da wollen die Leute lieber *Tatort* als echte Filmkunst. Aber Sie sind kein *Tatort*-Fan.«

»Hab schon einen gesehen heute«, rutschte es John heraus. »Nicht im Fernsehen, auf Video.«

»Was kann ich Ihnen aus unserer bescheidenen Auswahl empfehlen?«

»Ich suche den Film *Milena Jesenská – Letzte Adresse: KZ Ravensbrück*. Von Achtundneunzig.«

»Ah, ein Kafka-Fan. Ich bin auch einer«, prahlte das Peter-Lorre-Double.

Weil er den Film nicht kannte, tippte er den Titel in den Computer ein, doch es kam kein Treffer.

»Kennen Sie den Regisseur oder einen der Hauptdarsteller?«

»Es handelt sich um einen Dokumentarfilm deutscher Produktion.«

Der Videoverleiher ging ins Internet und gab www.filmportal.de ein.

»Na bitte. Da haben wir ihn ja. Eine deutsch-tschechische Co-Produktion von siebenundneunzig, Regie Jitka Strrr... bova. Kann ja keiner aussprechen.«

John warf einen Blick auf den Bildschirm und fand Strbova leicht auszusprechen. »Vielleicht ist Jitka die Zwillingsschwester von Martina Strbova ... Playmate des Monats April 2010.«

»Ich lese keinen Playboy«, sagte der Typ mit dem Basedow-Blick.

»Ich auch nicht.« John grinste. »Schaue mir nur die Bilder an beim Frisör.«

»Also, der Film ist zweisprachig auf DVD bei Amazon erhältlich, kostet aber achtundzwanzig Euro.«

»Ich hoffe, er ist es wert«, seufzte John und dankte für die Mühe.

»Gerne! Ich werde ihn bestellen. Der Titel klingt schon mal interessant.«

»Finden Sie?«

»Jedenfalls für Kafka-Fans.«

John verließ den Laden und sah sich nach seinem Hund um. Der hing auf der Danziger wie ein Magnet am Hinterteil einer Pudeldame, zum Glück nur mit der Schnauze. John rief nach Seneca und beklagte seine mangelnde Solidarität in puncto Enthaltsamkeit. Der Hund trottete mit vom Duft des läufigen Weibchens blödem Rüdenblick hinter seinem Herrn her.

14

Marianne kam aufgelöst in den Frühstücksraum. Willi saß am Tisch und war froh, dass sie endlich da war.

»Hörnchen, für mich das Übliche. Kaviar-Brötchen mit Champagner«, rief er ihr zu, als sie sich am Buffet anstellte.

»Sie haben wieder großen Humor heute«, lachte Schwester Beata und goss ihm Kaffee aus der Kanne ein.

Willi sah die Polin traurig an. »Den braucht man auch bei dem Fraß. Da war ja das Kantinenessen im Staatszirkus der DDR besser.«

Beata beugte sich zum dem Mann im Rollstuhl und flüsterte: »Kommen Sie nachher in die Küche. Ich hab noch bissgen Lachs und Rotkäppchen-Sekt in Kühlschrank. Von Geburtstag Schwester Edeltraut.«

»Das ist nett, aber ich mag keinen Fisch und Sekt noch weniger.«

»Sie schlimmer Mann, Sie!« Beata ließ Willi allein, weil sie am Nebentisch eine Oma füttern musste.

»Was hast du schon wieder mit der zu tuscheln«, wetterte Marianne, als sie mit zwei vollen Tellern vom Buffet kam.

»Guten Morgen!« Willi lächelte. »Hast du gut geschlafen?«

»Ich schlafe nie gut. Wie oft soll ich dir das noch sagen.«

Willi schaute betreten auf seinen Teller. »Schlimme-Augen-Wurst esse ich nicht … Holst du mir bitte Aufschnitt, der mich nicht ansieht?«

»Gibt nichts anderes.« Marianne reichte ihm den Joghurtbecher und verschlang ihr Brötchen mit der Rotwurst, in der graue Fettklumpen waren.

Willi rührte den Joghurt nicht an. »Warum bist du nur so grantig? Draußen scheint die Sonne. Es wird endlich Frühling.«

»Für morgen haben sie Regen angesagt«, sagte sie mit vollem Mund.

»Ihr Berliner seht immer alles negativ.«

»Kannst ja mit Beata frühstücken, du Zigeuner!«

Willi gab es auf und ließ sich das Käsebrötchen schmecken. Es ärgerte sie noch mehr, wenn er so tat, als gingen ihn ihre Vorhaltungen nichts an.

»Hast du die Zeitung gelesen?«

»Vertrage ich nicht auf nüchternen Magen ... Steht was über Zirkus drin?«

»Die wollen Ehemalige vor Gericht stellen. Manche sind schon über neunzig und schwer krank.«

Willi sah Marianne ungläubig an. Als er den Zeitungsartikel las, den sie aus der Jackentasche zog, verstand er ihre Erregung. »Da wollen nur ein paar Provinzadvokaten auf sich aufmerksam machen«, suchte er seine Freundin zu trösten. »Die werden auf die Fresse fallen ...« Marianne stieß mit dem Fuß gegen den Rollstuhl. »Will sagen, auf die Füße. Diese Rechtsverdreher landen immer weich, auf einem Sack voller Geldscheine.«

»Du redest dummes Zeug! Wenn du mich fragst, diesmal ist es ernst.«

»Für dich ist alles ernst ... Genieß den verdienten Lebensabend und vergiss die Vergangenheit.«

Marianne lachte ihn aus. »Die lassen uns nie in Ruhe ... Alles umsonst!«

»Hier steht, dass sie nur Ehemalige aus den damaligen besetzten Gebieten ...«

Marianne hielt die Hand vor Willis Mund, weil Schwester Beata an ihren Tisch kam. »Mit vollem Mund spricht man nicht.«

»Wünschen Sie noch Kaffee?«

Marianne sah die Polin mitleidig an. »Proszę bardzo! Ale Kawa mocna, nie ta straszna lura.«

Schwester Beata lächelte. »Sie können deutsch reden, Frau Horn. Der Kaffee wird davon nicht stärker.«

»Ich liebe Muckefuck«, verteidigte Willi die Pflegerin. »Bohnenkaffee regt mich zu sehr auf.«

Marianne ließ ihr Frühstück stehen, würdigte Willi keines Blickes und verschwand auf ihr Zimmer.

»Nehmen Sie's nicht krumm. Es liegt nicht am Kaffee«, sagte Willi.

Beata machte ein besorgtes Gesicht. »Weil Sie so nett sind zu allen?«

»Nur zu Ihnen, Frau Beata. Sie haben einen schweren Beruf und sind stets guter Laune.« Der Ex-Artist schob seinen Rollstuhl vom Tisch weg und drehte ihn Richtung Ausgang.

»Das muss man, Zabelchen. Sonst hält man es hier nicht aus.«

»Wie recht Sie haben. Früher nannte man mich Zabeloni – der Mann, der die Schwerkraft besiegt.«

Beata half ihm, mit dem Rollstuhl zwischen den Tischen hindurchzukommen, obwohl sie selbst aneckte mit ihren breiten Hüften. »Und die Herzen der Frauen. Da bin ich ganz sicher.«

»Frauen haben kein Herz. Außer Ihnen, Verehrteste.«

»Ich sogar zwei«, lachte die Polin. »Wie die Werbung für Herzkreislaufmittel … Wie heißt es nur?«

»Doppelherz. Ich wette, Sie haben vier, wie die Herzdame im Rommé.«

Die letzten Meter bis zum Ausgang kam Willi allein zurecht. Beata hielt ihm die Pendeltür auf und rief ihm hinterher: »Eins gehört Ihnen, Zabelli.«

***

Obwohl der Junge ihm hoch und heilig geschworen hatte, dass er die Wahrheit sagt, hatte John kein gutes Gefühl, als er sich auf den Weg nach Moabit machte. In seiner Aktentasche waren die Fotos von dem Erschossenen, der mit Harn vom Rücksitz beschmierte Zellstoff und ein Glas, in dem einige Tropfen Urin schwammen. Zum Glück war Jonas kein Sitzpinkler, er spritzte den Brillenrand voll und vergaß oft zu spülen. Der Urinabgleich würde zeigen, ob der Junge allein mit dem Trainer im Auto gewesen war oder nicht. Dass die Techniker der Mordkommission Tatortspuren mit Lupe, Pinzette, Blaulicht, Faserroller und allen forensischen Spielsachen sichern würden, war nicht sein einziges Problem. Der Zweifel an der Aufrichtigkeit des Jungen machte John zu schaffen. Die neurowissenschaftliche Antwort war eindeutig, wenn auch kaum beruhigend. Weil das Gehirn von Pubertierenden unter emotionalem Dauerstress steht, glauben sie, was sie sagen, und leugnen, was sie tun, ohne rot zu werden. Scham empfinden sie nur, wenn man ihnen das Gegenteil beweisen kann. Dann fangen sie manchmal an zu denken, meist zu spät. John konnte nicht warten, bis Jonas erwachsen wurde und sein Tun und Sagen kritisch beurteilte. Er musste jetzt wissen, ob er dem Jungen vertrauen konnte oder nicht. Ihrer beider Zukunft hing davon ab.

Obwohl Lorenz Straub vollauf mit der Obduktion einer Brandleiche zu tun hatte, schickte er John nicht fort. Beim Anblick des verkohlten Körpers, von dem man nicht ohne Weiteres sagen konnte, ob er männlich oder weiblich war, drehte es dem Detektiv den Magen um. Der süßliche Geruch von verbranntem Fleisch ließ seinen Mageninhalt bis zum Adamsapfel steigen.

»Wie halten Sie das aus?«, fragte er und holte Luft, um sich nicht zu übergeben.

»Schauen Sie auf den Toten wie auf ein Ding, das nicht zurückschauen kann«, riet ihm der Pathologe. »Dann geht der Gestank von alleine weg.«

John zog es vor, aus dem Fenster zu starren, auch wenn der Anblick von blühendem Rhododendron den Leichengeruch nicht vertreiben konnte.

»Was führt Sie zu mir?«, fragte Straub, während er mit einer Pinzette im Mund des Toten herumstocherte, der entsetzlich weit offen stand. »Haben Sie etwa auch von Cox Habbema geträumt?«

»Schön wär's«, näselte John, der sich ein Taschentuch vors Gesicht hielt. »Ich träume nur noch von hässlichen Dingen.«

»Dann geht es Ihnen besser als mir.« Straub bog mit den Händen die Zähne des Toten auseinander, bis es knackte. »Man träumt immer das, was einem fehlt.«

»Mag sein, aber deshalb bin ich nicht hier. Können wir nach nebenan gehen? Ich muss eine rauchen.«

»Gute Idee«, sagte Straub und nahm seine Finger aus dem Mund der Leiche.

Nachdem er die Gummihandschuhe ausgezogen hatte, nahm er eine von Johns Zigaretten und ließ sich Feuer geben. »Wie geht's voran mit der Tante?«

»Wie mit dem Wahlkampf der SPD – zwei Schritte vor, einen zurück.«

Straub spitzte den Mund und blies Rauchringe in die Luft. »Besser als die Gangart der SED – einen Schritt vor und zwei zurück.«

»Dann lieber sozialdemokratisch«, sagte John und drückte seine Zigarette im Ascher aus.

Straub sah ihn besorgt an. »Werden Sie kein Taschenkrebs in Nadelstreifen – außen rot, innen schwarz ... So nennen wir unsere holländischen Sozis.«

»Harte Schale, innen hohl.« John schlug seine Aktentasche auf und suchte den USB-Stick. »Ich möchte, dass Sie sich das ansehen und mir sagen, was Sie davon halten.« Er reichte dem Pathologen den Stick und stellte das Honigglas mit Schnappverschluss auf den Tisch.

Straub hielt die gelbe Flüssigkeit unter die Neonröhre. »Urin ... vom Mörder Ihrer Tante?«

»Schön wär's«, seufzte John. »Stammt von dem Jungen, den ich momentan beaufsichtige.« Er kramte in der Tasche nach der Plastiktüte mit dem Zellstoff. »Ich wüsste gern, ob der Urin hier von derselben Person ist ...«

»Hat Ihr Schützling ein Drogenproblem?«

»Wenn es nur das wäre. Die Fotos auf dem Stick ...«, John versagte die Stimme, er musste sich räuspern, »sind von seinem Handy. Zeigen Sie die bloß niemandem ... Sagen Sie mir nur, von wo aus im Auto geschossen wurde, Beifahrersitz oder Rückbank.«

Straub schob den USB-Stick in seinen Computer, wartete, bis der Rechner das fremde Laufwerk erkannte.

»Geschossen. Auf wen?«

John überhörte die Frage und schlug seine Aktentasche zu. Straub öffnete die Datei und klickte auf das erste Bild. »Was ist das für ein Mist! Ein dummer Jungenstreich oder Reality-TV?«

»Cinéma verité«, sagte John kleinlaut.

»Wer ist der Mann? Sein Vater?«

»Sein Drogendealer. Es war ein Unfall, kein Mord.«

Straub scrollte durch die anderen Fotos. »Waren Sie dabei?«

»Dann wär's nicht passiert.« John atmete schwer, er brauchte frische Luft. »Der Junge sagt die Wahrheit. Er ist doch erst vierzehn.«

»Erasmus von Rotterdam nannte die Pubertät das Alter der Lügen.«

»Deshalb werden die Kollegen vom LKA die Wahrheit nicht glauben«, stöhnte John. »Ich muss sie beweisen. Sonst ist der Junge erledigt.«

Der Pathologe zog die Fotos auf seinen Computer und gab John den Stick zurück. »Sie bringen mich in Teufels Küche, lieber Freund.«

»Dann können wir zusammen kochen. In Ewigkeit, amen!«

***

»Wer um das Leben anderer spielt, verliert. Nur der Tod gewinnt immer.«

»Womit sollen wir dann die Zeit totschlagen?«

»Lies Zeitung oder ein Buch. Das beruhigt die Nerven.« Sie schloss die Augen, drehte ihr Gesicht in die Sonne, die zaghaft auf den Balkon schien.

Er stand auf, weil ihm der Rücken weh tat vom Sitzen, und ging ein paar Schritte. »Es macht mich verrückt, wenn ich nichts zu tun habe.«

»Das bist du schon längst«, lachte Edith. »Ich mag verrückte Männer.«

Heinrich spreizte sich wie ein Gockel. »Du bist auch ziemlich verrückt … Aber ich kann nicht den ganzen Tag im Bett liegen. Muss noch was tun.«

»Willst du lieber Lotto spielen und deine Rente verschleudern?«

»Nee. Man kann Geld auch leichter verdienen.«

»Dir geht es gar nicht um den Gewinn.«

»Sondern?«

»Dir geht es um Revanche für etwas, das man nicht mehr ändern kann.«

»Um Vergeltung geht es nicht, es geht um Gerechtigkeit.«

»Gerechtigkeit … Dann müsste man der Tot-Karte viele Namen geben.«

»Mir genügte einer. Aber Rommé-Karten töten nicht.«

Edith sah Piontek entsetzt an. »Hör auf mit dem Quatsch! Wir spielen Karten zum Vergnügen und sonst nichts.«

»Vergnügen wozu? Im Leben zählt nur, was man gewinnt oder verliert.«

»Du hast mich gewonnen. Ist das nicht genug?«

»Ich habe mehr verloren als gewonnen, und jemand soll dafür bezahlen.« Heinrich griff in die Streben des Balkongeländers und rüttelte an ihnen, um sich abzureagieren.

»Hör bitte auf damit!« Edith schloss wieder die Augen. »Ich hasse jähzornige Männer. Hatte mehr als einen von der Sorte.«

Heinrich ließ die Balkonbrüstung los, beugte sich über die Sitzende und küsste ihre Stirn. »Aller guten Dinge sind vier. Besser sind zwei, die sich gern haben.«

Edith blinzelte. In Ihrem Blick lag etwas Unheimliches. »Damit die Chemie stimmt, braucht es drei Partner. Zum Beispiel zwei Wasserstoffatome plus ein Sauerstoffatom gleich H_2O … eine sehr stabile Verbindung. Denn erst bei zweitausend Grad Hitze spalten sich zwei Prozent der Wassermoleküle auf.«

Heinrich streckte die Hände aus, als wolle er zeigen, dass kein Blut an ihnen klebte. »Trotzdem rinnt Wasser durch die Finger wie das liebe Geld«, sagte er. »Ein Grand mit vieren, darauf kommt es an. Hab ich recht?«

»Ein Mann hat immer recht«, seufzte Edith. »Auch wenn sein Gehirn genauso schwer ist wie das einer Frau. Etwa ein Kilo. Was überhaupt nichts über seinen Verstand aussagt.«

»Du hast mehr Grips als ich«, gab Piontek zu. »Aber zusammen sind wir ein unschlagbares Team.«

Edith erhob sich vom Stuhl und öffnete die Balkontür zu ihrem Zimmer. Du hast recht. Im Leben zählt nur, was man gewinnt und verliert.«

»Na, ihr beiden. Streitet ihr euch etwa?«

Edith schaute zu Willi, der drei Zimmer weiter über die Schwelle auf den Balkon rollte.

»Hab keine Zeit, muss zum Frisör«, rief sie und verschwand nach drinnen.

Piontek fand es unhöflich, sich aus dem Staub zu machen, und ging auf ihn zu.

»Wo ist Marianne?«

»Schläft. Sie ist völlig mit den Nerven runter ...«

»Wieso?«, fragte Heinrich besorgt. Sein breites Kreuz warf einen Schatten aufs Gesicht des Mannes im Rollstuhl.

»Geh mal aus der Sonne. Sonst werde ich auch noch depressiv.«

»Nimmt Marianne keine Tabletten?«

»Bisher brauchte sie keine. Bei ihrem Problem helfen die auch nicht.«

»Hat sie Krebs?«

»Nein ... Ich soll nicht darüber reden.«

»Dann wird es morgen wohl nichts mit dem Kartenabend?«

Willi zog die Schultern hoch und rollte rückwärts zur Balkontür, kam aber nicht über die Schwelle. »Scheißarchitekten! Denken nicht daran, dass im Pflegeheim Leute mit Hüftproblemen wohnen.«

Heinrich hielt ihm die Tür auf. »Die Schwelle muss sein, damit kein Regenwasser ins Zimmer läuft. Wusstest du, dass H_2O erst bei zweitausend Grad in seine Bestandteile zerfällt?«

»Quatsch! Bei hundert Grad wird es zu Wasserdampf.«

»Stimmt. Was Edith mir wieder weismachen wollte.«

»Du weißt, Frauen haben immer recht«, grinste Willi. »Lass uns runtergehen. Ich muss eine rauchen.«

Als erst Willi, dann Heinrich entschwunden war, erschien fünf Türen weiter wie eine Figur aus dem Wetterhäuschen John Klein auf der Terrasse. Er atmete die Frühlingsluft ein, um den Geruch von Lottis süßem Rosen-Parfüm loszuwerden, der noch in ihrem Zimmer präsent war oder als Einbildung in seiner Erinnerung. Der herbe Duft des Tabaks könnte ihn von allem erlösen, dachte er und steckte sich eine Gauloise in den Mund.

»Rauchen ist auf dem Balkon ebenso verboten wie im Zimmer.«

Erschrocken wandte John den Kopf und bemerkte erst jetzt die Frau mit der tiefen, aber nicht unangenehmen Stimme. In ihrem weißen Frotté-Bademantel sah sie aus wie ein Kurgast in Marienbad.

»Wenn Sie unbedingt früher sterben wollen, müssen Sie vors Haus gehen.«

John glaubte, einen Hallenser Einschlag in ihren Worten zu vernehmen, und steckte artig die Zigarette in die Schachtel zurück.

»Eigentlich habe ich das Rauchen aufgegeben ... so gut wie. Es wühlt mich nur auf, im Zimmer meiner toten Tante zu sein.«

Edith sah ihn mit einer Mischung aus Argwohn und Neugier an. »Sie hat nie von Verwandtschaft erzählt.«

»Wir hatten wenig Kontakt. Eigentlich keinen, bis kurz vor ihrem Tod.«

John stellte sich als Peter Kurz vor und streckte die Hand aus, aber umsonst.

»Jacobi, Edith. Ihre Tante war auch hier nicht eben, wie soll ich sagen ...«

»Umgänglich«, erriet John.

»Sie hatte nicht viel übrig für Greisengemurmel.«

»Sie nannte es poetisch ›weißes Rauschen im Schwarzwald‹. So heißt das Restaurant im Parterre.«

»Sie wollen es umbenennen in ›Jungbrunnen‹. Wie lächerlich! Niemand wird hier jünger, nur dümmer.«

»Meine Tante war für ihr Alter geistig noch recht munter.«

»Das macht einsam«, versicherte die Chemikerin. »Besonders unter Senioren, die den lieben langen Tag fernsehen und darüber reden, als hätten sie das Gesehene hautnah erlebt.«

John gefiel die illusionslose Sicht der Frau auf ihre Realität. »Zu Ihnen hatte Lotti ein gutes Verhältnis, sagte mir jemand aus dem Heim.«

Edith zog den Gürtel ihres Bademantels enger, schien kurz angebunden.

»Das ist stark übertrieben. Wie alles, was hier getratscht wird.«

»Aber im Bereich des Möglichen.«

»Wir haben ein paar Mal geschwätzt. Beim Frisör und in der Sauna.«

John ließ nicht locker. »Worüber hat sie geredet? Ich meine, selbst eine diskrete Frau wie Lotti wird sicher beim Frisör redselig.«

»Worüber man hier so redet. Das Tagesmenü, Migräne, Männer …«

John runzelte die Stirn. »Mit mir sprach sie nur über Filme, alles andere hielt sie für Zeitverschwendung.«

»Stimmt. Einmal hat sie mich eingeladen, bei ihr einen Film zu sehen«, fiel Edith ein. John spitzte die Ohren. »Den DEFA-Film *Silvesterpunsch*. Ein sehr albernes, aber gut gemachtes Musical über Buna. Ich war selbst Bunesin, habe dort als Chemikerin gearbeitet.«

»Daher der anhaltinische Einschlag«, freute sich John. »Ich bin geborener Hallenser, Hallore, Halunke.«

»Hört und sieht man Ihnen aber nicht mehr an.«

»Icke bin schon lange Berliner. Wer mich haut, den hau ick wieder.«

»Höchstens Rucksack-Berliner wie ich … Aber mein Zuhause existiert nicht mehr. In Pankow wohnen jetzt die Erben von IG-Farben und Continental.«

»Ich wohne seit vierzig Jahren im Prenzlauer Berg und habe nicht *Das Kapital* von Marx geerbt, nur *Das Kommu-*

nistische Manifest«, konnte sich John nicht verkneifen zu antworten. Die Frau klappte zu wie eine Auster und schaute auf seine Armbanduhr.

»Was schmust der Lubber?«, fragte sie in reinstem Hallensisch, obwohl es nicht zu ihrer Eleganz passte.

»Vürtel vor fünfe«, antwortete John im Dialekt seiner Heimatstadt.

»Mussch mia off de Strümpe machen wegen dem Frisör.«

»Eine Frage noch. Hat meine Tante auch Männerbesuch empfangen?«

»Sie meinen, zum Filmegucken?«

John nickte, obwohl er daran nicht dachte. »Ab und zu kam ein junger Mann mit Blumen, blieb aber nie so lange, wie ein Film dauert.«

»Wie jung und wie sah er aus?«

»Um die sechzig. Wie sah er aus ... nicht sympathisch. Ungepflegt, fett und bis zum Hals tätowiert. Er kam mit einem Motorrad, das sich wie ein kochender Liebig-Kolben anhörte.«

»Eine Harley-Davidson«, vermutete John.

»Es glänzte wie die Äthylenanlage von Buna, seit die Amerikaner die Herren sind. Wir haben das Werk ja erst 1948 verstaatlichen können.«

»Ich kenne es nur als Silhouette aus Karbidstaub und beißendem Gestank.«

»Die DDR-Industrie war kein Tummelplatz für Ästheten.«

Er fand den Ausdruck treffend. »Stimmt. Eher ein Museum der Kapitulation.«

»Trotzdem haben wir zuerst eine hochwertige Chemiefaser entwickelt.«

»Dederon – Weltniveau mit kleinen Webfehlern«, erinnerte sich John. »Meine Mutter hat die Kittelschürzen verflucht, weil sie dauernd ausfransten.«

»Perlon war nicht besser, nur teurer.«

»Aber aus dem Westen. Deshalb war es für meine Mutter besser.«

»Elende Kleinbürger«, erregte sich Edith. »Mit solchen Leuten ist kein Staat zu machen. Nicht mal ein richtiger Kartoffelsalat.«

»Sie sagen es. Die Genossen in Wandlitz tranken auch lieber Jacobs Kaffee als Rondo und sahen Pornos statt DEFA-Filme.«

»Ich nicht, obwohl ich Genossin war«, trotzte Edith.

»Ich auch nicht, obwohl ich kein Genosse war ... nur FDGB und DSF.«

»Darf ich fragen, in welcher Institution?«

Er erinnerte sich ungern daran, schämte sich aber nicht. »Volkspolizei, Kripo Keibelstraße. Morddezernat.«

»Deshalb wittern Sie überall Verbrechen.«

John wollte das Autopsieergebnis nicht erwähnen und nickte nur.

»Uns wurde gesagt, Lotti Frohwein sei im Park eingeschlafen und erfroren. Furchtbar, aber jeden Winter erfrieren etliche Menschen.«

Jetzt musste es raus, entschied John. Mal sehen, wie sie darauf reagierte. »Meine Tante wurde betäubt mit Chlormethylamigocyclon ... Ketamin.«

Edith verzog das Gesicht, als hätte sie auf eine Senfgurke gebissen. »Die korrekte Bezeichnung ist Chlorphenylmethylamino-cyclohexan.«

»Könnte jemand aus dem Heim Grund gehabt haben, meine Tante ...?«

»Das übersteigt meine feminine Neugier, Herr Kurz.« Sie sah ihn eisig an.

»Neugier hält jung. Vielleicht leben Frauen deshalb länger als Männer.«

»Sie sagen es.« Edith taute wieder auf, weil das ihr Lieblingsthema war. »Ich möchte nicht uralt werden und als

Pflegefall enden. Ihre Tante wollte das auch nicht, hat sie mir versichert. Mit Ketamin lässt sich das Problem prima lösen. Es tut nicht weh und gibt einem das Gefühl, der Tod sei eine tolle Party.«

»Lotti … meine Tante war Jüdin, aber nicht religiös. Sie sagte einmal, wenn sie sich umbringen wollte, würde sie nach Israel auswandern.«

Edith lachte verhalten wie eine Dame. »Ihre Tante hatte Humor.«

»Allerdings. Sie entkam als Kind der Judendeportation, ihre Eltern nicht.«

»Das wusste ich nicht«, versicherte Edith. »Manche Überlebende bringen sich Jahrzehnte später um. Aus Schuldgefühl, weil sie überlebt haben.«

John nickte, das war eine bekannte Tatsache. »Sie hätte es mich wissen lassen, wenn sie Schluss machen wollte. Sie war sehr pedantisch und regelte die Dinge gern im Voraus.« Das war keine Tatsache, sondern Strategie.

Die Chemikerin ließ sich jedoch von Behauptungen nicht beeindrucken. »Und nun hat sie Ihnen einen Strich durch die Rechnung gemacht.«

»Wieso? Welchen Nutzen sollte ich von ihrem Tod haben?«

»Ihre Lebensversicherung. Aber bei Suzid zahlt die Versicherung nicht.«

John war auf so viel kriminalistische Logik nicht vorbereitet. Edith Jacobi hätte als Miss Marple Filmkarriere machen können. Sie war stolz wie eine englische Lady, sah aber besser aus als Margaret Rutherford.

»Es gibt keine Lebensversicherung und kein Indiz für Selbstmord.«

»Wie dumm«, seufzte sie. »Bei einem Unfall hätten Sie Anspruch, bei Mord, falls man den Täter fasst«, setzte Edith ihn schachmatt. »War nett, Sie kennenzulernen.«

Wie eine begossene Balkonpflanze stand der Detektiv noch eine Weile auf der Terrasse und verdaute die kalte Dusche, die ihm Edith Jacobi verabreicht hatte. Dass sie über Lottis Tod mehr wusste, als sie zugab, daran zweifelte John nicht, ebenso wenig daran, dass sie kein Geständnis ablegen würde, selbst wenn man ihre DNA an der Leiche extrahierte. Was ohnehin ausgeschlossen war, weil Lotti Frohwein längst im Krematorium Baumschulenweg verbrannt worden war.

***

Den Rest des Nachmittags saß der Detektiv an seinem Büroschreibtisch und dachte über die Grenzen seiner Möglichkeiten nach. Wenn er nicht mal aus Jonas, einem vierzehnjährigen Lügner, die Wahrheit herausbekam, wie sollte er es bei denen schaffen, die lebenslange Berufserfahrung mit Unwahrheiten haben, am Ende ihr Leben womöglich als einzige Lüge ansahen. Edith Jacobi würde nicht einmal das zugeben, der Glaube an die dialektische Methode *à la russe* bewahrte sie vor jedem Zweifel. Etwas, das fast ein Jahrhundert lang als unwiderlegbar und unverzichtbar für alle fortschrittlichen Menschen galt, konnte nach dem Ende des Kommunismus nicht falsch sein. Weil die russisch-orthodoxe Form von Hegels Dialektik die Widersprüche der Realität durch theoretische Begriffe auflöste in popularisiertes Wissen im Quadrat – Quatsch mit Soße, wie er aus dem Buch *Verführtes Denken* des Nobelpreisträger Czesław Miłosz wusste. Es war Johns wichtigstes Lehrbuch der Kriminalistik, da sich mit der perversen Dialektik Lenins und Stalins jedes Verbrechen als notwendig erklären ließ nach der Devise: Nicht der Mörder ist schuld, sondern der Ermordete. Wenn Edith Jacobi am Tod von Lotti schuld war, würde sie sich mit dieser Methode als Opfer sehen und sich von niemandem das Gegenteil beweisen lassen.

Was konnte der Berufsszweifler und analytische Denker mit seiner Methode – Bier und Zigaretten – dem entgegensetzen? Nur Sturheit und den Verschleiß seiner Gesundheit. Und was nützte sie ihm, wenn er ohne Beamtenrente im Altersheim landete oder im Knast? Als Freiberufler zöge er Letzteres vor, weil man dort vermutlich besser für ihn sorgen würde.

Da kein Bier im Kühlschrank war, wollte er auch nicht rauchen und dachte ohne Drogen über ein Motiv der Chemikerin nach, seine Tante zu vergiften, und darüber, was der Film über Milena Jesenská damit zu tun hatte. Aus den Internet-Nachrichten erfuhr er, dass die Amazon-Versandkulis den Aufstand probten und Neonazis sie als Betriebsschützer drangsalierten. Somit konnte er ewig warten, bis er klüger wurde. *Das Geheimnis der verschwundenen DVD* – ein guter Titel für einen *Tatort*, fand John. Das akustische Signal für Posteingang ertönte. Er öffnete die Nachricht von Lorenz Straub und las: *Urin nicht identisch, Probe aus Auto enthält Spuren von Extasy und L-Dopa. Mann wurde von hinten erschossen, nicht vom Beifahrersitz aus. Kugel nicht in Hals eingedrungen, weil sonst Dreher (erster Halswirbel) zertrümmert und Kopf vorgeneigt, nur gestreift. Schlagader zerfetzt – exitus durch Verbluten. Nachweis: Kugel in Frontscheibe oder Dach des Autos? Finale Aussage nur nach Autopsie möglich, brauche die Leiche. L.S. (Fan von Cox Habbema)*

John schrieb zurück, dass er sie nicht liefern könne. Sorry und demnächst in diesem Theater mit Cox Habbema. Nachdem er auf Senden gedrückt hatte, löschte er sofort beide Mails, ebenso die Handy-Fotos von dem Toten. Vorher sah er sie sich ein letztes Mal an, um sich davon zu überzeugen, dass Straub recht hatte. Mit Filzstift malte er eine Figur auf das Bild, auf dem der Rücksitz am besten zu sehen war, und zog eine gedachte Linie von dem Urinfleck zum Hals des

Fahrers. Er kam zu dem Schluss, dass der Schütze auf dem Rücksitz gesessen hatte. Die Kugel war über der Frontscheibe eingedrungen, das war ihm zwar gleich aufgefallen, aber die Flugbahn hatte er nicht vermessen. Ein unverzeihlicher Fehler, obwohl er nicht sicher war. Das Kaliber 9 mm machte ein ziemlich kleines Loch. Im Körper eines Menschen schließt sich das Einschussloch meist ohne äußere Blutung, wenn nicht gerade eine Schlagader verletzt wird. Nicht wie im Film, wo das Blut fontänenartig wie aus den Wunden des Gekreuzigten spritzt.

Der Schütze im Auto hatte aus Ungeübtheit ein Blutbad angerichtet, glaubte John, sonst hätte er zuvor einige Patronen zum Zielschießen verbraucht und sich nicht eingemacht, nachdem er abgedrückt hatte. Was Tötung mit Vorbedacht zwar nicht ausschloss, aber auch nicht zwingend Notwehr als Tatmotiv bewies. John war sicher, dass der Junge nicht geschossen hatte und einen anderen deckte. Vermutlich rechnete er damit, dass sein Ersatzvater ihm aus der Patsche half, wenn er sich zu der Tat bekannte. Was ja auch geschehen war. Wurde er, John Klein, manipuliert von einem Vierzehnjährigen? Hatten Jonas und der andere die Sache womöglich geplant? John fühlte sich von Kopf bis Fuß elend bei dem Gedanken. Dass die Chemikerin ihn wie eine Laborratte behandelt hatte, war schlimm genug, für einen Schuljungen als Versuchstier für ein Experiment mit dem Chemiekasten herzuhalten, war mehr als peinlich. Er musste die Karten neu mischen, sich ein paar neue Tricks einfallen lassen, wenn er das Spiel gewinnen wollte. Zwei mörderische Spiele simultan. Sogar Steve McQueen in *Cincinetti Kid* hätte nicht an zwei verschiedenen Orten gleichzeitig gewinnen können.

Als wäre Seneca des Stille-Post-Spiels seines Herrn überdrüssig, sprang der Hund auf und rannte bellend zur Tür. Zehn Sekunden später klingelte es. John drückte den elektronischen Türöffner und zog seine Krawatte fest, gelb mit drei blauen Affen, die nichts sehen, nichts hören, nicht sprechen. Als Jonas mit der Schultasche die Treppe heraufkam, wollte der Detektiv ihn gleich in die Mangel nehmen, notfalls die Wahrheit über Samstagnacht in Bernau aus ihm herausprügeln. Doch er tat es nicht. Dass der Junge scheinbar unbeeindruckt von allem, nur erschöpft von der Schule nach Hause kam, brachte John aus dem Konzept. Andererseits war es besser, als wenn Jonas Amok laufen würde. Er musste sich auf eine andere, indirektere Strategie verlegen, um zu erfahren, wer auf den Rücksitz gepinkelt hatte.

»Wie war's in der Schule?«

»Sinnlos wie immer. Hab wieder eine Drei minus in Englisch gekriegt.«

»Ist besser als eine Vier plus.«

»Aber ich konnte alles in der Klausur, oder fast alles.«

»Was war das Thema?«

»Guy Fawkes als Vorbild heute. Anonymus-Bewegung, die mit der Maske mit Bart rumlaufen.«

»Wie bitte! Der Mann wollte das britische Parlamentsgebäude in die Luft jagen. Hat nicht geklappt, weil die Sache verraten wurde.«

»Anarchisten sind trotzdem cool«, fand Jonas und warf seine Tasche in die Ecke. »Kann man damit auch Kohle verdienen?«

»Nicht ohne Abitur. Sonst hängst du wie Guy Fawkes am Galgen. Nein. Der Teufelskerl sprang vom Richtblock und brach sich das Genick.«

»Hätte ich auch gemacht«, prahlte Jonas. »Hauptsache, sie kriegen einen nicht.«

Der Detektiv runzelte die Stirn und überlegte, ob Verbrechen sich nicht doch lohnte. »Heute zählt der Attentäter zu den hundert wichtigsten Personen britischer Geschichte und der *Guy Fawkes Day* im November ist gesetzlicher Feiertag mit Fackelzug und Feuerwerk. Die Kinder gehen mit der

Geldbüchse herum und rufen *Penny for the Guy!* Wie bei uns zu den Heiligen drei Königen ... Ich bin a kleener Genig, gebt mir nicht zu wenig; gebt mir nicht zu viel, sonst kommt der Besenstiel.«

Jonas machte große Augen. »Hat uns die blöde Lehrerin alles nicht erzählt.«

John fasste es nicht. »Ich muss mal bei euch hospitieren kommen.«

»O ja! Das wird lustig.«

John winkte ab, ihm war nicht zum Scherzen zumute. Er reichte dem Jungen sein Zweithandy mit der neuen Karte. »Lass es dir nicht auch noch klauen und ruf nur mich damit an.«

Jonas nahm das Gerät in die Hand und verzog das Gesicht. »Wer klaut schon so ein billiges Teil? Hat doch höchstens zehn Euro gekostet.«

»Siebzehn. Die Karte zehn.«

»Damit kann ich nicht in die Schule gehen«, sagte Jonas beleidigt.

»Und ob. Musst es ja nicht rumzeigen«, sagte John und schob ihm das neue Handy in die Jackentasche. »Angeber sind *loser, and they're not what they appear to be.*«

»Hä!? Verlierer wollen nicht wie ein Bär sein?«

»Fünf minus! Hör öfter die Beatles, dann lernst du Englisch. Hab's auch so gemacht in deinem Alter.«

Jonas schaltete auf Durchzug. »Kann ich nach Hause? Bin müde.«

»Setz dich! Wir müssen reden.«

Jonas fuhr zusammen und sank auf den Stuhl zurück.

»Wer saß auf dem Rücksitz mit der Pistole?«

»Niemand. Sie haben doch gesehen, dass ich alleine war mit ...«

»Wer saß im Jaguar auf dem Rücksitz und hat den Schuss abgefeuert?«

»Ich habe geschossen. Vom Beifahrersitz aus«, sagte der Junge.

Er fing sich eine Ohrfeige, bevor er den Satz zu Ende gebracht hatte.

Jonas sprang vom Stuhl auf und brüllte: »Sie sind wie der Trainer!«

Ehe John etwas erwidern konnte, griff der Junge seine Schultasche, eilte die Treppe hinunter und knallte die Tür hinter sich zu. Beinahe hätte er Seneca zerquetscht, der glaubte, es geht Gassi. Wenigstens hat er das Handy bei sich, dachte John, bevor er seine Unbeherrschtheit bereute. Die Strategie der indirekten Wahrheitsfindung war in die Hose gegangen. Er überlegte, ob er Jonas anrufen sollte oder vielleicht lieber seinen Therapeuten. Bier und Zigaretten würden ihm auf der Stelle helfen, das seelische Gleichgewicht wiederzufinden.

15

»Wir haben ohne dich angefangen«, sagte Willi und setzte vier Chips auf die Tot-Karte, die er seinem behandelnden Arzt widmete.

Edith sah Heinrich scharf an, als sie sich an den Spieltisch setzte. Er wich ihrem Blick aus.

»Was ist los mit dir?«, fragte Marianne. Sie kannte Ediths bösen Blick.

»Nichts ist los. Alles ist los.«

»Dann setz dich und mach dich locker«, lachte Willi.

»Sie hat mich gemeint.« Heinrich Piontek drehte Willis Tot-Karte aufs Gesicht und mischte den Stapel neu. »Nur noch ein Spiel, dann hören wir damit auf.«

Willi protestierte. »Das ist unfair. Ich hab gerade eine Glückssträhne.«

Heinrich teilte die Karten aus. »Edith findet Tot unmoralisch. Sie hat recht. Man spielt nicht mit dem Leben anderer, auch nicht um Geld.«

»Dann kehren wir doch zu Meine Tante, deine Tante zurück«, sagte Willi.

Edith bekam einen Hustenanfall. »Bitte nein! Das Wort Tante kann ich nicht mehr hören!«

»Wie wär's mit Doppelkopf?«, sagte Willi. »Da können sich zwei Paare zusammentun. Ich und Marianne und ihr beiden ... oder nicht?«

Niemand stellte die Paarwahl in Frage, doch Edith musste das letzte Wort behalten. »Ist ja nur ein Spiel.«

Heinrich gab die Karten aus, jeder Spieler erhielt zwölf.

»Was waren noch mal die Trumpfkarten?«, fragte Marianne abwesend.

»Damen und Buben nach Rangfolge der Farben, die Karos nach Kartenwert«, klärte Willi sie auf. Trotzdem spielte sie wie eine Anfängerin. Hintereinander verlor das Paar drei Spiele und vierzig Euro, die Willi übernahm, um Marianne nicht noch tiefer in Verzweiflung zu stürzen.

»Wollen wir aufhören?«, fragte Heinrich, doch Willi bestand auf Revanche.

»Hat euch der Versicherungsdetektiv auch wegen der Frohwein befragt?«, wollte Edith plötzlich wissen. Heinrich horchte auf. Er hob eine Karte vom Stapel ab.

»Hab vorm Haus mit ihm eine Friedenspfeife geraucht«, scherzte Willi. »Ein ulkiger Typ. Wusste nicht, dass Lotti seine Tante ist ... war.«

»Ulkig?« Edith schüttelte energisch den Kopf. »Seine Krawatte war einfach nur peinlich.«

»Wieso fragt der uns aus?«, empörte sich Marianne. »Die Gutzeit hat gesagt, dass es ein Unfall war.«

»Mir nicht«, sagte Edith, als würde sie Wert darauf legen, alles zu wissen.

»Frau Frohwein hatte ein Elefantengedächtnis«, erklärte Willi Heinrich Piontek. »Sie konnte immer vorrausagen, welche Karte die anderen zuletzt ausspielen würden.«

»Du übertreibst«, wetterte Marianne. »Manchmal lag sie voll daneben.«

»Nun liegt sie unter der Erde«, seufzte Willi.

»Noch nicht. Erst am Freitag«, sagte Edith. »Geht jemand zur Beerdigung?«

Marianne schüttelte den Kopf. »Auf gar keinen Fall. Mir war sie zu stolz, wusste alles besser ... Wo wird sie denn beerdigt?«

»Auf dem St. Marien-Friedhof«, wusste Edith.

Marianne sortierte ihre Karten und hob eine neue ab. »Sie war doch Jüdin ... hat sie mir gesagt.«

»Vielleicht ist sie konvertiert«, mutmaßte die Chemikerin. »Oder ganz vom Glauben abgefallen.«

Heinrich gab das Spiel verloren. »Wie heißt dieser Detektiv?«

»Kurz oder Klein«, scherzte Willi. »Könnte auch Breit heißen, weil er kaum durch die Tür passt.«

Heinrich ließ einen Chip durch die Finger rollen. »Sprach er Berliner Jargon und rauchte wie ein Schlot?«

»Er hustete, als hätte er Raucherkatarrh«, sagte Willi. »Ob er Berliner ist ...«

»Der Mann ist stolz auf seinen Hallenser Dialekt. Er heißt nicht Klein, sondern Kurz. Warum fragst du?«

»Nur so«, wiegelte Heinrich ab.

Die letzte Runde gewann tatsächlich Willi und bedauerte doch, dass es mit dem Tot-Spiel vorbei war.

***

Als hätte er es geahnt, erschien der Junge nicht zum Abendessen. Darum warf er nur die Hälfte der Packung Fischstäbchen in die Pfanne, kochte eine halbe Packung Tortellini und aß das Ganze mit einer scharfen Senfsoße. Als er das zweite Bier getrunken und eine Zigarette am offenen Küchenfenster geraucht hatte, verlor der die Geduld. Er rief Jonas auf dem neuen Handy an.

»Muss noch für die Chemie-Klausur lernen und schlafe bei Leon«, erklärte der Junge. »Seine Eltern ...«

»Saß Leon mit im Auto?«, unterbrach ihn John, weil ihn nur das interessierte.

»Ich war alleine mit dem Trainer. Ehrlich, Mann!«

John legte wütend auf. Weil er etwas vergessen hatte, rief er den Jungen noch mal an. »Morgen früh stehe ich vor der Schule. Nur für den Fall, dass du die Absicht hast, die Klausur zu schwänzen.«

Nach der verbalen Drohung war der Detektiv reif für Fernsehunterhaltung. Vor die öffentlich-rechtliche Wahl gestellt zwischen geschüttelt und gerührt, *James Bond jagt Dr. No*, oder verschüttet und zensiert, dem DDR-Polizeiruf *Ihr werdet mich nie kriegen*, entschied er sich für keins von beiden, sondern hielt es für besser, sich seinem realen Kriminalfilm zu widmen. Er musste endlich wissen, welcher von Jonas Kumpeln mit im Jaguar gesessen hatte.

Er ging in das Zimmer des Jungen und fuhr dessen Laptop hoch. Auf dem Bildschirm erschien die Frage nach dem Passwort. Einfach wegdrücken half nicht, also versuchte er es nach dem Prinzip *try and error*. Mit Jonas, JonasS, JonasSM klappte es nicht. Skateboard war zu lang, Cannabis und Marihuana ebenso, *fuck* und *cool*, die häufigsten Worte des Benutzers, zu kurz. Im Sicherheitsmenü entdeckte John, dass der Junge das Passwort unlängst geändert hatte. Also versuchte er es mit dem Wort Detektiv – abgelehnt. Dann mit Schnüffler, JohnK, JKlein, Seneca. Die Tür zu den Menüs ging auf. »Guter Junge!«, rief John und klickte auf den Ordner »Friends forever«. Obwohl die Bildergalerie auch Mädchen zeigte, konzentrierte John sich auf die Jungs.

Aber wie sollte er aus einem Dutzend Skateboardern und anderen Rumtreibern den herausfinden, der auf den Rücksitz gepisst hatte?

Das E-Mail-Programm nutzte Jonas nicht, er twitterte auch nicht, telefonierte nur mittels Skype mit seinen Eltern. John wollte die Suche aufgeben, als er versehentlich auf den Papierkorb klickte. Darin befand sich ein Ordner namens »Gregor« mit Fotos. »Guter dummer Junge!« Die Bilder, mit dem iPhone aufgenommen, zeigten einen Burschen, der älter war als Jonas, mindestens siebzehn, wie ein Sohn aus gutem Haus aussah und ziemlich ausgeschlafen, wenn nicht arrogant in die Kamera blickte. Auf einem Foto stand er vor der John-Lennon-Schule und hielt eine Schultasche mit dem Beatles-Cover der LP *Revolver* vor die Brust. Kein Wunder, dass Jonas das Bild aus dem Ordner entfernt hatte, dachte John. Diesem Gregorianer musste er auf der Toilette begegnen. Nur wie und wo?

Nachdem er den Laptop schlafen gelegt hatte, rief er Schöndorfer senior an und fragte, wann er zurückkomme. Da die Dreharbeiten sich wegen schlechten Wetters um eine Woche verzögerten, war von dort keine Hilfe zu erwarten. Jonas' Mutter wollte am nächsten Tag nach Schottland fliegen, um ihren Mann dort abzuholen. John versicherte, dass daheim alles in Ordnung sei. Danach schaute er den Rest des *Polizeirufs* an, um zu erfahren, dass der Mörder nicht der politisch zuverlässige Kleingärtner war, sondern ein mehrfach vorbestrafter Kleinkrimineller ohne sozialistische Moral.

Was für Zeiten, dachte John, als das Böse so leicht zu erkennen war und das Gute so aufrecht – zumindest in Berlin-Adlershof.

***

Am Morgen erwachte er im fünften Kreis der Hölle, in dem die Trägen und Zornigen mit den Zähnen klappern. Im Jenseits hätte er ohne Weiteres seinen Platz dort akzeptiert, aber er befand sich noch in der Vorhölle der Metzer Straße und musste seine Trägheit überwinden, um vor Ertönen der Schulklingel in der Greifswalder Straße zu sein. Die Hölle konnte er sich selbst zuschreiben, weil er im Zorn dem Jungen gedroht hatte, ihn noch mehr zu kontrollieren. Jonas erschien fünf Minuten nach ihm, grüßte widerwillig und verschwand in dem trutzigen Gebäude, das wie alle preußischen Zuchtanstalten aussah, obwohl es frisch renoviert war.

Eine Viertelstunde später saß der Detektiv beim Kollwitz-Bäcker und studierte die Tagespresse. Das Klassenzimmer der Freischaffenden und Schulschwänzer war um die frühe Stunde nur halb besetzt und so konnte er sich in Ruhe dem Selbststudium widmen. Der erste Text, den er in Gänze las, war über einen israelischen Bankräuber in Ber-Sheva, der drei Geiseln und sich selbst erschossen hatte. Die Presse erklärte den Mann für geistig verwirrt, da er kein Palästinenser und Terrorist war. John hielt ihn eher für einen Versager, weil er eine Bank überfiel, statt eine zu gründen.

Den zweiten Text riss er, ohne ihn zu Ende zu lesen, aus der *Morgenpost* und ließ ihn unbemerkt in seiner Tasche verschwinden. Er handelte von einer toten männlichen Person, die in einem am Baumarkt bei Bernau abgestellten Auto entdeckt worden war. Die Polizei ging von einem Verbrechen aus, machte aber keine näheren Angaben zum Fall, nur dass die Berliner Mordkommission 6 ermittelte, weil das Opfer in Tiergarten gewohnt hatte. Also war die amtliche Zuständigkeit zwischen den LKAs schneller geklärt worden, als er gedacht hatte. Deshalb machte sich der Detektiv schleunigst auf den Weg ins Büro. Er wollte nach seinem Tod lieber doch nicht im fünften Höllenkreis schmoren. Aus Angst, dort seine alten Kripokollegen zu treffen.

Im Detektivbüro *Kurz & Klein* herrschte nicht gerade Andrang. Genau genommen war hier so viel los wie im Bürgerbüro des Politikers Thierse in der Hagenauer Straße, seit er gegen die Schwaben im Kiez zu Felde gezogen war. Als Hallenser war es John gleich, ob die Berliner Schrippe jetzt Wecke hieß, für ihn blieb es »ne Bemme mit Briefschlitz«. Ohnehin aß er lieber Croissants mit Marzipanfüllung als aufgebackene Luftkissen, die nicht satt machen. Lange hielt John es nicht am Schreibtisch aus, er drehte eine Runde mit seinem Hund, trank auf halber Strecke ein Bier bei *Biene* und nahm dann im Hauseingang Metzer Straße 16 Anlauf zum dritten Stock des Vorderhauses.

Als er die Wohnung betrat, war Jonas nicht da, obwohl die Schule längst aus sein musste.

Langsam versickerte sein Zorn in Apathie. Eines jedenfalls konnte er dem Jungen nicht vorhalten – Unzuverlässigkeit. Darin war er sogar sehr zuverlässig. Er meldete sich auch nicht, als John ihn anrief, um ihm zu sagen, er solle sofort nach Hause kommen.

Weil der Kloß im Hals sich nicht mit Bier herunterspülen ließ, probierte John es mit einer Tasse heißer Instant-Hühnerbrühe mit Ei. Dabei verschluckte er sich und bekam einen Hustenanfall, weil es gleichzeitig an der Wohnungstür klingelte und Seneca losbellte.

»Wozu hat der Bengel einen Schlüssel?«, wetterte John und betrachtete im Flurspiegel seine bekleckerte Krawatte. Erst nach dem zweiten Klingeln riss er die Tür auf. Statt des Pubertierenden standen zwei Propheten in Uniform vorm Tor. Sie kamen nicht aus der Wüste, sondern vom Revier Eberswalder Straße.

»Halten Sie den Hund fest!«, brüllte der jüngere Beamte. »Oder nehmen Sie ihn an die Leine!«

»Seneca, bei Fuß!«, schnauzte John zurück. »Die Polizisten beißen.«

Der Hund wusste, wenn sein Herr laut wurde, brannte die Luft. Darum verzog er sich ins Wohnzimmer und wartete, bis sich die Lage abgekühlt hatte.

»Sie sind Herr Schöndorfer?«, fragte der ältere Beamte und bat, ohne die Antwort abzuwarten, um Einlass.

John fand es nebensächlich, ob er Schöndorfer war, und trat zur Seite. »Folgen Sie mir in die Küche.«

»Besitzen Sie keine Hundeleine?«, ließ der Jüngere nicht locker und sah sich nach Seneca um.

»In Artikel dreizehn des Grundgesetzes steht: Die Wohnung ist unverletzlich. Wer hier an die Leine kommt, entscheide ich.«

»Bleiben Sie mal sachlich«, mischte sich der ältere Polizist ein. »Was glauben Sie, wie oft Wutbürger ihre Tölen auf uns hetzen.«

»Wir sind weder das eine noch das andere«, versicherte John mit hoher Stimme. »Im Übrigen bin ich auch nicht Herr Schöndorfer.« Er reichte dem älteren, ranghöheren Beamten seine Visitenkarte. »Mein Name ist Klein. Ich bin nur das Kindermädchen für Schöndorfer junior.«

Die Polizisten sahen sich verdutzt an und sagten gleichzeitig: »Seinetwegen sind wir hier.«

»Hab ich mir gedacht«, sagte John und bot ihnen zwei Stühle am Küchentisch an. »Ich meine, dass Sie nicht wegen mir gekommen sind.«

»Ist Jonas Schöndorfer zu Hause?«

»Schön wär's. Ich weiß nicht, wo er steckt, er geht nicht ans Telefon ... Hat er was angestellt?«

»Wir müssen schon mit den Eltern sprechen ...«

John reichte den Beamten das schnurlose Telefon, nachdem er eine gespeicherte Nummer gewählt hatte. »Rufen Sie sie an. Sie sind in Schottland. Um diese Zeit gehen sie meist nicht ran.« Der Polizist versuchte es trotzdem. Weil nur die Mailbox ansprang, mit englischer Ansage, gab er das Telefon zurück. John lauschte in die Hörmuschel und schnalzte mit der Zunge. »Ich vergaß, dass Englisch nicht zu Ihrer Ausbildung gehört. Die Stimme sagt, dass der Angerufene derzeit nicht erreichbar ist und später zurückruft.«

»So viel Zeit haben wir nicht«, schmollte der junge Wachtmeister. »Wir sind zu beschäftigt, nicht etwa zu dumm, falls Sie das ...«

Der Ältere schnitt seinem Kollegen das Wort ab. »Wissen Sie, wann die Eltern wiederkommen?«

»Frühestens in einer Woche.« Allmählich dämmert es John, dass die zwei nicht wegen der Leiche in Bernau hier waren. »Kann ich Ihnen weiterhelfen?«

»Wohl kaum. Sie sind nicht der Erziehungsberechtigte.«

»Momentan schon. Bin sozusagen teilzeitverantwortlich für Jonas. Hat er wieder was angestellt?«

»Allerdings. Er ist für uns kein Unbekannter.« Der Ältere von beiden zog ein Foto aus der Dienstmappe und schob es über den Tisch. John zuckte zusammen. Er sah eine schöne, feingliedrige Mädchenhand, auf deren Rücken mit Filzstift ein hässliches Hakenkreuz gemalt war.

»Das hat der Junge getan? Wann und wo?«

»Heute, in der Schule. Im Graffiti-Unterricht.«

John glaubte, sich verhört zu haben. »Wollen Sie damit sagen, dass so was in der Schule gelehrt wird?«

Der Beamte schaute in seine Notizen. »Herr Gümlich, der Kunstlehrer, gab zu Protokoll, dass es in seinem Unterricht geschah. Er leitete einen Wörkschopp über Kunst im öffentlichen Raum, wo Schüler Graffitis malen sollten, die sie schon mal gesehen haben.«

John blieb die Spucke weg, darum nahm er einen Schluck seines kalten Kaffees. »Prima, dass die Kinder so was in der Schule lernen. Dann können Sie sie später verhaften.«

Der Beamte schaute ihn mit einer Mischung aus Trotz und Verständnis an. »Die Schulbehörde hat es genehmigt. Aber der Junge hat das Hakenkreuz nicht als schlechtes Beispiel zu Papier gebracht, sondern auf die Hand einer Schülerin mit Migrationshintergrund gemalt.«

»Da war der Lehrer Dümmlich sehr entsetzt, denn die Kunstaktion hat sein Moralgefühl verletzt«, reimte John aus dem Stegreif.

»Ist nicht witzig«, sagte der jüngere Polizist. »Das ist eine Straftat.«

»Finde ich auch«, sagte John und verlangte, den Lehrer wegen Anstiftung der schweren Straftat zur Verantwortung zu ziehen.

»Das ist Sache des Staatsanwalts. Sollten Sie als Detektiv wissen.«

John gab es auf, mit dem Heißsporn zu streiten, und sah den alten Kollegen an. »Wo ist der Junge?«

»Das wollten wir Sie fragen ... beziehungsweise seine Eltern.«

»Hier hat er sich nicht versteckt«, sagte John mit zitternder Stimme. »Suchen Sie ihn, bevor er noch mehr Dummheiten macht ... Oder besser, ich geh ihn suchen. Auf mich hört er. Meistens.«

»Dann sagen Sie ihm, er soll umgehend auf dem Revier erscheinen«, forderte der Ältere.

Der Jüngere musste das letzte Wort haben. »Um weiteren Ärger zu vermeiden. Der Direktor hat ihn nämlich der Schule verwiesen.«

»Ich richte es ihm aus.« John erhob sich, um die unwillkommenen Gäste loszuwerden. »Um alles andere sollen sich seine Eltern kümmern. Ich brauche dringend Urlaub.«

Beim Hinausgehen trat der Junior noch mal nach. »Sie wirken angespannt. Haben Sie ein Problem mit der Polizei?«

»Überhaupt nicht. Nur wenn jemand meinen Hund an die Leine legen will, steigt mein Blutdruck.«

»Hat das Tier eine Steuermarke?«

Ruhig bleiben, dachte John. »Hat er. Und die Tollwut-Plakette.«

Der Oberwachtmeister zupfte den Kollegen am Uniformärmel, doch der wollte die Sache zu Ende bringen. »Dann zeigen Sie sie mir bitte!«

John rief seinen Hund, packte ihn am Halsband und hielt dem Beamten die Beweise unter die Nase. Noch bevor dieser sich bedanken konnte, fiel die Wohnungstür hinter ihm und seinem Kollegen zu.

Obwohl es kaum länger als zehn Minuten dauerte, kam es John vor wie zehn Stunden, bis sein inneres Gleichgewicht sich wieder eingependelt hatte. Auch danach zitterte sein Kinn noch und er musste es mit beiden Händen abstützen. Je älter er wurde, desto weniger ertrug er Schikanen von Leuten, die außer dem Strafgesetz nie ein Buch gelesen hatten. Für manche waren Uniformträger Ausdruck staatlicher Repression. Für jene, die öfter mit dem Gesetz in Konflikt kamen, mochten sie einen sozialen Vaterkomplex symbolisieren, doch bei ihm ließ sich der Pawlowsche Reflex empirisch begründen. Der Stabreim »Die größten Kritiker der Elche waren früher selber welche« erklärte die Sache auf lyrische Weise. Nur war die Situation jetzt eine andere, dramatische, denn John hatte allen Grund, sich vor der Polizei zu fürchten. Dass sie nicht wegen des Toten im Auto gekommen waren, beruhigte ihn kaum.

Während der Detektiv im Kühlschrank nach einem Bier suchte, klingelte es erneut, nicht an der Wohnungstür, sondern in seiner Hosentasche. Jonas war am Apparat und stotterte, dass es ihm leid täte, was er gemacht hatte, es sollte ein Scherz sein ... Dass er von der Schule flog, war ihm egal. John war froh, seine Stimme zu hören, ließ es sich aber nicht anmerken. Er wollte, dass der Junge sofort nach Hause kam. Ihrer beider Zukunft stehe auf dem Spiel. Jonas sah es ein und versprach, in einer halben Stunde da zu sein. Also hatte

John mindestens eine Stunde Zeit, zu überlegen, was er dem Jungen auftischen und wie er ihn zum Reden bringen würde. Mit Samtpfötchen konnte er die Wahrheit über Samstagnacht kaum aus ihm herauskitzeln, mit Gewalt eventuell, doch das wäre nicht nur das Ende ihrer bisweilen harmonischen Beziehung, sondern auch das Ende seines guten Rufs im Prenzlauer Berg. Jonas' Vater könnte womöglich einen Film über ihn drehen mit dem Titel *Der Kinderschänder von nebenan*. Zwei schlechte Lösungen, deshalb suchte er nach einer dritten, die weder sanft noch brutal war.

Nach einer Stunde hatte er sie noch immer nicht gefunden, trotz zwei Bier und zweieinhalb Zigaretten. Die dritte rauchte er nicht auf, weil die Nikotinwirkung aufs Konfliktzentrum in seinem Cortex ausblieb. Ohne den blauen Dunst konnte er seinen Beruf an den Nagel hängen und sich dazu. Sollte er aufgeben? Sich selbst anzeigen wegen Vertuschung eines Tötungsdelikts, oder abwarten? Den fünften Grundzug der marxistischen Dialektik – nichts tun und den Zusammenbruch beobachten – hatte er in der DDR als nützlich erlernt, aber beim LKA als Ermittlungsstrategie nicht weiterentwickelt. Wer abwarten kann, stolpert nicht aus blindem Eifer, weil die Zeit zwar nicht alle Wunden heilt, aber manches Problem sich von selbst löst. Es schien die bessere Option, als ins Kittchen zu wandern. Aber nur, wenn seine Theorie falsch war und der Junge den Trainer doch erschossen hatte. Falls sie stimmte, woran er nicht zweifelte, und Jonas ihm einen Bären aufband, um den wahren Täter zu decken, musste er jetzt zur Polizei gehen und sich gleich mit anzeigen.

Hätte er diesen Job bloß nicht angenommen. Wie aber hätte er vorhersehen sollen, dass seine Tante ihm ein Vermögen vererben würde. Dafür musste er ihren Tod aufklären. Zwei Tote waren zu viel für einen Mann mit Hund, der wegen Altersträgheit und jugendlichem Zorn im fünften Kreis der Hölle schmoren würde.

***

Er war am Küchentisch eingenickt und fuhr erschrocken hoch, als der Junge ihn wachrüttelte.

»Wieso hat der Hund nicht gebellt«, wunderte sich John.

»Weil er mich durch die Tür gerochen hat.«

Johns Spürnase nahm nur den Geruch von Cannabis wahr, was in ihm jedes Mal Erinnerungen an Machorka rauchende Russen in verschwitzten Uniformen weckte.

»Wenn du Hunger hast, im Ofen ist deine Lieblingspizza.«

Jonas schüttelte so heftig den Kopf, dass ihm fast die Augen rausfielen. Sie waren trüb wie Pfützenwasser und groß wie Wolfsaugen. »Hab kein Hunger, nur voll Durst.« Er nahm die Cola-Flasche vom Tisch, schüttelte sie kräftig und hielt seinen Rüssel über die Zuckerfontäne.

»Sehr witzig!«, fand John »Wisch das wieder auf, sonst kleben wir fest.«

»Wie Briefmarken«, kicherte der Junge und fuhr mit der Hand über den Tisch.

»Haste vielleicht noch 'nen Joint für mich?«

»Klaro.« Jonas zog eine Metallschachtel aus der Hosentasche. Darin lagen vier gedrehte Tüten.

»Ist das Zeug gut?«, fragte John, als er sich eine anzündete.

»Echter roter Jamaikaner aus Kreuzberg.«

Nach dem ersten Zug musste John husten. »Holy shit! Das Kraut weckt ja Tote auf.« Jonas sah ihn mit noch größeren Augen an, schien aber plötzlich klar im Kopf. »Willst du nicht mitrauchen?«, fragte John und reichte ihm den Joint. Während sie ihn kreisen ließen, sprachen sie kein Wort. Erst als der Junge die Hand ausstreckte und daneben griff, schien die Zeit zum Reden gekommen.

»Kannst du mich hören?«, fragte der Detektiv vorsichtig.

»Waaas?«

»Ob du mich hören kannst.«

Jonas hob den Kopf und starrte ins Leere. »Jaaa! Mir ist schlecht.«

»Mir auch. Weil du mir die Taschen vollhaust. Von wegen: Ich habe den Trainer aus Versehen erschossen. Das kannst du Seneca erzählen.«

»Guter Hund. Versteht alles und quatscht einen nicht voll ... Ich will auch ein Hund sein. Wauuuu!«

»Hunde sind treu und verlässlich. Das kannst du nicht sein, das weiß auch dein bester Kumpel ... Darum wird er versuchen, dich zum Schweigen zu bringen.«

»Niemals. Wir sind Partner, wie Tim und Struppi.«

»Also Tim heißt dein Freund.«

»Äh! Gregor ist doch nicht Tim ... und ich nicht Struppi.« Jonas schaute auf den Joint, den John ihm vor die Nase hielt, und nahm einen Zug. »Ich war's. Ich ganz alleine!«

»Aber er hatte die Idee, mir die Pistole zu klauen.« Der Junge schwieg. »Und dann habt ihr die Makarow mit zum Wettkampf genommen.« Er schwieg noch immer. »Du wolltest nicht allein mit dem Trainer nach Berlin zurückfahren, weil er dich schon auf der Hinfahrt angemacht hat. Er ließ dich trotzdem nicht in Ruhe, wollte auch Gregor verführen. Der hat die Pistole rausgeholt und abgedrückt ... aus Versehen.«

»Ich war's! Ich habe gesagt: Knall ihn ab!«, lallte der Junge. »Und dann hat er abgedrückt, aber vergessen, die Knarre zu entsichern ... Ich hab gebrüllt: Knall das Schwein endlich ab! Aber Gregor hat die Knarre weggeworfen und ... dabei ist sie losgegangen. Der Trainer röchelte so komisch ...«

»Und Gregor hat sich in die Hose gemacht«, fügte John hinzu, obwohl er dem Jungen nicht glaubte. »Hab seine Pisse mit deiner vergleichen lassen. Hätte die Kripo auch getan.«

In den Pupillen des Jungen leuchteten Fragezeichen. »Wieso haben Sie nicht gleich die Bullen geholt?«

Schon ziemlich bekifft stammelte John: »Weieiß auch nicht. D...deinetwegen. Aber nicht wewegen D...deinem K...kumpel.« Er war todmüde.

Mitten in der Nacht erwachte der Detektiv. Er versuchte, seinen Kopf zu heben, aber das ging nicht, er steckte in einem unsichtbaren Schraubstock. Der Stuhl gegenüber dem Küchentisch war leer, also hatte sich der Junge in Luft aufgelöst. Nach zwei Versuchen gelang es ihm, in Zeitlupe auf die Beine zu kommen und die Toilette anzupeilen. Als er die Tür aufriss und sich dabei eine Beule am Kopf zuzog, fand er den Vierzehnjährigen schlafend auf der Klobrille. Er schleppte ihn ins Bett, zog ihm die Turnschuhe aus und deckte ihn zu. Dann fiel er erschöpft aufs Sofa. Weil er fror, hielt John seinen Hund wie eine Wärmflasche vor den Bauch. Den Rest der Nacht schlief er wie ein Toter, nur nicht so selig.

16

Er fuhr wie von der Tarantel gestochen hoch und peilte die Zeiger seiner Armbanduhr an. Einer war verschwunden, der andere stand auf zwölf. Er schüttelte seine Hand, doch der Minutenzeiger kam nicht zum Vorschein. Erst dann begriff er, dass es Punkt zwölf war und er einen halben Tag verschlafen hatte. Er weckte den Jungen, der noch genauso dalag, wie er ihn abgelegt hatte.

»Ich will noch schlafen. Muss nicht mehr in die Schule.«

»Aber aufs Polizeirevier«, knurrte John. »Wir gehen zusammen.«

Jonas war im Nu putzmunter. »Wegen dem Trainer? Ohne mich!«

»Darüber reden wir noch. Erst mal wegen des Hakenkreuzes.«

»Ach so. Hätten Sie auch gleich sagen können.« Der Junge sprang wie ein Gummiball aus dem Bett, dass Seneca dachte, er wolle mit ihm spielen. John schlich wie ein geprügelter Hund ins Bad und beneidete beide für ihre motorische Überlegenheit. Ein alter Kiffer war und blieb ein alter Kiffer.

»Wo wohnt Gregor eigentlich?«, rief der Detektiv aus dem Badezimmer.

»In Pankow, am Majakowskiring.«

John gurgelte mit Mundwasser und spuckte geräuschvoll aus. »Sind seine Eltern Steuerberater oder auch beim Film?«

»Sein Dad ist Anwalt oder so was.«

Im Bad wurde es still. Wenig später trat John gekämmt und gepudert in die Küche und goss sich Kaffee ein. »Anwalt … das ist gut. Sogar sehr gut. Da kann er seinen Sohn verteidigen und dich gleich mit.«

»Geht nicht, wegen Befangenheit«, sagte Jonas. »Jedenfalls nicht im Fernsehen.«

»Diese Gerichtsshows haben mit der Realität so viel zu tun wie dieser Kaffee mit italienischer Kultur.«

»Das ist Nespresso von George Clooney«, verteidigte Jonas das Getränk.

»Den trinkt er bestimmt nicht, er macht nur Werbung dafür.«

»Meine Mutter findet Nespresso cool. Mein Vater nicht so.«

»Logisch. Frauen lieben Clooney«, sagte John und war sicher, dass sie auch Nagellack trinken würden, sobald ihr Idol dafür warb. »Ein Mann, der statt eines Hundes ein Hausschwein an der Leine führt, ist unheimlich.«

»Mir nicht«, widersprach Jonas. »Hat eben nicht jeder Schwein.«

John lachte gequält. »Könnten wir auch gebrauchen. Am besten einen ganzen Schweinestall.«

Als sie vor der Polizeiwache in der Eberswalder Straße standen, wollte John nicht mit hineingehen. Er wusste, es würde bloß wieder Ärger geben mit den Uniformierten. »Was wirst du ihnen denn sagen?«

»Die Wahrheit. Wir sollten im Unterricht Graffiti zeichnen, die wir irgendwo gesehen haben.«

»Bestimmt nicht auf die Hand einer türkischen Schülerin«, sagte John.

»Afghanisch. Zuerst hat sie das Hakenkreuz gezeichnet, ein religiöses Symbol von da, wo sie herkommt. Aber falsch herum. Drum hab ich es richtig herum auf ihre Hand gemalt. Aber einer hat gepetzt.«

John zweifelte, dass es sich so zugetragen hatte. Aber eine gute Ausrede war manchmal besser als die schlechte Wahrheit. »Erzähl das genau so. Und ruf mich an, falls sie dich dabehalten wollen.«

Jonas winkte ab und öffnete die Tür des ehemaligen Postamts. »Können sie nicht. War schon paar Mal hier wegen größerer Sachen.«

»Sei nicht so selbstsicher«, ermahnte ihn der Detektiv. »Für Hakenkreuzmalen kamen Halbwüchsige in der DDR ins Gefängnis.«

»War ja auch ein Unrechtsstaat.«

John kapitulierte. Der Junge war schlagfertiger, als er aussah.

»Und kein Wort über Samstagnacht, hörst du«, schickte der Detektiv ihm noch hinterher, bevor er sich zu Fuß in die Berliner Mitte aufmachte.

***

Ellen Gutzeit war diesmal zugeknöpft. Ihr war zu Ohren gekommen, dass John im Haus herumschnüffelte und Heimbewohner belästigte. Das könne sie nicht dulden, erklärte sie. Ihre Schützlinge hätten ein Recht darauf, in Ruhe gelassen zu werden.

»Wer hat sich denn beschwert?«, interessierte den Detektiv. Ellen wollte keine Namen nennen, meinte, das tue nichts zur Sache. Er sei schließlich kein Polizist, nur ein entfernter Verwandter der Verstorbenen, und müsse sich an die Hausordnung halten wie jeder Besucher.

»Ich habe mich ja wohl nicht der Störung der Totenruhe schuldig gemacht«, protestierte John. »Einige waren sehr lebendig und gesprächig.«

Die Heimleiterin hatte ihren Humor zu Hause gelassen oder der Rakia war ihr ausgegangen. »Wenn Sie noch Fragen haben, geben Sie sie mir. Ich entscheide dann, ob und wen ich damit belästige.«

»Ich denke, fürs Erste habe ich genug gehört.«

Die Bulgarin sah ihn verwundert an. »Haben Sie was rausbekommen? Es bleibt natürlich unter uns.«

John gab sich geheimnisvoll. Etwas, das ihm am leichtesten fiel, wenn er keine Ahnung hatte. »Kann ich die Akten von drei Bewohnern einsehen?«

»Und weshalb?«

»Sie waren mit meiner Tante näher bekannt.« Er zog einen Zettel aus der Tasche und las die Namen vor: »Willi Zabel, Marianne Horn, Edith Jacobi.«

»Ich fürchte, das darf ich nicht ohne deren Einwilligung.«

»Ich will nur sehen, ob sie beruflich mit Tante Lotti zu tun hatten. Bei der DEFA, dem DDR-Filmstudio. Könnten Sie nicht mal nachsehen in ihren Unterlagen?«

Ellen entspannte sich und öffnete den Aktenschrank.

»Übrigens, ich habe den Schmuck Ihrer Tante sichergestellt, nachdem Sie behaupteten, im Zimmer wäre etwas gestohlen worden.«

»Hab ich das?«

Sie holte eine Samtschatulle aus dem Schrank. »Ich glaube, viel wert ist der Schmuck nicht. Aber einige schöne Erinnerungsstücke sind dabei.«

John warf einen Blick auf die Klunker: Plasteschmuck made in GDR, eine Bernsteinkette, zwei Ruhla-Uhren mit Gold-Doublé-Armbändern, Zigeuner-Ohrringe – Lottis Babelsberger Requisitengeschmack. »Heben Sie's auf, falls sich noch ein Erbe meldet. Oder spenden Sie es der Volksfürsorge.« Eines hätte er fast vergessen. »Sie sagten neulich, Lotti habe fürs Internet bezahlt. In ihrem Zimmer stand kein Computer.«

»Richtig«, erinnerte sich die Heimleiterin. »Den hab ich auch in Verwahrung genommen. Ist schließlich ein Wertgegenstand, fast neu.« Sie holte einen Laptop aus dem Schrank, stellte es samt Netzteil auf den Tisch und blätterte in den Akten der drei genannten Heimbewohner. John schaltete das Gerät ein, zum Glück war es nicht mit einem Passwort gesichert. Er starrte auf die abgelegten Dateien. Es würde Stunden dauern, sie alle zu lesen, und ohne seine Nahsichtbrille konnte er nur Striche und Linien erkennen. Weil die Heimleiterin ihre Nase in die Personalakten steckte, öffnete er aus Langeweile den Ordner der Laptop-Kamera und klickte zweimal auf die letzte gespeicherte Filmsequenz. Sie zeigte Lottis Gesicht, während sie etwas in den Computer tippte. Als sie den Kopf zur Seite neigte, sah man einen Mann im Zimmer auf und ab gehen. Nach zwanzig Sekunden brach die Aufzeichnung ab. John klickte die vorletzte Sequenz an und regelte den Ton hoch. Die Qualität war schlecht, aber Lotti schien mit demselben Mann zu streiten. Plötzlich beugte sich der Mann über die alte Frau und flüsterte ihr etwas ins Ohr. Man konnte nur verstehen, was sie antwortete: »Gib dir keine Mühe. Du bekommst das Geld nicht.« Dann brach die Videosequenz ab.

»Was war das?«, wollte Ellen Gutzeit wissen.

»Irgendein Film, den meine Tante aus dem Internet heruntergeladen hat.«

»Also, hier steht nichts von DEFA oder DDR-Filmstudio.«

»Hätt' ja sein können«, sagte John und schaltete den Laptop aus.

Die Bulgarin zeigte ihr unwiderstehliches Lächeln. »Seien Sie nicht so verstockt. Ich bin auch neugierig, wer Ihre Tante ... Wir möchten um Gottes willen nicht mit einem Mörder unter einem Dach wohnen.«

»So Gott will, wohnt er nicht hier«, beruhigte der Detektiv die Frau, klemmte den Laptop unter den Arm und verabschiedete sich ohne Formalitäten.

»Gehen Sie mit mir essen, wenn Sie ihn gefasst haben.«

John reagierte, als käme ein Zug auf ihn zugerollt. Nicht panisch, nur starr vor Verwunderung. »Sehr gern. Aber es dauert sicher noch ein paar Tage.«

»Beeilen Sie sich, sonst verhungere ich bis dahin«, meinte Ellen Gutzeit mit einem Lächeln, das aus der Tiefkühltruhe kam.

***

Eine Viertelstunde nach dem Klingelzeichen erschien er vorm Schulgebäude. John hatte keine Mühe, ihn in der Gruppe Jugendlicher auszumachen, schon durch seine Körperlänge stach Gregor heraus. Wie der Namensgeber der Schule war er hochgewachsen, schmalschultrig, und er trug als Einziger eine Lennon-Nickelbrille. Zudem unterschied sein Kleiderstil sich extrem von dem der anderen Zwölftklässler. Der Junge aus dem Majakowski-Viertel in Pankow hielt scheinbar nichts von Bomberjacken, Schlabberhosen, Nike-Schuhen, trat wie ein Teenie-Popper in dunklem Anzug, weißem Hemd mit Lederschlips und spitzen Schuhen auf. Nur die vorn aufgestellte Frisur fehlte, seine gekräuselten Locken ließen sich wohl nicht mit Gel bändigen.

Nach einer minutenlangen Abschiedsorgie mit Handschlag und Küsschen, die Hälfte der Abiturienten waren weiblich, schlenderte der John Lennon vom Prenzlauer Berg Arm in Arm mit seinem Mädchen Richtung Weinbergsweg davon. John, der die ganze Zeit gegenüber im Gebüsch der Einfahrt zu den alten Werkstätten der Komischen Oper wartete und sich wie ein Spanner vorkam, folgte dem Paar mit einigem Abstand.

Es ging bergab zum Rosenthaler Platz. Die beiden blieben vorm Lokal *Gorki Park* stehen und knutschten so heftig, dass der Detektiv fast neidisch wurde. Als ihnen die Luft ausging, trennte sich das ungleiche Pärchen, die schöne Unbekannte stieg in die Straßenbahn, ihr von Gesichtsakne gezeichneter Freund verschwand in dem russischen Lokal.

John zählte sein Geld, das er seit dem Verlust seiner Brieftasche lose in der Jackentasche trug. Für ein Baltika-Bier reichte es gerade noch. Als er das *Gorki Park* betrat, grüßte er mit »Priwjet!«, wie er es im *Pasternak* am Wasserturm tat, wo er in besseren Zeiten Stammgast war. Noch immer herrschte hier kein striktes Rauchverbot, was John mit einem Lächeln nahm, da auch er sich erst am Beginn des Jakobswegs der Abgewöhnung aller Laster befand. Russisches Bier stand nicht auf der Karte, deshalb bestellte er gleich ein großes Glas und begab sich über vier Stufen aufwärts und drei Stufen abwärts in die Teestube. Sein Zielobjekt saß am Fenster des mit jungen und ewig jungen Menschen überfüllten Raumes. Der Detektiv quetschte sich zwischen einem twitternden Mädchen und einem *FAZ* lesenden Herrn auf die Bank nahe der Treppe. Da der Junge pausenlos telefonierte, betrachtete John die rustikal eingerahmten Fotos an der Wand. Sie zeigten den Dichter der *Einsamen Menschen*, Rodtschenkos Moskauer Impressionen und Filmszenen aus *Gorky Park*, dem besten westlichen Thriller über alte sowjetische Verhältnisse. In Lottis DVD-Sammlung dürfte das frostige Meisterwerk kaum fehlen.

Als John sein Bier zur Hälfte getrunken hatte, beendete sein Zielobjekt die Telefonkonferenz und verließ die Teestube. Da er nicht bezahlte und sein Teeglas noch halb voll war, hoffte John, dass der Junge für kleine Mädchen ging, wie der Berliner sagt. Er folgte ihm in den Keller, wartete aber im Vorraum, um nicht neben ihm pinkeln zu müssen. In Gesellschaft konnte er, so er nicht ganz nötig musste, kein Wasser lassen, und würde wie ein alter Sack dastehen, der sich an offenen Hosenställen ergötzt. Oder als Zielfahnder, der seine Tarnung vermasselt hat. Zum Glück plagte ihn der Urinstau, denn aus der Toilette traten Gregor und ein Jugendlicher, den John bis dahin nicht bemerkt hatte.

Der Detektiv zog am Fach des Zigarettenautomaten, doch es ging nicht auf.

»Da müssen Sie schon Geld reinstecken«, sagte der Lennon-Schüler. »Drogen gibt es hier nicht umsonst.«

»Wollte eh damit aufhören«, antwortete John und verschwand für Männer.

Plötzlich begriff er, weshalb die beiden zusammen auf dem Klo gewesen waren. Nicht, um sich beim Pinkeln zuzusehen, es ging ums Geschäft mit Pillen, Pott oder sonstigen Muntermachern. Doch er war seinem Zielobjekt nicht in den *Gorki Park* gefolgt, um ihn als Dealer zu überführen, er wollte nur seinen Urin.

Da er nicht wusste, ob Gregor oder nur der andere sein Wasser in einem der Becken gelassen hatte, blieb ihm nichts anderes übrig, als alles Gelbflüssige einzusammeln. Ein Becken schien unbenutzt, das zweite war mit einem Zettel »Bitte nicht benutzten!« überklebt. Das dritte war benutzt. Weil Kippen den Abfluss verstopften, war noch genügend Flüssigkeit vorhanden. Wenn beide in dasselbe Becken gepinkelt hatten, bekam Professor Straub ein Problem: Er musste aus der vermischten Urinprobe jene pH-, Protein-, Glucose-, Bilirubin-Werte Gregor Allisters bestimmen und hoffen, dass sie identisch waren mit den Harnspuren vom Rücksitz des Jaguar. Über die gerichtsrelevante Verwertbarkeit der Analyse wollte John jetzt nicht nachdenken, jeden Moment konnte ein Gast ihn überraschen und peinliche Fragen stellen. Schnell füllte er den Urin ab, trocknete das Reagenzglas mit Toilettenpapier und machte sich wieder auf nach oben, um in Ruhe sein Baltika auszutrinken.

Der Junge saß noch immer am Fenster, nippte zufrieden an seinem russischen Tee mit Kirschfrucht und Honig. Am liebsten hätte John ihn zur Rede gestellt, doch er bezweifelte, dass er etwas aus ihm herausbekommen würde. Gregor Allister war aus der Pubertät heraus, hatte mehr Verstand als Jonas Schöndorfer und mehr Stil. Zwar kleidete er sich wie John Lennon, aber bestimmt sang er nicht *I'm a loser* auf dem Klo, höchstens *Everybody's got something to hide* zu Hause vorm Spiegel.

John zahlte, verließ das Lokal und ging zum U-Bahnhof Rosenthaler Platz, um nach nach Moabit zu fahren. An der Ecke war einst das Lokal *Aschinger*, in dem der einarmige Bandit Franz Biberkopf mit seiner Mieze zu Mittag aß. John fiel die Passage aus dem Roman *Berlin, Alexanderplatz* ein, in der es heißt: »Die Hauptsache am Menschen sind seine Augen und seine Füße. Man muss die Welt sehen können und zu ihr hingehen.« Ein Detektiv brauchte zudem einen guten Riecher und ein leeres Reagenzglas. Denn der Urin eines Verdächtigen war wie sein Personalausweis, verriet mehr, als Augen sahen und Füße ertasteten. Mit Gregor Allisters chemischem Ausweis und Professor Straubs Laboranalyse würde er beweisen, dass Jonas Schöndorfer gelogen hatte. Musste es beweisen, weil zu viel davon abhing. Deshalb umklammerte John das Glas in seiner Manteltasche, als enthielte es Nitroglyzerin, und sah sich vor, dass niemand ihn in der U-Bahn anrempelte.

***

Sie lief in ihrem Zimmer hin und her, schweigsam und feindselig wie ein verwundetes Tier. In ihrer Jugend nannte man sie »die Hyäne«, gefährlich-schön, wie sie damals war. Jetzt fielen ihr die Zähne aus und ihr Rücken krümmte sich unter der Last der Vergangenheit, die sie glaubte, längst abgeschüttelt zu haben. Doch dann stieß diese Person zur Kartenrunde, stellte Fragen wegen ihres Namens, den sie aus alten Akten zu einem Film kannte. Wenn man jung ist und das Leben noch vor sich hat, ist der Name nur zwei Wörter ohne Inhalt, am Ende füllt er Berge von Ordnern, die in Archiven vergilben. Ihr Name gehörte zu einem längst abgeschlossenen Vorgang der Geschichte, doch die Person liebte es, darin zu wühlen wie ein Schwein im Dreck. Von Gerechtigkeit und Wiedergutmachung sprach sie, nicht von Reue, und meinte, mit Geld sei einiges aufzuwiegen. Der Weg zum Guten war schlimmer als das Böse. Weil dabei aus Opfern Täter werden und die Summe alles Bösen in der Welt stets gleich bleibt. Sie hatte, wie alle Seniorenheimer, das Recht auf einen geruhsamen Lebensabend, zahlte dafür mehr Geld, als ihre Rente hergab. Doch eine Jüdin brachte so viel Unruhe ins Haus wie zehn Nazis in der Nachbarschaft.

Weil ihre Beine von Krampfadern schmerzten, setzte sie sich vor den Bildschirm, drückte auf die Play-Taste des DVD-Geräts und schaute weiter den Film an, der von Kafkas Freundin Milena in Ravensbrück handelte und von Mitarbeiterinnen in Himmlers Wachverein. Sie war, wie man auf einem Gruppenbild sehen konnte, die mit Abstand hübscheste Aufseherin im Lager und scheu wie das Tier, dem sie ihren Namen »Hyäne« verdankte. Keine der als Kriminelle, Politische und Rassefremde Inhaftierten konnte sich bei ihr über schlechte Behandlung beschweren, im Gegenteil. Die

Tschechin mit dem Spitznamen »Köllnisch Wasser«, wegen der Häftlingsnummer 4711 und weil sie immer gut roch, schrieb in einem Brief, »die Hyäne« habe ihr gegenüber geäußert, sie wäre lieber Journalistin geworden, aber Reichsfrauen müssten nun einmal ihren Mann stehen bis zum Endsieg.

Die Frau vorm Fernseher konnte sich nicht erinnern, so etwas gesagt zu haben. Dennoch konnte sie kaum leugnen, jene Aufseherin zu sein, deren Kennkarte im Film deutlich zu lesen war. Nicht der Name Horn und das Foto, das kaum Ähnlichkeit mit ihr heute hatte, verrieten sie, aber ihr Geburtsdatum und -ort. Es war die deutsche Gründlichkeit, alles zu archivieren und ewig aufzuheben, die sie nun ausbaden musste. Sonst wäre die Person nie auf sie gekommen.

Es klopfte an der Tür. Marianne schaltete die Geräte aus, bevor sie »Herein!« rief.

»Ich hoffe, ich störe nicht«, sagte Edith Jacobi und trat näher.

»Wobei solltest du stören? Ich kann tagsüber nicht schlafen. Konnte ich schon im Kindergarten nicht.«

»Dann lass uns ein Gläschen trinken. Alt genug sind wir schließlich schon.« Edith stellte eine Flasche Rotkäppchen-Sekt auf den Tisch und holte zwei Gläser aus dem Schrank.

»Du hast doch nicht etwa Geburtstag?«, fragte Marianne erstaunt.

»Das wäre kein Grund zum Feiern.« Edith wickelte den Draht ab, zog den Korken behutsam aus der Flasche, dass sie nicht übersprudelte. »Ich möchte mit dir reden. Ich habe das Gefühl, dass du mich hasst.«

Marianne schaute sie misstrauisch an. »Wieso ich? Du hackst dauernd auf mir herum, nicht ich auf dir.«

»Ich weiß. Es tut mir leid.« Edith goss mit Schwung ein und machte Flecken auf der geblümten Tischdecke. »Auch das tut mir leid.«

»Ist ja gut! Du musst dich nicht für alles entschuldigen.« Sie stießen die Gläser aneinander. »Prost!«

»Prost!« Der Sekt sprudelte Edith über die Bluse. Erst jetzt bemerkte Marianne Horn, dass die Chemikerin zitterte als hätte sie Parkinson.

»Weißt du, mit dem Hass ist es wie mit der Liebe«, sagte Marianne. »Man gibt immer mehr, als da ist. Bekommen wir nicht genug Liebe, dann hassen wir und werden böse, weil man so erst recht nicht geliebt wird. Alles nur verletzte Eitelkeit.«

»Hass kann mit Worten gelernt werden, Liebe muss man selbsttätig erfahren.« Edith goss sich noch einmal ein. Ihr Blick fiel auf die DVD-Hülle, die oben auf dem Fernseher lag. »*Milena Jesenská – Letzte Adresse: KZ Ravensbrück* … Was du dir so anschaust.«

»Ich kann so was nicht sehen. Es regt mich zu sehr auf«, beteuerte Marianne. Sie hielt ihr leeres Glas fest. Auch ihre Hand zitterte, während Edith den Hüllentext las. »Willi wollte den Film sehen. Sein Gerät ist kaputt.«

»Klingt interessant … Muss ich mir bei Gelegenheit ausborgen.«

Marianne hielt ihr Glas hoch. »Deshalb bist du ja wohl nicht hier.«

»Stimmt«, seufzte Edith und goss ihr Sekt nach. »Ich mache mir Sorgen um Heinrich. Ich weiß, du kannst ihn nicht leiden …«

»Das bildest du dir ein.«

Edith kicherte leicht beschwippst.

»Er ist eben nicht wie Willi, harmlos und berechenbar. Ich fürchte, dass er Dummheiten macht. Doch, doch, ich weiß, du magst ihn nicht.«

Marianne spülte ihre Wut mit Sekt hinunter. »Unsinn. Glaub mir, ich finde ihn unheimlich nett … deinen neuen Verehrer.«

Edith schnappte nach Luft. »Was willst du damit sagen… dass ich hinter den Männern her bin?«

Marianne nippte peinlich berührt an ihrem Glas. »Geht mich nichts an. Hab genug eigene Probleme.«

»Wir können uns doch alles sagen«, fand Edith. »Nur zu!«

Marianne hatte keinerlei Bedürfnis, Edith von ihrem Kummer zu erzählen. Lieber redete sie über Piontek. »Heinrich ist nur ein bisschen durcheinander im Kopf, wie Willi. Männer sind so kindisch.«

»Wie recht du hast«, sagte Edith. »Deshalb müssen wir dauernd auf sie aufpassen.«

»Tun wir doch gern«, sagte Marianne und hielt Edith ihr leeres Glas hin.

***

»Auf den Frühling und die Frauen!«, rief Heinrich und hob sein Schnapsglas.

»Auf die Frauen und unseren dritten Frühling!«, lachte Willi.

Beide Männer kippten den Jägermeister wie bittere Medizin hinunter und verzogen das Gesicht. Am asiatischen Imbissstand unweit des Rosenthaler Platzes waren sie am Nachmittag nicht die einzigen alten Männer, aber die nüchternsten.

»Ich mache mir Sorgen um Marianne«, sagte Heinrich. »Hat sie Probleme?«

Willi schob seinen Rollstuhl näher an den Tresen und bestellte noch zwei Kräuterschnäpse. »Sag bloß, Edith hat keine. Sie wäre die einzige Frau, die keine Probleme hat mit sich und der Welt.«

Heinrich reichte Willi das Glas und trank seins ohne Trinkspruch aus. »Nur mit mir. Dauernd will sie wissen, wo ich war, was ich denke …«

»Weil sie selber keine Probleme hat und sich langweilt.«

»Ich geh mit ihr schwimmen, ins Museum, demnächst ins Konzert. André Rieu. Findet sie prima, ich nicht, mag kein Geigengefidel, höchstens Blasmusik. Das findet sie völlig unakzeptabel ... nie ist sie zufrieden.«

»Trotzdem. Edith ist eine tolle Frau, gebildet und vornehm«, fand Willi. »Marianne ist manchmal so ... grob. Nein, nicht grob, außer sich. Dann wirft sie Sachen nach mir oder tritt gegen meinen Rollstuhl ... als wenn der dran schuld ist.«

»Das darfst du nicht denken«, beruhigte ihn Piontek, ahnte aber, dass es doch am Rollstuhl liegen könnte. »Ist sie noch scharf auf ... na, du weißt schon.«

Willi wusste, wovon er sprach, wollte aber nicht darüber reden.

»Ich meine, funktioniert es bei dir noch?«

»Alles paletti bei mir, Herr Doktor«, flüsterte der Zirkusartist. »Marianne will nicht mehr. Sie meint, sie sei zu alt für so was.«

»Dafür ist man nie zu alt«, prahlte Heinrich. »Dank Viagra und Jägermeister. Noch einen?«

Willi hatte genug. Er wollte nicht mit Schlagseite nach Hause kommen. Marianne vertrug keinen Alkohol und würde wieder grob werden, wenn er zu lustig war. »Dabei liegt es mir im Blut, bin nun mal eine Frohnatur ... Hat ja keinen Sinn, zu jammern. Was nützt es, laufen zu können, wenn man sich im Stehen einpinkelt oder nicht mehr allein trinken kann.«

»Genau! Deshalb nehmen wir noch zwei Schnäpsgen. Ich zahle.«

Willi kapitulierte, wollte aber nicht, dass Heinrich ihn nachher durch den Park schob, sondern den Weinbergweg hinauf.

»Ist auch kürzer«, fand Piontek. »Außerdem liegt dort kein Schnee mehr.«

»Aber Matsch und Taubendreck«, sagte Willi und trank angewidert seinen dritten Jägermeister.

***

»In der DDR gab's das nicht«, behauptete Edith. »Entweder man bekam Kinder oder man trieb sie ab. Heute wird alles im Voraus geplant und geprobt wie die Reise zum Mond. Ohne Ratgeberbücher können sich diese Ökospießer gar nicht mehr fortpflanzen. Könnte ja schädlich sein für die Gesundheit und die Umwelt. Als ob Schwangersein eine Krankheit ist.«

»Ihr hattet die dritthöchste Geburtensterblichkeit in Europa und eure Umwelt war zerstört«, wusste Marianne. »Außerdem, hast du überhaupt Kinder?«

Edith schnalzte mit der Zunge. »Einen Sohn. Der ging mir so auf die Nerven, dass ich ihn nach der Scheidung bei seinem Vater gelassen habe.«

»Schenk ein, du Rabenmutter! Ich will mich heute betrinken.«

Edith goss die letzten Tropfen des Schampus in Mariannes Glas. »Wahrscheinlich machen die es heute nur einmal im Monat. Oder zahlen gleich für In-Vitro, weil es ihnen zu anstrengend ist.«

»Ist es ja auch. Oder macht es dir noch Spaß?«

Edith wollte Marianne nicht verletzen und zählte andere Dinge auf, die ihr ebenso Vergnügen bereiteten: schwimmen, ins Museum gehen, Musik von André Rieu. Lauter Dinge, die Marianne auch gern tun würde, aber nicht konnte, weil Willi sich nur für Fußball und Kartenspiel interessierte.

»Sonst nichts?«, fragte Edith hinterhältig.

»Na ja, er nimmt Medikamente, irgendwelche Tropfen gegen seine Rückenschmerzen und wird dann immer so euphorisch. Das ist oft nicht zum Aushalten.«

»Ich dachte, er ist von Natur gut drauf.«

»Nein, wegen der Tropfen. Er sagt, die könnten ein Pferd umhauen, wenn man zu viel davon nimmt.«

»Hauptsache, ihr seid glücklich«, sagte Edith. »Nicht wie die Frohwein. Sie war arm dran, hat Tag und Nacht Filme geguckt, weil sie niemanden an sich rangelassen hat.«

»Wir waren ihr nicht gut genug. Juden halten sich eben für was Besseres.«

»Marianne! Was sind denn das für Töne?«

»Ich meine ja nur«, sagte die, rutschte von ihrem Sessel und öffnete das Fenster zum Balkon, um frische Luft zu schnappen. »Im Sterben sind wir alle gleich. Hässlich und jämmerlich.«

»Die Frohwein hatte einen schönen Tod«, fand Edith. »Ohne Schmerzen, ohne endloses Siechtum. Sie hat es hinter sich, wir noch vor uns.«

»Woher willst du wissen, dass sie einen schönen Tod hatte?«, wunderte sich Marianne.

»Ich kann's mir vorstellen.« Edith schwieg. »Ist schon lange her, da musste ich Experimente mit Mäusen machen, denen man flüssigen Stickstoff injizierte, um die Haltbarkeit der Zellen zu erforschen.«

»Das hat Mengele in Auschwitz auch getan ... Ich will jedenfalls nicht so enden.«

Edith sah das anders. Ein schöner Tod, wenn man sie in hundert Jahren wieder auftauen könnte. Dann hätte entweder der Kommunismus gesiegt oder radioaktiv resistente Ameisen beherrschten die Erde.

***

Als die Postfrau ihm das Päckchen aushändigte, hielt er es zunächst für einen Irrtum. Auch nach dem Öffnen der Amazon-Sendung schien er nicht neugierig auf den Inhalt der

DVD, warf sie auf die Ablage für unerledigte Dinge und schaltete Lottis Laptop ein. Er war es gewohnt, sein Interesse an Personen und Gegenständen rasch zu wechseln, weniger aus einer Laune heraus als aus ermittlungstaktischen Gründen. Die Videobilder des Rechners boten eine völlig neue Sicht auf Lottis Tod. Sie waren heimlich von Lotti aufgezeichnet worden und dokumentierten womöglich das Motiv des Täters. Hatte sie ihr Ende vorausgeahnt und befürchtet, John würde sie nicht beschützen? Ihre Schuld, warum hatte sie ihn nie ernst genommen, gar für einen Versager gehalten? Aus gekränkter Eitelkeit, vor allem der Wahrheit zuliebe, musste er seiner Tante postum beweisen, dass er zumindest beruflich kein Versager war.

John verkabelte den Laptop mit den Lautsprechern seines Computers und spielte die Videosequenzen aus Lottis Zimmer ab. Auf der drittletzen war die Stimme des Mannes im Hintergrund zu hören. Er sagte: »Ich brauche mein Erbteil sofort, nicht erst in zwanzig Jahren.« Sie erwiderte: »Solange lebe ich nicht« und wollte wissen, wozu er das Geld brauchte. Weil der Mann im Zimmer hin und her lief, ging seine Begründung im Geklapper der Tastatur unter. Dann kam Lottis Antwort auf der vorletzten Sequenz: »Gib dir keine Mühe. Du bekommst das Geld nicht.«

John ließ die Sequenzen noch einmal in Zeitlupe laufen. An einer Stelle hielt er das Bild an und bearbeitete es, weil es unscharf war und zu viel Kontrast aufwies. Nach ein paar Klicks im Verbesserungsmodus konnte er zwar das Gesicht des Mannes erkennen, wusste aber immer noch nicht, wer er war. Lotti hatte keine Kinder und Lea, ihre nächste Verwandte, lag seit Jahren auf dem Friedhof. Wer sollte also das Frohweinsche Vermögen erben? Ein Mann um die sechzig in Motorradjacke behauptete, ihm stehe das Geld ohnehin zu – Hubert Bieler, der Adoptivsohn von Lottis Pflegeeltern?

Der Detektiv durchsuchte die Ordner von Lottis Computer. In einem hatte sie alle Rechnungen, die sie online beglich, mit Datum und Verwendungszweck abgelegt. Im letzten Jahr hatte sie die Pacht der Grabstelle des Ehepaares Bieler für die nächsten zwanzig Jahre bezahlt. Offenbar betrachtete sie die Bieler-Kinder als ihre erbberechtigte Familie. Lotti Frohwein war eine Frau mit moralischen Prinzipien. »Ethik ist ins Grenzenlose erweiterte Verantwortung gegen alles, was lebt«, schrieb der Theologe Albert Schweitzer. In dieser Grenzenlosigkeit hatte Lotti sich zu Lebzeiten offenbar verirrt und nicht oder zu spät gesehen, welche Gefahr ihr aus der eigenen Familie drohte.

Die Schuld daran gab John ihrer grenzenlosen Liebe zum Kino. Er glaubte, dass die Expertin für Zwischentöne und Schnittfehler das Opfer ihres Vertrauens in stereotype Kinocharaktere geworden war, die meist nur gut oder böse, mutig oder feige, als Held oder Versager in Erscheinung traten. Lotti hatte an diese Wahrheit geglaubt, an das Gute im Menschen, und die Gefahr in ihrer Nähe nicht erkannt. Oder sie erkannt, aber nicht geglaubt, dass Geld die Menschen zum Äußersten treibt. Halbbruder Bieler, der Rosenkavalier auf dem Feuerstuhl, wollte seinen Erbteil vorzeitig genießen und hatte deshalb womöglich das Leben der Frau, die ihn aus Dankbarkeit zu seinen Eltern nach ihrem Tod reich beschenken wollte, beendet. Doch John konnte ihm den Mord nicht nachweisen. Er holte den schwarzen Kugelkopf aus der Tasche und wünschte, das im Park neben Lottis Leiche gefundene Maschinenteil würde zu Bielers Harley-Davidson passen. Manchmal half ja das Wünschen noch, auch wenn der Detektiv es nicht strapazieren wollte.

John sah auf die Uhr. Zeit, sich um die Jugend zu kümmern und seinen Kaschmirmantel aus der Reinigung zu holen. Ohne ihn konnte er unmöglich mit Ellen Gutzeit essen gehen und seinen letzten Tango tanzen. Bevor er die

Gefängniskost in Moabit kennenlernte, musste er auch noch Lorenz Straub ins *Aromi i Sapori* einladen. Vielleicht würden sie beide diesmal den Mut haben, Cox Habbema anzusprechen.

Beim Verlassen des Büros vergaß er beinahe die DVD. Lotti zuliebe wollte er sie am Abend ansehen. Und aus Trotz gegen das öde Fernsehprogramm.

17

Ein Tag, der mit einer Beerdigung beginnt, ist wie ein Film, der mit einem Erdbeben anfängt, dachte John. Was für erschütternde Erfahrungen kann so ein Tag noch bieten? Immerhin fand Charlotte Frohweins Beerdigung am frühen Nachmittag statt und der Himmel trug nicht Trauer, auch wenn die Sonne frühjahrsmüde durch die Wolken blinzelte. Umso munterer zwitscherten die Vögel am Prenzlauer Berg, der Straße zwischen Prenzlauer Allee und Greifswalder Straße. Froh, dass Jonas nur verwarnt worden war und die Polizei den toten Trainer nicht erwähnt hatte, summte der Detektiv den Käfer-Song *Eleanor Rigby* über eine einsame Frau, zu deren Beerdigung außer Father McKenzie niemand erscheint.

Zu Lottis letztem Gang über den St. Marien-Friedhof waren mehr Leute gekommen als er erwartet hatte. Weil die Trauerhalle bis auf den letzten Platz gefüllt war, blieb John draußen und rauchte seine erste und letzte Zigarette für heute, Lotti zu Ehren. Obwohl er es gewohnt war, mit Toten zu reden, wenn er sich unbeobachtet wähnte, am Grab seiner Frau Lea tat er es sogar laut, biss er sich auf die Lippen. Was sollte er seiner Tante auch sagen? Dass er ihren Mörder noch nicht dingfest machen konnte, aber kurz davor war? Sie würde es fertigbringen, ihm aus der Urne zu antworten und an seinen Fähigkeiten zu zweifeln. Kritik von anderen ertrug er schon immer schlecht, er war schließlich selbst sein schärfster Kritiker. Am Morgen hatte er deshalb die doppelte Dosis Citalopram geschluckt, um nicht wie ein geprügelter Hund dazustehen, wenn er seine Rose ins Grab warf.

Während er vom Friedhof aufs Haus der Demokratie vis-à-vis starrte und sinnierte, wie symbolträchtig beide Orte doch beieinander lagen, wurde er von der glitzernden Harley-Davison geblendet, die auf dem Bürgersteig stand. Im Vorbeigehen hatte er das Motorrad glatt übersehen, jetzt erkannte John es sofort. Bei seinem letzten Besuch bei Lotti war ein Mann damit vom Hof getuckert. Herbert Bieler, der motorisierte Rosenkavalier, wie der Detektiv inzwischen wusste.

Er schnippste die Zigarette in hohem Bogen durchs Friedhofsgitter und war trotz seiner Leibesfülle fast so schnell an der Harley-Davidson wie die Kippe. Viel Ahnung hatte er nicht von Motorrädern, aber einen Blick fürs Detail. So brauchte er nur zweimal um die Dyna Super-Glide herumzugehen, um sicher zu sein, dass der schwarze Kugelkopf in seiner Hosentasche weder als Funktionsteil noch Zierrat dieses Modells abhandengekommen war. Hier schien alles fest verschraubt und verschweißt, auch die Teile, die zu nichts als Angeberei gut waren. Wie gern hätte der Detektiv ein Gewinde gefunden, auf das der Kugelkopf passte. Dann könnte er erhobenen Hauptes vor Lottis Grab treten, ihr mit der Handvoll Sand die Nachricht hinterherwerfen, dass ihr Adoptivbruder Hubert Bieler sie im Park erfrieren ließ, um sich beizeiten an seinem Erbteil zu wärmen.

Enttäuscht kehrte John in dem Moment zur Trauerhalle zurück, als der Leichenbestatter die Urne mit ausgestreckten Händen heraustrug. Ihm folgten als nächste Verwandte Jenny und Hubert Bieler, dann zwei Männer mit Kippa,

Vertreter der Jüdischen Gemeinde, danach ehemalige Kollegen der Synchronschnittmeisterin aus Babelsberg mit einem Kranz mit Schleife, auf der DEFA stand, und einige Bewohner des Heims am Weinbergsweg. Schon von Weitem roch John den Rakia, den Ellen Gutzeit vor der Beisetzung gekostet hatte.

»Wo waren Sie denn?«, fragte die Bulgarin. »Der Regisseur Roland Gräf hat eine sehr schöne Rede gehalten. Ich wusste nicht, dass die Verstorbene eine so wichtige Person bei der UFA war.«

»DEFA. So alt war Lotti nun auch nicht. Als Jüdin hätte sie bei der UFA keine lange Karriere gehabt.«

»Jedenfalls ist es traurig, wenn man das Wichtigste über einen Menschen erst nach seinem Tod erfährt.«

»Wem sagen Sie das«, sagte John und schritt neben Ellen hinter der Urne her, hatte aber nur Augen für die Bulgarin. »Sie sehen umwerfend aus.«

»Sie auch. Sogar Ihre Krawatte ist annehmbar.«

»Man soll die Geschmacklosigkeit des Todes nicht durch gewagte Kleidung unterstreichen«, fand John.

»So wie der Bruder. Kommt in Motorradjacke und Helm.«

»Er ist so wenig Lottis Bruder wie sie meine Tante war.«

Ellen blieb stehen und lief an wie ein Feuermelder. »Sie verdammter Lügner! Sie haben mich die ganze Zeit an der Nase herumgeführt.«

»Würde ich mich nie trauen«, beteuerte John. »Für mich ist und bleibt sie Tante Lotti, auch wenn sie nur die Tante meiner Frau war.«

»Dann sind Sie weder verwandt noch erbberechtigt.«

»Kommt darauf an, was im Testament steht. Aber vielleicht hat sie auch alles dem Heim vermacht.«

Ellen überhörte die Bemerkung und zog ihn am Arm mit sich. Es ging jedoch nicht weiter, weil die Trauerprozession plötzlich zum Stehen kam.

»Ihr Zimmer betreten Sie jedenfalls nicht mehr. Und den Laptop bringen Sie bitte auch so schnell wie möglich zurück.«

»Zu Befehl! Bleibt es bei dem Essen, wenn ich den Mörder überführt habe?«

Vorn am Grab hielt der Bestatter eine kurze Ansprache. »Aus Staub wurdest du gemacht, zu Staub sollst du werden. Ruhe in Frieden!«

Der Mann ließ die Urne in ein Netz gleiten und beides versehentlich ins Loch plumpsen. John konnte kaum mehr an sich halten und hätte am liebsten laut losgelacht, doch die Bulgarin rammte einen spitzen Absatz ins Oberleder seines Schuhs, dass er jaulte.

Weil Jammern ebenso ansteckt wie Lachen, ließen einige Senioren ihrer Trauer freien Lauf und heulten hemmungslos. Edith Jacobi nicht. Sie wusste sich zu beherrschen oder ahnte, dass die Tränen weniger Lotti Frohwein galten als der Trauer um die eigene Vergänglichkeit. Auch Heinrich Piontek zeigte keine Betroffenheit, er kannte die Verstorbene ja nur vorm Hörensagen. Willi Zabel dagegen liefen Tränen übers Gesicht, als er eine Schaufel Erde ins Loch warf.

John hatte nur Augen für seinen Rollstuhl, wollte sich vordrängeln und ihn näher betrachten, doch Edith Jacobi, die Zabel schob, verstellte ihm die Sicht. Sie schien betroffen, doch eher zornig als in Trauer, als sie Abschied von ihrer Mitbewohnerin nahm.

John machte es kurz, weil er noch nicht fertig war mit Lotti, ihr den Mörder schuldig war. Ein jüdischer Spruch fiel ihm nicht ein, darum gab er wortlos dem Vertreter der Israelischen Botschaft die Hand.

»Sie sind doch John Klein, der Detektiv, der mit viel Chuzpe den Golem vom Prenzlauer Berg zur Strecke gebracht hat.«

»Erinnern Sie mich bloß nicht daran«, reagierte er peinlich berührt.

Der Israeli lächelte schmallippig. »Werden wir wieder Ärger bekommen wegen Ihrer außerordentlichen Fähigkeiten?«

»Wegen Lotti? Meines Wissens starb sie auf natürliche, wenn auch ungewöhnliche Weise.«

»Hat eine Jüdin, die den Holocaust überlebte, nicht Anrecht auf einen gewöhnlichen Tod?«

»Das sollten Sie den da oben fragen«, antwortete John diplomatisch. »Mit ihm hatte die Verstorbene, soweit ich weiß, nicht viel im Sinn.«

»Bedauerlich, denn sie hat die Bat-Mizwa abgelegt. Masltov!«

»Tov-tov!«, murmelte John und sah sich nach dem Rollstuhl um, den Edith Jacobi gerade zum Ausgang schob.

»Begleiten Sie mich ins Büro«, entschied Ellen Gutzeit und hielt ihn fest, als er sich in entgegengesetzte Richtung vom Gottesacker machen wollte.

»Ich dachte, Sie hätten mir Hausverbot erteilt.«

»Sie sollen nicht denken, nur mit mir einen Rakia auf Lotti Frohwein trinken.«

»Wir haben doch schon mehr als einen gekippt«, erinnerte sich John. Sie hakte sich bei ihm unter und zog ihn wie einen störrischen Esel mit. »Nicht so schnell. Ich bin nicht mehr der Jüngste.«

»Sie komischer Mann. Haben Sie etwa Angst vor Frauen?«

»Nur vor Bulgarinnen. *Kratschmata e w teb.*«

»Den Letzten beißen die Hunde«, zitierte Ellen Gutzeit die freie Übersetzung des Sprichwortes, die John ihr bei ihrem ersten Trinkgelage genannt hatte.

»Entschuldigen Sie mich, ich muss ein paar Worte mit jemandem reden«, sagte John und sah sich nach den Bieler-Geschwistern um. Sie hatten sich schon ein gutes Stück von der Trauergemeinde entfernt und gingen eilig davon.

Ellen Gutzeit ließ ihn ungern los. »Aber laufen Sie nicht weg. Ich warte am Ausgang auf Sie.«

Auf dem Hauptweg holte er das Geschwisterpaar ein.

»Bitte warten Sie!«, rief John und rang nach Luft. Die beiden drehten sich um, blieben aber nicht stehen. »Ich bin ein Verwandter von Lotti. Wir kennen uns nicht.« Die Frau schien ihn zu ignorieren, doch der Mann wartete, bis er sie erreicht hatte. Ein merkwürdiges Paar, dachte John und stellte sich vor.

»Soweit uns bekannt, hat Lotti keine Verwandtschaft mehr«, sagte Hubert Bieler und wollte sich davonstehlen.

»Stimmt. Außer Lea Bloch, meine verstorbene Frau.«

»Dann sind Sie nicht rechtmäßig mit ihr verwandt«, erklärte Bieler freundlich, aber bestimmt.

»Keine Sorge. Lottis Vermögen brauchen Sie nicht mit mir zu teilen, nur die Erinnerung an sie.«

Jenny Bieler sah ihren Bruder mit großen Augen an, bewegte ihre Lippen und sprach mit den Händen. Er antwortete ihr in der Gebärdensprache und schickte sie mit einer unwirschen Handbewegung zum Ausgang.

»Meine Schwester ist taubstumm, von Geburt an.«

»Tut mir leid«, erwiderte John verlegen. »Ich wollte auch nur mit Ihnen sprechen.«

»Wegen des Vermögens, nehme ich an. Hat Lotti Ihnen von mir erzählt?«

John wiegte den Kopf. »Über schlechte Erfahrungen sprach sie nur ungern. Über Geld schon gar nicht, wie Sie wohl wissen.« Bieler tat so, als wisse er von nichts. »Lotti war Tonschnittmeisterin, fand aber, dass Bilder mehr als Worte sagen. Sie bleiben im Gedächtnis, haben mehr Beweiskraft als Töne …«

»Wieso erzählen Sie mir das? Ich bin ja nicht blind.«

»Dann sollten Sie sich ansehen, was Lotti mit der Kamera ihres Laptops aufgenommen hat, als sie das letzte Mal bei ihr waren. Der Laptop ist in meinem Büro. Steht Ihnen natürlich zu als Erbmasse.«

Bielers Gesicht lief rot an. »Sie haben ihn aus dem Zimmer gestohlen.« Er glaubte zu wissen, warum, und wurde fahrig. »Sie wollen mich doch nicht erpressen?«

»Aus welchem Grund? Die Polizei sagt, Lotti ist durch Unachtsamkeit erfroren. Die Leiche wurde ohne Obduktion eingeäschert. Sie war ja nur eine unbedeutende alte Frau ohne großes Privatvermögen.«

Bieler verstand, worauf er hinaus wollte. »Denken Sie etwa, ich hätte sie …?«

»Man könnte es fast denken, wenn man das Video sieht«, sagte John. Bieler zeigte keine Reaktion. »Sie brauchten Geld und Lotti wollte es Ihnen nicht geben. Jetzt bekommen Sie es ja.«

»Ich hab die Nerven verloren«, stotterte der Mann. »Ich brauchte das Geld, nur geborgt. Nicht für mich … Jenny wollte unbedingt auf den Mount Everest … Haben noch nicht viel Taubstumme gemacht. Ich war mal auf dem Kailash, bin fast erfroren … Ein Scheißgefühl.«

John sah ihn an, als wäre er der Yeti, und ahnte, dass er die falsche Fährte verfolgte. »Man sagt, es sei ein schöner Tod. Man schläft einfach ein.«

»Von wegen, es ist die Hölle«, versicherte Bieler. »So was hat Lotti nicht verdient. Sie war für uns nicht nur Halbschwester, auch Mutter und Vater, nachdem die Adoptiveltern gestorben sind.«

»Das haben Sie schön gesagt«, fand John und verbarg seine Enttäuschung. »Nur ist Lotti nicht einfach erfroren. Jemand hat ihr ein Betäubungsmittel in den Kaffee geschüttet.«

»Woher wissen Sie das, wenn sie nicht obduziert wurde?«

»Das war gelogen«, gab John zu. »Ich habe eine Obduktion veranlasst. War früher mal bei der Kripo, jetzt Privatdetektiv.«

Hubert Bieler wurde blass. »Kann das Laptop-Video gegen mich verwendet werden?«

»Sicher. Wenn es eine polizeiliche Ermittlung gibt.« John schaute auf die Uhr, er wollte Ellen Gutzeit nicht zu lange warten lassen. »Aber ich muss den Täter allein finden. Das bin ich Lotti schuldig.«

»Ich helfe Ihnen, wenn ich kann. Wenn Sie den Mörder finden, erhalten Sie eine Belohnung von uns.« Der Detektiv winkte ab. »Der Mistkerl darf nicht davonkommen ... Oder ist es eine Frau?«

John hob die Schultern. »Ich vermute, jemand aus dem Heim.« Er zog den Kugelkopf aus seiner Tasche und reichte ihn dem Motorradfahrer. »Von welchem Gefährt könnte das Ding sein?«

Bieler hielt den Kugelkopf wie einen faulen Apfel in der offenen Hand. »Ich würde sagen, er gehört zu einem medizinischen Gerät. Hier steht B & B drauf.«

John riss ihm das Corpus Delicti aus der Hand und setzte seine Lesebrille auf. In die Metallfassung des Innengewindes war tatsächlich B & B eingestanzt. Dass er es übersehen hatte, war ihm peinlich.

»Vielleicht hilft es Ihnen weiter.« Bieler gab ihm seine Visitenkarte. »Rufen Sie mich an, wenn Sie mich brauchen. Ich war oft genug in dem Altersheim.«

»Hat Lotti Ihnen erzählt, mit wem sie dort enger verkehrte?«, hakte John nach.

»Sie sagten doch selbst, dass sie nicht gern über schlechte Erfahrungen gesprochen hat.«

»Stimmt. Sie war eine Meisterin im Verdrängen.« John fiel nichts weiter ein, nur Ellen Gutzeit.

Als er einige Schritte Richtung Prenzlauer Allee gegangen war, rief Bieler ihm hinterher, dass er gern wüsste, wann und wo er sich den Laptop abholen könne. Auch wenn der nicht mehr viel wert sei.

»Jederzeit in meinem Büro, Metzer Straße 16. Ich stehe im Telefonbuch.«

***

Zwei Stunden später fühlte er sich mehr breit als hoch und wie der böse Wolf im Märchen, nachdem er Rotkäppchen verschlungen hat. Nur dass die Bulgarin keine Kopfbedeckung trug, sondern eine rote Bluse, die viel zu weit offen stand, und er alles doppelt sah.

»Ihre Schwester ist genauso hübsch wie Sie«, lallte der Detektiv.

Die beiden Frauen zogen eindeutige Grimassen. »Mich gibt es nur einmal, und das umsonst. Greifen Sie zu!«

John konnte sich nicht entscheiden, welche er umsonst haben wollte. Er entschied sich für keine von beiden und sagte, er müsse dringend für kleine Jungs. Was nicht gelogen war, oder nur halb. Ihm stand der Mageninhalt bis zum Hals, doch er behielt ihn drinnen, in dem er den zu engen Gürtel seiner Hose lockerte und minutenlang durchatmete.

Als er aus der Toilette im Erdgeschoss kam, wollte er auf dem schnellsten Weg das Heim verlassen. Da bemerkte er auf dem Gang mehrere Rollstühle ohne Patienten. Sie standen vor der Tür mit dem Schild »Physiotherapie«. Obwohl er im WC Mengen von Leitungswasser getrunken hatte, um wieder nüchtern zu werden, kippte er fast um, als er sich vor die fahrbaren Stühle kniete. Es waren verschiedene Fabrikate, je nach Schwere der Behinderung und des Behinderten. Der billigste Typ war ein Bischoff & Bischoff S-Eco 300 ohne Elektroantrieb. Da kein Name dranstand, verriet das Gerät nicht, wer der Besitzer war. John hätte es zu gern gewusst, weil sich am Hebel der Klappvorrichtung dieselbe schwarze Kugel wie in seiner Hosentasche befand.

Er befühlte die Plastekugel. Sie glänzte wie neu, ließ sich leicht abschrauben. Am Metallrand des Gewindes war dasselbe B & B eingraviert wie auf dem äußerlich abgenutzten, inwendig angerosteten Kugelkopf aus dem Park. Mit etwas

Nachdruck passte er aufs Gewinde. »Bingo!«, hallte es über den Flur. John erschrak vom Echo seines Rakia-Schwipses und beeilte sich, den neuen Kugelkopf wieder am Klapphebel zu befestigen, doch der alte hatte sich verkantet und ließ sich nicht mehr herausdrehen. Durch die Doppeltür der Physiotherapie drang ein lautes Gepolter, jeden Moment konnten die Patienten zu ihren Rollstühlen begleitet werden. Darum schlich er auf leisen Sohlen davon und eilte aus dem Heim, um weder Ellen Gutzeit noch Heinrich Piontek zu begegnen. Vor wem er sich mehr in Acht nehmen musste, konnte John nicht sagen. Es war wie die Wahl des Odysseus, sich von Skylla oder Charybdis in seine Einzelteile zerlegen zu lassen. Bis es soweit war, musste er Lottis Todesengel die Flügel stutzen. Weglaufen konnte er ja kaum mit seinen lahmen Füßen. Falls er bemerkte, dass der alte Kugelkopf wieder auf dem Klapphebel seines Rollstuhls saß, war er gewarnt. John hätte gern sein dummes Gesicht gesehen, wenn ihm klar wurde, dass jemand das verlorene Stück gefunden und gegen das neue Ersatzteil ausgetauscht hatte.

***

»Hallo Partner! Erschrick nicht, wenn du mich siehst.«

John war es gewohnt, auf Drohungen seines Kompagnons zu reagieren wie Seneca auf Befehle – mit chronischer Taubheit. Diesmal freute er sich, seine Stimme zu hören.

»Mein Gott, siehst du leichenblass aus«, rief Peter, als John den Kopf durch seine Bürotür steckte. Der Versicherungsdetektiv erhob sich von seinem Vitra- Schreibtischstuhl und umarmte seinen Geschäftspartner. »Und dünn bist du … Hast dich wohl nach mir verzehrt?«

John stieß die Kölner Frohnatur von sich und zeigte seine Berliner Trauermiene. »Du selbstverliebter Affe. Wäre die reinste Erholung gewesen ohne dich, hätte Pandora nicht einen Kübel Mist über mir ausgeschüttet.«

»Du riechst aber gut«, wunderte sich Peter. »Gar nicht nach Raucherkneipe.«

»Gibt ja kaum noch eine im Prenzlauer Berg. Außerdem rauche ich nicht mehr ... so gut wie.«

Peter riss die Augen auf. Seine Pupillen waren das einzige Weiße in seinem sonnenverbrannten Gesicht. »Na toll! Dann bist du jetzt völlig ungenießbar.«

»Nur wenn die Sonne nicht scheint. Hier herrschte bis vorige Woche Eiszeit.« John schüttelte es. »Wo man uns doch jeden Tag im Frühstücksfernsehen die Klimaerwärmung aufs Brot schmiert.«

»Warum warst du nicht mal im Solarium? Das macht Farbe und froh.«

»No time, no money. Musste nebenbei deine Arbeit mit erledigen.«

»Schieb mir nicht den schwarzen Peter zu«, sagte Peter.

John amüsierte sich über den treffenden Vergleich, als wäre er von ihm. »Vielleicht sollte ich auch mal Urlaub auf den Malediven machen.«

Jetzt amüsierte sich Peter. »Spielst du neuerdings im Lotto?«

»Das nicht. Man kann ja auch erben.«

»Sogar dazu fehlt dir das Talent.« Weil er das Gefühl hatte, zu weit gegangen zu sein, fügte er hinzu: »Mir übrigens auch.«

Die beiden Partner ließen es damit bewenden und gingen an ihre Arbeit.

»Wo ist eigentlich Seneca?«, rief Peter aus dem Nebenzimmer.

»Zu Hause. Wo denn sonst.« John zog den Kugelkopf aus der Hosentasche und drehte ihn wie eine chinesische Klangkugel in der Hand, um seine negativen Gedanken energetisch umzupolen.

»Hat er mich vermisst?«, drang es durch die angelehnte Tür.

»Frag ihn selbst. Du bist doch der Hundeversteher.«

Peter kicherte. »Nur bei zweibeinigen Straßenkötern, die mir hinterherlaufen ... Deinen Hund verstehe, wer will. Er ist genauso störrisch wie du, aber ein Süßer.«

Das schien der passende Moment für John, seinen Partner mit etwas Persönlichem zu belästigen. Da sie nur im Büro frotzelten, sich ansonsten nicht in ihre Privatangelegenheiten einmischten, war es ihm peinlich. Darum blieb er am Schreibtisch sitzen und sprach durch die Tür. »Könntest du dir vorstellen, Seneca für eine Weile zu dir zu nehmen?«

»Klar. Hast Urlaub auf den Malediven verdient. Auch woanders.«

»Moabit oder Tegel«, sagte John kleinlaut.

Wie in Zeitlupe ging die Bürotür auf und Peters Kopf kam zum Vorschein. »Willst du damit sagen, du wanderst hinter Gitter?«

John nahm die Kugel in die andere Hand und antwortete nicht.

»Hast du jemanden umgelegt?«

»Das nicht. Aber die Spuren eines Tötungsdeliktes verwischt.«

Peter, der Schwarze, wurde blass. »Bist du des Teufels! Dafür bekommst du Maximum fünf, Minimum zwei Jahre ohne Bewährung.«

»Ich rechne mit mildernden Umständen. Die Täter sind noch minderjährig.«

»Wie bitte! Lässt du dich jetzt schon mit Kindern ein?«

»Nicht so, wie du denkst«, wehrte sich John. »Ich muss mich im Auftrag der Eltern um einen von ihnen kümmern ... Ist eben schiefgegangen.«

»Kann man wohl sagen. Die Berufshaftpflicht zahlt dir dafür keinen Anwalt.«

»Hab einen, der es umsonst macht«, behauptete John, ohne sicher zu sein.

»Ruf die Kripo an, bei Selbstanzeige kommst du billiger weg.«

John zog einen Flunsch. »Erst wenn ich weiß, wo Seneca unterkommt. Im Tierheim auf keinen Fall.«

»Logisch, dass ich den kleinen Philosophen nehme«, versicherte Peter und bereute es sofort.

John sprang vom Stuhl auf und wollte Peter küssen, trotz seiner physischen Abneigung gegen Männer. Dabei ließ er die Kugel fallen und stieß mit seinem Partner zusammen. Weil er kein Frosch war und die Kugel nicht aus Gold, gab Peter, der sich gern der Prinz vom *Stahlrohr* nannte, ihm das Plasteteil zurück. John starrte es an und ließ sich kraftlos auf seinen Stuhl fallen.

»Komm in die Küche«, sagte Peter, weil er das Elend nicht mit ansehen konnte. »Im Eisfach ist eine Flasche Bacardi. Hab ich im Hotel mitgehen lassen.«

Obwohl ihm schon schwindelig war, probierte John den Rum. Er schmeckte ihm besser als der Rakia, was sicher auch daran lag, dass Peter nicht versuchte, ihn mit Hochprozentigem zu verführen.

»Ich glaube, ich werde alt«, jammerte der Detektiv. »Ich sehe alles doppelt.«

»Bevor du Marx mit Moritz verwechselst, solltest du dir eine Brille zulegen. Bei Fielmann kosten sie nur siebzehnvierzig.«

»Ich trink lieber noch einen«, entschied John. »Mit Rum kann ich alles hinter mir sehen … Ehebrecher, die Polizei, meine Knastzeit.«

»Genau. Auch das geht vorbei«, versuchte Peter ihn aufzumuntern.

»Vorwärts mit Angst, sagte Tante Lotti immer, wenn es schlimm wurde.«

»Eine Verwandte von dir?«, fragte Peter mehr aus Höflichkeit. John nickte. »Wie geht's der Dame?«

»Ich denke, gut. Hab sie heute unter die Erde gebracht.« Kurz sperrte den Mund so weit auf, dass John den Kugelkopf in seiner Hand ohne Billardstock darin hätte versenken können. »Ganz legal auf dem Friedhof. Obwohl sie keines gewöhnlichen Todes starb. Sie ist erfroren, nachdem sie …«

»Kein Wunder bei den Temperaturen.« Peter Kurz schlug den Kragen seines Armani-Sakkos hoch, unter dem er ein hauchdünnes Hemd aus Seide trug. »Ich hole mir auch den Tod, weil ich dachte, es ist Frühling.«

»Kannst meinen Mantel haben«, sagte John. »Muss nur ins Vorderhaus zu meinem Schützling. Eigentlich ein prima Junge …«

»Der Leute umbringt, die du dann verschwinden lässt.«

»Er war's nicht«, stellte John klar. »Um Lotti ist es schade. Sie hatte noch viel vor, trotz ihres Alters.«

»Auch du hattest noch einiges vor«, unterbrach ihn Peter. »Das kannst du nun vergessen.«

»Du redest wie Lotti. Sie hat auch immer nur das Schlechte in mir gesehen.«

Der Kölner glaubte, den Grund zu kennen. »Wer zu lange im Osten gelebt hat, verliert den Blick für das Gute. Auch wenn es bei dir durchaus vorhanden ist.«

Weil ein Lob von Kurz stets wie ein Tadel klang, spielte Klein die Pathétique beidhändig weiter. »Ein Detektiv, der nur das Schlechte sieht, kann nicht gut bleiben. Nur jemand, der gar nichts sieht, kann immer treu und redlich sein … Ich war ein guter Beamter, aber ein schlechter Mensch.«

Peter nahm die Strenge eines Beichtvaters an. »Du bist kein Beamter mehr, sondern Freiwild, und das überlebt nur durch Klugheit. Selbstvertrauen und Zuversicht schaden auch nicht.«

»Du redest wie Petrus«, fand John. »Was ist auf den Malediven in dich gefahren ... der Heilige Geist?«

»Ein hübscher Hotelboy«, grinste Peter, wechselte aber schnell den Ausdruck. »All-inclusive-Urlaub ist wie eine Ehe auf Zeit. Man hat schnell genug und hofft, dass es vorbeigeht.«

John fiel dazu nichts anderes ein als eine Anekdote über John F. Kennedy. Nach dessen Tod fand man in seinem Nachlass eine Notiz mit dem Wortlaut: *Wenn Sie mal in einer ausweglosen Lage sind, besuchen Sie Berlin.*

»Okay, du hast gewonnen«, sagte Peter.

Sie tranken die Flasche Bacardi aus, um die Ausweglosigkeit der Lage zu vergessen. In Berlin waren sie ja schon.

***

Fünf Minuten, nachdem sein Partner das Büro im Hinterhof verlassen hatte, sprang John von seinem Stuhl auf und hastete über den Hof auf die Straße, seinem geliebten Kaschmirmantel hinterher. Ohne auf den Verkehr zu achten, setzte er über die Metzer Straße, stolperte über die Einzäunung und musste auf dem begrünten Mittelstreifen verschnaufen. Peter hatte die Straßburger Straße fast erreicht, als eine Gestalt aus dem Gebüsch trat und ihm folgte. In der rechten Hand hielt der Mann einen glänzenden, spitzen Gegenstand.

»Hau ab, Partner!«, brüllte John mit krächzender Stimme. Kurz tat das genaue Gegenteil, blieb stehen und kam auf John zu. Der Mann mit dem glänzenden Gegenstand in der Hand stand wie angewurzelt zwischen ihnen.

John nutzte seine Verwirrung aus und rief: »Machen Sie keine Dummheiten, Piontek! Ich bin unbewaffnet.«

Heinrich Piontek kam auf ihn zu. »Mein Enkel war zwanzig, als er starb. Er hatte noch das ganze Leben vor sich. Sie haben es ihm genommen.«

»Philip hat sich in der U-Haft erhängt. Schuld sind die Wärter.«

Piontek war jetzt bei ihm. »Ich hatte den Jungen gern. Sehr gern. Wissen Sie, was es heißt, ein Enkelkind zu verlieren?«

John war kalt ohne seinen Kaschmirmantel. »Nein. Aber ich habe meine Frau durch einen fahrerflüchtigen Raser verloren.«

»Soll ich die Polizei rufen?«, mischte sich Peter ein, der endlich begriffen hatte, was vor sich ging.

»Verschwinde endlich! Ich regle das allein.« John setzte sich auf eine Bank und winkte Piontek zu sich, während sich Kurz umwandte und langsam weiterging.

»Setzen Sie sich. Wir müssen reden.«

»Reden, worüber?«, fragte der Renter unwillig. »Ich hatte das alles fast vergessen. Bis Sie plötzlich im Heim aufgetaucht sind. Was haben Sie dort verloren?«

»Genau darüber müssen wir reden ... Es tut mir leid um ihren Enkel, sehr leid sogar.«

Piontek setzte sich zu ihm, starrte auf den Kiesweg und schwieg.

»In letzter Zeit denke ich öfter an ihn, als mir lieb ist. Seit ich mich um einen Jungen kümmere, der Drogen dealt.« Piontek schien unbeeindruckt. »Ich habe noch ein anderes Problem«, fuhr John fort. »Lotti Frohwein, meine Tante, wurde vergiftet. Sie kannten sie vielleicht?«

Piontek sah ihn endlich an. »Nicht persönlich. Sie gehörte zur Kartenrunde, bevor ich dazustieß ... Eifersucht? Oder eine Erbschaftssache?«

»Wenn ich das wüsste«, untertrieb John. »Es muss jemand gewesen sein, der etwas von Betäubungsmitteln versteht ... So wie Sie als Drogenfahnder.«

»Sie verdächtigen doch nicht mich?«

»Ich tippe eher auf eine Frau. Wegen des Giftes.«

»Vielleicht jemand vom Pflegepersonal. Die sind völlig überlastet.«

»Meine Tante war kein Pflegefall.«

»War sie vermögend?«

John überlegte, ob er von Lottis Sparbuch erzählen sollte, entschied sich aber dagegen. »Was halten Sie von Ellen Gutzeit?«

Piontek dachte nicht lange nach. »Eine furchtbare Frau, aber zu dumm, um einen Mord zu begehen.«

»Und Edith Jacobi?«

»Edith ist eine Frau, der ich alles zutraue. Wir sind liiert, wie man so sagt.«

John schluckte schwer. »Gratuliere! Dann vergessen Sie die Sache.«

»Falls Edith Ihre Tante auf dem Gewissen hat, kriege ich es raus.«

»Tun Sie nichts Unüberlegtes«, bat der Detektiv. »Es sterben schon genug Alte in dem Heim.«

»Besser als zu Hause, wo man womöglich erst nach Wochen gefunden wird.«

Die beiden Männer erhoben sich von der Bank und gingen in entgegengesetzte Richtungen davon. Nur der Mond war Zeuge der zaghaften Annäherung zweier durch ein dunkles Schicksal verbundener Gestirne.

18

Der Biergarten des Lokals *Zur letzten Instanz*, früher eine Insel der Glücksseligkeit im Niemandsland sozialistischer Planerfüllung, jetzt einsames Biedermeieridyll in postmodernem Einkaufsmilieu, war wegen des Berliner Aprilwetters geschlossen. John fand den Ort vis-à-vis des Amtsgerichts passend, um sein womöglich letztes Bier in Freiheit zu trinken. Als Zeuge der Anklage war er oft in die Littenstraße geladen worden, als Verteidiger in eigener Sache noch nie.

Ob es ein glücklicher Zufall war, dass der Vater von Jonas' Kumpel Anwalt für Strafrecht war, würde sich gleich zeigen.

Er wusste nicht, wie der Mann aussah, hatte mit ihm nur telefoniert, konnte ihn aber kaum übersehen als einziger Gast der Schankstube. Falls der Anwalt zum verabredeten Treffen kam, es nicht verschieben musste wegen des Haftprüfungstermins, von dem er gesprochen hatte.

John hoffte, dass es nicht um einen Handtaschendieb oder Schwarzfahrer ging, solche Bagatellfälle dauerten oft länger als die von Finanzbetrügern oder Totschlägern.

Nachdem er im Lokal zwei Bier getrunken und die Altberliner Fotos bis zum Überdruss betrachtet hatte, erschien Mark Allister mit Akten unterm Arm. Sie trugen den Stempel des Amtsgerichts.

»Herr Klein? Entschuldigen Sie die Verspätung. Es war eine ziemlich zähe Verhandlung.«

»Darf man fragen, worum es ging?«

Allister gab dem Kellner einen Fingerzeig und setzte sich an den Ecktisch. »Um Beamtenbeleidigung. Mein Mandant möchte lieber ins Gefängnis als zweihundert Stunden gemeinnützige Arbeit leisten.«

»Vielleicht kocht seine Frau schlecht«, versuchte John seine Anspannung zu lockern.

Sein Gegenüber lachte nicht, war noch angespannter als der Detektiv. »Kommen wir gleich zur Sache«, hüstelte Allister. »Ich habe heute noch zwei Termine.« Der Kellner brachte ihm ein Glas stilles Wasser.

»Ich nehme an, dass Ihr Sohn Ihnen nichts erzählt hat«, tastete sich John vor.

»Mein Sohn? Ich denke, es geht um Sie … Sind Sie Gregors Lehrer?«

»Privatdetektiv.« Der Anwalt verschluckte sich an dem stillen Wasser und tupfte sein Kinn mit der Serviette ab, während er Johns Visitenkarte las.

»Sie sind als Ladendetektiv tätig, nehme ich an. Was hat er gestohlen?«

»Meine Pistole. Aber nicht im Laden, aus meinem Büro.«

Allister schien betroffen, ging aber sofort zum Gegenangriff über. »Wie kommen Sie dazu, so etwas zu behaupten?«

John schwieg. Er wusste, was die nächste Frage war.

»Haben Sie die Waffe nicht in einem verschließbaren Schrank aufbewahrt?«

John atmete tief durch. »Der Schlüssel ist mir gestohlen worden, aus dem Schreibtischfach. Von Jonas Schöndorfer, Gregors Busenfreund.«

»Wenn Sie es so genau wissen, dann fordern Sie die Pistole zurück. Ist doch eine Gaspistole, oder?«

»Makarow IZ mit vollem Magazin«, bedauerte John. »Meine alte Volkspolizei-Dienstwaffe. Hab einen gültigen Waffenschein dafür.«

Man konnte dem Anwalt ansehen, was er über den Detektiv dachte, aber nicht sagte. Er brauchte mehr Munition, um zurückzuschießen.

»Die Pistole liegt wieder im Safe, aber es fehlt eine Patrone im Magazin.«

»Ja, Gott«, seufzte Allister erleichtert. »Haben die Jungs sie halt mal ausprobiert … Ist natürlich nicht gut.«

»Ist überhaupt nicht gut. Weil jemand dabei gestorben ist.«

»Was!« Der Anwalt bekreuzigte sich innerlich. »Wer, um Gottes Willen?«

»Gott hat schon geschlafen«, sagte John. »Tut er ja immer.«

»Lassen Sie die Sprüche. Wer wurde erschossen?«

»Der Trainer des Skateboard-Teams, in dem auch Ihr Sohn mitmischt.«

»Ermittelt die Kripo in dem Fall?«

»Die Kollegen von der Mordbereitschaft 6. War mal ihr bester Mann, aber zu gut für den Verein«, schweifte John ab.

Allister und sortierte nervös seine Akten. »Woher wissen Sie dann davon?«

»Es stand in der Zeitung. Außerdem hat Jonas mir den Tathergang erzählt. Er hat seinen Trainer nicht erschossen. Da bin ich mir sicher, obwohl …«

»Moment mal!«, stutzte der Anwalt. »Also war er nur Zeuge. Wer hat dann geschossen?«

John war unsicher, was er sagen soll. Er konnte zwar beweisen, dass Gregor Allister in jener Nacht auf dem Rücksitz des Jaguars gesessen, aber nicht, dass er den Trainer erschossen hatte. »Ihr Sohn hat im Auto seinen genetischen Fingerabdruck hinterlassen, weil er sich in die Hose gemacht hat.«

Allister sah ihn an, als hätte er ihm ins Glas gespuckt.

»Ich habe es ohne forensisches Besteck herausgefunden, somit wird die Kripo es erst recht beweisen …«

Die Arroganz des Anwalts löste sich auf wie Alkaselzer im Wasserglas. John konnte ihm nicht helfen, brauchte aber Allisters Selbstvertrauen, um seines nicht zu verlieren. »So wie ich die Sache sehe, war es kein Mord, sondern ein Unfall. Jonas und Gregor wollten dem Trainer Angst machen, ihm Drogen abluchsen oder ihn um Geld erleichtern … was weiß ich.«

»Ich will keine Theorien hören«, sagte der Anwalt. »Ich will justiziable Beweise.«

John reichte ihm sein Diktiergerät. »Darauf ist die Aussage von Jonas. Er bezichtigt sich, geschossen zu haben. Er will oder muss Gregor schützen.«

»Wieso muss?«

»Vielleicht erpresst Gregor ihn, um nicht in den Knast zu kommen. Jonas ist noch nicht strafmündig, Ihr Sohn ist es mit achtzehn.«

»Siebzehneinhalb.«

»Fragen Sie ihn, warum er sich aus dem Staub gemacht hat, bevor Jonas mich anrief … Ich Trottel habe den Jungen in Bernau abgeholt, die Pistole sichergestellt und das Auto mit dem Toten so geparkt, dass man ihn nicht gleich am nächsten Tag entdeckt.«

Allister war fassungslos. »Warum tun Sie so was?«

John holte tief Luft, um es zu erklären, wusste aber, dass der Anwalt ihn nicht verstehen würde.

»Ich hab einen Job zu erledigen, bin für Jonas verantwortlich. Seine Eltern sind in Schottland. Sie haben Angst, dass er die Schule schwänzt oder sonst welche Dummheiten macht.« Der Detektiv lachte in sich hinein.

Mark Allister hatte keinen Humor, aber er besaß Selbstbeherrschung. »Erledigen Sie Ihren Job immer so miserabel?«, fragte er.

John empfand das als Beleidigung, wehrte sich aber nicht.

»Die Jungs haben mich aufs Kreuz gelegt«, stöhnte John. »Weil ich ein netter Typ bin.«

Der Anwalt begriff, worum er gebeten wurde. »Und deshalb beschuldigen Sie meinen Sohn, damit ich Ihnen aus der Patsche helfe. Oder sehe ich das falsch?«

John nickte vehement. »Es gibt ein Gutachten von der Gerichtsmedizin. Es beweist, dass Gregor hinten im Auto saß und den tödlichen Schuss abgegeben haben muss.«

»In wessen Auftrag wurde dieses Gutachten erstellt? Für das LKA in der Keithstraße?«

»Im Auftrag der Firma Kurz & Klein, Metzer Straße.« Dass Professor Straub ihm einen Freundschaftsdienst erwiesen hatte, verschwieg er geflissentlich.

»Verschleierung einer Straftat plus nicht legitimierte Ermittlungen. Das sieht schlecht aus für Sie.«

»Auch für Ihren Sohn«, konterte John. »Ich bin nur für Jonas Schöndorfer verantwortlich. Einer von der Sorte reicht mir völlig.«

»Lassen Sie den Zynismus! Ihre Situation ist, juristisch gesprochen, mehr als aussichtslos.«

»Deshalb rede ich mit Ihnen«, wurde John laut. »Ich werde mich stellen. Aber nur unter der Bedingung, dass Jonas nicht in Haft genommen wird.«

»Sondern mein Sohn«, ergänzte Allister den Satz. »Ich lasse nicht zu, dass Sie Gregors Zukunft zerstören.«

»Ich weiß, Sie werden alles tun, damit die Beweise als nicht gerichtsrelevant verworfen werden.«

»Ihre sogenannten Beweise, wo sind sie?«

»In einem Schließfach. Sie bekommen Sie, sobald wir uns einig sind.«

»Wollen Sie mich erpressen?«, sagte Allister wütend. »Da sind Sie bei mir an der richtigen Adresse. Ich habe Dagobert, den Kaufhauserpresser, verteidigt. Sie sind dagegen nur ein kleiner Fisch.«

John hegte keinen Zweifel, dass der Anwalt es ernst meinte. Er durfte ihn nicht gegen sich aufbringen, sondern musste ihn um Hilfe bitten. Als sein Strafverteidiger konnte der Anwalt kaum tätig werden, weil sein Sohn mit drinhing. John hatte anderes in Sinn. »Ich schlage Ihnen einen Deal vor.«

Allister lachte. »Was für ein Detektiv sind Sie eigentlich … einer aus einem Groschenroman?«

John fand das nicht beleidigend, im Gegenteil. »Es geht hier nicht um meinen Ruf, sondern um meine Freiheit … und um Jonas Schöndorfer. Sprechen Sie mit Gregor. Er soll zugeben, dass er geschossen hat. Mit Papis Beziehungen wird er mit einem blauen Auge davonkommen.«

»Und was ist der Deal?«, wunderte sich der Anwalt.

»Ich lasse meine Beweise verschwinden. Die Kripo wird wenig Verwertbares finden, weil ich die Spuren im Auto verwischt habe.«

»Und die Tatwaffe?«, unterbrach ihn Allister hastig.

»Liegt gereinigt in meinem Bürosafe. Ich kann sie auch verschwinden lassen, wenn Sie wollen.«

Der Anwalt war unsicher, ob das eine gute Idee war. Er verstand den Sinn der Beweismittelvernichtung nicht.

»Ganz einfach. Die Kripo soll begreifen, dass ich nur wegen Jonas Spuren am Tatort vernichtet habe. Dann habe ich bessere Karten vor Gericht … Bedingter Vorsatz unter Tatzwang, weil ich vertraglich für den Jungen verantwortlich bin. *Pacta sunt servana* … der allgemeine Grundsatz zivilen Vertragsrechts.«

»Obwohl ich mit Zivilrecht nichts zu tun habe, bezweifle ich, dass Ihr Vertrag derartiges vorsieht.«

»Dazu kommt emotionaler Stress.« John fiel es schwer, es zuzugeben. »Ich habe so was wie väterliche Gefühle für den Bengel. Obwohl er wahrlich kein Engel ist. Sind wir ja alle nicht.«

»Sie wollen also, dass Gregor alles auf sich nimmt, damit Sie mit einer milden Strafe davonkommen?«

»Es geht um Jonas, der aus Nibelungentreue oder auf Druck von Gregor die Schuld auf sich nimmt.«

»Und wenn mein Sohn unschuldig ist?«

John musste diese Möglichkeit in Erwägung ziehen. »Dann ist der Deal geplatzt und ich werde die Beweise liefern, damit es nicht zum Indizienprozess kommt … Kann natürlich auch ohne Beweismittel schlecht ausgehen für Ihren Sohn. Dann hätten Sie und ich das Nachsehen.«

Der Staatsanwalt lockerte den Knoten seiner blau-weiß gestreiften Krawatte, die John unangenehm an Gefängnisgitter erinnerte, und überlegte, welche der beiden Optionen die schlechtere war. Außerdem schien er unsicher, ob der Detektiv mit offenen Karten spielte.

»Wir stecken wohl beide in einem Dilemma. Wenn es läuft, wie Sie denken, was ich bezweifle, wird mein Sohn wegen gefährlicher Körperverletzung mit Todesfolge verurteilt. Bestreitet er die Tat, könnte er mangels Beweisen freigesprochen werden, wenn Sie Ihre angeblichen Beweismittel vernichten.«

»Das wäre ein Justizirrtum und würde bedeuten, dass Jonas erledigt ist«, sagte John. »Es gibt eine dritte Option.«

»Ihren Deal. Sie wollen Ihren Arsch retten, koste es, was es wolle.«

John nickte, wusste jedoch, dass der Anwalt es trotz seiner drastischen Worte nicht kapiert hatte. »Um mich geht es auch, vor allem aber um Jonas. Er darf nicht ins Gefängnis. Nicht ums Verrecken!«

Allister sah den Detektiv entgeistert an. »Er ist doch noch nicht strafmündig. Mein Sohn ist es seit einigen Monaten.« Er sah auf die Uhr und hatte es plötzlich eilig. »Ich rufe Sie an. Ihr Bier geht auf meine Rechnung. Das Gerät bekommen Sie zurück.«

Mit den Akten griff er das Diktafon des Detektivs, als er zum Tresen eilte. John wartete, bis Allister bezahlt hatte, und verließ mit ihm zusammen das Lokal. »Wenn wir einen Deal haben, können Sie das Gerät gern behalten.«

»Und was ist mit dem Beweismaterial?«

»Wenn wir einen Deal haben, bekommen Sie eine Kopie. Das Original ist meine Rückversicherung.«

Allister begriff, dass Klein nicht bluffte. Er gab ihm das Diktafon, aber nicht die Hand, als sie sich trennten und in verschiedene Richtungen davongingen.

***

In einem wissenschaftlichen Text hatte John gelesen, dass die christliche Vorstellung von Gut und Böse ebenso falsch ist wie die existentialistische Idee vom freien Willen. Ob wir als Kain oder Abel in die Geschichte eingehen, entscheiden neben sozialen Umständen bestimmte Fehlschaltungen in den Frontallappen des Großhirns infolge eines Gen-Defekts. Bei Mäusen wurde das sogenannte »Krieger-Gen« Monoaminooxidase-A als Ursache für chronische Gereiztheit ausgemacht, das Fehlen des Genoms Salpeteroxydsynthase führt dazu, dass die süßen Krabbler grundlos Artgenossen töten. Beim Menschen konnte die Genforschung inzwischen ebenfalls die Fehlfunktion gewisser Hirnbotenstoffe als Auslöser für Gewalttaten nachweisen. Dass ein niedriger Ruhepuls bei Kindern ein Indikator für späteres kriminelles Verhalten war, bezweifelte John, da er als Knabe mit normalem Puls Elternhaus und Schule durch Straftaten wie Verbrennen des Klassenbuchs, Fehlauslösen des Feueralarms, Stehlen von Mutters Haushaltskasse oder Umtausch von Vaters Briefmarkensammlung gegen BRAVO-Poster auf die Palme gebracht hatte. Ein zweites Y-Geschlechtschromosom, wie manche Serienmörder, besaß er zum Glück nicht. Obwohl er sich wünschte, sein Y wäre größer als sein Nachname und er ein aggressiverer Mann. Zum Krieger taugte er so wenig wie eine Labormaus fürs Altersheim.

Daran musste der Detektiv denken, während er zum zweiten Mal den Film über Milena Jesenská und das Konzentrationslager Ravensbrück anschaute. Der suggestive Kommentar des Films, strotzend vor Betroffenheitslyrik, ermüdete ihn, auch wenn er diesmal bis zum Schluss durchhielt. Erst konnte er nicht glauben, des Rätsels Lösung gefunden zu haben, zumindest des Rätsels um die verschwundene DVD, dann wollte er nicht glauben, dass Lottis Tod mit der Ermordung ihrer Eltern in Ravensbrück in Verbindung stand. Im Archiv für NS-Verbrechen in Ludwigsburg hatte die Regisseurin die Namen der Aufseherinnen des Konzentrationslagers gefunden. Fünf von ihnen zeigte der Film mit Namen und Fotos, dazu Auszüge aus Milenas Nachrichten an die Familie, die als Kassiber aus dem Lager geschmuggelt worden waren. Darin umschrieb die Tschechin ihre Peiniger als »Schwestern Aufseherinnen«, eine nannte sie unverblümt »die Hyäne«. Ihr eigentlicher Name war Horn, Anna Marianne, geboren 1925 in Breslau.

John hatte sich den Namen an der Tür gegenüber von Lottis Zimmer gemerkt, weil seine Sachbearbeiterin im Finanzamt Mechthild Horn hieß. Er nahm eine Leselupe vom Schreibtisch, um das Standbild der Neunzehnjährigen genauer zu betrachten. Sie trug eine maßgeschneiderte Uniform mit Käppi und Stiefeln, sah aus wie Sibylle Schmitz in dem UFA-Film *Fährmann Maria* von 1936 – furchteinflößend und fabelhaft. Die Analogie entstammte nicht Johns ziemlich lückenhaftem Filmwissen, vielmehr dem journalistischen Gedächtnis Milenas, das die reale Marianne mit der fiktiven Maria, im Film die Gefährtin des Todes, verglich. Welch surrealer Zufall, dass die ehemalige KZ-Aufseherin im selben Altersheim mit einer Jüdin wohnte, deren Eltern in Ravensbrück umgekommen waren. Aber lag dieser Zufall nicht im Bereich ubiquitärer Notwendigkeit? Die Deutschen wurden immer älter, somit auch die Zahl noch lebender ehemaliger Nazis und jener, die der Massenvernichtung entgingen. Die Frage für den Detektiv war, ob der Zufall notwendigerweise zu Lottis Tod geführt hatte und Marianne mit achtundachtzig Jahren noch in der Lage war, die Hyäne in sich wiederzubeleben. In einem Altersheim am Bodensee hatte eine Hundertjährige ihre Mitbewohnerin vergiftet. Konnte der Film über Milena Jesenská der Grund sein, Lotti zu ermorden? Mit dem Diebstahl der DVD war der Film ja nicht aus der Welt zu schaffen. Kein Motiv, kein Verbrechen … Wie viele Schreibtischtäter und Berufsmörder waren mit dieser juristischen Faustformel ungeschoren davongekommen. Marianne Horn gehörte trotz ihrer dubiosen Vergangenheit zu keiner von beiden Gruppen, doch die Verbindung zu Lotti Frohwein schien *ex tunc* zu offensichtlich, um sie *ex nunc* als Verdächtige auszuschließen.

John nahm den Zettel mit den Verdächtigen und Motiven für einen Mord zur Hand, strich alles durch bis auf *P.S. Woher die 110.000 Euro auf Lottis Konto. Kleines Ausrufezeichen* und ersetzte das Ausrufezeichen mit dem Filzstift durch ein großes Fragezeichen. Die Antwort kam ihm, wie so oft, während er auf dem Klo saß: Lotti hatte die im Film genannten Aufseherinnen erpresst. Mit herabgelassener Hose eilte John zum Fernsehapparat, spulte den Film ein Stück zurück und notierte die Namen der vier anderen Aufseherinnen. Er erinnerte sich, dass insgesamt siebenundzwanzig Einzahlungen auf Lottis Sparbuch verzeichnet waren, fünfundzwanzig von 1998 bis 2008 und zwei seit 2012. Nach Adam Riese hatten also vier KZ-Aufseherinnen jeweils 20.000 Euro bezahlt, bis Ende 2001 in Raten von 9.999 DM, danach 4,999 Euro, damit Lotti sie in Ruhe ließ, ihre Namen nicht an die große Glocke hängte oder gar Strafanzeige stellte.

Obwohl Mord oder Beteiligung daran nie verjährt, wurden nur wenige von Himmlers willigen Vollstreckern vor Gericht gestellt, geschweige denn verurteilt. Seit der Verurteilung des neunzigjährigen KZ-Wärters Iwan »der Schreckliche« Demjanjuk war das Thema wieder aktuell und ehrgeizige, junge Staatsanwälte sahen die Chance, mit lebenden Nazi-Mumien in den Medien groß rauszukommen. John konnte kaum fassen, dass Lotti einige dieser Gestalten zur Kasse gebeten hatte. Doch er bemühte sich um Verständnis für seine ungeliebte Tante, die das Geld nicht für sich verwenden, sondern es den Bieler-Kindern zum Lohn für deren couragierte Eltern vererben wollte. Im DEFA-Märchenfilm konnte John sich Lotti gut als böse Hexe vorstellen und das Geschwisterpaar als Hänsel und Gretel. In der Realität neigte er dazu, die Bielers als Täter auszuschließen. Dass Hubert Bieler ihm eine Belohnung versprochen hatte, wenn er den Mörder fand, war nicht der Grund. Der Detektiv weigerte sich zu glauben, dass Menschen wegen Geld zu allem fähig sind. Obwohl er es besser wusste.

Marianne Horn besaß womöglich ein noch stärkeres Motiv – Angst vor ihrer Vergangenheit und Wut auf die Erpresserin. Die Hyäne war alt geworden, konnte zwar nicht mehr zubeißen, aber ihr Opfer vergiften. Zwei Raten hatte sie an die Erpresserin gezahlt und dann beschlossen, nur noch Geld für deren Grabschmuck auszugeben. Ihr Pech, dass das Opfer es ahnte und ihn um Hilfe bat. Lottis Pech, dass sie ihn für einen Versager hielt. Sein Pech, dass er ihr nicht das Gegenteil beweisen konnte, weil er zu beschäftigt gewesen war.

»Wieso reden Sie mit sich selber?«

John hatte nicht bemerkt, dass Jonas nach Hause gekommen war. »Redet ja sonst keiner mit mir. Du bist nie da und Seneca pennt den ganzen Tag.«

»Ist Essen im Käfig? Hab hyänischen Knast.«

»Woher hast du das Wort?« Der Detektiv erschrak. »Aus *Brehms Tierleben*?«

»Hä?! Kenn ich nicht. Ist aus *Hangover* 3 … cooler Film mit coolen Dialogen.«

John seufzte. »Es gibt Schnitzel Pariser Art mit Champignons, Perlzwiebeln, Pommes Frites und zum Nachtisch Moskauer Eis.«

»Haben Sie Geburtstag?«, wunderte sich der Junge.

»Ich nicht, aber Tante Lotti. War ihr Lieblingsgericht.«

»Kommt die Tante etwa hierher?« Jonas war alles andere als begeistert.

»Ich glaube, sie hat Besseres zu tun. Deine Eltern kommen bald zurück und ich möchte nicht, dass sie ihren Sohn halb verhungert vorfinden.«

»Sie sind auch dünner geworden … ein bisschen jedenfalls.«

»Das ist der Kummer und Stress«, sagte John wehleidig.

»Wir müssen dringend miteinander reden.«

»Schon wieder«, stöhnte der Junge. »Ich muss erst was essen, Seneca auch.« Jonas streichelte den Hund, dem seit dem Wort Schnitzel der Zahn tropfte.

»Kommt nicht in Frage! Er kriegt nur Frisches vom Metzger, kein Gammelfleisch aus der Tiefkühltruhe.«

»Dann esse ich lieber Hundefutter«, entschied der Junge.

John zeigte sich unbeeindruckt. Als Freiberufler musste er am Monatsende an allem sparen, nur nicht am Fressen für seinen Hund. Lieber würde er selbst hungern und von seinen Fettreserven zehren.

»Detektiv ist doch nichts für mich. Ich geh lieber zur Kripo.«

»Genug kriminelle Erfahrung hast du ja.« Ansonsten hielt John den Vorschlag für eine gute Idee. Festes Einkommen, bezahlte Überstunden und garantierte Staatsrente. Drei Dinge, die er mal besessen, aber freiwillig aufgegeben hatte.

Jonas winkte ab. »Die nehmen mich sowieso nicht ohne Abi.«

»Darum müssen wir reden«, wiederholte sich John. »Jetzt gleich.«

»Beim Essen. Mit leerem Bauch kann ich nicht denken.«

»Nun gib mal nicht so an. Du denkst ohnehin kaum, atmest nur.«

Weil er dem Jungen nicht die Schuld für seine Blödheit gab, nur der Pubertät und ihren Auswirkungen auf die Frontallappen des Großhirns, wartete der Detektiv, bis aufgetischt wurde.

***

Heinrich Piontek spielte Karten, wie er mit dem Leben anderer spielte. Er bluffte, drängelte, blockte ab und versuchte, dem Gegner seinen Willen aufzuzwingen. Die aufmerksame

Zurückhaltung, die er bei der Aufnahme in die Spielrunde gezeigt hatte, war einem aggressiven, auf persönlichen Vorteil bedachten Verhalten gewichen. Geschickt verstand er es, das Kartenlegen zwecks schnöden Zeitvertreibs gegen die Aussicht auf monetären Genuss auszuspielen. Um die müde Risikofreude der Mitspieler zu wecken, ließ er sie anfangs gewinnen, dann erfand er die Regeln neu, bestimmte die Höhe des Einsatzes und verbarg seine Gier hinter wechselnden Spielpartnern. Seit Edith ihn durchschaut hatte, ließ er jeden gegen jeden verlieren oder gewinnen und blieb doch am Ende meistens Sieger. An diesem Abend verlor er ein Spiel nach dem anderen.

»Heinrich hat eine Pechsträhne«, bedauerte Willi, als er die Zwischenrechnung auf seinem Zettel machte. »Marianne liegt vorn, gefolgt von Edith ... Frauen an die Macht!«

»Wie hoch ist mein Verlust derzeit?«, fragte Piontek erstaunt.

»Fünfundvierzig Euro. Kannst du noch gutmachen, der Abend ist noch jung«, sagte Willi und mischte die Karten neu.

Piontek riss ihm das Blatt aus der Hand und mischte es selbst, weil er dem Mann im Rollstuhl nicht traute.

»Seid mir nicht böse, aber ich bin müde.« Marianne schob den Stuhl zurück, um die eingeschlafenen Füße auszustrecken. Sie sah alt aus, obwohl sie am Gewinnen war.

»Ein Spiel noch. Mit doppeltem Einsatz«, forderte der Verlierer.

Edith wurde wütend. »Du hörst doch, sie ist müde, und ich auch.«

»Sei still!«, fuhr Heinrich ihr über den Mund. »Nur noch dieses Spiel. Ich verliere nicht gern.« Die Frauen schwiegen betreten, Willi sah ihn erschrocken an. »Entschuldigt! Ich bin etwas mit den Nerven runter ... Ein gutes Blatt ist das beste Beruhigungsmittel.«

Edith war keine Frau, die sich das Wort verbieten ließ. »Marianne! Wir lassen die Herren besser allein.«

»Ich komme gleich nach, Liebes«, rief Willi Marianne hinterher. Sie nahm es nicht zur Kenntnis, hakte sich bei Edith unter und verließ mit ihr den Saal.

Willi spielte einen Herz-Buben aus. Heinrich überbot ihn mit der Pik-Dame. »Frauen! Wollen immer das letzte Wort haben, können aber nichts einstecken.« Er nahm eine neue Karte vom Stapel und warf sein Kreuz-As auf den Tisch. Willi konnte es nicht überbieten und bediente mit der Karo-Sieben. »Du kannst Edith nicht rumkommandieren. Sie ist gebildet, hat sogar einen Doktortitel in Chemie und kriegt Intelligenzrente.«

»Na und. Ich war Drogenfahnder«, prahlte Piontek. »Von Chemie verstehe ich mehr als die Laborkittel ...«

»Aber nicht von Frauen«, fuhr Zabel ihm in die Parade. »Frauen sind meine Droge. Waren es jedenfalls, bevor ich den Unfall hatte.«

»Und Marianne?« Heinrich spielte eine niedrigere Karte als sein Gegner aus und kassierte beide, weil Willi unaufmerksam war.

»Marianne ist meine Schwester Aufseherin. Was wäre ich ohne sie?«

»Willi Zabeloni, der Hochseilartist ohne Netz und doppelten Boden.«

»Motorrad-Äquilibrist«, korrigierte Willi. »Früher Crossfahrer. DDR-Meister und Sieger beim Hungaria-Sandbahnrennen. Weil meine Roma-Clique über ganz Europa verstreut ist, durfte ich nicht in den Westen fahren.«

»Du bist ein Zigeunerbaron?« Piontek hörte vor Verblüffung auf, falsch zu spielen. »Willi ist kein typischer Zigeunername, oder?«

Er hatte die dumme Frage zu oft gehört, um sich zu grämen. »Der Sinto Johann Wilhelm Trollmann war deutscher

Meister im Halbschwergewicht. Man hat ihn in Auschwitz vergast. Wie meine halbe Familie … Ein Sprichwort lautet: Zigeuner finden überall den kürzesten Weg in den Himmel.«

»Pech für dich! Du hast verloren.« Heinrich nahm Willi den Zettel weg, um den Gewinn mit seinem Verlust gegenzurechnen. »Zwanzig Miese. Noch ein letztes Spiel, dann gehen wir ins Himmelbett.«

»Edith wird dir die Hölle heiß machen. Und meine Aufseherin mir.«

»Glück im Spiel, Pech in der Liebe.« Piontek mischte die Karten.

Willi gab nach, obwohl er wusste, dass Heinrich ihn betrog. »Das Glück kann man nicht erzwingen.«

Heinrich teilte die Karten aus. »Von allein kommt es auch nicht.«

»Wir sollten froh sein, dass wir noch einen Rest Verstand haben. Nicht wie die da mit ihren Kinderpuzzles. Oder die, die immer nur Osterhasen malen.«

»Sind glücklicher als wir«, behauptete der Ex-Polizist. »Sie haben keine Erinnerungen, weder gute noch schlechte. Ist die Hölle, wenn man nicht vergessen kann.«

»Oder wenn die anderen nicht vergessen wollen«, seufzte Willi.

19

»Schmeckt echt gut«, lobte Jonas den Koch. »Aber die komischen Zwiebeln esse ich nicht. Sehen aus wie Fischaugen.«

»Schmecken auch so«, gab ihm John recht. »Sind eben nicht aus Frankreich, sondern vom Biobauern aus Bernau.« Schon war er bei dem Thema, das ihm schwer im Magen lag. »Habe heute mit einem Anwalt gesprochen. Dem Vater deines Busenfreundes.«

Jonas fiel die Gabel aus der Hand. »Muss ich ins Gefängnis?«

»Schluss mit dem Theater! Du hast den Trainer nicht erschossen«, sagte John und schob seinen Teller über den Tisch. Er war satt. »Es war Gregor. Sein Vater will ihn überreden, sich zu stellen.«

Jonas zeigte sich unbeeindruckt. »Nie im Leben. Weil ich der Polizei sage, dass ich's gewesen bin.«

»Der Urinbefund ist eindeutig. Gregor hat auf dem Rücksitz gesessen. Ich habe seinen Harnstoff im Labor untersuchen lassen. Deinen auch.« John lehnte sich bequem im Stuhl zurück. »War leicht, weil du immer auf die Klobrille pinkelst.«

»Ist ja gut!« Jonas verzog angewidert das Gesicht und gab auf. »Muss dann Gregor ins Gefängnis?«

»Mit achtzehn wäre er nach dem Gesetz voll strafmündig ...«

»Gregor ist erst siebzehneinhalb«, unterbrach ihn Jonas.

»Kann ich mal ausreden? Er wird auf jeden Fall wegen Totschlags oder gefährlicher Körperverletzung mit Todesfolge angeklagt werden. Und du wegen Falschaussage, wenn du bei deiner Version bleibst.«

Das saß. Aber die Sturheit des Jungen schien unerschütterlich. »Mir egal. Ich halte zu Gregor.«

»Was hat er gegen dich in der Hand ... Drogen, Schulden?« Jonas schwieg. »Hat er dir Geld geboten, wenn du den Tod des Trainers auf dich nimmst?« Jonas schwieg eisern. Auch eine Antwort, dachte John. »Mich kannst du verarschen, die Kripo auch. Aber die meisten Staatsanwälte haben einen Arsch in der Hose, sie werden euch beide auseinandernehmen und nicht wieder zusammensetzen. Viel schlimmer als in der Gerichtsshow von RTL.«

Jonas schien zu begreifen, was ihm bevorstand. Trotzdem erklärte der Detektiv es ihm noch mal.

»Wenn du zum Verhör geladen wirst … nicht wegen des Hakenkreuzes oder deiner Drogengeschichten, versteht sich … musst du auf alles vorbereitet sein.«

»Bin ja nicht blöd«, sagte der Junge.

»Das hoffe ich. Du musst genau das tun, was ich dir sage … Am besten, ich schreibe es dir auf und du lernst es auswendig.«

»Wie eine Filmrolle.«

»Genau. Aber nicht dein Vater führt Regie, sondern ich.«

Jonas stocherte lustlos in seinem Essen herum. »Wird garantiert ein Flop.«

»Nicht, wenn du deine Rolle gut spielst. Davon hängt ab, ob du in den Knast kommst und ich ebenso.«

»Weil Sie voll strafmündlich sind … oder wie das heißt.«

John nickte zufrieden wie ein Lehrer, dessen Schüler trotz Fehler die Aufgabe begriffen hat.

»Dann kann ich der Polizei aber die Fahrkarte nicht zeigen, die Sie als Alibi besorgt haben«, sagte Jonas.

John lobte seinen Schützling dafür, dass er nicht wie Seneca nur ans Fressen dachte. »Wie ist Gregor überhaupt nach Berlin zurückgekommen?«

»Mit dem Bus bis Bernau und dann mit der S-Bahn. Die Fahrkarten hat er, glaub ich, weggeworfen.«

»Dann gib ihm deine … Nein. Ist eigentlich egal, weil …«

»Der Trainer schon längst tot war, als sie abgestempelt wurde.«

John begriff, dass er den Bengel unterschätzt hatte. Jetzt war er ihm fast unheimlich. Hatte er ein zweites Y-Chromosom und war ein geborener Mörder oder nur ein Kleinganove mit defekten Frontallappen? Mitgefühl mit seinem Opfer wollte oder konnte er jedenfalls nicht zeigen. Wie viele seines Alters, die vor Gericht keinerlei Schuldgefühle erkennen ließen. Das konnte die Sache verderben. Das musste der Junge lernen.

Jonas schien seine Gedanken zu lesen und sah so unschuldig aus, wie man es von einem Vierzehnjähren aus gutem Hause erwartet. »Der Trainer war wie ein Tier, wenn er getrunken hatte, aber sonst okay. Das kann ich doch der Polizei sagen, oder?«

»Nein, umgedreht. Der Trainer war okay. Nur wenn er zu viel getrunken hatte, wurde er ... zudringlich.«

»Er wollte nicht Sex mit uns haben. Wir schuldeten ihm Geld für Drogen«, gab Jonas kleinlaut zu.

»Dann erzähl das der Kripo. Sei ehrlich in den Details. Sonst verstrickst du dich nur in Widersprüche.«

»Was sage ich, wenn die Bullen mich fragen, wieso Sie die Pistole eingesteckt haben und das Auto ...«

»So, wie es war«, riet John. »Du hast angerufen, dann bin ich von Berlin gekommen, habe in Panik meine Pistole genommen und so weiter.« Er war zu müde, um alles durchzukauen, was er gern vergessen würde.

Seneca seufzte im Halbschlaf zu seinen Füßen. Der Junge fragte, ob er heute noch zu Gregor könne. John hielt das für keine gute Idee.

»Seine Eltern sind sowieso nicht da. Am Wochenende gehen sie immer in Zwinger-Clubs.«

John pulte sich das Schmalz aus dem Ohr. »Du meinst Swinger-Club. Wo sich Pärchen treffen, um Mensch ärgere Dich nicht zu spielen.«

»Quatsch!«, sagte Jonas. »Das ist wie Sauna mit Bar und Fernsehen. Aber erst ab einundzwanzig.«

Wie grün der Junge noch hinter den Ohren ist, dachte John, aber schon einen Toten am Hals. Er stand vom Tisch auf und holte den Nachtisch aus dem Kühlschrank. Jonas wollte kein Moskauer Eis, hatte es eilig, Gregor wenigstens anzurufen. Also gab John eine Waffel seinem Hund und ließ sich die andere auf der Zunge zergehen. Dabei überlegte er, was er mit dem angebrochenen Abend machen sollte. Am besten reinen Tisch mit dem zweiten Todesfall. Was du beizeiten kannst besorgen, das verschiebe nicht aufs Altersheim.

***

Für den Fall, dass es eine lange Nacht wurde, kaufte er im Spätkauf in der Zionskirchstraße eine Schachtel Zigaretten. Weil er abergläubisch war, die Sorte Lucky Strike. Sie passte besser zu dem finalen Schlag gegen das Verbrechen, das Lotti das Leben gekostet hatte. Seine alte Dienstpistole Marakow IZ brauchte er nicht, um die »Hyäne« zu fassen. Verhaften konnte er die einstige Aufseherin ohnehin nicht, dafür waren die Kollegen der Mordkommission 6 zuständig. John wollte mit Marianne Horn reden, sie dazu bringen, sich der Polizei zu stellen.

Vorm Eingang des Altersheims steckte er sich eine Zigarette an. In seinen Ohren klangen die Worte des israelischen Botschaftssekretärs bei Lottis Beerdigung nach. »Werden Sie uns auch diesmal Scherereien machen?« Was konnte er dafür, dass Charlotte Frohwein Jüdin war wie seine Frau Lea. Was konnte er dafür, dass er nur ein in die Jahre gekommener Privatdetektiv mit Hund war, beide ohne Perspektive. Das rührende Bild würde perfekt als Logo fürs Sozialamt passen.

Ein dunkles Auto mit Blaulicht bog in den Weinbergsweg, ein blau-weißes folgte den Zivilfahndern von der Fehrbelliner Straße. John schaute den Wagen hinterher. Er wusste, dass am Wochenende der Teufel los war auf der Torstraße, seit dort mehr Hostels und Kneipen existierten als im ganzen verschlafenen Kollwitz-Kiez nebenan. Für einen Moment fürchtete der Detektiv, jemand könnte die Kripo ins Altersheim gerufen haben und er käme zu spät. Alte Kollegen dort zu treffen, schien ihm wenig erstrebenswert. Es reichte, dass er dort Piontek über den Weg gelaufen war.

Den Fall Lotti Frohwein wollte er lieber allein beenden. Möglichst unspektakulär.

Er drückte die Zigarette im Ascher aus und betrat die Halle des Altersheims. Außer den Kaninchen im Laufgitter und den Papageien im Käfig nahm niemand den späten Besucher zur Kenntnis. Die grauen Vögel schienen entzückt von Johns knallgelber Krawatte und trällerten munter drauflos.

Aus einer Tür hinter der Rezeption trat der Nachtpförtner, den John bereits kannte. »Ach, Sie schon wieder. Die Chefin ist am Wochenende nie da … Hat Sie Ihnen das nicht gesagt?«

»Ich vergesse auch schon alles«, behauptete John scherzhaft. »Aber deshalb bin ich nicht hier. Ich wollte zu Frau Horn, Marianne Horn. Ob sie schon schläft?«

»Reichlich spät, aber noch keine Nachtruhe«, sagt der Nachtportier und griff zum Telefon.

»Bitte nicht! Soll eine Überraschung sein.«

Der Mann sah ihn verdutzt an und legte den Hörer zurück auf die Gabel. »Wusste nicht, dass Frau Horn auch eine Verwandte von Ihnen ist.«

»Nur entfernt«, stotterte John und eilte zum Fahrstuhl, um keine weiteren Fragen beantworten zu müssen. Er fürchtete, dass der Mann die alte Frau anrufen und die Überraschung verderben könnte.

Er holte tief Luft und klopfte zaghaft an die Tür gegenüber von Lottis Zimmer. Weil niemand »Herein!« rief, trommelte er so stark, dass seine Fingergelenke schmerzten. Vergebens, oder doch nicht ganz. Vom Lärm im Flur gestört, erschien Schwester Beata in der Tür der Stationszimmers und fragte, ob sie helfen könne.

»Könnten Sie mir aufschließen? Frau Horn ist da, macht aber nicht auf.«

»Sind Sie ein Verwandter von Frau Horn?«

John platzte beinahe der Kragen. »Nun machen Sie schon! Das ist ein Notfall.«

»Wer sind Sie überhaupt? Ich kenne Sie nicht«, sagte Schwester Beata misstrauisch und kam näher. Trotz ihres hübschen Gesichts wirkte sie bedrohlich wegen ihrer enormen Oberweite.

»Ich bin die gute Fee«, behauptete John. »Frau Horn hat mich angerufen und gebeten, sofort zu kommen.«

»Nach zehn ist die Besuchszeit vorbei.« Die Stationsschwester trat auf ihn zu, drückte ihm fast ihre Brüste ins Gesicht. »Unsere Bewohner wissen das. Aber manche vergessen einfach alles.«

»Es war fünf vor zehn auf der Uhr in der Halle, als ich das Haus betreten habe.«

Beata zog ein Schlüsselbund aus ihrem Kittel, suchte den Buntbart mit der Nummer 17 und schloss die Tür auf.

Im Zimmer saß Willi Zabel im Rollstuhl und ließ den Kopf vornüber hängen.

»Herr Willi! Ist alles in Ordnung?«, rief die Polin von der Tür aus.

Er hob den Kopf. »Wszystko dobrze, Schwester Beata.«

»Und Frau Marianne?«

Willi legte den Finger auf den Mund. »Cicho po prostu! Ona juz śpi.«

»Sehen Sie, sie schläft schon«, erklärte Beata und wollte den Besucher aus dem Zimmer drängen. Doch mit seinen fünfundneunzig Kilo war er nicht so leicht vom Fleck zu bewegen.

»Ja chcę mówic z Panem, tylko za krótko«, verblüffte John die Polin und schickte ein unmissverständliches »Wenn's geht, allein« hinterher. Ihm standen die Haare zu Berge, weil er zwischen angelehnter Balkontür und offener Zimmertür im Durchzug stand. Deshalb erschrak er auch nicht, als die Schwester beim Hinausgehen die Klinke aus der Hand glitt und die Tür laut zuknallte.

»Sie kommen spät. Zu spät«, sagte der Mann im Rollstuhl, ohne den Gast anzusehen.

John schaute nach der Frau, die angezogen, ohne Schuhe und Decke auf ihrem Bett lag. Sie sah aus, als würde sie schlafen, doch ihr Brustkorb hob und senkte sich nicht. Wie bei seinem Hund, der scheinbar ohne zu atmen den halben Tag lang schlief.

Der Detektiv wandte sich dem Mann im Rollstuhl zu und erkannte die Bilder, die er sich ohne Ton im Fernsehen ansah: Szenen aus *Milena Jesenská – Letzte Adresse: KZ Ravensbrück*. Da begriff John, dass er sich geirrt hatte. Wenn auch nur zum Teil. »Ist sie tot oder kann man sie noch retten?«

»Selbst wenn«, sagte Willi mit seltsam brüchiger Stimme. »Marianne würde es nicht wollen.«

»Sie haben ihr eine Überdosis Ketamin verabreicht … wie Lotti Frohwein.«

»Ist sicherer als Schlaftabletten und schöner. Man träumt selig hinüber ins ewige Paradies.«

»Oder die ewige Verdammnis. Mörder schmoren im siebten Kreis der Hölle.«

Willi hielt mit der Fernbedienung das Bild an der Stelle des Films an, wo das Foto von Marianne Horn von ihrer SS-Karteikarte erschien. »Die Hölle ist, was wir auf Erden erleben. Stellen Sie sich vor, Sie wären damals achtzehn gewesen und man hätte sie als Aufseher ins Lager abkommandiert.« John wollte es sich nicht ausmalen, hörte aber geduldig zu. »Dafür, dass sie die Drecksarbeit für die da oben erledigen musste, hat man sie verteufelt.«

»Manche haben es gern gemacht.«

»Schweine gibt es überall«, murmelte Willi Zabel. »Aber kann eine so wunderschöne Frau böse Dinge tun?«

»Die Häftlinge nannten sie ›die Hyäne‹.«

»Weil es schöne Tiere sind … sehr fürsorglich und sehr scheu den Menschen gegenüber.«

Das Bild stimmte weder mit La Fontaines Fabeln überein noch mit Milena Jesenskás Beschreibung der Schwester Aufseherin »Hyäne«. »Marianne hatte Glück«, widersprach John. »In den Ravensbrück-Prozessen wurden einige Aufseher zu lebenslang verurteilt, einige wenige sogar zum Tode. Sie hat man freigesprochen.«

»Weil sie anständig zu den Häftlingen war«, gab sich Willi überzeugt. »Aber was hat es ihr genützt?«

»Sie konnte ein neues Leben beginnen. Die meisten Häftlinge nicht.«

Willi schien nicht zuzuhören. »Die Vergangenheit klebt an einem wie Pech und Schwefel.«

»Ich bin Detektiv und kein Richter«, bedauerte John. »Das Strafgesetz bestimmt, dass Mord und Beihilfe zum Mord nicht verjähren.«

»Gesetze sind Reusen für kleine Fische. Die großen werfen sie immer ins Wasser zurück«, entgegnete der Mann im Rollstuhl und drückte die Stopp-Taste des DVD-Players.

»Lotti war hinter kleinen Nazi-Fischen her. Sie hat sie ausgenommen, aber nicht an die Justiz verkauft.«

Willi sah John mit glasigen Augen an. »Marianne hat ihre letzten Ersparnisse gegeben, aber die Frohwein ließ nicht locker. Sie wollte sie bluten sehen.«

John fand, dass zwanzigtausend Euro für den Verlust von Vater und Mutter nicht zu viel waren. Erpressung war zwar keine besonders edle Form von Wiedergutmachung, zwischen Regierungen wurde sie aber toleriert, sogar moralisch verteidigt.

»Sie hätte meine Tante doch wegen Erpressung anzeigen können.«

Willi schlug mit den Händen auf seine tauben Knie. »Marianne wollte zur Polizei gehen. Dann stand in der Presse, dass neue Verfahren gegen ehemalige Aufseher kommen sollen … nach siebzig Jahren!«

»Hab's gelesen«, erinnerte sich John. »Von fünfzig noch lebenden Auschwitz-Wärtern ist die Rede, nicht von Aufseherinnen aus Ravensbrück.«

»Hab ich Marianne auch gesagt. Doch sie bringt schon alles durcheinander ... brachte.« Willi schielte zum Bett hin. Marianne Horn schlief wie Dornröschen und kein Prinz konnte sie mehr wachküssen. »Sie war völlig fertig, wollte sich umbringen. Da musste ich doch was tun. Ich wollte Frau Frohwein nicht wehtun.. Also blieb nur Ketamin.« Zabels Stimme wurde noch leiser, seine Worte langsamer. »Ich habe Frau Frohwein gesagt, ich müsse dringend mit ihr sprechen. Im Park, damit Marianne nichts davon mitbekommt. Wir haben Früchtetee getrunken, sie hatte immer welchen bei sich in ihrer chinesischen Thermoskanne. Sie hat nichts bemerkt. ... Ich werde von dem Zeug immer lustig.« Zabel kicherte. »Frau Frohwein nicht. Sie war ganz still und schlief ein. Ich habe noch versucht, sie zu wecken, aber es ging nicht. Es war furchtbar kalt, meine Finger fühlten sich steif wie meine Beine an ... Ich wollte nicht, dass sie wie eine Obdachlose erfriert ... Dann bin ich zurück, alleine den verfluchten Berg hoch, völlig kaputt ins Haus und dann ins Bett ...«

»Durch den Vordereingang?«, unterbrach John.

»Von ... der ... Seite«, sagte Willi mit schleppender Stimme. »Vorn komme ich nicht die Rampe hoch.«

»Warum haben Sie nicht die Feuerwehr angerufen?«

»Wollte ich ja. Ich bin eingeschlafen. Ein-gee-schlaa-fen.«

John stieß den Mann im Rollstuhl unsanft an. Weil er sich nicht rührte, schob er ihn zum offenen Balkonfenster hin. Doch Willi Zabels Körper kippte zur Seite. »Sie dürfen nicht einschlafen! Ich brauche Ihre Aussage.« John griff zum Telefon, um den Notarzt zu rufen. Es tutete, doch niemand ging ran.

»Hab alles auf...gee...schrieeben.« Zabels Stimme klang, als käme sie von einer Single-Schallplatte, die mit 33er Geschwindigkeit abgespielt wird. »Laassen Sie mich schlaafen, wie Maarianne, meine schööne Hyäne … Zabelli, der Mann, der die Schweerkraft beesiegt und in den Hiimmel fliegt.«

John legte den Hörer auf. Er erfüllte dem Mörder seiner Tante seinen letzten Wunsch und ließ ihn in Ruhe sterben.

Danach öffnete er die Balkontür, so weit es ging, damit die Seelen der beiden Alten ins Freie konnten. Als er Fernseher und DVD-Player ausgeschaltet hatte, suchte er das schriftliche Geständnis. Es lag auf dem Schreibtisch, unterschrieben und mit dem Datum des heutigen Tages. Der Detektiv steckte es ein, damit die Polizei es nicht fand.

Bevor er das Heim verließ, klopfte er an die Tür des Stationszimmers und bat Schwester Beata, die Kripo und ein Bestattungsinstitut anzurufen, weil wieder zwei Senioren verstorben waren.

Die Polin glaubte, er mache Witze. Doch John war nicht nach Witzen zumute. Obwohl er an den Anblick von Toten gewöhnt war, sehnte er sich nach Ehebruch, Ladendiebstahl, entlaufenen Haustieren und sonstigen Bagatellfällen zurück. Nur nicht nach der Beaufsichtigung eines pubertären Schulschwänzers.

20

Die vergitterte Tür zum Untersuchungstrakt fiel krachend ins Schloss. John zuckte zusammen, weil es auf dem Gang widerhallte wie ein Schuss in der Kirche. Ein Justizangestellter schob einen Wagen mit Akten an ihm vorbei und verschwand in einem Zimmer. Danach war es still, nur das Klicken des Zeigers der Uhr riss ihn alle sechzig Sekunden aus seinen Gedanken. Sie kreisten um die Ereignisse der letzten Wochen, suchten nach einem Sinn, weil ihm alles wie ein böser Traum vorkam. Auch dass er sich in dem kalten, nach

Ölfarbe und Bohnerwachs riechenden Gang des Amtsgerichts Mitte befand, erschien ihm wie ein schlechter Traum.

Obwohl die Uhr die Zeit gnadenlos im Minutentakt maß, wusste er nicht, seit wann er vorm Zimmer des Untersuchungsrichters saß. Der hatte John nach seiner Vernehmung hinausgeschickt, damit er die Aussage seines Schützlings nicht beeinflusste. Jetzt hing alles davon ab, wie der Richter entschied.

John war unruhig. Auch wenn keine Fluchtgefahr bestand, der Junge viel zu jung war, um einzusitzen, konnte der Richter achtundvierzig Stunden U-Haft anordnen. Diesmal ging es nicht um Kleinigkeiten wie Haschischbesitz, Handyklau, Hakenkreuz-Tattoo, es ging um einen Toten. Das konnte Schöndorfer junior in den Augen des Richters zu einer Gefahr für die Gesellschaft machen. Zudem konnte Mark Allister den Deal platzen lassen, wenn er seinem Sohn eintrichterte, alles abzustreiten. Zwar hatte John dem Pflichtverteidiger seines Schützlings einen Ordner ausgehändigt, in dem alle Beweise für Gregor Allisters Schuld enthalten waren, aber der Richter könnte sie als irrelevant ablehnen. Sie stammten ja nur von einem Privatdetektiv, dem zudem ein Verfahren wegen Verschleierung einer Straftat drohte.

John lehnte sich auf der Bank zurück und schlug mit dem Hinterkopf gegen die Wand. Weil es weh tat, wiederholte er den Schlag, um sich zu bestrafen für seine Dummheit. Er hatte die Beaufsichtigung des Jungen auf die leichte Schulter genommen, ihm zu sehr vertraut. Der Philanthrop John Klein siegte über den Pessimisten John Klein. Dabei wussten beide, nur zusammen waren sie das perfekte Team. Schon Heraklit erkannte: Die meisten Menschen sind schlecht und nur wenige taugen etwas. Der Detektiv schätzte den griechischen Philosophen, denn der Dialektiker war ein echter Mistkerl, brüstete sich damit, nie Lehrer gehabt zu haben, und sah die schönste aller Welten in einem planlos aufgeschütteten Kehrichthaufen. Doch vor allem bedauerte er Heraklit, der von Hunden gefressen wurde, nachdem er sich mit Kuhmist eingerieben hatte, um seine Gallensteine auszutrocknen. John erinnerte sich noch eines weiteren Satzes Heraklits, der ihm das Warten verkürzte: »Die Zeit, ein spielendes, Brettsteine setzendes Kind; ein Kind ist König.«

Der Satz wirkte wie das Sesam-öffne-dich des Diebes Ali Baba. Aus der Tür des Verhörzimmers trat der Junge. Er sah nicht wie ein kleiner König aus, auch nicht wie ein Prügelknabe. Doch seine pubertäre Verstocktheit und Coolness hatte er verloren.

»Und?«

»Was und!«, reagierte Jonas gereizt. Er hatte die Nase gestrichen voll vom Fragen und Antworten.

»Nun rede schon. Wie hat der Richter entschieden?«

»Ich muss nicht in den Knast, Gregor auch nicht.«

John sprang auf, um Jonas zu umarmen, besann sich aber und haute ihm nur auf die Hand.

Der Junge ließ sich auf die Bank fallen. Seine Beine zitterten, als hätte er stundenlang gestanden. »Der Richter wollte wissen, wie ich an die Pistole gekommen bin.«

Der Detektiv dämpfte seine Stimme wegen des Halls im Flur. »Und? Du hast hoffentlich gesagt, dass sie im Wandsafe lag.«

»Hat er mir nicht geglaubt … Musste die Wahrheit sagen.«

»Scheiße!« Das Wort hallte von den Wänden wider. »Dann kriegen sie mich wegen unsachgemäßer Aufbewahrung von Schusswaffen dran.«

»Wieso? Die war doch verschlossen.«

»In einer tragbaren Kassette, die jeder Idiot öffnen kann.«

»Bin kein Idiot!«, wehrte sich Jonas. »Der Schlüssel lag im Schreibtisch.«

»Eben. Dafür komme ich womöglich in den Knast.«

»Tut mir leid, echt.« Jonas wirkte zerknirscht. Fast fing er an zu heulen.

»Lass das Theater!« John war kurz davor, auszurasten. »Mich verarschst du nicht mehr.«

Der Junge meinte es ernst. »Ich pass auf Seneca auf, wenn Sie in den Knast müssen … Ehrenwort!«

»Falls deine Eltern keine Hundeallergie haben«, ruderte John zurück.

Die Tür ging erneut auf und warf den Strafverteidiger auf den Flur. John stand stramm wie ein Rekrut.

»Folgendes«, sagte Allister kurzatmig. »Einen Strafantrag habe ich verhindert.« Aus Johns bangem Herzen löste sich eine Rakete ohne Feuer. »Aber kein Ordnungsstrafverfahren. Rechnen Sie mit der Zahlung von mehreren hundert Euro … Ich hoffe, Sie akzeptieren das.«

»Und wenn nicht?«

»Droht Ihnen Vollzug«, warnte der Anwalt. »Sie verlieren damit Ihre Zulassung als Detektiv.«

Dann kann ich mich endlich zur Ruhe setzen, dachte John, sagte es aber nicht. »Ich liebe meinen Beruf.«

Der Detektiv sah zu dem Jungen auf der Bank, rechnete im Kopf aus, was er an Betreuungshonorar an ihm verdienen würde. Plus minus null, wenn er Glück hatte.

»Ich rate Ihnen, zu zahlen«, sagte Allister. »Moabit ist kein gemütlicher Ort.«

»Das Essen soll gut sein«, meinte John und nahm eine lockere Haltung ein.

Allister lachte verkniffen und ging nervös auf dem Flur hin und her. »Nehmen Sie den Jungen mit?«

John nickte und tippte seinem Ziehsohn auf die Schultern. »Ab nach Hause! Ich hab einen Mordshunger.«

Aus dem Zimmer des Untersuchungsrichters trat Gregor Allister, gefolgt von seinem Verteidiger. Der alte Mann wirkte erschöpft, aber zufrieden, sein junger Mandant hellwach und angespannt. Er warf Jonas einen verächtlichen Blick zu, ignorierte John völlig und folgte seinem Papa zum Ausgang. Der Verteidiger drückte einen Knopf in der Wand, kurz danach ging die Gittertür klickend auf. Die Allisters hatten es eilig, zum Fahrstuhl zu kommen, während der Verteidiger die Tür für John und Jonas aufhielt.

Sie nahmen die geschwungene Treppe des labyrinthischen Gebäudes und gingen zum Ausgang. Auf der letzten Stufe ins Freie hörten sie das Echo der scheppernden Gittertür und zuckten zusammen. Ein geisterhaftes, aber reales Gefühl, das sich nicht wegschieben ließ. Wie der Vorsokratiker Parmenides sagte: »Nur Seiendes gibt es, aber das Nichts ist nicht.« Die philosophische These, wusste der Detektiv, war ein Widerspruch in sich. Um zu begreifen, was das Sein ist, brauchte es das Wissen vom Nichtsein. Um den Verlust der Freiheit zu spüren, brauchte es Gittertüren. Zumindest für Menschen ohne Fantasie. John hoffte, dass der Junge das Geräusch nicht sobald vergaß. Fantasie hatte er, sein Verstand musste noch wachsen. Er würde seinem Zögling gleich eine Rote-Beete-Suppe kochen. Die soll gut fürs Gehirn sein.

***

Der April hielt, was er versprach. Obwohl die Natur endlich aus ihrer Winterstarre erwacht war und die schönsten Blüten trieb, fuhren die S-Bahnen zwischen Alex und Zoo aus betriebstechnischen Gründen unregelmäßig. Zu DDR-Zeiten waren der Hauptfeind des Transportwesens die vier Jahreszeiten, heute übernahm die Senatsverwaltung für Stadtentwicklung und Umwelt diese dankbare Rolle.

Weil John selten aus seinem Kiez herauskam, dachte er, der Prenzlauer Berg sei der größte Schutthaufen der Stadt, auf dem die Steuergelder verbuddelt wurden und man so viele Bauarbeiter sieht wie weiße Wale in der Spree. In Charlottenburg sah es nicht viel besser aus, sogar schlimmer, der Kaiserdamm war in beide Richtungen verbarrikadiert wie die Wolokolamsker Chaussee vor Moskau gegen den Vormarsch der Wehrmacht. Trotzdem strahlte der Detektiv übers ganze Gesicht, als würde er für die Titelseite des Magazins *Private Eye* fotografiert. Er zupfte an seiner Krawatte, die mit den Dollarnoten, und überquerte die Wilmersdorfer Straße. Obwohl Ellen Gutzeit ihn gedrängt hatte, den peinlichen Schlips nicht mehr zu tragen, hatte er ihn extra für den Gang zum Testamentsvollstrecker ausgewählt. Als ironischen Kommentar für eine aussichtslose Transaktion und nicht, weil er an die Voodoo-Kraft des Geschmacklosen glaubte.

Der Notar, ein Endfünfziger überm Verfallsdatum, war von der humorlosen Sorte und verbat sich jeden persönlichen Kommentar. Zuerst meinte John, sich verhört zu haben, als der Notar Lottis Testament verlas. Darin hieß es: »Im Falle meines Ablebens vermache ich meine gesamten Ersparnisse, abzüglich der Bestattungskosten und fünftausend Euro für sonstige Ausgaben, einem palästinensischen Waisenheim in Gaza.« Lotti war eben immer für eine Überraschung gut, dachte der Detektiv. Aber das war noch nicht alles. »Meine hochkarätige DVD-Sammlung soll der Mann meiner zu früh verstorbenen Nichte Lea Klein erhalten. Er soll sich damit trösten, dass Versager in der Kinokunst die sympathischeren Figuren sind. Mein restlicher Besitz an Mobiliar und Kleidung geht zu Händen des Altersheims und soll an bedürftige Senioren verteilt werden.« Der Notar räusperte sich. »Dann gibt es hier noch eine Zusatzklausel. Darin legt die Erblasserin folgenden Willen nieder: ›Für den Fall, dass ich eines gewaltsamen Todes sterbe (Selbstmord kommt für mich nicht in Betracht) und der Privatdetektiv John Klein wider Erwarten Umstände und Absicht des Verbrechens aufdeckt, den oder die Täter überführt, erhält er aus meinem Barvermögen die Einmalzahlung von fünftausend (5.000) Euro als Erfolgshonorar.‹«

John war so verdaddert, dass er fragte, welches Datum die Zusatzklausel trage. Es war der letzte Freitag im März – der Tag vor ihrem Tod. Lotti hatte geahnt, dass er sie nicht beschützen würde, und ihm trotzdem verziehen.

Der Detektiv fühlte sich schlecht. Das nutzte der Notar aus, um ihm seinen Lohn streitig zu machen. Er wusste, dass die Täter sich der gerechten Strafe durch Selbstmord entzogen hatten. Somit konnte der Detektiv sie auch nicht an die Polizei überführen, wie es im Testament ausdrücklich hieß. John wies darauf hin, dass Lotti Frohwein nur »überführen« geschrieben hatte, nicht von wohin und an wen. Sie benutzte das transitive Verb im Sinne von *jemanden eines Verbrechens überführen*, weil ihr klar war, dass ein Privatdetektiv niemanden verhaften darf.

Mörder könne man nicht laufen lassen, argumentierte der Notar, und das hätte die Verstorbene wissen müssen. John blieb unbeeindruckt von der Wortklauberei des Winkeladvokaten, wies ihn darauf hin, dass die Verstorbene Jüdin war, die KZ-Mörder ihrer Eltern auch nie vor Gericht gekommen waren. Erst da gab der Mann nach und ließ ihn ein Formular ausfüllen, in dem er das Erbe akzeptieren oder ablehnen sollte. Die Provision in Höhe von zehn Prozent der Erbsumme zog er gleich ab. John sollte sie sofort bezahlen, konnte aber nicht. Deshalb ging der Detektiv, wie er gekommen war, als armer Mann, aber glücklich. Die 500 Euro für die schwere Arbeit des Notars würde er, ohne mit der Wimper zu zucken, berappen.

Mit dem Rest des Geldes musste er das Bußgeld des Gerichts begleichen. Wenn er Glück hatte, konnte er sich sogar noch einen Urlaub auf Hiddensee leisten. Nach dem Stress mit dem Jungen war er mehr als reif für die Insel. Dafür versprach er Lotti hoch und heilig, ihr Grab auf dem St. Marien-

Friedhof zu pflegen, das neben dem seiner Frau Lea Klein, geborene Bloch, lag. Weniger aus Dankbarkeit oder Sentimentalität, viel mehr aus weiser Voraussicht. Irgendwann würden sie sich zu dritt die Blumen von unten ansehen.

***

Weil die S-Bahn zwischen Friedrichstraße und Alexanderplatz im Pendelverkehr fuhr, stieg der Detektiv, entnervt und das Glück der Erbschaft vor der Außenwelt hütend, am Hackeschen Markt aus und nahm die Straßenbahn bis zum Rosenthaler Platz. Er wollte sein unverhofftes Glück mit Ellen Gutzeit begießen, bevor es ihm durch die Finger rann. Die Chefin war die nächsten zwei Wochen nicht im Büro, hatte Urlaub genommen, erfuhr er vom Pförtner des Altersheims. John kam nicht dazu, es zu bedauern. Aus dem Fahrstuhl trat eine Seniorin, die er nicht ignorieren konnte.

»Kommen oder gehen Sie, Herr Detektiv?«, fragte Edith Jacobi.

John wusste nicht, ob es ein glücklicher Zufall oder eine fatale Notwendigkeit war, auf die Frau zu treffen. »Eine gute Frage. Ich hab das Gefühl, es zieht mich immer wieder an diesen Ort.«

»Sie können das Zimmer ihrer Tante ja schon reservieren lassen«, riet ihm die Chemikerin. »Die Wartezeit beträgt mehrere Jahre.«

»Ich glaube, ich bin nicht geschaffen für den kollektiven Lebensabend.«

»Sie sind ein VIP.« John sah sie ratlos an. »Eine *very individual person*. Ein Mann mit Grundsätzen.«

»Mein Verdienst ist es, keine zu haben«, sagte er verlegen.

»Begleiten Sie mich in den Garten?«, fragte Edith charmant. »Die Luft ist hier so verbraucht wie die Leute, die hier wohnen.«

Als er ihr die Tür aufhielt, bemerkte er, dass die Frau einen schönen Nacken hatte. Nur die Altersflecken und Falten auf ihren Unterarmen verrieten, dass sie ein Stadium erreicht hatte, in dem die meisten Menschen kaum noch aufrecht gehen konnten. Edith Jacobi war groß und hager und erinnerte ihn an die einsame Adlige am Strand von Ostende aus der Erzählung *Diana mit Hunden* von Alfred Andersch, nur dass er der Einzige war, der hinter ihr herdackelte.

»Sind Sie jetzt zufrieden?«

John wusste nicht, womit, wollte aber nicht sagen, dass er eigentlich immer zufrieden war mit sich, oder doch fast immer. Seine Begleiterin blieb am Goldfischteich des japanischen Gartens stehen und betrachtete ihr verzerrtes Spiegelbild im Wasser.

»Sie haben mich um meine gesamte Kartenrunde gebracht. Zwei sind tot, einer liegt im Krankenhaus.«

John verglich Ediths Spiegelbild mit ihrer fleischlichen Erscheinung. »Etwas Schlimmes?«

»Herzrhythmusstörungen. Ich habe Heinrich gewarnt. Wenn er so weitermacht, wird er schon sehen …«

»Das sind die Spätfolgen des Kriminaldauerdienstes. Habe Jahre gebraucht, um es loszuwerden.«

»Kein Staat hat das Recht, einen Menschen auf die Dauer zum Polizisten zu machen«, empörte sich Dr. Jacobi. Der Detektiv zog innerlich den Hut vor der der alten Dame. »Das hat Bertolt Brecht geschrieben im *Buch der Wendungen*.«

»Sie finden sicher neue Kartenfreunde«, sagte John. »Was wurde mit Marianne, Willi und Heinrich gespielt?«

»Ein Spiel namens Tot.« Sie drehte sich nach ihm um, um zu sehen, wie er reagierte. »Nie davon gehört?« John schüttelte den Kopf. »Jeder Spieler bestimmt eine Karte, die er für tot erklärt. Wer sie zieht, hat verloren.«

»Ich bin kein Freund von Glücksspielen. Spiele nicht mal Lotto.«

»Haben Sie Angst, zu verlieren oder zu gewinnen?« bohrte Edith nach.

»Glück ist kein reines Vergnügen, Unglück erst recht nicht.« John warf einen Kieselstein in den Teich und zählte die Ringe auf dem Wasser. »Wer hat denn gewonnen bei dem Spiel?«

»Meistens Heinrich, weil er falsch spielte. Es ging ihm nur ums Geld.«

»Und Ihnen?«

Die Chemikerin überlegte. »Ich mag es, Leute zu studieren. Beim Spiel zeigt sich der Charakter eines Menschen. Die meisten spielen nur um den eigenen Vorteil, nicht zum Vergnügen. Weil man ihnen schon als Kinder eintrichtert, dass es ohne Gewinner und Verlierer nicht funktioniert.«

»Mensch ärgere Dich nicht kann man mit sich selbst spielen, Monopoly nur mit anderen«, fand John. Aber ihn interessierte ein drittes Spiel. »Wie ist es mit Tot? Das wünscht man ja lieber anderen als sich.«

Edith wusste, worauf er hinaus wollte. »Es ist nur ein Kartenspiel, wie Meine Tante, deine Tante.«

»Für Marianne und Willi war es offenbar kein harmloses Spiel. Sie haben dabei ihr Leben verloren. Und meine Tante ebenso.«

»Furchtbar!«, sagte Edith mit tiefer Stimme. »Aber es ist nicht so, wie Sie denken. Wir haben um Geld gespielt, nicht um Menschenleben.«

»Das eine zieht das andere nach sich, zum Zweck der Profitmaximierung.«

»Sie sagen es! Wir haben in der DDR versucht, dieses Unglück abzuschaffen. Wir wollten die Welt zum Guten verändern, nicht aufs Spiel setzen.«

»Hat nicht funktioniert«, sagte John ohne Empathie. »Wenn das Gute zur kollektiven Pflichtübung wird, kommt nur Schlechtes dabei heraus.«

»Weil Politik keine Wissenschaft ist, nur ein Machtspiel für Dumme und Faule.« Edith bekam hektische Gesichtsflecken bei dem Gedanken. »Die haben unser Land ruiniert, nicht die Gebildeten und Fleißigen.«

»Sie meinen, eine fleißige Küchenfrau oder ein denkfauler Dachdecker sollten keinen Staat leiten.«

»Ich bitte Sie!«, fauchte sie. »Wer kocht, nennt sich heute *Food scientist*, wer aufs Dach steigt, Fassadenkünstler. Nur weil dieser Beuys meinte, jeder ist ein Künstler. So ein Quatsch!«

»Ich hab ihn als Jugendlicher im Westfernsehen gesehen und fand es prima, als er sagte, die Berliner Mauer müsse fünf Zentimeter höher sein, dann wäre sie Kunst, wegen der Proportion. Der Mann hatte Humor.«

»Das finden Sie komisch?«, wunderte sich Edith. »Und ich hätte Sie beinahe ernst genommen.« Sie ließ ihn stehen und ging zum Haus zurück.

»Seit die Mauer weg ist, nimmt niemand in Berlin irgendwas ernst.«

»Warum soll man einen Detektiv ernst nehmen?«, rief sie. »Wir werden permanent ausspioniert und überwachen uns gegenseitig.«

John beeilte sich, ihr zu folgen. »Wie recht Sie haben ... Haben Sie nicht bemerkt, was Marianne und Willi im Schilde führten?«

Edith verlangsamte ihren Schritt, ließ John aber nicht nahe kommen. »Sie glauben, ich hätte es gewusst ... weil ich gern Leute studiere?«

»Zumindest geahnt.«

Sie blieb am Eingang stehen und zeigte auf das Haus, indem sie wohnte. »Hinter diesen hübschen blauen Mauern lebt jeder für sich. Auch wenn wir alles voneinander wissen, entfernen wir uns immer mehr, je älter wir werden, hören nicht mehr zu und verschließen die Augen vor der Einsamkeit des anderen. Lotti hat sich von allen am weitesten entfernt, niemand konnte sie erreichen und beschützen. Ich auch nicht, obwohl wir in vielem ähnlich waren. Sie glaubte, wie ich, nicht an Gott, aber an das Gute im Menschen. Ich glaube nur an den ersten Hauptsatz der Thermodynamik.«

John zuckte mit den Schultern. Er musste die Schule geschwänzt haben, als das Thema in Physik drangewesen war. Edith versuchte, es ihm auf die einfachste Weise zu erklären. »Das altgriechische *thermós* und *dynamis* bedeuten Wärme und Kraft. Nach dem Energieerhaltungssatz für geschlossene Systeme erzeugt Wärme *Q* und Kraft *W* Energie *U*. Diese Energie bleibt immer unverändert, fand der Arzt Julius Robert Mayer schon 1841 heraus. Die Energieformen können sich zwar ineinander umwandeln, aber das Energievolumen kann weder aus dem Nichts erzeugt noch vernichtet werden.«

»Darum funktioniert kein Perpetuum Mobile«, erinnerte sich John erfreut.

»Nicht nach dem ersten thermodynamischen Satz, aber dem zweiten«, klärte ihn die Wissenschaftlerin auf, fand es jedoch sinnlos, es dem Laien zu beweisen. »Worauf ich hinaus will: Auch der Mensch ist ein geschlossenes System. Es heißt, seine Energie verschwindet, wenn er seine Kräfte überschätzt oder der Körper kalt wird. Wohin aber verschwindet die Energie, wenn er tot ist?«

»Sein Gehirn schaltet sich ab und die Maschine kommt zum Stehen.«

»Wenn man nur Stroh und Wasser im Kopf hat«, lachte ihn Edith aus. »Manche Menschen können mit dem Hirn denken und erzeugen dadurch Energie. Man nennt es Bewusstsein, die Einheit von bewegter Materie und bewegendem Geist.«

»Ich dachte, man muss Materie und Geist getrennt betrachten und, je nach Weltanschauung, das eine dem anderen voranstellen«, widersprach John. »Hab ich so im Staatsbürgerkunde-Unterricht gelernt.«

»Natürlich muss man das. Aber wenn Geist und Materie nun mal Energie sind, kann diese Energie nicht einfach verschwinden. Der Geist kann also nicht sterben, wenn der Körper aufhört zu funktionieren.«

John war erstaunt, dass in der Kommunistin eine Spiritistin steckte. »Sie meinen, die Seelen leben ewig?

»Nennen Sie es, wie Sie wollen. Ich nenne es Wissen, die gesamte Erfahrung eines Lebens. Sie muss irgendwohin gehen nach dem Gesetz der Energieerhaltung, oder nicht?«

John glühte der Nischel, wie man in Halle sagt, nicht nur, weil die Sonne mit voller Kraft auf seine kahle Stelle am Hinterkopf schien. Zwar hatte er einiges von Edith Jacobi gelernt, aber nicht das, was er sich erhoffte. »Ehrlich gesagt ist es mir lieber, wenn die Toten ruhen. Laufen genug Zombies rum in Berlin.«

»Ihre Tante war derselben Meinung.« Edith ging die Treppe hinauf und griff zur Türklinke. »Darum hatte sie Angst vorm Sterben. Ich nicht.« Sie öffnete die Tür, hatte aber Mühe, sie festzuhalten. John wollte ihr behilflich sein, stolperte aber auf der Treppe und fiel ihr fast vor die Füße.

»Wusste Lotti, was passieren würde«, keuchte der Detektiv, »als Willi sie mitten in der Nacht zum Spaziergang einlud?« Edith ließ die Türklinke los und wollte hineingehen, doch John hielt sie am Arm fest. »Sie wussten es. Oder haben es geahnt und hätten es verhindern können.«

»Was reden Sie da?«, fauchte Edith Jacobi und riss sich los. »Sie hätte sich nicht helfen lassen. Sie war viel zu stolz und misstrauisch gegen unsereins.«

»Sie meinen, sie war eine Jüdin reinsten Wassers«, sagte John.

Die alte Kommunistin wurde rot im Gesicht. »Das wollte ich damit nicht sagen … Haben Sie sich nicht gefragt, warum

Marianne und ihr treuer Diener Willi etwas so Schreckliches getan haben?«

»Haben Sie eine Idee?«

»Heute Morgen, als ich spazieren ging, sah ich ein Plakat im Schaukasten der Tram-Haltestelle Rosenthaler Platz. Darauf steht, das Wiesenthal-Center Tel Aviv bietet jedem fünfundzwanzigtausend Euro für bedeutende Hinweise zu noch lebenden KZ-Aufsehern. Man will die paar übriggebliebenen Neunzigjährigen vor Gericht bringen.«

»Fünfzig oder sechzig sind es noch«, wusste John.

»Ist doch unerhört, Leute zum Denunzieren aufzufordern. Haben wir denn kein Einwohnermeldeamt?«

»Und was hat das mit Lotti zu tun?«, fragte John.

»Sie wissen genau, wovon ich rede ... Würden Sie jemanden umbringen, weil er ihre Jugendsünden kennt?«

»Mir wurde die Gnade der späten Geburt zuteil. Marianne Horn nicht. Hat sie Ihnen erzählt, dass sie Aufseherin in Ravensbrück war?«

Edith verneinte.

John sah ein, dass er aus der Chemikerin nichts als Formeln herausbringen würde. »Sie hätten wenigstens die Selbstmorde verhindern können, wenn nicht den Tod meiner Tante. Lotti war übrigens der Meinung, dass hier in letzter Zeit ungewöhnlich viel gestorben wird.«

Edith Jacobi sah ihn verblüfft an. »Davon habe ich nichts bemerkt«, sagte sie. »Aber das hier ist ein Altersheim. Besser gesagt, ein Sterbeheim. Je früher man geht, desto billiger für die Gesellschaft.«

Er nahm den Arm beiseite, ließ sie durch und rief ihr nach: »Sie verdammte Wissenschaftlerin des Volkes!«

»Dummer Detektiv! Sie suchen Antworten und wissen nicht, wie man die richtigen Fragen stellt.«

Zitternd zog John die Schachtel Lucky Strike aus der Manteltasche und rauchte seine erste Zigarette an diesem

Tag. Was Hänschen nicht lernt, lernt Hans nimmer mehr, sagte er sich, drückt nach zwei Zügen den Glimmstengel im Ascher aus und warf die Schachtel samt Feuerzeug in den Mülleimer. Er hatte beschlossen, dass es in diesem Leben die letzte Zigarette war.

21

Am Abend war er mit Lorenz Straub zum Essen verabredet. Vorher sahen sie im Habbema-Theater das Stück *Senecas Tod* von Peter Hacks. Ihrer beider Jugendliebe führt in dem Endspiel um den römischen Philosophen Regie, trat aber nicht als Darstellerin auf. Zum Glück war das Stück kurz und ebenso kurzweilig. Als die Holländerin sich am Schluss mit den Akteuren, Studenten der Schauspielschule Ernst Busch, verbeugte, applaudierten die beiden älteren Herren lauter als das übrige in die Jahre gekommene Publikum.

John fühlte sich unbehaglich unter der DDR-Konkursmasse und verließ deshalb als Erster den Raum. Straub blieb sitzen, den Kopf nach vorn geneigt. Erst am Ausgang bemerkte der Detektiv, dass etwas mit dem Gerichtsmediziner nicht stimmte. Eine Frau beugte sich über ihn, fragte, ob er sich unwohl fühle.

Straub erhob sich schwankend und griff sich an die Brust. Er sah kreidebleich aus.

»Schnell, an die frische Luft!«, rief John und stützte seinen Freund. Kein leichtes Unterfangen, weil Straub zwar etwas schlanker war als er, aber einen Kopf größer. Der Pathologe wankte wie Frankenstein durch den Hof und verlangte nach einer Zigarette. John konnte sie ihm guten Gewissens verweigern, weil er keine einstecken hatte.

»Sie sollten auch aufhören. Sonst können Sie sich bald auf dem Seziertisch betrachten.«

»Wäre ein doller Spaß«, lachte Straub, wieder halbwegs auf dem Posten. »Reichen Sie mir bitte Säge und Zange, Kollegin! Mein Gehirn vermache ich dem Institut für Rechtsmedizin. Den Rest können Sie verfüttern.«

John fand das nicht witzig, er brauchte seinen Freund noch. Er fürchtete, schneller über den nächsten Toten zu stolpern als in eine der zahllosen Baugruben im Prenzlauer Berg.

»Sie unverbesserlicher Optimist«, meinte Straub. »Das nächste Mal verschonen Sie mich bitte mit Ihren privaten Mordgeschichten. Ein Anwalt hat mir Löcher in den Bauch gefragt zu der Leiche im Auto.«

»Tut mir leid. Hieß er vielleicht Mark Allister?«

Straub nickte und fiel um ein Haar in ein ungesichertes Bauloch auf dem Trottoir der Mühlhauser Straße.

»Die Sache ist gegessen «, versicherte John und sah die nächste Stolperfalle an der Ecke Kolmarer Straße.

»Pionier-Ehrenwort?«

»Seid bereit, immer bereit! Ich muss nicht in Moabit oder Tegel einsitzen.«

»Schade. Hätte Sie gern im Zuchthaus besucht, wo etliche meiner Arbeitgeber wohnen.«

»Gewalttäter sind meist langweilige Typen, zumindest die jungen. Alte haben ein gewisses Etwas, weil man ihnen einen Mord nicht zutraut. Hat mal ein Hundertjähriger seinen Zwillingsbruder erdrosselt. Als man ihn nach dem Motiv fragte, gab er an, er hätte ihn noch nie leiden können.«

»Unfassbar. Ist das wahr?«, zweifelte der Holländer.

John kreuzte die Finger. »*Kratschmata e w teb.* Ist bulgarisch und heißt: Wer lügt, zahlt die Rechnung.«

22

Seneca lag auf dem Sofa und war frustriert, dass niemand mit ihm Gassi ging. Außerdem nervte ihn der hochfrequente Ton zweier Turbostaubsauger. Es war der erste Ferientag und schon seit Stunden putzten sie die Wohnung, Jonas Flur, Küche, Bad, John das Schlafzimmer der Schöndorfers und die beiden Salons. Obwohl er nur den Raum benutzt hatte, in dem Sofa und Fernseher standen, sammelte er Hundehaare, Krümel von Kartoffelchips, Zigarettenreste und aufgerauchte Joints ein, entfernte die Bierflecken von der Glasplatte des Art-déco-Tischs, seine Fingerabdrücke vom Schreibsekretär und die Fußspuren vom Perserteppich. Er kam sich vor wie ein Tatortreiniger. Immerhin hatte er im Auto des toten Trainers gewisse Erfahrung gesammelt, aber als Beruf war es ihm zu anstrengend, dann lieber Kinderbetreuer rund um die Uhr. Doch in diesem Metier war er ebenso gescheitert wie im Kinderkriegen, also musste er sich weiter mit Ehebruch, Unterhaltsstreit, entlaufenen Hunden und ähnlich spektakulären Dingen als bester Privatdetektiv im Prenzlauer Berg beweisen. Ein Kinderspiel, weil er und sein Partner die letzten Berufsschnüffler waren, die durchhielten.

In der schönen neuen Welt der Besserverdienenden am Kollwitzplatz gehörten Mobbing, Ausspionieren, Denunzieren zu den ehrenamtlichen Bürgerpflichten, weshalb er nur müde lächeln konnte über die allgemeine Empörung darüber, dass die Amis jeden privaten Furz des deutschen Bündnispartners sammelten. Noch mehr stank ihm die Hausarbeit, doch das Haushaltsgeld der Schöndorfers reichte nicht für eine polnische Putzfrau, nur noch für zwei Pizzen und ein Bier. John schickte den Jungen zu Netto, weil er selbst zu erschöpft war.

»Alkohol fällt aus. Wir müssen nachher zum Flughafen fahren.«

»Können deine Eltern sich etwa kein Taxi leisten?«, verteidigte der Detektiv seinen Bierdurst.

Jonas putzte schwitzend die Klobrille. »Soll eine Überraschung sein ... Sie trinken außerdem zu viel ... passen ja kaum noch durch die Badtür.«

Am liebsten hätte er dem Jungen eine runtergehauen, ließ es aber, um sein erfolgreiches Erziehungsmodell nicht zu gefährden. Binnen weniger Wochen war aus seinem Schützling ein Musterknabe geworden, der jeden Tag zur Schule ging, seine Hausaufgaben erledigte und kein Cannabis mehr rauchte, jedenfalls nicht zu Hause. Den Preis für die wundersame Wandlung des Faulpelzes musste der Detektiv noch bezahlen, eintausendsechshundert Euro Strafe für die Behinderung der Polizeiarbeit in einem Tötungsdelikt. Als Nebenausgaben bei der Betreuung des Jungen konnte er die Summe kaum deklarieren, er wäre schon froh, wenn die Schöndorfers ihn überhaupt bezahlten nach dem, was ihr Liebling sich in der Schule geleistet hatte. Obwohl John mit seiner Überredungskunst erreicht hatte, dass der Schuldirektor ihn weiter am Unterricht teilnehmen ließ. Bis auf das Fach Kunst, doch wer braucht schon Graffiti-Kurse. Dann war da noch die Sache mit dem Trainer. Wie würden sie reagieren, wenn sie es erfuhren? Eltern geben selten zuerst den Kindern die Schuld, eher den Betreuern. Da Jonas bisher nichts via Skype gebeichtet hatte, dürften sie aus allen Wolken fallen, wenn sie sicher gelandet waren.

John musste verhindern, dass der Junge seine Eltern gleich am Flughafen mit schlechten Nachrichten überfiel. Niemand landete derzeit entspannt in Berlin.

»Fertig!«, hallte es aus dem Bad.

John schaute nach, ob alles blitzsauber war. »Sieht ja aus, als hätten wir uns nie gewaschen.«

»Vergessen Sie Ihr Rasierzeug nicht. Mein Dad shaved sich nur elektrisch.«

Er gab dem Milchbart einen Klaps auf den Hinterkopf und schickte ihn einkaufen. »Vergiss nicht das Bier … meinetwegen alkoholfreies. Und nimm Seneca mit.«

»Komm, Seneca! Wir rauben den Supermarkt aus.«

John hielt es für einen Scherz, warnte den Jungen aber vorsichtshalber vor den Überwachungskameras, die keine Attrappen waren.

***

Als Jonas nach einer halben Stunde zurück war, mit Pizzen und zwei Flaschen tschechischem Starkbier, alkoholfreies gab es nicht, saß John deprimiert in der Küche und rauchte.

»Meine Eltern riechen das sofort und denken, ich war's«, wetterte der Junge und öffnete das Fenster.

»Setz dich! Deine Eltern kommen nicht. Jedenfalls nicht heute.« John öffnete eine Bierflasche mit dem Kronkorken der anderen und trank sie zur Hälfte leer. Trotzdem hatte er einen trockenen Mund.

»Wieso nicht? Sie würden doch anrufen, wenn was dazwischen kommt …«

»Der Aufnahmeleiter hat angerufen. Deine Eltern hatten einen Autounfall auf dem Weg zum Airport.«

Der Junge ließ sich auf den Stuhl fallen. Seneca verkroch sich unterm Tisch, als spürte er, dass nichts Gutes im Schwange war.

»Sie sind tot, stimmt's?«

»Nein, sind sie nicht! Die Ärzte operieren deine Mutter noch. Dein Papa ist außer Lebensgefahr.«

»Lügner! Das sagen Sie nur, um mich zu beruhigen«, brüllte der Junge und trat aus Versehen gegen den Hund, der erschrocken aufjaulte. »Tschuldige, Seneca!«

»Der Aufnahmeleiter ruft wieder an, sobald es was Neues gibt«, sagte John. »Ich mach uns derweil die Pizza.«

»Die können Sie alleine essen!« Jonas nahm das Telefon vom Tisch, drückte die Nummer aus Schottland. Das Rufzeichen fiel bei Edinburgh ins Meer und Johns Handy auf den Küchenboden, weil sich niemand meldete. Jonas hob es wütend auf. Er stand unter Schock, schämte sich, dass er so uncool reagierte.

John schob die Pizzen lustlos in den vorgeheizten Backofen. Schmecken würde sie ihnen ohnehin nicht.

»Die Ärzte in Schottland sind spitze«, versuchte er den Jungen zu trösten. »Sie verdienen das Dreifache wie bei uns und flicken deine Eltern schon wieder zusammen.«

Jonas sah seinen Betreuer trotzig an. »Sie wissen zwar alles besser, aber hellsehen können Sie nicht.«

»Doch, kann ich! Deine Eltern sind im Royal Infirmary Hospital, dem besten der Stadt … Lag dort selbst mal, als ich mir beim Wandern in den Highlands den Fuß lädiert hatte. War ein komplizierter Bruch, aber die haben ihn wieder hingekriegt. Könnte heute den Berlin-Marathon laufen, tue ich aber nicht …«

»Damit die Neg… Afrikaner gewinnen«, vermutete Jonas.

»Kenianer. Afrikaner ist für Afrikaner rassistisch. Dasselbe, als wenn man Schotten als Europäer bezeichnet.«

»Ach, Scheiße!«, murmelte Jonas.

John hatte keine Idee, wie er den Jungen trösten konnte. Mit sarkastischen Sprüchen war diesmal nichts zu machen, die Situation verbot es ihm. Aber dasitzen und den Rest des anstrengenden Tages Trübsal blasen, behagte ihm nicht.

»When shit happens, you have to look at it as no shit«, versuchte er es mit Englisch-Nachhilfe.

Der Junge verstand nur Bahnhof.

»Always look on the bright side of life«, sang der Detektiv den Ohrwurm aus dem Film *Das Leben des Brian* der Komikertruppe Monty Python. Es half, der Junge rang sich zu einem Lächeln durch, er kannte den Film auswendig. Doch

John wusste nur den Anfang des Liedes und eigentlich war ihm nicht zum Scherzen zumute.

»Woher hattest du eigentlich das Geld für zwei Bier?«, fiel ihm ein, als er die Flasche austrank.

Jonas hatte nicht mit der Frage gerechnet und druckste herum. »Der Kassierer hat nur eine Flasche eingescannt, die andere muss er vergessen haben. Kann ich ja nichts dafür.«

John hinterfragte die Sache nicht, er hatte die Nase voll von den Geschichten seines Schützlings. Da er ihn womöglich noch weitere Wochen bemuttern musste, ließ er schon aus Selbstachtung Milde walten. Während er die Pizzen auftischte, suchte Jonas im Internet einen billigen Flug nach Edinburgh, fand aber keinen und tobte.

»Komm essen!«, rief John. »Das beruhigt die Nerven.«

»Können Sie mir Geld borgen? Ich muss dahin.«

»Wart erst mal ab, was Sache ist«, sagte der Detektiv, weil er noch keine neue Kreditkarte besaß, um online einen Flug zu buchen. Außerdem war er fast pleite.

Am Abend sahen sie den Film *Trainspotting* im Fernsehen, der in Schottland spielte. John wäre am liebsten sofort mit Seneca in den Highlands gewandert, statt weiter durch die Niederungen des Prenzlauer Berges. Jonas wäre gern einer der Pillen schluckenden, total ausgeflippten Jugendlichen im Film gewesen, hielt sich aber mit seiner Begeisterung zurück, um seinen Aufpasser nicht in Panik zu versetzen. Mittendrin klingelte das Telefon. Jonas war schneller am Handy.

John stellte den Ton leise, um etwas mitzubekommen. Der Junge sprach mit seinem Vater, das war die gute Nachricht. Die schlechte, dass seine Mutter nicht transportfähig war, noch mindestens eine Woche auf der Intensivstation bleiben musste und ihr Mann bei ihr sein wollte. Dann kam der Moment, auf den John mit flauem Gefühl gewartet hatte. Der Junge sollte erzählen, wie es ihm in Berlin ergangen war mit dem Betreuer.

John wollte nicht Mäuschen spielen und verließ den Raum. In der Tür blieb er stehen, weil es ihn doch interessierte, was Jonas seinem Vater sagte oder nicht sagte.

»Hab mich in Englisch verbessert, aber in Kunst einen Tadel ... Sonst ist nichts Besonderes passiert«, log Jonas, ohne rot zu werden. John sah es ihm nach, weil der Vater dem Tod von der Schippe gesprungen war und keine Hiobsbotschaften gebrauchen konnte. »Kann ich euch besuchen? ... Schade. Edinburgh ist eine geile Stadt.« John konnte sich ausmalen, dass Schöndorfer die Stadt verfluchte. Jedenfalls redete er dem Sohn aus, zu kommen. Enttäuscht reichte Jonas das Handy weiter. Sein Vater wollte mit dem Detektiv die nicht geplante Verlängerung seines Jobs besprechen.

Nachdem er sein Bedauern über den Verkehrsunfall losgeworden war, wollte er Schöndorfer nicht zusätzlich in Schwierigkeiten bringen, aber auch nicht zugeben, dass kein einziger neuer Auftrag in Sicht war. Deshalb wartete er auf ein finanzielles Angebot des Regisseurs, wenn er schon seinen Sohn weiter betreuen musste. Da es nicht gleich kam, schilderte der Detektiv sein Verhältnis zu dem Jungen als recht harmonisch und ausbaufähig. Am Ende machte Schöndorfer ein Angebot, dass John nicht ablehnen konnte – das Doppelte pro Tag und Nacht für den Zeitraum der Genesung plus rückwirkend eine Erhöhung der Spesen um einen angemessenen Betrag, den sie bei der Rückkehr verhandeln würden.

Danach saßen die beiden Lügner erschöpft auf dem Sofa und aßen Kartoffelchips. Zuerst ließ Jonas einige Krümel auf den Teppich fallen, dann John die halbe Tüte, weil das Zeug dick macht. Ab heute würde er sich nur noch gesund von LPG-Biokost ernähren, nie mehr rauchen und nicht am Verstand von Pubertierenden zweifeln.

Als sie zu Bett gegangen waren, konnte John nicht einschlafen. Er schlich auf die Toilette, blieb danach an der Tür zu Jonas Zimmer stehen. Durch die Ritzen drang ein herber, würziger Geruch, der ihm sofort auf den Magen schlug. Er riss die Tür auf und fand den Jungen, selig schlafend, Rücken an Rücken mit Seneca. John hob die halb aufgerauchte, nicht mehr glimmende Tüte mit Cannabis vom Boden auf und warf sie ins Klo.

Morgen würde er strengere Saiten aufziehen, damit Jonas endlich erwachsen wurde. Etwas, das John erst mit vierundzwanzig geschafft hatte. Aber in der DDR tickten die Uhren anders.

Prenzlauer Berg
Paul-Robeson-Straße
Kuglerstraße
Wisbyer Straße
Isländische Str.
Malmöer Straße
Driesener Straße
Arnimplatz
Behmstraße
Schivelbeiner Straße
Dänenstraße
Wichertstraße
Kuglerstr.
Gudvanger Str.
Humannplatz
Schönhauser Allee
Kopenhagener Straße
Schwedter Str.
Korsörer Straße
Ystader Straße
Gleimstraße
Greifenhagener Str.
Dunckerstraße
Zelterstr.
Graunstraße
Falkplatz
Gaudystraße
Cantianstraße
Stargarder Straße
Prenzlauer Allee
Max-Schmelling-Halle
Lortzingstraße
Friedrich-Ludwig-Jahn-Sportpark
Pappelallee
Lychener Straße
Helmholtzplatz
Duncker Straße
Eberswalder Strasse
Demminer Straße
Wolliner Straße
Ruppiner Straße
Vinetaplatz
Eberswalder Straße
Schliemannstr.
Raumerstraße
Danziger Straße
Bernauer Straße
Oderberger Straße
Knaackstraße
Husemannstraße
Sredzkistr.
Chodowieckistr.
Rheinsberger Straße
Stadtbad
Bernauer Strasse
Kastanienallee
Rykestraße
Christburger Straße
Wörther Straße
Choriner Straße
Kollwitzstraße
Marienburger Straße
Fehrbelliner Straße
Diedenh. Str.
Kolmarer Str.
Winsstr.
Veteranenstr.
Zionskirchstr.
Schwedter Straße
Belforter Straße
Immanuelkirchstraße
Weinbergsweg
Senefelderplatz
Raabestraße
Metzer Straße
Heinrich-Roller-Straße
Lottumstraße
Saarbrücker Str.
Greifswalder Straße
Torstraße
Straßburger Str.
Prenzlauer Berg
Rosa-Luxemburg-Platz
Friedenstr.
Mollstraße
Otto-Braun-Straße
Karl-Liebknecht-Straße
Alexanderstraße
Karl-Marx-Allee
Alexanderplatz
1 Café Lass uns Freunde bleiben
2 Altersheim am Weinbergsweg
3 Bäckerei Kollwitz
4 Wohnung John Klein
5 Habbema-Theater
6 Metzer Eck
7 Büro Kurz & Klein und Wohnung Schöndorfer/Müllers
8 Jonas' Schule
9 St. Marien-Friedhof
10 Polizeirevier

© Tina Bara

Thomas Knauf, geboren 1951 in Schkopau, ist freier Schriftsteller, Drehbuchautor und Regisseur. Seit 1970 Berliner, arbeitete er am Theater sowie beim DDR-Fernsehen. Von 1981 bis 1990 war er festangestellter Szenarist bei der DEFA, für die er u. a. die Drehbücher zu den preisgekrönten Filmen »Treffen in Travers« von Michael Gwisdek und »Die Architekten« von Peter Kahane schrieb.
Nach der Wende zog Thomas Knauf nach New York, wo er als Fernsehmoderator und Auslandskorrespondent der Wochenzeitung »Freitag« tätig war. Ab Mitte der 1990er Jahre wohnte er abwechselnd in Rio, Paris und Jerusalem und widmete sich als Autor und Regisseur verschiedenen Film- und Fernsehprojekten. Seit über zehn Jahren lebt und arbeitet er inzwischen in Berlin-Prenzlauer Berg.
2011 veröffentlichte Thomas Knauf unter dem Titel »Babelsberg-Storys« den ersten Teil seiner autobiografischen Skizzen; zwei weitere Bände sind in Vorbereitung. Im berlin.krimi.verlag erschienen von ihm 2012 die Kriminalromane »Der Golem vom Prenzlauer Berg« und »Berliner Weiße mit Schuss«.

Besuchen Sie den Autor im Internet: www.tomassonegri.de

John Klein ermittelt

ISBN 978-3-89809-526-6
9,95 € [D]

John Klein sucht nach einem vermissten Mädchens aus seinem Kiez. Zur selben Zeit wird ein Rabbiner aus der Synagoge in der Rykestraße tot aufgefunden. Gibt es einen Zusammenhang zum Verschwinden des Kindes? Und welche Rolle spielt der mysteriöse Unbekannte, der Klein eines Nachts überfällt?

ISBN 978-3-89809-527-3
9,95 € [D]

In einer Baugrube im Mauerpark wird eine Leiche gefunden. Schnell bestätigt sich die Vermutung des Privatdetektivs John Klein, dass es sich bei dem Toten um Jan Feldberg handelt, der 1989 als Siebzehnjähriger in der Nacht des Mauerfalls spurlos verschwand.
John Klein kommt einem dunklen Geheimnis auf die Spur – einer Spur, die bis in die Spitzen der Lokalpolitik führt und bald weitere Tote fordert …

berlin.krimi.verlag
be.bra verlag

Mord in Friedrichshain

ISBN 978-3-89809-530-3

9,95 € [D]

Ein Sprengstoffanschlag am Bahnhof Ostkreuz fordert einen Toten und lässt den Bahnverkehr in Berlin zusammenbrechen. Wer ist der Mann, dessen Leiche im Gleisbett liegt? Was hat es mit dem Engel aus Gips auf sich, der in unmittelbarer Nähe gefunden wird? Steht der Zettel mit der Parole »Aktion JETZT« in Zusammenhang mit der Tat? Kommissar Max Martaler und seine Kollegin Sabrina Zielinski vom Staatsschutz nehmen die Ermittlungen auf …

berlin.krimi.verlag
be.bra verlag